Jennifer Benkau
Wenn wir fallen

W0371029

Jennifer Benkau

Wenn wir fallen

cbj

Der Verlag weist ausdrücklich darauf hin, dass im Text
enthaltene externe Links vom Verlag nur bis zum Zeitpunkt
der Buchveröffentlichung eingesehen werden konnten.
Auf spätere Veränderungen hat der Verlag keinerlei Einfluss.
Eine Haftung des Verlags ist daher ausgeschlossen.

Dieses Buch ist auch als E-Book erhältlich.

MIX
Papier aus verantwortungsvollen Quellen
FSC® C083411
FSC
www.fsc.org

Verlagsgruppe Random House FSC® N001967

1. Auflage 2016
© 2016 cbj Kinder- und Jugendbuchverlag
in der Verlagsgruppe Random House GmbH,
Neumarkter Straße 28, 81673 München
Alle Rechte vorbehalten
Text © 2016 Jennifer Benkau
Dieses Werk wurde vermittelt durch die
Literarische Agentur Thomas Schlück GmbH, 30827 Garbsen.
Umschlaggestaltung: semper smile, München
Umschlagmotiv: Shutterstock
(Fona, Jethita, chrupka, Deliza, Anna Kutukova)
kk · Herstellung: AJ
Satz: KompetenzCenter, Mönchengladbach
Druck: CPI books GmbH, Leck, Germany
ISBN: 978-3-570-17320-6
Printed in Germany

www.cbj-jugendbuch.de

Die Klippe ist viele Meter hoch und ragt bis fast in die Wolken. Unten glitzert das Wasser in der Sonne, als hätte jemand Swarovski-Kristalle hineingeworfen, und die Strömung erzählt dem Ufer im Vorbeifließen Geschichten, die sie auf der Reise erlebt hat. Im Sommer erlebt es viele Geschichten, das Wasser.

Sie weiß, dass sie träumt, weil sie einen Bikini trägt und sonst nichts außer Sonne und Schatten auf der Haut. Und weil es keine Furcht gibt. Nicht vor der Höhe und nicht vor den Fehlern, die man immer genau dann macht, wenn man weiß, dass man sich keine Fehler leisten darf. Alles kann passieren und alles wird passieren und nichts davon bereitet ihr Furcht.

Der Junge liegt neben ihr. So dicht, dass die Härchen auf ihrer beider Arme sich nur aufstellen müssten, um sich zu berühren. Der Wind spielt mit seinen schokoladenbraunen Haaren, sodass die Spitzen ihm wie winzige Finger über die Wangen streichen. Wenn sie will, ist sie der Wind. Auf seinem nackten Bauch liegt noch der Trespenhalm, mit dem sie ihn eben wachgekitzelt hat.

Er stützt sich auf die Ellbogen und schaut sie an. Folgt ihren Konturen mit Blicken und lächelt, wenn Wind und Schleierwolken sanfte Schatten über ihren Bauch blasen. In seinem Lächeln liegt etwas Gefährliches versteckt, für jeden außer ihr. Und für sie am allermeisten.

»Bist du glücklich?«, fragt er leise.

»Glücklich und sonst gar nichts«, sagt sie.

Aber ob er auch weiß, dass Sommer, Wind und Wolken ihrem Glück egal sind? Dass es nur dieser Blick aus seinen Augen ist, der sie glücklich und sonst gar nichts macht?

Seine Augen sind flussgrün und sie glitzern, als wüssten sie sehr viel.

Kapitel 1

Liz hielt sich an dem Hut fest, den sie in der Tasche versteckt mit sich herumtrug. Als sie aufgebrochen war, hatte sie noch geglaubt, heute mutig genug zu sein, um ihn zu tragen. Immerhin hatte sie acht Stunden daran gearbeitet. Aber nachdem sie das Haus verlassen hatte, war ihr klar geworden, dass der Mut wohl wieder mal daheimgeblieben war.

Die Klippe lag menschenleer vor ihnen. Er war nicht da. Natürlich nicht; mehr als ganz leise, scheue Hoffnungen hatte sie sich ohnehin nicht gemacht. Die Steilküste ragte ein Stück in die Wupper, als hätte sich das Land auf dieser Seite verliebt und vorwitzig über den Fluss gelehnt, um dem anderen Ufer näher zu kommen. Doch das erwiderte die Liebe nicht und neigte sich gleichermaßen zurück. So war es oft, wenn man sich verliebte. Man reckte und streckte sich und erreichte doch nichts.

»Was willst du denn hier?«, rief Katta ihr zu. Ihre Freundin keuchte noch von der Bergauffahrt und blieb auf ihrem Fahrrad sitzen, als wollte sie sofort weiterfahren.

»Findest du es denn nicht schön?« Der Ort war bildschön, auf die schroffe und abweisende Art der Dinge, die noch schöner werden, wenn sie nicht so wahrgenommen werden wollen. Aber er hatte heute nichts von dem Zauber, den sie jede Nacht dort spürte. Der Zauber ging von dem Jungen aus und der Junge war nicht hier.

»Ich hab gehört«, sagte Katta und prüfte mit den Fingern den Sitz des Haargummis in ihrem Pferdeschwanz, »dass sich hier mal einer runtergestürzt haben soll. Selbstmord aus Liebeskummer. Sprang und war sofort mausetot.«

Sie musste schlucken und wagte sich nur langsam weiter vor bis zur Kante. Es war weniger hoch als im Traum, allenfalls dreieinhalb oder vier Meter, aber unten ragten auch in der Realität tückische, von Schaum umkringelte Felsen aus dem Wasser.

»Lizzie! Geh nicht so weit. Vielleicht war es auch kein Selbstmord und derjenige ist gefallen. Der Boden ist mir nicht geheuer. Wenn da was wegbricht! Warum machen die denn da kein Gitter hin?«

»Ich pass schon auf.« Der Blick in die Wupper war ein kleines Risiko wert. Es war genau wie im Traum. Das Wasser glitzerte und die Strömung erzählte dem Flussbett Geschichten.

Unter ihren Chucks veränderte sich der Boden. Erst Gras, dann feste Erde, schließlich grober Schotter und am Ende Stein. Sie wusste, wie dieser Stein sich anfühlte, wenn die Sonne ihn für sie erwärmt hatte. Jetzt war er sicher eiskalt und noch feucht vom letzten Regen. In ihrem Traum war immer Sommer.

»Und was wolltest du jetzt hier?« Katta gab endlich nach, legte ihr Fahrrad neben ihres ins kurze Gras und kam ein wenig näher.

Dir etwas anvertrauen, wollte sie sagen. *Etwas, das nur für dich bestimmt ist. Etwas, das du wissen musst, weil du meine allerbeste Freundin bist, meine Kakao-doppelt-Sahne-Freundin, seit ich denken kann und wir uns geschworen haben, uns alles zu erzählen.* Aber sie bekam keins dieser Worte über die Lippen.

Was, wenn Katta sie für verrückt hielt? Katta würde das natürlich nie aussprechen. Vermutlich würde sie aus Mitleid sogar vorgeben, den Traum romantisch zu finden, oder zumindest nicht besorgniserregend.

Aber das wusste sie besser. Es *war* besorgniserregend, gerade *weil* es so romantisch war. Welcher gesunde Mensch verliebte sich denn in einen Jungen, der nur im Traum existierte?

»Lizzie?«

Welcher gesunde Mensch wachte ständig auf, weil das Herz so laut und nachhallend schlug wie eine Kirchturmuhr auf Speed?

»Erde an Lizzie. Hallo?«

Welcher gesunde Mensch heulte in sein Kissen vor Sehnsucht nach einem Menschen, obwohl er nur die Augen schließen und einschlafen musste, um ihn wiederzusehen?

»Liz!« Katta fasste sie an der Schulter und zog sie herum. »Sag mal, hast du einen Geist gesehen da im Wasser, oder was starrst du da runter?« Besorgt sah Katta sie an und Liz wäre am liebsten im Boden versunken, so peinlich war ihr das Ganze.

Nein, sie konnte es Katta nicht sagen. Sie würde es nie verkraften, dass ihre beste Freundin einen Freak in ihr sah. Katta war pragmatisch, für sie gab es immer eine logische Erklärung. Selbst die Verliebtheit zu ihrem eigenen Freund erklärte sie sich mit Pheromonen, Hormonen und logisch nachvollziehbaren Urinstinkten.

Was war die biologisch sinnvolle Begründung für verrückt gewordene Träume? Natürlich gab es Theorien, was Träume alles ausdrücken sollten, das wusste Liz selbst. Und wollte es dennoch nicht hören. Bei ihr war das anders. Denn ihre Gefühle reichten über jeden Traum hinaus. Ihr Traumjunge leider nicht.

Es war das eine Problem, für das auch eine Katta keine Lösung finden würde, und der Gedanke schmerzte sie. Katta war die, die auf jede Frage eine Antwort wusste – geht nicht, gibt's nicht – und das sollte gefälligst auch so bleiben.

Sie musste sich zusammenreißen oder sie machte sich komplett lächerlich. »Ich war nur in Gedanken, Katta. Tut mir leid.«

»Hast du geträumt?«

Volltreffer. Sie lachte rasch, damit ihre Freundin ihr das Erschrecken nicht ansah. »Ja. Ja, hab ich wohl.«

»Und wovon? Oder soll ich fragen, von wem?«

»Hm.« Sie überlegte fieberhaft. »Vielleicht ja von dem Referendar, den wir jetzt in Bio haben?«

»Lizzie!« Katta schnalzte mit der Zunge. »Ein Lehrer! Böses Mädchen. Aber recht hast du, der ist heiß. Der gibt auch Sport und davon versteht er was, das sieht man. Die halbe Oberstufe trägt die Ausschnitte tiefer, seit er da ist.«

Hoffentlich merkte Katta nicht, dass sie aufgesetzt mitlachte. Der Referendar wäre ihr nicht mal aufgefallen, wenn ihre Tischnachbarinnen nicht die ganze letzte Stunde für ihn geschwärmt hätten.

»Und was hat der Herr Möchtegern-Lehrer mit diesem Ort zu tun? Außer, dass man hier sicher eine prima Nachhilfestunde in Bio und Sport machen könnte?«

»Ach, gar nichts. Ich kam nur neulich mal vorbei und dachte, dass man hier total chillig grillen könnte. Das sollten wir mal machen, was meinst du?«

»Grillen.« Katta legte den Kopf zur Seite und sah sie mit hochgezogenen Augenbrauen an.

»Ja. Und baden. Wenn man den Weg da runtergeht, kommt man an eine Stelle, die super zum Sonnen und Baden wäre.«

»Sonnen und Baden. Du?«

Liz zuckte mit den Schultern. Warum denn nicht? Die Stelle war nicht einsehbar und solange sie allein waren …

»Im April. Bei knapp zehn Grad.«

»Ja, wo ist das Problem, du Weichkeks?« Sie zog ihren Hut aus der Tasche und schlug ihn Katta halbherzig auf den Kopf. »Natürlich erst im Sommer. Was denkst du denn?«

Katta griff nach dem Hut. »Was ist das denn Hübsches? Ist der neu?«

Ihre Wangen prickelten vor Aufregung und ein klein bisschen Stolz. »Quasi neugeboren. Das ist der erste Versuch von dem neuen Design, das ich dir gezeigt habe. Mit der Smiley-Applikation aus Swarovski-Kristallen, siehst du?«

»Süß! Sieht ja aus wie ein klitzekleiner, grinsender Fußball.« Für Katta sah selbst der Mond aus wie ein Fußball.

»Von dem Design mache ich für den Onlineshop mehrere, aber mit Plastiksteinchen, die würden sonst im Verkauf zu teuer werden. Er ist nicht ganz perfekt geworden, aber …«

»Das sagst du jedes Mal, dabei sind deine Sachen immer erste Sahne. Du solltest nicht tiefstapeln, du kannst dir echt was auf deine Stücke einbilden.«

»… aber ich schenk ihn ja auch bloß dir.« Sie zwinkerte. Eigentlich hätte sie den Hut gern behalten – aber wozu? Sie würde ihn ohnehin nie tragen.

Und als Katta vor Freude quietschte, den Hut aufsetzte, sie umarmte und einzigartig schön dabei aussah, war tatsächlich der Zeitpunkt gekommen, sich für einen kurzen Moment etwas darauf einzubilden. Einen sehr kurzen. Immerhin war sie die, die vor dieser wunderbaren Kakao-doppelt-Sahne-Freundin Geheimnisse hatte. Sie war die Schwurbrecherin.

Kapitel 2

Es war kurz nach ein Uhr, als ihr rasendes Herz sie weckte – zum zweiten Mal in dieser Nacht. Dass ihr der Traum seit Wochen keine Ruhe ließ, sie in jeder Nacht heimsuchte, war schon übel genug gewesen. Aber jetzt träumte sie sogar mehrmals hintereinander von dem Jungen. Es wurde immer schlimmer.

Sie öffnete das Fenster, ließ die kühle Nacht hinein und atmete Fliederduft. Er war früh dran in diesem Jahr, der Flieder.

»Was passiert da mit mir?«, flüsterte sie. Die Häuser am Ende der Straße lagen alle im Dunkeln, nirgendwo war ein Fenster beleuchtet, als wäre sie der einzige wache Mensch weit und breit. Im Rhododendron raschelte ein kleines Tier. Sie ging zum Schreibtisch und fuhr ihren Laptop hoch. Ihr Webshop ploppte automatisch hoch, der Bildschirm blendete ihre Augen. Bei Nacht, wenn alles mehr oder weniger grau war, fand sie ihre Designs verstörend bunt. Sie klickte ihre Seite weg und rief Google auf.

»Traumdeutung«, tippte sie ein, ohne viel Hoffnung, etwas zu finden, das ihr weiterhalf. Sie stieß auf jede Menge Werbung für esoterische Bücher, Lebensberatungen und Astro-Hotlines, aber auch auf eine Seite, auf der Traumsymbole alphabetisch sortiert aufgeführt waren. Unter J fand sie:

Junge. Der Junge im Traum symbolisiert oft die intellektuelle Seite der eigenen Persönlichkeit. Er fordert auf, das Leben bewusster und aktiver in die Hand zu nehmen.

Das Symbol für einen Intellektuellen hatte sie sich anders vorgestellt. Weniger sexy. Und seit wann bitte schön repräsentierten Teenagerjungs den Intellekt? Das hätten die vielleicht gern.

Sie musste grinsen und scrollte weiter.

Der Fluss gilt als Symbol des Lebens und der Vergänglichkeit, aber auch für Erneuerung.

Aha. Was stand da noch? Die Klippe besagte der Seite nach eine drohende Gefahr. Sie kombinierte, dass diese Gefahr für den Jungen, also ihre eigene intellektuelle Seite, bestand und diese wohl erneuert werden musste. Na, das klang doch nach einer tollen Erklärung – es bedeutete, dass sie an der Sache verblöden und ihren Verstand verlieren würde und danach ein Reset brauchte. Prächtig!

Was für ein Blödsinn! Aussagekräftig wie die Horoskope in den Frauenzeitschriften ihrer Tante. So vage gehalten, dass man mit gutem Willen zwangsläufig früher oder später einen Treffer landete.

Sie klappte den Laptop zu und es wurde wieder dunkel in ihrem Zimmer. Nur ein bisschen Mondlicht schmulte zum Fenster herein und warf seinen Schimmer auf den Glasrahmen, der ein Foto ihrer Eltern schützte. Ein hübsches Bild, es zeigte beide lachend vor einer Wiese, betupft mit roten Mohnblumen. War sie dabei gewesen, als es aufgenommen wurde? Sie war nicht mehr sicher. Vor ein paar Monaten hatte sie es noch gewusst, aber jetzt war die Erinnerung weg. Verloren. Sie hatte nicht darauf aufgepasst.

»Was hast du mir über Träume erzählt, Mama?«, flüsterte

sie, das Gesicht so nah am Glas des Bilderrahmens, dass ihr Atem einen weißen Schleier über das Gesicht ihrer Mutter legte. Sie schloss die Augen und trieb in Erinnerungen, bis sie eine fand, die ihr passend erschien. Ach ja. Sie musste lächeln, diesmal richtig.

Sie war sechs oder sieben Jahre alt gewesen und nach einem Albtraum nachts ins Bett ihrer Eltern gekrochen, ihre abgeliebte Stoffkatze Mau unter den Arm geklemmt, damit sie nicht verloren ging. »Träume brauchen dir doch keine Angst zu machen«, hatte Mama geflüstert, um Paps nicht zu wecken. Sie hatte sie fest in ihre flauschige Biberbettdecke gewickelt und es war viel zu warm geworden, aber sie hatte nichts gesagt, weil es sich trotzdem so behaglich angefühlt hatte. »Es sind ja deine Träume, du bestimmst die Regeln. Daran musst du denken. Wenn dir das gelingt, dann kannst du im Traum machen, was immer du willst.«

»Auch das Monster verjagen?«

»Was immer du willst. Du kannst dich zu ihm umdrehen und sagen: Raus hier, Frau Monster, das ist mein Traum! Oder du fragst: He, Herr Monster, warum so allein? Was halten Sie davon, wenn wir ein wenig gemeinsam herummonstern?« Mama hatte sie am Kinn gekitzelt, und sie hatten gekichert, bis Paps' Schnarchen zu einem knurrigen Grunzen wurde.

»Nur eins solltest du nicht tun, Lizzie«, hatte Mama geflüstert. »Lauf nicht weg. Vor seinen Träumen kann man nicht fortlaufen, sie sind immer genauso schnell wie du. Dreh dich einfach zum Monster um und frag es, was es will.«

Was mochten Traummonster wollen?

Und was noch wichtiger war: Was mochten Traumjungen wollen?

Sie öffnete die Augen. Die Biberbettdecke, ihre Mutter mit

ihrem holländischen Akzent und das Schnarchen ihres Vaters waren fort, zurück blieben nur die Katze Mau im Regal und das Mohnblumenfoto im Bilderrahmen – eine Erinnerung, auf die sie nicht aufgepasst hatte.

»Danke, Mama«, hauchte sie gegen das Glas.

Klarträumen. Das war es, was ihre Mutter ihr hatte erklären wollen. Liz hatte darüber in einem Roman gelesen. Ob es wirklich funktionierte, die eigenen Träume zu steuern? Muss es, sagte sie sich stumm, sie konnte doch nicht ewig von diesem Jungen weiterträumen.

Auf nackten Füßen tappte sie ins Bad; leise, um Andrea nicht zu wecken. Dort trank sie einen Becher Wasser und ging dann zurück ins Bett.

Kaum war sie eingeschlafen, saß sie wieder auf der Klippe. Und er war auch da. Lächelte sein Traumlächeln.

Ja, und die Schmetterlinge in ihrem Bauch, die kleinen, verräterischen Biester, ließen dann natürlich auch nicht auf sich warten, und so war jedes Monster und jeder gute Rat vergessen und sie glücklich bis zum Erwachen.

Kapitel 3

»Das perfekte Verbrechen«, sagte Ramon, goss sich Bier in sein Glas – vermutlich das letzte intakte, das es in seiner Wohnung gab – und nahm einen Schluck. »Was fällt euch dazu ein?«

Nichts, dachte Louis, weniger als gar nichts. Er sah an Ramon vorbei zum Fenster. Dahinter war es dunkel. Mit unregelmäßigem Lichterzucken, das sich in den schmierigen Streifen auf dem Glas fing, zeigte die Stadt, dass sie noch da war und auf ihn wartete. Er war froh um die Scheibe, die sie trennte, und drückte sich tiefer in den Sessel. Nichts fiel ihm ein, außer dem, was Ramon nicht hören wollte: Es gab keine perfekten Verbrechen. Wer sich für perfekt hielt, wurde erwischt. Erst recht auf dem Level, auf dem sie spielten.

Alle waren heute Abend gekommen: ein halbes Dutzend Jungs, die spurten, wenn Ramon pfiff, weil sie hofften, ein bisschen von seiner Autorität und Coolness könnten auf sie abfärben. Louis war seit drei Monaten dabei und hatte sich von den meisten noch nicht einmal die Namen gemerkt, geschweige denn ihre Gesichter näher betrachtet. Er war der Neue, der Kleine, und da sie ihn das spüren ließen, hatte er schon wieder kaum noch Lust, Teil ihrer Gemeinschaft zu werden. Andererseits kostete seine Distanz einen Preis. Dieses Einer-für-alle-Prinzip, das Gefühl, eine Mannschaft, ein Team hinter sich zu haben, war für ihn unerreichbar. Und damit auch die Jobs, die sich lohnten und um derentwillen er hergekommen war. Louis hatte sich noch nicht bewiesen, und das zwang ihn in die Rolle dessen, der den anderen nachtrottete und aufsammelte, was sie fallen ließen.

Sie saßen im Halbkreis um Ramons Hausbar herum, verteilt auf durchhängende Zweisitzersofas und speckige Polstersessel, tranken Bier und mixten Bacardi in Cola-PET-Flaschen. Die anderen warfen sich Blicke zu. Teils neugierig, teils übermütig oder eine unstete Mischung aus beidem.

»Lasst mal hören«, sagte Ramon.

Tobi, ein Kerl wie ein Kleiderschrank mit Schaufeln dort, wo andere Leute Hände hatten, wagte das erste Wort. »Na, eine Bank. 'ne richtig fette Bank mit Millionen im Tresor.«

»Bist du blöde?«, erwiderte jemand und sprach aus, was Louis dachte. »Wie willst du in eine Bank einsteigen, du Opfer?«

»Warum nicht gleich ein Geldtransport.«

»Supermarkt vielleicht? Die machen doch gute Umsätze.«

Ramon atmete tief durch und machte sich keine Mühe, seine Enttäuschung über die Antworten zu verbergen. »Leute, ich bin es leid, nachts für eine Stange Kippen und zwei Flaschen Jimmy in kleine Kioske einzusteigen. Großes Risiko für kleine Nüsse. Ich will was Besseres mit euch aufziehen. Jetzt sagt mir nicht, dass ihr wirklich solche Idioten seid, denen dazu nichts einfällt außer Banken und Supermärkten und so einem Bockmist.«

Was hatte Ramon vor? Er sammelte keine Vorschläge – er wusste offenbar längst, worauf er hinauswollte.

»Man müsste es so aufziehen«, sagte Hendrik langsam, »dass im Grunde alle auf unserer Seite sind. Wir müssten jemanden ausräumen, der es verdient hat.«

»Ja, Mann, wie Robin Hood«, fiel ihm ein anderer ins Wort. Zwei Jungs knallten ihre Bierflaschen zusammen, dass der Schaum oben herausquoll. »Wir nehmen es den Reichen und geben es den Armen. Tun wir doch eh. Ich bin jedenfalls mal wieder total blank.«

Alle lachten. Ja, das Bild gefiel ihnen natürlich, keiner hier war gern realistisch, Louis am wenigsten. Bloß Ramon lächelte nur. »Gar nicht so verkehrt«, sagte er und nahm einen weiteren Schluck Bier. »Strengt eure kleinen bekifften Köpfe mal einen Moment lang an! Wem können wir nehmen, was da ist, ohne dass es die Bullen juckt?«

»Sputnik.« Ihn musste Ramon meinen: den legendären Sputnik und die Gang um ihn herum, die Gerüchten zufolge regelmäßig größere Dinger drehten. Glaubte man den Lokalnachrichten, waren Tankstellen ihre Spezialität. Die Idee war wirklich nicht dumm. Eine Kleingangstergruppe konnte die andere wohl kaum wegen Diebstahl anzeigen.

Erst als Ramon ihn ansah, merkte er, dass er laut gedacht haben musste. »Gefällt dir die Idee? Hätte von mir sein können, nicht wahr?« Ramon richtete sich auf seinem Barhocker weiter auf, sodass alle zu ihm hochsehen mussten. »Aber der Tipp kam vom Römer.«

Was hatte der Hehler, den Ramon wegen seiner auffälligen Hakennase den Römer nannte, damit zu tun?

»Sputnik beliefert den Römer ebenfalls«, erklärte er mit einem verschlagenen Lächeln. »Aber der Römer ist nicht zufrieden. Bei Sputnik kommen und gehen die Mitglieder. Es gab Querelen. Die sind ein Pulverfass und gehen hoch, wenn's das erste Mal richtig wackelt. Dem Römer ist das auf Dauer zu riskant. Stellt euch mal vor, ihr seid Jäger und habt zwei Jagdhunde. Der eine ist ein kleiner, böser Terrier, der regelmäßig ein Karnickel bringt. Der andere ist so ein dicker, großer Labradingsbums, der hin und wieder ein Reh anschleppt, aber meist nur seinem eigenen Schwanz nachjagt und im Wald Lärm schlägt. Welchem der beiden gebt ihr mehr Futter und welchen bindet ihr bei Gelegenheit an der Autobahn an?« Ramon trank sein Glas leer. Niemand antwortete ihm, weil klar war, dass er keine Antwort wollte. »Daher hat der Römer uns«, Ramon sah kurz vom einen zum anderen, »zur feindlichen Übernahme geraten.«

»Wir weiden Sputnik aus?«, fragte jemand.

Ramon wirkte zufrieden. »Das ist der Plan. Wir finden heraus, wo er seine Ernte einlagert. Dann spazieren wir in aller Ruhe da rein, nehmen mit, was wir tragen können, und gehen wieder. Die werden denken, ihr Zeug hätte Beine bekommen.«

Tobi schlug sich auf den massigen Oberschenkel. »Die werden sich gegenseitig verdächtigen. Ich piss mich ein vor Lachen, wenn ich mir das vorstelle. Hast du schon eine Idee, wie wir herauskriegen, wo sie einlagern? Hat der Römer etwas gesagt?«

»Das ist das kleinste Problem«, erwiderte Ramon. »Wir brauchen halt einen Maulwurf.«

Tobi, der gerade nach der Chipstüte auf dem Tisch greifen wollte, hielt in der Bewegung inne. Die anderen wurden still, sämtliches Murmeln verstummte. Irgendwer rülpste, aber selbst das blieb heute unkommentiert.

»Schiss?«, fragte Ramon in die Runde und einige Augenpaare wandten sich zu Boden. »Ich kann das kaum selber machen, Sputnik kennt mich. Ich will keinen von euch zu was zwingen, was euch zu groß ist. Aber ich verspreche, dass es sich lohnen wird.« Er rieb Daumen und Zeigefinger aneinander. »Wir brauchen einen Freiwilligen.«

»Okay«, sagte Louis. Ein paar Blicke trafen ihn. Skeptisch, irritiert, verärgert.

Ramon lächelte wie ein fetter Kater überm Sahnekännchen.

»Wie, okay?«, fragte ein Typ, Louis war nicht mehr sicher, wie er hieß, Marius oder Markus oder so. »Was heißt hier okay?«

»Okay, ich mach das, heißt hier okay.«

Es lag zu nahe, um es zu lassen. Es war die Gelegenheit, endlich nicht mehr »der Kleine« zu sein. Die Gelegenheit, sich zu beweisen. Die Gelegenheit, das verdammte Geld zusammenzubekommen. Viele Gründe dafür. Keiner dagegen. Keiner, der ihn überzeugte.

»Bist du noch zu retten?«, rief einer.

»Du spinnst doch!«, ein anderer.

Tobi schüttelte den Kopf. »Sputnik hängt dich an deinen Eiern auf, bevor du erfährst, wofür sie gut sind, Louis. Das ist zu groß für dich.«

»Kneifst du?«, fragte Ramon und sah ihn direkt an.

»Ich kneif nicht.«

Tobi stand auf. »Ramon, lass den Scheiß. Die bringen ihn um, wenn er auffliegt. Der Junge ist ein Kind, der ist nicht mal sechzehn.«

Er musste beinah lachen, beinah. »Werde ich morgen.« Er sah auf sein Handy. Mitternacht war knapp vorbei. »Heute.«

»Na dann ist doch alles geklärt«, sagte Ramon. »Wir haben unseren Mann. Du machst das, Louis.«

Kapitel 4

Das Schloss der Wohnungstür klemmte. Er wusste nie, was hinter der Tür auf ihn wartete, und er hatte sich angewöhnt, mit einer Katastrophe zu rechnen, damit es ihn nicht wieder umhauen konnte, wenn das nächste Mal wirklich eine eintrat.

Mutter schien okay, aber noch wach, das gefiel ihm nicht. Auf der Heimfahrt mit dem Rad durch die Stadt waren aus allen dunklen Ecken die Zweifel hochgekommen und hatten seine Nerven angefressen. Was hatte er sich dabei gedacht, sich freiwillig als Maulwurf zu melden? Er hatte das Geld und den Respekt nötig. Aber hatte er auch das Zeug, um sich beides zu verdienen?

Während Mutter ihm zum Geburtstag gratulierte und ihn dabei zu fest umarmte, suchte er mit raschen Blicken über ihre Schulter hinweg das Chaos in ihrem Wohnzimmer nach Zeichen ab: eine Rotweinflasche; natürlich leer bis auf den letzten Tropfen, aber zumindest war es auf den ersten Blick nur die eine und nur Wein. Das war okay.

Mutter roch nach Duschgel und Erdbeershampoo, darunter lag der typische Gestank des Alkohols. Er hatte sich zu sehr daran gewöhnt, um erkennen zu können, wie viel sie getrunken hatte. Sie wirkte klar, ihre Haare waren gekämmt und sie hatte die Reste von rötlicher Farbe in den Lippenfältchen.

»Ich hab was für dich«, sagte sie und zog einen geknickten Umschlag aus der hinteren Tasche ihrer Stoffhose. Ihr Lächeln war nervös. »Ein Geschenk. Ich wollte auch einen Kuchen machen, aber wir hatten keine Butter mehr und auch keine Margarine.«

»Danke.« Er nahm den Umschlag an sich und wusste nichts damit anzufangen. »Butter hab ich vergessen, sorry.«

»Mach auf.«

Eine Ahnung riet ihm, es nicht zu tun. Aber er wollte sie nicht vor den Kopf stoßen. Wer wusste, was das wieder mit ihr anrichtete. Sie hatte sich für ihn zusammengerissen, war geduscht, nüchtern wie selten und wach geblieben, um ihm das Geschenk zu geben. Da konnte er es wohl über sich bringen, den Umschlag aufzureißen und über das, was drin war, ein bisschen Freude zu zeigen.

»Na los. Mach schon.«

Er zwang sich, auch zu lächeln, und faltete den Umschlag auseinander. Sie hatte mit Kugelschreiber ein Herz darauf gemalt, das eine Sechzehn einrahmte. Drin war eine Karte. Nein … ein Gutschein. Für ein Tattoostudio in der Stadt. Der Betrag machte aus seiner Spucke eine saure Brühe.

»Da staunst du, was? Freust du dich?«

»Wo hast du das Geld her?«

»Mach dir doch jetzt um das Geld keine Gedanken.«

»Wo hast du das Scheißgeld her?« Seine Stimme wurde lauter als beabsichtigt. Der Gutschein zitterte in seinen Händen wie die Flügel einer Motte. »Wir haben das nicht übrig, wir haben nicht ein Zehntel davon übrig, und du –«

»Ich mach meinem Sohn ein Geschenk zum Geburtstag!«, fauchte sie ihn an. »Ich kann wohl noch selbst entscheiden, wofür ich mein Geld ausgebe.«

In der Nachbarwohnung bollerte jemand an die Wand und brüllte: »Ruhe!«

»Entscheidest du auch, wo es dann fehlt?« Die Nachbarn kümmerten ihn einen Dreck. »Du bist ja total wahnsinnig.« Und er würde es gleich werden.

»Was glaubst du denn, wer du bist, dass du mir vorschreiben kannst, was ich dir zum Geburtstag schenke?«

Wer er war? Der einzige klar denkende Mensch in der Familie – der war er!

Dreihundert Euro.

Es würde einen Teil seiner Probleme lösen, wenn er die Summe in bar hätte, aber das Haushaltsgeld reichte auch ohne seine geheimen Sonderausgaben vorne und hinten nicht. Wenigstens um die Miete musste er sich keine Sorgen machen, die zahlte das Amt. Wie hatte Mutter es geschafft, dreihundert Euro zusammenzukratzen? Und wie viel hatte sie intus gehabt, als sie diese Riesensumme zum Tattoostudio getragen hatte? Ob er den Gutschein zurückgeben und das Geld wiederbekommen konnte?

Mutter zog die Nase hoch. In ihren Augen standen trotzige Tränen, die das Grün verwässerten. »Du bist so undankbar, Louis. Schämst du dich eigentlich nicht? Erst jammerst du mir die Ohren voll, dass du dich unbedingt tätowieren lassen willst.« Das war zwei Jahre her, aber um ihr Zeitgefühl stand es nicht zum Besten. »Da spare ich eben Monat für Monat, um dir deinen Wunsch zu erfüllen. War ja auch mal jung, da hat man halt solche idiotischen Wünsche. Und was ist der Dank? Ich darf mir dein blödes Gemecker anhören. Kann man es dir eigentlich irgendwie recht machen?«

Er senkte den Kopf, damit ihr Anblick hinter seinen Haaren verschwand. Streit hatte bei ihr keinen Sinn. Es war gefährlich, sie zu reizen, bis sie heulte. Wenn sie erst heulte, soff sie anders als an guten Tagen, und wo das endete, wusste er gut genug, um es zu verhindern.

»Tut mir leid, Mutter. Du hast ja recht. Ich bin ein Arsch.«

Sie wischte sich die Augen am Ärmel trocken. »Ich hab das nur gut gemeint, das weißt du doch?«

»Ja, natürlich. Danke noch mal.«

»Dann freust du dich?«

»Klar. Ich war bloß … überrascht.«

Sie umarmte ihn und fuhr ihm durch die Haare, als wäre er ein kleiner Junge. Er ließ sie in dem Glauben. Sie brauchte das.

In seinem Zimmer schob er den Gutschein unter einen Stapel Zeichnungen, um ihn nicht ansehen zu müssen. Auf seinem Schreibtisch, den er wie immer akribisch aufgeräumt hatte, lagen Bleistifte in allen Stärken und Längen, aber kein einziges leeres Blatt Papier. Er nahm das Mathebuch und riss die erste Seite heraus. Unten störte das Impressum, aber darüber war ausreichend Platz. Er musste etwas zeichnen, um seine Nerven zur Ruhe zu bringen.

Der erste Bleistift zerbrach ihm in der Hand, so sehr krampfte er seine Finger darum. Was für ein Geburtstag. Wo hatte er sich nur reingeritten?

Er zeichnete ein paar Linien, die noch nicht wussten, was sie werden wollten.

Nun war er also Ramons Maulwurf. Ausgerechnet er. Er hatte nicht den Hauch einer Idee, wie er sich in Sputniks Gang einschleusen sollte. Verdammt, er wurde rot beim Lügen, wie sollte er das durchziehen?

Warum hatte Ramon ihn unterstützt, als er sich gemeldet hatte? Traute er es ihm zu? Nein, wahrscheinlich war er bloß der, der am wenigsten fehlen würde, wenn es schiefging. Auf ihn konnte man verzichten. Ramon lag nicht falsch damit, im Grunde konnte die ganze Welt auf ihn verzichten, abgesehen von der Trinkerin, die im Wohnzimmer auf dem Sofa hockte. Die brauchte ihn; sie würde sich irgendwann zu Tode saufen, wenn er nicht aufpasste. Aber mal ehrlich: Wen interessierte das?

Er zeichnete eine Flasche. Eine bauchige, alte Tonflasche; angestoßen am Hals und abgegriffen an ihren Rundungen, sodass sie glänzte. Was mochte darin sein?

Was war in ihm?

Angst. Heiß wie Feuer und beißend wie Rauch. Ja, das Bild gefiel ihm. Sein Stift kratzte in harten Stößen über das Papier und das Grafit nahm Formen an.

Happy Birthday, dachte er bei sich. Irgendwelche Geburtstagswünsche? Er wünschte, er hätte vor Ramon und den Jungs nicht den Helden gespielt. Aber Wünsche waren nichts wert, wenn sie niemand erfüllte, und das konnte er nicht.

Er konnte jetzt nur noch zeichnen.

Kapitel 5

Die Praxisklingel schrillte durchs ganze Haus und schreckte Liz auf, als sie am Tisch über dem halb vollen Teller Pasta mit Auberginensoße einzuschlafen drohte. Gerade noch mal gut gegangen, beinah wäre sie eingenickt. Der Traumjunge hätte sie vermutlich eiskalt erwischt. Sie ärgerte sich sofort, dass er ihr in den Sinn gekommen war. Ihr Plan lautete, keinen Gedanken an diesen … gemeinen Kerl zu verschwenden. Aus den Augen, aus dem Sinn – und damit auch aus dem Traum!

Sie eilte nach unten, das Geschirr würde ihr sicher nicht weglaufen. Vielleicht stand da jemand mit einem Notfall. Andrea war vermutlich noch im Aufwachraum bei der Nachuntersuchung der am Vormittag frisch operierten Tiere und die Sprechstundenhilfe Sabina war noch nicht aus der Pause zurück. Pünktlichkeit war keine von Sabinas Stärken, Andrea raufte sich regelmäßig die Haare über ihre Verspätungen. Dafür hatte Sabina die Gabe, nicht nur jedes nervöse Tier in Sekundenschnelle zu beruhigen, sondern vor allem die besorgten Besitzer, was sie in der Praxis unverzichtbar machte und ihr ein gewisses Maß an Narrenfreiheit verlieh.

Vor der Tür stand Frau Debius, eine Person, die mit ihren strengen Zügen, den nach unten zeigenden Mundwinkeln und dem stahlgrauen Bob aussah wie ein Soldat mit Helm. Als Kind hatte Liz vor der Debius Angst gehabt, und manchmal, wenn diese aus der Wäsche blickte wie Grumpy Cat nach saurer Milch, hatte sie das immer noch ein bisschen. Doch für ihre vielen Katzen tat Frau Debius alles, und vermutlich sorgte sie sich gerade sehr um ihren jungen Kater, der am Morgen kastriert worden war.

»Es geht meinem Mickel doch gut?«, fragte Frau Debius, als sie ihr in den Wartebereich folgte. »Ist denn die Frau Doktor gar nicht da?«

»Natürlich«, erwiderte Liz und rieb sich die Augen. »Meine Tante macht gerade die Abschlussuntersuchung.«

»Stimmt denn etwas nicht?«

»Doch, das ist bloß Routine. Sie müssen sich keine Sorgen machen, alles ist bestens verlaufen. Der Kleine hat die OP überstanden und danach ganz in Ruhe in seinem Kennel geschlafen.« Darum beneidete sie den entmannten Kater. Ein Schläfchen würde ihr auch guttun, aber das kam erst um vier Uhr morgens wieder infrage. Sie hatte herausgefunden, dass ein bestimmter Grad von Übermüdung ihr half, traumlos zu schlafen. Die Nebenwirkungen – Augenringe, rote Lider und natürlich die Müdigkeit – hatte sie mit Kajalstift, Puder und viel Cola im Griff. Es war ja nicht für lange. Ein, zwei Wochen … dann hatte ihr Herz den Traumjungen sicher vergessen. Hoffentlich!

»Fräulein Buchner?«

Sie schrak zusammen. Hatte die Debius etwas gesagt? So fordernd, wie sie sich über die Rezeption lehnte, musste Liz davon ausgehen. »Meine Tante bringt Ihnen Mickel sicher gleich. Es kann nicht mehr lange dauern.«

»Schön. Aber Sie sind heute nicht ganz bei sich, oder irre ich mich? Ich hatte gerade gesagt, dass ich schon bezahlen möchte, damit ich meinen Kater ohne die kleinste Verzögerung nach Hause bringen kann. Er braucht ja absolute Ruhe.«

»Natürlich.« Das war kein Problem, immerhin half sie Andrea seit fast zwei Jahren regelmäßig in der Praxis und hatte schon oft Rechnungen ausgestellt. Die Arbeit mit den Tieren machte ihr zwar mehr Spaß, aber sie hatte auch den Computer im Griff. Rasch rief sie Mickels Akte auf und tippte die Kennzahlen ein, hinter denen sich die einzelnen Rechnungsposten der Kastration verbargen. Ihre Augen brannten. Der Monitor war gleißend hell. Sie erwischte sich dabei, über den Sinn ihrer Mission »Sleepless« nachzudenken. *So schlimm ist ein schöner Traumjunge nun auch nicht*, flüsterte die Müdigkeit ihr zu. Sie schüttelte den Kopf und verbot ihren Gedanken den Mund. Nein, jetzt nicht aufgeben! Die Rechnung war fertig. Nun nur noch ausdrucken.

»Bitte schön, Frau Debius. Ich geh kurz mal nach hinten und frag meine Tante, wie weit sie mit Mickel ist.«

Sie war noch nicht an der Tür zum Behandlungszimmer, da hallte ein Schrei durch die ganze Praxis. Die Tür flog auf und Andrea kam herausgestürmt. »Was ist passiert?«

Sie hatte keine Ahnung. Zusammen liefen sie in den Wartebereich, wo Frau Debius sich kreidebleich am Tresen festklammerte.

»Das … das … das ist ein ausgesprochen geschmackloser Scherz!«, stammelte sie aufgewühlt und wies mit einem langen, dünnen Finger auf Liz. »Unverschämtheit! Das ist gar nicht komisch! So was wie du hat in einer Tierarztpraxis nichts zu suchen!«

Oh, Gott. Was hatte sie denn getan?

Frau Debius wedelte mit ihrer Rechnung. Andrea eilte zu ihr, warf einen Blick auf das Papier, stutzte und sah erschrocken zu ihr herüber. Es musste etwas Schlimmes sein. Ihr Kopf wurde vor Scham ganz heiß.

»Lizzie!«, rief Andrea scharf. »Du hast einen Zahlendreher in den Kennzahlen gemacht. Das musst du immer kontrollieren – das fällt einem ja wohl auf, wenn man drüberliest!« Tröstend tätschelte Andrea der fuchsteufelswilden Debius den Arm. »Ich muss mich für meine Nichte entschuldigen.«

»Ich hätte einen Herzinfarkt bekommen können!«, kreischte die Debius.

»Das war definitiv ein Versehen. Liz würde so etwas nie mit Absicht machen. Kommen Sie, wir gehen jetzt Ihren Mickel holen, der wartet schon auf Sie.« Sie wandte sich ihr zu. »Und du bringst das in Ordnung. Dreißig Prozent Rabatt auf die Rechnung.«

Möglichst unauffällig schlich sie hinter die Rezeption, schob den Bildschirmschoner zur Seite und rief die Rechnung ein zweites Mal auf. War ihr wirklich ein Zahlendreher passiert? Das war schon möglich, um ihre Konzentration stand es einfach nicht zum Besten. Ständig schlich sich der Traumjunge in ihre müden Gedanken. Aber was war an einem Fehler in der Rechnung so dramatisch?

Die Rechnung gab ihr die Antwort. Ihr Kopf wurde noch heißer, als er ohnehin schon war. Sie hatte der Debius statt der Kastration die Euthanasie ihres Katers berechnet: die Einschläferung.

Die Klippe ist zehn Meter hoch und ragt fast bis in die Wolken. Unten glitzert das Wasser in der Sonne, als hätte man zerstoßenes Glas hineingeworfen, und die Strömung erzählt dem Flussbett im Vorbeifließen Geschichten, die sie auf ihrer Reise erlebt hat. Im Sommer erlebt es viele Geschichten, das Wasser.

Sie weiß, dass sie träumt, weil ihre Hand über seine Brust streicht, als wäre es ihre eigene Haut. Ein bisschen ist sie das auch, hat er gesagt.

Die Tätowierung ist neu und sieht aus, als würde sie brennen. Sie berührt sie nicht, folgt den Linien nur mit dem Blick. Rechts schräg unter seinem Nabel sieht sie eine Flasche, eine uralte, tönerne Flasche. Etwas hat sie umgeworfen, vielleicht der Wind. Ein Dschinn aus Flammen und Rauch hat seinen Weg aus dem Flaschenhals ins Freie gefunden. Feuerzungen lecken dem Jungen fast bis zu seinem linken Rippenbogen hoch. Das Gesicht des Dämons ist aus Glut und Zorn. Die gebundenen Hände mit den ausgestreckten Flammenfingern kaum zu erkennen im Lichterloh.

»Warum ist er so böse?«, fragt sie.

Der Junge lächelt. In seinem Lächeln liegt etwas Gefährliches versteckt. Für sie am allermeisten. »Ist er nicht. Er ist wütend. Wärst du das nicht? Er muss in einer Flasche leben.«

Der Wind streift ihm durch die Haare und über die Haut, wo immer er will. Sie wäre gerne Wind, hin und wieder.

»Aber er kann zaubern. Er kann Wünsche erfüllen.«

»Ich weiß nicht, ob das gut ist«, sagt der Junge, »wenn man selbst keine haben darf.«

Seine Augen sind flussgrün und glitzern, als wüssten sie sehr viel.

Kapitel 6

Katta sagte etwas, aber das Rattern der Nähmaschine übertönte ihre Worte.

»Moment!«, rief Liz ihr zu. Sie beendete die Naht, stieg vom Pedal und die Maschine verstummte. »Noch mal bitte, hab dich nicht verstanden.«

Katta lümmelte auf ihrem Bett zwischen gefalteten, gerollten und ausgebreiteten Stoffen, die aus Platzmangel mal wieder überall verteilt lagen. »Ich überlege, was eigentlich im Moment mit dir los ist.«

Frag nicht, ich wüsste es selbst auch gern. Sie fühlte sich ertappt und versuchte, es zu überspielen. »Was soll denn sein?«

»Du bist komisch. Erst bist du wochenlang so übernächtigt, dass du morgens in der Schule pennst und nachmittags nichts mit dir anzufangen ist.«

»Du übertreibst.« Es waren bloß zweieinhalb Wochen, in denen sie ihre selbst auferlegte Schlafentzugskur durchgezogen hatte. Mit Erfolg, wenn man so wollte, denn diese Wochen hatte sie nicht geträumt; nicht von dem Jungen und auch sonst von überhaupt nichts. Dann allerdings hatte sie den Schlafmangel nicht mehr ausgehalten und prompt war es schlimmer als zuvor geworden: nämlich noch schöner. Der Junge redete jetzt mehr mit ihr, jede Nacht sprachen sie über etwas anderes und sie erwachte am Morgen mit dem Gefühl, ihn noch besser zu kennen. Und noch lieber zu haben.

»Und jetzt«, fuhr Katta fort, »bist du in Gedanken ständig woanders. Wobei du schon eine ganze Weile komisch bist, aber zuerst ist es mir nicht so aufgefallen.«

»Das stimmt doch gar nicht.«

»Stimmt wohl. Sogar deine Noten haben nachgelassen.«

Sie ließ den Kopf sinken, bis ihre Stirn gegen die Nähmaschine stieß. »Du klingst ja wie meine Tante! Wer bist du und was hast du mit Katta gemacht?«

Katta setzte sich auf. »Du nähst nicht mehr wie sonst.«

»Nicht? Was bitte mache ich gerade hier?« Sie wackelte am Stoff. »Kuchen backen?«

»Du machst deine Hüte und Taschen und Tops, klar. Aber immer dieselben Designs. Du hast schon ewig keine neuen Teile mehr gezeichnet.«

»Ich nähe ja auch Klasse statt Masse. Die Ideen wachsen nicht auf dem Feld wie Kartoffeln, ich brauche Inspiration, um etwas Neues zu entwerfen. Und ein paar Designs werden halt immer wieder nachgefragt, da mache ich natürlich ein paar mehr davon.«

»Und du warst nicht bei meinem Fußballturnier letzten Samstag.«

Mist. Sie hatte gedacht, das wäre erst am kommenden Wochenende. »Es hat in Strömen geregnet.«

»Das macht dir sonst auch nichts aus. Du hast es vergessen.«

»Tut mir leid. Habt ihr wenigstens gewonnen?«

»Wir haben sie vom Platz gefegt.« Katta stand auf und kam zu ihr, um sie von hinten zu umarmen und ihr das Kinn auf ihre Schulter zu legen. »Und du? Du hast doch was. Du kannst mit mir über alles reden.«

»Klar, weiß ich doch.«

»Dann tu es einfach. Wenn ich nicht sicher wäre, dass ich davon wüsste, würde ich sagen, dass du dich verliebt hast.«

»Im Traum vielleicht.«

»Oder ist es das?«, hakte Katta nach, ohne auf ihren Sarkasmus einzugehen. »Dass du noch keinen Freund hast?«

Sie zuckte mit den Schultern. Vielleicht war es das Beste, wenn Katta das glaubte. »Kann sein. Du hast deinen Robin und alle anderen aus unserer alten Clique sind auch schon vergeben. Nur für mich gibt der Markt nichts her.«

»Vielleicht bist du zu wählerisch? Den perfekten Freund wirst du kaum finden.«

»Was soll ich machen? Ich hab mich einfach noch nie in jemanden verliebt.« In keinen anderen.

»Und wenn du erst mal einfach ein paar nette Jungs datest? Vielleicht entwickelt sich was auf den zweiten Blick.«

»Meinst du?«

»Na klar.« Katta drückte ihr einen Kuss auf die Wange. »Dein Dreamboy kommt noch, du wirst sehen. So was kann man halt nicht erzwingen. Glaub mir: Hör auf zu suchen, mach dich locker, hab Spaß und er wird plötzlich vor dir stehen, wenn du am wenigsten damit rechnest.«

Einige Tage später hatte Katta ihren Rat mit Taten untermauert und ihr ein Date mit einem ihrer Kumpels arrangiert.

»Der ist Zucker, reiner Zucker, und er fährt voll auf dich ab, Lizzie. Gib ihm 'ne Chance!«

Was sollte sie davon halten? Der Junge war nett, soweit sie ihn kannte, und er sah keinesfalls schlecht aus – aber nicht ansatzweise konnte er mit ihrem Traumjungen mithalten. Und welchen Sinn hatte es, den einen zu treffen, wenn in ihrem

Kopf und ihrem Herzen alles von dem anderen belegt und nicht die kleinste Nische frei war? Das war doch unfair!

Sie plante einen letzten Versuch, ihre Träume wieder für sich zu beanspruchen und den Traumjungen aus ihnen herauszuschmeißen. So leid es ihr tat – er konnte nicht von ihr verlangen, dass sie ihr Herz dauerhaft an ihn verschenkte. Irgendwann wollte sie ihren Freund immerhin auch mal berühren. Berührt werden. Und das nicht nur, wenn sie schlief. So konnte es doch nicht weitergehen. Andrea las schon einen Ratgeber über die Pubertät nach dem anderen.

Sie musste sich etwas einfallen lassen. Das Klarträumen wollte nicht recht funktionieren. Zwar konnte sie inzwischen ihre Handlungen in gewisser Weise bewusst steuern, wenn sie träumte, aber ihr Traum-Ich dachte gar nicht daran, die Pläne ihres wachen Verstands umzusetzen. Es schmachtete, dass es die reinste Freude war – wäre das Elend des Aufwachens nicht gewesen. Und die Einsamkeit jeden Morgen.

Tiefer Erschöpfungsschlaf hatte funktioniert, aber der Schlafentzug war auf Dauer nicht durchführbar. Da lag es nahe, den Schlaf anderweitig zu beeinflussen.

Milch und Honig brachten überhaupt nichts. Ein ganzer Liter Baldriantee wirkte sich auf den Traum nur insofern aus, dass nah an der Klippe plötzlich Baldrianpflanzen wuchsen; kleine, höhnische Blüten in Blassrosa, wohin sie auch sah.

Sie scheiterte an den Bemühungen, jemanden aus ihrer Stufe zu finden, der ihr einen Joint verkaufen konnte. Von einigen war sie felsenfest überzeugt gewesen, dass sie Kiffer sein mussten – doch niemand wollte sich vor ihr als solcher outen. Sie sahen sie nur an, als hätte sie nach verpacktem Einhornfurz gefragt, und schüttelten die Köpfe.

Die Apothekerin war schon hilfreicher. Sie rückte zwar ohne

ein Rezept keine klassischen Schlaftabletten raus, aber ein homöopathisches Mittel bekam Liz. Ohne Nebenwirkung, verriet die Apothekerin. Leider auch ohne jede andere Wirkung, bemerkte Liz in der nächsten Nacht. Vielleicht musste sie etwas mehr davon nehmen?

Das Date mit Kattas nettem Kumpel beschämte sie mehr als alles andere, was sie je getan hatte. Der Junge war wirklich süß, so süß, dass sie Zahnschmerzen vor Verzweiflung bekam, weil sie ihn nicht einfach ein bisschen zwanglos anhimmeln konnte. Aber da war nichts zu machen, und der Traumjunge tat ihr in der folgenden Nacht nicht mal den Gefallen, ihr eine Szene zu machen, weil sie sich mit einem anderen getroffen hatte.

»Kommst du bitte mal in die Küche, Liz?«

Sie folgte dem Ruf ihrer Tante sofort, in deren Stimme lag so ein besorgniserregender Ernst, dass sie sie besser nicht warten ließ. Andrea saß am Tisch, vor ihr und dem freien Platz ihr gegenüber standen zwei Tassen Tee und dampften. Oh, oh. Das roch nach einem »Wir müssen reden«-Gespräch.

»Was gibt es denn?« Sie lächelte, nahm Platz und wünschte sich auf den Mond.

»Ich glaube«, sagte Andrea, »wir müssen mal über etwas reden.«

Sie hatte es befürchtet. Unruhig spielte sie an der dünnen Kette mit dem Kleeblatt-Anhänger, den Andrea ihr geschenkt hatte, als sie noch klein gewesen war. »Na klar, immer doch. Schieß los, worum geht es?«

»Um das hier.« Und plötzlich stand das Fläschchen mit den Tropfen ohne Nebenwirkung und ohne jede andere Wirkung auf dem Tisch. Wo hatte ihre Tante das her?

»Das war in deiner Hosentasche. Ich habe es zufällig entdeckt, als ich die Wäsche gemacht habe.«

Sie blies in ihren Tee. Was sollte sie sagen? Es abstreiten? Nein, sie war die schlechteste Lügnerin, die es je versucht hatte. »Es … ist total harmlos. Es wirkt nicht mal.«

»Warum nimmst du es dann? Und wofür oder wogegen? Liz, das ist ein Beruhigungsmittel. Ein homöopathisches, du hast recht. Aber warum meinst du es zu brauchen?«

»Ähm. Wegen der Schule. Ich –«

»Mein liebes Fräulein, verkauf mich nicht für dumm. Ich weiß, dass du keine Prüfungsangst hast. Wofür ist das Zeug?«

Sie zuckte zusammen, so scharf klangen die Worte. Das war sie von ihrer Tante nicht gewöhnt.

Sofort seufzte Andrea. »Schätzchen, du musst doch mit mir reden, wenn du Sorgen hast. Wir beide müssen zusammenhalten, das mussten wir doch immer. Gilt das plötzlich nicht mehr?«

»Doch«, sagte sie kleinlaut, schloss ihre Hände um die Teetasse und ließ sie dort, solange sie die Hitze aushielt. »Es war nur ein Versuch. Ich träume ständig von … Ich träume komisch.«

»Du hast Albträume?«

Das konnte man nun nicht so nennen, aber …

Andrea griff über den Tisch und nahm ihre Hand in die ihre. Sie hatte schmale Finger mit perfekt manikürten Nägeln. Wie machte sie das nur in ihrem Beruf mit den Tieren, in dem sie oft hart zupacken musste, dass ihre Fingernägel immer so perfekt aussahen?

»Träumst du von damals, Liz? Von Mama und Papa?«

Sie antwortete nicht. Vermutlich war es das Beste, wenn Andrea glaubte, was immer sie glauben wollte. Vielleicht rückte sie sogar eine Schlaftablette raus – eine richtige –, wenn sie glaubte, dass die Träume von dem Unfall handelten, bei dem ihre Eltern ums Leben gekommen waren?

Es war normal, dass man nach solch einem Trauma Albträume bekam, auch sieben Jahre später noch, das wusste sie aus der Therapie. In ihrem Leben war nun allerdings gar nichts mehr normal. Der Traumjunge jedenfalls war es nicht und an kaum etwas anderes konnte sie denken. Sie war eine Motte, die um eine Traumgestalt kreiste, als wäre sie aus Licht. Aber da war überhaupt kein Licht. Da war nichts, nichts Reales. Das war eindeutig absolut und ganz und gar nicht normal!

»Soll ich dir noch mal einen Termin mit der Psychologin machen? Die hat dir doch damals so gut geholfen und uns gesagt, dass du jederzeit wieder zu ihr kommen kannst.«

Und der jetzt erzählen, dass die ganzen Stunden umsonst gewesen waren, da sie schlussendlich nun doch verrückt wurde? Nein danke. »Das will ich nicht, Andrea. Trotzdem vielen Dank.«

»Aber einfach einigeln und abwarten, dass es von allein besser wird, hat noch keinem geholfen, mein Liebes.«

»Mach ich schon nicht. Ich glaub, ich muss nur ein bisschen auf andere Gedanken kommen. Und mal eine Nacht gut schlafen.«

Andrea nickte nachdenklich und trank von ihrem Tee. Plötzlich stellte sie ihre Tasse mit einem Knall zurück auf den Tisch. »Da fällt mir genau das Richtige ein. Weißt du, wovon ich heute Morgen im Radio gehört habe? Von einem Kreativmarkt. Da kann man Selbstgemachtes ausstellen und verkaufen. Basteleien, Kunstwerke … aber auch selbst genähte Kleidung und Accessoires und –«

»Ich weiß, was ein Kreativmarkt ist.«

»Umso besser. Pass auf: Ich melde uns da an. Der Markt ist

Ende Juni, am ersten Ferienwochenende. Ich mache an dem Samstag die Praxis zu, wir packen deine wunderschönen Kreationen ein, fahren dorthin und stellen alles aus. Wir beide! Was meinst du?«

Wir stellen meine Sachen aus? Wir beide? Und wer versinkt vor Scham im Boden, wenn die Leute nur mitleidig lächeln? Ich – und zwar ich allein. »Oh, nee, Andrea. Das ist keine –«

»Das ist eine tolle Idee, glaub mir. Es gibt dort sicher jede Menge Stoffe, die man sonst nicht bekommt, und eine Milliarde verschiedene Knöpfe und Garne und all diesen Kram, den du immer im Internet bestellst. Du könntest deine Einnahmen gleich in neues Material investieren.«

Das war zweifellos eine verlockende Vorstellung. Sie liebte es, die Stoffe anfassen und be-greifen zu können, bevor sie sie kaufte. Die Ideen flossen dann aus den Fasern durch ihre Haut bis in ihr Blut und fanden wie von allein den Weg zurück über ihre Finger auf einen Bogen Papier und von dort aus zurück in den Stoff. Doch für einen Materialiengroßeinkauf müsste sie erst einmal Umsatz machen, was bei der Konkurrenz auf einem Markt bedeutete, dass sie mindestens genauso gut sein musste. Was, wenn niemand ihre Stücke haben wollte? Es gab nichts auf der Welt, was ihre Kreativität so sehr knebelte wie abschätzige Blicke von Leuten, die besser waren als sie. Und auf dem Markt würden jede Menge Schneiderinnen besser sein als sie.

Doch Andreas Augen strahlten, als sei der Kreativmarkt ein Kindheitstraum, den sie seit Jahrzehnten unerfüllt mit sich herumtrug. »Komm schon, Lizzielein. Sag ja. Für mich!«

Und damit war das Nein, so sehr sie es auch hatte durchsetzen wollen, leider ein für alle Mal vom Tisch, und sie musste die Ahnung runterschlucken, einen dummen Fehler gemacht zu haben.

Kapitel 7

Dass sie es gewusst hatte, machte es nicht besser.

Der Kreativmarkt glich den neun Höllenkreisen. Endlich verstand Liz, was ihr Vater an Dante Alighieri immer so toll fand, dass er kaum etwas anderes gelesen hatte. Der Tapeziertisch, hinter den sie sich mit ihrer Tante quetschen musste, war der neunte Höllenkreis, der tiefste; der für die wirklich widerwertig bösen Sünder: der Eissee Cocytus. Vermutlich hatte sie es verdient.

Der zur Neige gehende Juni wäre offenbar gern November geworden und jagte fiesen Wind unter den Pavillons hinweg, die Aussteller, Waren und Besucher nur mäßig vor Regen schützten. Dort, wo sie stehen und auf Kunden warten mussten, staute sich schmutziges Wasser, durchtränkte ihre Schuhe und sog sich gierig und graubraun in alles, was die Zugluft in einem Moment der Unachtsamkeit vom Tisch wehte.

Unheimlich war, dass Andrea von alldem vollkommen unbeeindruckt blieb. Sie strahlte, schwatzte, stürzte sich von einem Verkaufsgespräch ins nächste und wollte vor lauter Begeisterung schier platzen. Schon am Morgen hatte sie sich verkaufsfördernd in Schale geworfen – sie trug einen von Liz' Flickenröcken mit einem passenden T-Shirt und setzte sich abwechselnd Hüte auf, damit die Kunden diese nicht nur auf den

Styroporhutköpfen bewundern konnten. Jedem, der es nicht wissen wollte, erzählte sie, dass ihre ach so begabte Nichte all die Stücke neben der Schule entworfen und geschneidert und sich all das als Krönchen der Großartigkeit auch noch selbst beigebracht hatte.

Es war zum Schreien und zum Sterben peinlich.

Liz schrie weder noch starb sie. Sie beklagte sich nicht über die überzogenen Preise der Materialstände und noch weniger über die lauwarme Kakaowassersuppe oder ihre nassen Socken. Andrea freute sich so, sie wollte sie nicht verletzen. Immerhin opferte ihre Tante einen ihrer seltenen freien Tage für diese Aktion – und das nur, um sie aufzuheitern.

Sie bemühte sich, unsichtbar im Hintergrund zu bleiben und nur aus dem Augenwinkel hinzusehen, wenn jemand stehen blieb und ihre Kreationen näher in Augenschein nahm.

»Fräulein?«, fragte eine ältere Frau sie schräg von der Seite.

Sie wäre am liebsten unter den Tisch gekrochen. »Hm?«

»Das sind ja ganz herzallerliebste Trägertops, die da am Bügel hängen. Ob es das in den schönen Meeresfarben wohl in meiner Größe gibt? Zweiundvierzig?«

»Ja, das ist noch da.« Sie streckte sich und nahm das Shirt vom Ständer. Es war ein eher einfacher, leicht asymmetrischer Schnitt, gefertigt aus einem Mischgewebe, das in allen Blautönen schimmerte und stellenweise ins Grüne oder Violette changierte. Ein sehr auffälliges Teil, vor allem an einer älteren Frau. »Hier, schauen Sie es sich ruhig näher an.«

Die Frau ließ den Stoff durch die Finger gleiten und seufzte entzückt. »Herrlich! Ich fahre so gerne ans Meer, wissen Sie? Damit kann man sich ein bisschen Meer anziehen, egal wo man ist. Ich nehme es.«

Die Vorstellung, wie die alte Dame damit am Meer entlangspazierte, brachte sie zum Lächeln. Glücklich packte sie das Top in eine der Papiertüten, die sie in der Nacht zuvor noch mit ein paar unterschiedlichen Motiven handbemalt hatte, und nahm das Geld entgegen.

»Sehr lieb von Ihnen«, sagte die Dame, »dass Sie Ihrer Mutti so fleißig beim Verkaufen helfen. Richten Sie Ihr einen herzlichen Gruß aus. Das sind ganz tolle Sachen, die sie da näht! Auf Wiedersehen.«

»Auf Wiedersehen«, sagte Liz und verkniff sich das Grinsen. Getarnt als Helferlein der Künstlerin ließ sich der Markt vielleicht doch noch ohne bleibende Schäden überstehen.

»Zweihundertsiebzig Euro und ein paar Zerquetschte.« Andrea strahlte wie ein Atompilz und schob die Geldkassette, die als Kasse gedient hatte, zwischen Stoffstapel in den Kofferraum ihres Golfs. »Plus das Geld, das du schon wieder in neues Material gesteckt hast. Das ist großartig!«

»Für das Wetter ist das ganz okay, mag sein.« Zweihundertsiebzig Euro näher an der Profi-Overlock-Maschine, auf die sie seit Monaten sparte, weil ihr Second-Hand-Modell bei dickeren Stoffen wie Jeans und Leinen in die Knie ging. Na gut, das war mehr als ganz okay – das war schon ziemlich okay.

»Na, hör mal. Das ist toll. Die Leute waren begeistert.«

Einige, das musste sie zugeben, waren ganz zufrieden. Alle Flyer waren weg und mehr Teile, als sie gedacht hatte. Aber viele Besucher waren auch einfach vorbeigerannt oder hatten ihren Stand nur oberflächlich betrachtet. Und einige hatten über die Preise gemeckert, ohne auch nur einen Gedanken daran zu verschwenden, wie viel Sorgfalt, Arbeit und Materialkosten in den Stücken steckten. Im Onlineshop brauchte sie mehrere Wochen, um auf die gleiche Verkaufsmenge zu kommen – aber da wurden ihre Nerven und ihr Selbstbewusstsein weit weniger strapaziert.

»Ist alles eingepackt?«, fragte Andrea und schlug die Kofferraumklappe zu, ohne auf Antwort zu warten.

»Nein, du hast noch einen Hut auf dem Kopf.«

»Ach, den behalte ich auf.«

»Andrea! Er ist rosa!«

»Ja, schön, nicht wahr? Ich könnte ihn jetzt jeden Tag in der Praxis tragen und Werbung für dich –«

»Untersteh dich! Die Leute glotzen schon.« Schnell zupfte sie Andrea das auffällige Stück vom Kopf und schob es in ihre Umhängetasche. »Ich näh dir einen, der nur für dich ist, aber nicht heute und nicht in Rosa.« Hoffentlich vergaß Andrea dieses Versprechen bald wieder. Abseits des Marktes bedeutete ein Hut – vor allem in Rosa – auf dem Kopf ihrer Tante einen Grad von Fremdschämen, den sie kaum ertrug. Andreas »Lass sie doch gucken« überhörte sie geflissentlich.

Auf der Rückfahrt begann es zu regnen. Regen bei Dunkelheit im Auto war schon schlimm genug, dann kam noch stürmischer Wind dazu. Andrea musste mehrmals stark gegenlenken. Liz hielt sich an einer Flasche Fanta fest, das Letzte, was der Verpflegungskorb noch hergab. Das Zittern ließ sich nur im Zaum halten, nicht vollends kontrollieren. Es hatte nach dem Unfall zwei Jahre gedauert, bis sie wieder in ein Auto gestiegen war, wenn es dunkel war oder regnete, und weitere zwei Jahre, bis sie eine solche Fahrt meisterte, ohne zu heulen. Ob es ihr jemals egal sein würde?

Was gäbe sie darum, jetzt schlafen zu können.

Der Traumjunge würde ihre Panik weglächeln, und wenn das nicht reichte, würde er ihre Narben mit seinen Händen verdecken, und wenn das immer noch nicht genug war, könnte sie sich in seine Arme flüchten.

Sie hatte es längst aufgegeben, ihn zu bekämpfen und mit ihm ihr eigenes Herz. Warum sollte sie auch gegen das schönste Gefühl der Welt ankämpfen, nur weil es den lästigen Makel hatte, nicht ganz real zu sein?

Er mochte nur ein Traum sein – aber das war besser als nichts und immerhin brauchte sie sich weder Sorgen über Verhütung zu machen, wenn es dann irgendwann so weit war, dass ihr Traumbikini im Gras landete, noch gab es mit ihm Eifersuchtsdramen, wie Katta und Robin es kürzlich hatten durchleben müssen. Er war ihr Geheimnis. Gehörte ihr allein. Und solange er sich nicht daran störte, dass sie real war, wollte sie sich nicht mehr beklagen, dass er es nicht war. Wer konnte schon alles haben?

Als Traum musste er so etwas wie Zauberkräfte haben, denn sie stellte fest, dass ihre Panik abgeebbt war, obwohl sie nur über ihn nachgedacht hatte.

Kurz nach Mitternacht näherte sich die lange Fahrt endlich ihrem Ende. Andrea blinkte schon, um sich auf der Verzögerungsspur der Autobahnabfahrt einzufädeln.

»Andrea, nimm es mir nicht übel, aber wir müssen noch mal anhalten. Ich muss ganz dringend mal pieseln.«

Andrea schien ein Seufzen zu unterdrücken. »So nötig? Wir sind in zwanzig Minuten zu Hause und ich bin richtig müde.«

»Tut mir echt leid, aber … die Fanta!«

»Schon in Ordnung. Ich fahre auf die Tankstelle da vorne. Aber ich will keine Klagen hören, wenn die Klos nicht sauber sind.«

Auf der Tankstelle stand kein Auto, als sie einfuhren. Das Häuschen war ein bunt leuchtender Klotz in der Dunkelheit.

Die Luft hatte sich noch weiter abgekühlt, es war nun wirklich empfindlich kalt. Der Wind pfiff in den umliegenden Sträuchern und die Umrisse der Bäume neigten sich tief. Sie beeilte sich, zum Verkaufshäuschen zu flitzen.

»Ich hole mir noch einen Kaffee!«, rief Andrea ihr nach. »Willst du auch etwas?«

»Schokolade wäre prima.«

Liz nickte im Vorbeieilen der Verkäuferin zu, die hinter der Kasse an ihrem Handy herumdrückte und ihr keine Beachtung schenkte, und folgte der Beschilderung in einen Gang, von dem zuerst die Männer- und dann die Damentoiletten abzweigten. In der ganzen Tankstelle lief das Radio, selbst in den Vorräumen der Toiletten befanden sich Lautsprecher, aus denen ein Lied von Cro ertönte.

Sie war so müde, dass ihr seltsame Gedanken kamen. Ich bin mit Cro auf dem Klo, dachte sie und musste kichern. Am Waschbecken nahm sie Wasser in die hohlen Hände und tauchte das Gesicht hinein. Die Kühle tat gut. Sie griff in Richtung des Papiertuchspenders und hielt inne.

Da war irgendein wieder verklungenes Geräusch im Verkaufsraum gewesen. Eines, das da nicht hingehörte. Sie lauschte. Nur das Radio dudelte vor sich hin, inzwischen sang Rihanna. Trotzdem schlug ihr Herz ein wenig schneller, ohne dass sie wusste, warum. In der Luft lag die Ahnung einer Angst. Sie wischte ihre Hände an der Hose ab und trat zur Tür. Nun konnte sie Schritte hören, schnelle, hastige Schritte mehrerer Personen.

»Schön die Klappe halten«, vernahm sie eine Stimme. Gleich darauf polterte etwas. Jemand sagte: »Keine Bewegung, dann passiert euch auch nichts!«, ein anderer: »Beeilung, Leute!«

Eisige Kälte schoss ihr durch alle Glieder. Ihr Schritt gefror in der Bewegung, aber sie war schon weit genug gegangen, um einen Blick in den Verkaufsraum werfen zu können. Nein, zu müssen.

Mehrere Maskierte eilten durch die Gänge und packten Waren in Taschen und Rucksäcke. Wie eilige Geister huschten sie umher und sahen sich ständig in alle Richtungen um. Wie im Film.

Oh, Gott, das war ein Überfall. Die Tankstelle wurde überfallen!

Neben der Kasse stand Andrea. Sie hatte die Hände erhoben, selbst auf die Entfernung sah Liz sie zittern. Die Kassiererin packte hastig Zigaretten und Schnapsflaschen in Plastiktüten. Einer der Maskierten bedrohte sie mit einer Pistole.

Das war doch nicht echt?! Das konnte nicht wirklich passieren!

»Schneller!«, zischte der Kerl mit der Pistole die Kassiererin an, diese zuckte zusammen, ließ etwas fallen und wimmerte vor Angst. Die Komplizen wurden hektischer. Was sie nicht mitnahmen, warfen sie aus den Regalen. Klirrend zerbrachen Flaschen. Von überall krachte und schepperte es. Andrea entwich ein Schrei, der Liz durch Mark und Bein fuhr. Der Lauf der Waffe zuckte zu Andrea hinüber wie ein Schlangenkopf.

Es fühlte sich an, als wäre sie eine Ewigkeit zum Zuschauen gezwungen, dabei vergingen nur Sekunden. Einer der Maskierten drehte sich in ihre Richtung, da erwachte ihr Körper aus der Starre. Hastig verschwand sie wieder im Gang zu den Toiletten. Sie musste sich zum Einatmen zwingen. Zum Ausatmen. Zum Denken.

Ruhig. Jetzt nur keinen Fehler machen. Das ist tatsächlich ein Überfall. Kein Film, es passiert wirklich. Du musst etwas tun – irgendetwas. Du musst die Polizei rufen!

Ihre Finger zitterten. Es gelang ihr kaum, das Handy aus der Tasche zu ziehen. Als sie es geschafft hatte, wusste sie nichts damit anzufangen. Nicht einmal die Notrufnummer fiel ihr ein.

Reiß dich zusammen!, schimpfte sie sich still. Trotzdem konnte sie sich nicht überwinden, die 110 zu wählen. Die würden sie hören, wenn sie telefonierte. Verdammt – die Kerle waren bewaffnet! Wenn sie sie entdeckten, war sie geliefert.

Vorsichtig sah sie sich um. Ob sie aus der Toilette heraus telefonieren konnte? Nein, zu riskant. In dem gekachelten Raum hallte jedes Geräusch und man würde sie hören. Aber der Gang führte noch etwas weiter. Wenn man an den Toiletten vorbeiging, kam man vermutlich in die Mitarbeiterräume oder ins Lager. Wenn sie ganz leise sprach, konnte sie es von dort aus versuchen. Womöglich führte sogar ein Weg aus dem Gebäude raus, dann konnte sie Hilfe holen. Die Vorstellung, Andrea im Stich zu lassen, kniff und zwickte, aber allein konnte sie gegen Männer mit Pistolen nichts ausrichten.

Entschlossen wandte sie sich um, da erschien vor ihr eine dunkle Gestalt. Eine weiße Fratze mit schwarzen Augen starrte ihr direkt ins Gesicht. Vor Schreck geriet sie ins Straucheln und musste sich an der Wand festhalten. Der Schrei klebte ihr im Mund und kam nicht raus. Durch eine Scream-Maske hinweg hielt der Typ ihren Blick. Er führte einen Finger in Richtung Mund der Maske, der ebenso zu einem stummen Schrei geöffnet war. Über ihre Lippen kam kein Ton, als drückte der Maskierte ihr allein mit seinem Willen die Luft ab. Er kam näher. Sie presste sich gegen die Wand und sah zu Boden wie ein Tier, das den Feind fort glaubt, wenn es ihn nicht ansieht. Sie registrierte eine schwarze Hose, schwarze Chucks mit Rissen und einer kleinen Kugelschreiber-Kritzelei auf der weißen Kunststoffkappe.

»Ich … ich hab nichts.« Sie hielt ihm das Handy entgegen, es fiel ihr aus den verkrampften Fingern und schlug so hart auf dem Boden auf, dass der Akku heraussprang. »Ich hab kein Geld, ich …«

Er machte eine abwehrende Handbewegung, kam aber näher, ganz nah, bis er direkt vor ihr stand. Dem Handy versetzte er einen Tritt, sodass es über den Boden aus ihrer Reichweite schlitterte.

Bitte nicht, bitte nicht!, flehte sie innerlich. *Geh weg, geh doch einfach weg!*

»Ruhig«, sagte er, es klang blechern durch die Maske. »Kein Wort, hast du verstanden?«

Er schob sie ein Stück zur Seite und wies auf den offenen Durchgang zum Vorraum der Toiletten. Sie folgte seinem Blick. Er nickte, und sie gehorchte der stummen Anweisung und ging hinein.

»Bleib hier stehen. Dann passiert dir nichts. Genau hier. Beweg dich keinen Zentimeter.«

Sie versuchte zu nicken, aber ihr Kopf zitterte bloß auf und ab. Im Verkaufsraum brüllte jemand, schon wieder klirrte und barst Glas, es folgte ein Schrei. Andrea! Oh, Gott, hoffentlich taten die ihr nichts an!

Der Kerl mit der Scream-Maske wandte sich ab, lief den Gang entlang zum Verkaufsraum. Mit ihm verschwand das Gefühl der Lähmung, als hätte er es mit sich gerissen.

Sie zögerte keine Sekunde – sie musste etwas tun! Sie musste die Polizei rufen! Mit einem Sprung war sie aus dem Toilettenvorraum, sprintete zu ihrem Handy, sammelte die Teile auf und steckte sie mit zitternden Händen zusammen, während sie in Richtung Lager lief. Warum dauerte der Neustart nur so lange? Aus dem Augenwinkel nahm sie wahr, dass der Maskierte zurückkam. Verdammt, er hatte gesehen, was sie plante. Und er war schnell, viel schneller als sie. Er erwischte sie, bevor sie die Tür zum Lager erreicht hatte, packte sie am Shirt und zerrte sie herum. Sie versuchte, ihn abzuwehren, aber der Maskierte griff nach ihrem Arm. Sie schlug seine Hand weg. Ganz vage erinnerte sie sich an die Tricks aus dem Selbstverteidigungskurs. Die Kehle war empfindlich! Wenn man die Kehle traf, hatte man eine Chance. Doch beim Versuch, den Hals des Räubers mit der Faust zu treffen, verhedderte sie sich bloß mit den Fingern in der Maske. Der Typ schubste sie zurück. Sie hielt sich an irgendetwas Weichem fest. Erst verrutschte die schwarze Kapuze mit dem schaurigen weißen Gesicht vorne darauf, dann fiel sie ihm vom Kopf und klatschte auf den Boden.

Sie starrte erst auf die Maske am Boden, dann in das Gesicht ihres Angreifers.

Mit diesem einen Blick veränderte sich in einem surrealen Moment die ganze Situation, als wären er und sie bloß Schauspieler, die an ihrem Platz auf der Bühne warteten, während um sie herum die Kulissen neu geordnet wurden.

Es war ein Junge. In seinen flussgrünen Augen stand mehr Angst, als sie fühlte, wenn das möglich war.

Und … sie kannte ihn. Sie kannte ihn sehr, sehr gut.

Sie hatte letzte Nacht noch in seinem Arm gelegen.

* * *

»Du?«

Das Mädchen wurde fahl, als würde sie gleich ohnmächtig werden. Bloß nicht – was sollte er dann machen? Sie musste hier weg, ehe Sputnik und Vince aus dem Lager zurückkamen und sie entdeckten! Warum bewegte sie sich denn nicht, warum starrte sie ihn so durchdringend an, als hätte er ihr eben ein Messer in die Brust gestoßen? Die blöde Kuh vermasselte ihm die ganze Aktion!

Plötzlich machte sie einen Schritt auf ihn zu, und ehe er sie abwehren oder zurückstoßen konnte, kniff sie ihm in die Schulter.

»Au, verdammt.« Für einen Augenblick war er vollkommen perplex. Sie nicht. Sie griff nach dem Saum seines T-Shirts und zog es hoch. Als sie die Tätowierung auf seinem Bauch sah, zog sie die Hand weg und wich einen Schritt zurück, als hätte der Dschinn sie verbrannt.

Hatte sie den Verstand verloren?

Zu spät und mit der Wucht einer unerwarteten Faust kam ihm die einzige Erklärung für ihr Verhalten, die Erkenntnis, warum sie eben dieses eine, winzige Wort herausgepresst hatte. Dieses Du. Sie hatte keinen Schock und drehte auch nicht durch.

Die kannte ihn!

Shit, oh, großer Shit! In seinen Ohren rauschte es plötzlich, als führe ein Güterzug durch den Gang. Sogar der Boden bebte. Er hatte keine Ahnung, wer dieses Mädchen war und wo er sie schon mal gesehen haben könnte, aber das war auch vollkommen unerheblich. Er hatte die bescheuerte Maske verloren. Und sie hatte ihn erkannt.

Er war geliefert. So gut wie im Knast.

Zumindest das von ihm, was Ramon und Sputnik übrig lassen würden.

»Du hältst dein Maul!« Er schnappte nach seiner Maske und packte das Mädchen am Oberarm. Willenlos wie eine Schlenkerpuppe und fast ebenso leicht ließ sie sich von ihm zurück ins Damenklo schleifen. Er trat eine Kabinentür nach innen auf und schubste das Mädchen hart hinein. Sie gab keinen Laut von sich, auch nicht, als er ihr das Smartphone aus der Hand riss und im Klo versenkte. Sie drehte sich nur wieder zu ihm um und schüttelte in einer winzigen Bewegung den Kopf, als wollte sie es nicht wahrhaben. Sie hielt sich an ihrer kleinen Blumen-Umhängetasche fest.

Verflucht, wer war die Kuh? Woher kannte sie ihn?

Hatte er sie schon mal gesehen? Das musste er doch. Aber wo?

Egal! Sie musste schweigen, sie musste jetzt erst mal um jeden Preis schweigen.

»Hast du mich verstanden?«, fuhr er sie an. »Maul halten!« Er riss ihr die alberne Tasche weg und hielt sie ihr direkt vors Gesicht. »Du wirst kein Wort sagen, sonst …! Ich weiß, wo du wohnst. Ich weiß alles über dich, vergiss das nicht, keinen Augenblick lang. Hast du das kapiert?«

Offenbar hatte sie nichts kapiert, denn sie glotzte ihn bloß an. Im Gang hörte er Schritte. Die anderen kamen.

»Schließ zu«, sagte er leise. Sie starrte ihn an. Jetzt liefen ihr die ersten Tränen übers Gesicht, aber sie blinzelte nicht mal. »Schließ die verdammte Tür zu! Von innen.« Er versetzte ihr einen Stoß gegen die Schulter. Sie taumelte, stürzte und fiel gegen die Toilette. Er schlug die Tür zu, zerrte sich die Maske wieder aufs Gesicht und klemmte sich die Tasche des Mädchens unter den Arm.

»Alles klar?«, fragte Sputnik im Korridor. Ihre Stimme klang gedämpft durch die Zombiemaske.

Er nickte mechanisch. »Da war eine auf'm Klo. Hat sich eingesperrt.«

»Scheiße!«

»Ach was. Hab ihr das Handy und die Tasche weggenommen. Alles im Griff.«

Nichts war im Griff. Seine eigene Tasche war fast leer und ein verrücktes Mädchen hatte sein Gesicht erkannt.

Zusammen mit Sputnik und Vince rannte er in den Verkaufsraum zurück. Die Tankstellentussi und eine andere Frau pressten sich verängstigt aneinander. Sputnik hob eine behandschuhte Hand und reckte den Daumen in die Höhe. Ihre Befriedigung zeigte sich trotz Maske in jeder ihrer Bewegungen.

»Abgang!«, rief sie, und alle liefen nach draußen, um sich zu verteilen und in den umliegenden Wäldern unsichtbar zu werden, jeder auf sich selbst gestellt, um weniger aufzufallen.

»Optimal gelaufen!«, hörte er irgendjemanden noch rufen.

Bullshit. Es würde schieflaufen. Seinetwegen.

Außer ihm wusste es nur noch keiner.

Kapitel 8

Der Morgen dämmerte schon, als er Sputnik und deren Schwester Alina wiedersah. Die scheinbar zufällige Begegnung war akribisch geplant. Er stieg in den ersten Bus, ging ganz nach hinten, wo sie auf der vorletzten Bank saßen, gleich hinter zwei älteren Männern, die vom Zechen kamen und den ganzen Bus mit einer Mischung aus Schweiß- und Biergeruch ausfüllten. Louis stellte sich zu den Mädchen. Man schüttelte Hände, es gab ein freundschaftlich-höfliches Küsschen auf die Wange und netten Small Talk. Er war immer noch aufgeregt, aber diese Aufregung hatte etwas Positives. Sputnik wusste, was sie tat. Sie plante jede Eventualität ein und sicherte sich ab. Vielleicht war doch noch nicht alles verloren.

Er hatte vollkommen falsche Vorstellungen von ihr gehabt. Ramon hatte ihn nicht einmal wissen lassen, dass sie eine Frau war, oder vielmehr ein Mädchen, und ein schönes dazu mit ihren achtzehn oder neunzehn Jahren, der schwarzen Igelfrisur, zwei Piercings in der linken Augenbraue und einem Körper wie Tinkerbell. Ihre Schwester war erst fünfzehn und beinah ein Ebenbild von ihr, bloß dass sie das Haar lang trug und damit an ein zartes, kleines Schneewittchen erinnerte. Ein Schneewittchen, das nur deshalb eine Zigarette nach der anderen paffte, weil es genau wusste, welche Wirkung seine sexy

Lippen dabei auf sämtliche Zwerge hatten. Hätte er im Augenblick nur eine einzige Nervenzelle für ein Mädchen übrig gehabt, wäre er ihnen beiden rettungslos verfallen. Ramon würde sich bedanken.

»Wie geht es deiner Freundin?«, fragte Sputnik ihn. Ein ironisches Lächeln spielte um ihren Mund.

Er zuckte mit den Schultern. »Hat mich verlassen.« Im Wald hatten sie sich getrennt, er und seine »Freundin«, das Codewort für die Masken, die sie beim Überfall getragen hatten.

»Endgültig?«, erkundigte sich Sputnik.

Natürlich nicht. Der Bus nahm eine Kurve, er musste sein Gewicht verlagern, um die Balance zu halten. »Nee, da geht sicher noch was.« Es war ein unnötiges Risiko, für jede Aktion neue Masken zu besorgen. Allerdings wollte niemand mit seiner erwischt werden, und so hatten sie sich Strategien überlegt, sie sicher zu verstecken. Seine lag mitsamt seinen auffälligen, bekritzelten alten Schuhen in eine Plastiktüte verpackt an einer Stelle im Wald verscharrt, die niemand außer ihm je finden würde. Bei der Maske befand sich die Tasche, die er dem Mädchen abgenommen hatte, die kleine, komische Tasche, die zu auffällig war, um sie mitzunehmen. Etwas hatte ihn davon abgehalten, einen Blick hineinzuwerfen. Vielleicht die Angst, damit erwischt zu werden. Womöglich der Blick, den er von dem Mädchen aufgefangen hatte, als er die Tasche an sich riss. So, als hätte er ihr die Kleider vom Leib gefetzt, so vollkommen verzweifelt. Sein schlechtes Gewissen, sich an einem waschechten Raubüberfall beteiligt zu haben, hatte er ebenfalls im Wald vergraben.

»Wäre auch zu schade drum«, sagte Alina und berührte ihre volle Unterlippe mit dem Zeigefinger. »Ihr wart ein hübsches Paar. So was sollte man nicht wegwerfen.«

Niemand hatte eine Chance zu bemerken, wie während der kurzen, oberflächlichen Unterhaltung der beiden bildhübschen Schwestern mit dem unscheinbaren Typen die Taschen ihre Besitzer wechselten, sodass Sputnik seine Beute übernahm und er eine leere Tasche von ihr.

Die Mädchen standen auf und stiegen an der nächsten Haltestelle aus. Im weichzeichnenden Licht der aufgehenden Sonne sah man ihnen nicht an, dass sie die Nacht durchgemacht hatten. Er blieb zurück und fuhr weiter. Erschöpft, leer wie die Tasche, an deren Gurt er sich klammerte, und etwas ratlos, wie es weitergehen sollte.

* * *

Sie weiß, dass sie träumt, weil seine Fingerspitzen über ihren Bikini streifen und dann über ihr Dekolleté, dort, wo ihre Haut fehlt und stattdessen etwas auftaucht, das aussieht wie rosa Baumrinde. Knotig, hart und scheußlich. Unter seinen Fingern fühlt sie sich plötzlich ganz weich an und unter seinem Blick nicht mehr so schlimm.

»Du berührst, was keiner weiß«, flüstert sie.

»Gar keiner?«

»Vielleicht ein paar Ärzte. Meine Tante, weil ich es nicht verhindern konnte. Meine beste Freundin. Sonst niemand.«

»Warum?«, fragt er so unbedarft, dass ihr fast keine Antwort einfällt.

»Weil es hässlich ist.«

»Ist es nicht.«

»Was soll es sonst sein? Sag nicht, es wäre nicht schlimm oder nicht abstoßend.«

»Ich weiß nicht, was es für dich ist«, sagt er leise. »Das liegt bei

dir. Für mich ist es ein Stück von dir, nicht mehr und nicht weniger.«

Seine Augen sind grün und werden dann durchsichtig. Er … er verschwindet.

Der Traum zerlief ihr zwischen den Fingern, als wäre er flüssig geworden. Sie versuchte festzuhalten, was festzuhalten ging, kniff die Augen zusammen, presste ihr Kissen an sich und versuchte mit aller Kraft, nicht vollständig aufzuwachen, nicht ausgerechnet jetzt.

Und dann fuhr sie hoch, als hätte jemand sie geschlagen.

Nein! Nicht das! Oh, bitte nicht, das durfte doch nicht wahr sein!

Mit einem Sprung war sie aus dem Bett und schleuderte das Kissen von sich wie eine gefährliche Schlange. Es flog gegen den Schreibtisch, stieß das Mohnblumenwiesenfoto ihrer Eltern um. Der Glasrahmen zersprang auf dem Boden zu Scherben.

»Verdammte Scheiße!«, schrie sie, packte das Kissen an einem Zipfel und warf sich herum. Ihre Staffelei kippte um, Skizzen wirbelten wie Laub im Wind durchs Zimmer. »Das nicht auch noch, du verdammter Scheißkerl!«

Er hatte alles kaputt gemacht. Alles. Kaputt.

Sie schlug mit dem Kissen auf das Bett ein. Auf das verdammte Scheißbett, in dem sie schon wieder von diesem Arsch geträumt hatte – im Schlaf vollkommen unbeeindruckt davon, dass er ein paar Stunden zuvor mit einer Horrormaske einen Überfall begangen hatte. Sie schlug und schlug und war so wütend, so rasend zornig auf sich selbst und die Ungerechtigkeit ihrer Träume, dass sie nur am Rande bemerkte, wie sie zu weinen begann, was sie nur noch aggressiver auf die Matratze einschlagen ließ. Andrea kam ins Zimmer gestürmt, schien einen Moment überfordert und hielt sie dann fest, ganz fest an ihren Blümchen-Schlafanzug gepresst, als befürchte sie, Liz würde sich in ihrer Hysterie verlieren und nie wieder herausfinden.

Vielleicht drohte ihr das ja wirklich.

Andrea murmelte, dass alles gut werden würde – aber was wusste sie schon?

Sie konnte doch nicht weiterträumen, als sei nichts geschehen! Das war vollkommen geistesgestört, kein normaler Mensch träumte sexy Turtelträume von einem Verbrecher. Was war bei ihr schiefgelaufen; hatte ihr bescheuertes Herz eine beschissene Borderline-Störung – setzte es alles daran, sich selbst kaputt zu machen, oder was war los mit ihr?

Sie heulte wie ein kleines Kind, bis ihr die Luft wegblieb, und hoffte vergeblich darauf, vom Heulen ohnmächtig zu werden, damit sie die Ohnmacht für einen Moment nicht mehr spüren musste.

* * *

»Du bist nicht dabei, Louis. Tut mir echt leid.«

Alinas Worte waren wie ein Schlag ins Gesicht. Er umklammerte das Handy so fest, dass sie es in der Leitung knacken hören würde. »Was soll das heißen?«

»Chill mal. Du bist neu. Meinst du, du darfst gleich alles?«

Sie nahmen ihn nicht mit ins Versteck. Sie würden sich dort treffen, alle, an einem geheimen Ort, und zwar noch heute. Zusammen würden sie die Beute zählen. Das Geld in bar, den Schnaps in Flaschen, die Kippen stangenweise. Sie würden saufen, rauchen, feiern und sich beglückwünschen, weil alles nach

Plan gelaufen war. Ohne ihn. Weil er der Neue war; der, dem man nicht alles anvertraute; der, der ein Maulwurf sein könnte; der, der gepatzt hatte, auch wenn es noch niemand wusste. Ahnten sie es?

»Beim nächsten Mal bestimmt«, sagte sie und klang, als wollte sie ihn wirklich trösten. »Und deinen Anteil kriegst du, ich schau Nicky auf die Finger, dass sie fair zu dir ist.« Nicky. Sputnik hieß also Nicky.

»Ihr vertraut mir nicht.«

»Ich schon, Louis.«

»Sputnik nicht.«

»Noch nicht. Das kommt schon noch.«

»Für den Überfall war ich ihr aber gut genug, he?«

»Halt die Klappe oder ich leg sofort auf.« Er kannte die Gesetze. Keine Schlagworte am Telefon. Verdammt, er machte einen Fehler nach dem anderen. »Warum habt ihr mir das nicht vorher gesagt? Gestern hieß es doch, dass ich mitkomme.«

Sie schwieg und das sagte viel. Er hatte es vermasselt. Durch irgendetwas, was er getan oder gelassen, ausgesprochen oder verschwiegen hatte, waren sie misstrauisch geworden.

»Verstehe«, sagte er. Seine Hände zitterten. Er war ein bisschen erleichtert, dass dieser Plan wie ein Kartenhaus in sich zusammenbrach: leise. Wenigstens konnte es keiner hören.

* * *

Liz schämte sich. Sie machte ihre Tante krank vor Sorge. Andrea nahm eine Kopfschmerztablette nach der anderen.

Es tat Liz so leid. Vor allem das Schauspiel, das sie durchzog, indem sie ihren hysterischen Anfall vom frühen Morgen auf einen Albtraum schob und alles auf den Überfall. Andrea schenkte ihr sogar ihr Smartphone, weil ihr eigenes im Klo gelegen hatte.

Liz wiederholte auf dem Polizeipräsidium die Aussage, die sie in der Nacht schon einmal abgegeben hatte: Sie hatte sich in der Damentoilette eingeschlossen und nichts gesehen.

Das sagte sie, weil es so schneller vorbei war und außerdem nicht die Gefahr bestand, sich in Widersprüche zu verstricken. Den Jungen erwähnen konnte sie nicht. Die Verbindung, die sie zu ihm hatte, zwang ihr das Gefühl auf, mitschuldig am Überfall zu sein. Als hätte sie es verhindern können und müssen. Als würde jemand in ihren Kopf schauen können, Verdacht schöpfen und Erklärungen verlangen, wenn sie nur ein einziges Wort über diesen Jungen verlor. Paradoxerweise machte sie sich erst dadurch tatsächlich schuldig, ganz handfest, weil sie eine wichtige Zeugenaussage einfach in Grund und Boden log und bloß von einer Toilette erzählte statt von bekritzelten Chucks, einem Flaschengeist-Tattoo, grünen Augen und ihrer Tasche, die er nun hatte. Aber das wurde ihr erst später bewusst, als alle Lügen schon Schwarz auf Blassgrün festgehalten waren und sie unterschrieben hatte.

»Du solltest mit jemandem reden«, wiederholte Andrea wieder und wieder, und ihre Hilflosigkeit machte Liz fertig. »Mit jemandem, der sich auskennt, jemandem vom Fach.«

»Später vielleicht«, wich sie aus, in dem vollen Bewusstsein, dass das schon wieder gelogen war. »Der Überfall ist keine vierundzwanzig Stunden her, lass mich doch erst mal in Ruhe, ich krieg mich schon wieder ein.«

»Du musst das nicht allein schaffen, Lizzielein, du –«

»Mein Gott!«, fuhr es aus ihr heraus. »Weißt du was? Geh du doch zum Psychologen. Du hattest doch die Knarre am

Kopf, nicht ich. Ich hab auf dem Klo gesessen, sonst nix.« Im nächsten Moment tat es ihr leid, so zickig geworden zu sein. »'tschuldigung«, murmelte sie. »Aber ich muss das mal allein schaffen.«

Was blieb ihr übrig? Sie war ja allein.

Sie war sich nie sicher gewesen, ob sie an einen Gott glauben sollte. Für den Moment machte ihr die Vorstellung, es könnte einen geben, Angst. Welcher Gott nahm einem Kind die Eltern weg und spielte dann mit allem, was ihr übrig geblieben war – ihren Träumen, ihrer Liebe und ihrer Sehnsucht –, so gnadenlos bösartige Spiele? Sie brauchte einen verdammten Ausweg aus dieser krankhaften Traumgeschichte. Jetzt!

Aber was, wenn es diesen Ausweg nicht gab?

* * *

Er hatte die Türklingel abgestellt, aber was wollte er sich vormachen? Sie würden halt klopfen. Er hatte gedacht, er würde einschlafen, kaum dass sein Gesicht das Bettlaken berührte, denn er war erschöpfter, als er es je für möglich gehalten hatte. Doch nun lag er schon seit einer Stunde wach und wälzte sich von rechts nach links und wieder zurück. Draußen verrann der Tag in einen wolkigen Abend und die Polizeisirenen durchzogen das Murmeln der Stadt in immer kürzeren Abständen. Er würde keinen Schlaf finden, solange seine Mutter wach vor dem Fernseher hockte, um sich anzusehen, wie irgendwelche C-Promis reihum eine unglaubliche Summe Geld für hässlichen Fummel verprassten, den kein Mensch bei Trost je anziehen würde. Was, wenn nur eine einzige der Sirenen ihm galt und jemand an die Tür klopfen würde, um mitzuteilen, dass alles aufgeflogen war? Sie würden ihn mitnehmen und seine

Mutter würde allein zu Hause bleiben. Allein und ohne einen verdammten Grund, mit dem Saufen je wieder aufzuhören, solange ihr Hirn noch so weit funktionierte, um ihrer Hand zu befehlen, eine Flasche zum Mund zu führen.

Er musste vor ihr an der Tür sein. Nur dann bestand die Chance, dass sie sitzen blieb, bei ihrem Wein und Guido Maria Wieauchimmer, die sie beide zu nett und zu wichtig fand, um mitzubekommen, was ihr Sohn wieder getan hatte.

Louis fand weder im Fernsehen noch in seinem Computer genug Ablenkung vor dem Gespenst, das ihn seit der Tankstelle verfolgte, so sehr er auch versuchte, es zu ignorieren; durch es durchzusehen, als sei es nicht da. Das Gespenst mit den hellbraunen, beinah blonden Haaren und den dunkelbraunen, beinah schwarzen Augen. Das ihn erkannt hatte.

Sie würde ihn verraten. Mit jedem Funken Licht, das die Nacht schluckte, wurde es ihm klarer. Es war bloß eine Frage der Zeit, bis die Sirenen ihm galten und jemand an die Tür klopfte. Vielleicht waren sie schon unterwegs? Die Ungewissheit war das Schlimmste.

Als sein Handy lautlos vibrierte, schrak er zusammen. Ramons Name leuchtete im Display. Er drückte ihn weg.

Kann jetzt nicht reden. Meld mich, tippte er in eine SMS. Dass er Ramon beibringen musste, noch nicht zu wissen, wo Sputniks Lager war, war für den Augenblick zu viel. Darum musste er sich später kümmern, ebenso um das Problem, dass Sputnik ihm nicht vertraute. Punkt eins auf seiner Liste war das Mädchen, das ihn kannte. Was, wenn sie ihn gar nicht an die Polizei verriet, sondern an Sputnik? Solange ihm nicht endlich einfiel, woher sie ihn kannte, konnte er nicht ausschließen, dass sie etwas wusste, was ihn den Hals kosten würde. Was, wenn sie nicht zufällig in der Tanke gewesen war, sondern zu

Sputnik gehörte, ohne dass man es ihm gesagt hatte? Und wenn sie ihn aus Ramons Gang kannte? Es würde erklären, warum Sputnik plötzlich reservierter geworden war. Das »Was wäre wenn« ging mit ihm durch, tausend Varianten, die ihm allesamt bedrohlich erschienen. Er zermarterte sich das Hirn nach einer einzigen Erklärung, die in ihm keine Angst schürte, aber ihm fiel nichts ein.

Und endlich begriff er, warum er nicht hatte schlafen können. Er hatte etwas zu tun, so sehr er sich auch davor fürchtete. Er musste herausfinden, wie tief er wirklich in der Scheiße saß, um zu retten, was zu retten war.

Kapitel 9

Katta kam erst am späten Sonntagabend von ihrem Fußballcamp zurück und zögerte trotzdem keine Sekunde, sich auf ihr Longboard zu schwingen und zu ihr zu kommen.

»Es tut mir so leid, dass ich nicht früher kommen konnte. Ich gehe nie wieder ohne mein Handy irgendwohin, die können sich ihre heiligen Campregeln sonst wohin stecken.«

Als Katta sie so fest an sich drückte, dass ihr die Luft wegblieb, spürte Liz ihren Widerstand gegen ihre beste Freundin in die Knie gehen. Sie musste ihr von dem Jungen erzählen. Etwas von ihr würde platzen, wenn sie es nicht tat, entweder ihr Herz oder ihr Hirn. In jedem Fall etwas Überlebenswichtiges.

»Es ist an diesem Wochenende noch etwas passiert«, sagte sie, vollkommen unsicher, wie sie es aussprechen sollte.

Katta hob beide Brauen. »So ernst? Was denn? Hast du was mit Robin gehabt?« Sie lachte. »Du weißt, dass ich euch dann beide töten muss.«

»Unsinn. Dein Robin würde es nicht mal bemerken, wenn ich irgendwo nackt auftauche. Der sieht nur dich.«

»Und die Sportschau.«

»Die ist keine Konkurrenz für dich, die liebt ihr beide. Setz dich.« Sie wies auf ihr Bett, da sie das Sofa unter Stoffen und Schnittmustern vergraben hatte.

Katta zog Liz neben sich. »Erzähl mal. Was ist passiert?«

Sie musste durchatmen. »Da ist dieser Junge.«

»Ha! Ich wusste es! Wer ist er, kenn ich ihn, wie heißt er?«

»Weiß ich gar nicht, vermutlich nicht, keine Ahnung. Bis gestern wusste ich nicht mal, dass er … Puh, wie soll ich es sagen? Ich … habe von ihm geträumt. Nur von ihm geträumt.«

Katta zog beide Beine an ihren Körper und legte ihr Kinn auf ihre Knie. »Du kennst ihn gar nicht näher?«

»Ich kenn ihn überhaupt nicht. Ich hab ihn nie zuvor gesehen, immer nur in meinen Träumen, dafür jede Nacht.«

In Kattas Gesicht spielte das Grübeln mit dem Verstehen. Fand sie sie jetzt vollkommen verrückt?

»Deshalb warst du so komisch und so müde, oder?«

»Ja. Ich hab mich nicht getraut, es zu sagen, weil es so durchgeknallt klingt.«

»Hm. Wie lange geht das schon?«

»Das weiß ich selbst nicht so genau. Ich glaube, ich habe schon immer mal von diesem Jungen geträumt, womöglich schon als Kind hin und wieder. Es ist mir aber nie aufgefallen, ich habe halt immer viel geträumt. Aber seit etwa drei Monaten träume ich nur noch von ihm. Oft jede Nacht, manchmal sogar mehrmals in einer.«

»Krass«, sagte Katta. Es klang fast wie »krank«. »Und was träumst du genau? Wird es«, sie wackelte mit der Hand und grinste, »heiß?«

»Nicht richtig.« Noch nicht. Zum Glück! Sie wäre vor Scham gestorben, wenn sie diesem Verbrecher ihr erstes Mal geschenkt hätte, wenn auch nur im Traum. »Aber romantisch schon. Wir sind im Traum zusammen, wenn du das meinst.« Sie musste schlucken. »Bescheuert, oder?«

Katta lachte. »Gar nicht. Erinnerst du dich noch daran, wie

unsterblich ich letztes Jahr in Marco Reus verliebt war? Der war für mich auch nicht erreichbarer als ein Traum. Es war trotzdem schön.« Sie seufzte. »Ich hab sein Poster in einen Glasrahmen getan, damit ich es küssen konnte und mein Lippenstift auf seinem Mund war.«

»Das hast du mir nie erzählt!«

»Du hättest nur gelacht.«

»Nie! Aber da du von Realität sprichst – genau das ist es ja! Der Junge, dieser Traumjunge … der ist real.«

»Moment. Ich dachte, du hättest ihn nie gesehen?«

»Hab ich auch nicht. Ich dachte, es gäbe ihn nicht. Bis gestern.«

Katta öffnete den Mund und schloss ihn wieder.

Sie musste unruhig lachen. »Genau so hab ich auch geguckt. Er kam in diese Tankstelle, und ich dachte, ich würde träumen.«

»Bei dem Überfall?«, rief Katta. »Der Dreamboy war auch da?«

Sie schüttelte den Kopf. Jetzt musste sie verdammt vorsichtig sein, um nichts Falsches zu verraten. Katta durfte nie erfahren, dass ausgerechnet ihr Traumjunge einer von den Tankstellenräubern war. Dann würde sie ihr nicht helfen, ihren Plan durchzuziehen, sondern sie überreden, ihre Zeugenaussage richtigzustellen. Katta war zu vernünftig für verzweifelte Pläne, aber Liz' Verzweiflung war zu groß, um vernünftig zu bleiben. »Als es losging, war er schon weg. Er hat da nur irgendwas gekauft.«

»Und du bist sicher, dass es derselbe Junge war? Was, wenn er deinem Traumtypen nur ähnlich sah?«

»Dachte ich zuerst auch. Aber er hatte eine Tätowierung.«

Katta zuckte mit den Achseln. »Haben viele, kann Zufall –«

»Einen Flaschengeist auf dem Bauch. Nicht so einen Disney-

Knuddel-Dschinni, sondern einen … gefährlichen. Aus Feuer, Glut und Rauch.«

Katta biss sich auf die Unterlippe. Dann zog sie die Stirn kraus. »Du hast seinen Bauch gesehen? Dass er in deinen Träumen nackt ist, kann ich ja verstehen, aber beim Einkaufen?«

»Er hat sich am Regal nach etwas gestreckt, dabei ist sein T-Shirt hochgerutscht. Da konnte ich es sehen. Und weißt du, was das Verrückteste ist? Das Tattoo war frisch, es war noch ein bisschen verschorft und rot an den Rändern. Und in meinem Traum … da hat er es erst seit Kurzem. Vorher war da keins.«

Katta fuhr sich über die Stirn, als würde sie schwitzen. »Das ist abgefahren. Bist du sicher? Vielleicht ist es dir vorher nicht aufgefallen.«

Sie zuckte mit den Schultern. Sie war sich sicher. Allerdings gaukelten ihr ihre Träume diese Sicherheit womöglich nur vor. Träume funktionierten über wahllos in die Gedanken gelangende Versatzstücke, hatte sie gelesen. Erst das Unterbewusstsein füllte die Lücken und formte mehr oder weniger logische Abfolgen daraus. Doch die Träume von dem Jungen fühlten sich so anders an als alles, was sie je geträumt hatte.

»Tattoo hin oder her«, sagte Katta. »Das ist … das Coolste, was ich je gehört habe. Absolut crazy.«

»Verrückt, oder?« Sie hoffte, Katta fand es wirklich auf die coole Art verrückt.

»Du musst mir alles über ihn erzählen! Sieht er gut aus?«

Sie seufzte. Fast zu gut für ihren Geschmack. Wenn er doch wenigstens hässlich wäre – dann hätte sie ein Problem weniger.

»Hach«, imitierte Katta ihren Laut und drückte ihr dann einen spitzen Finger in die Rippen. »Was heißt hier *Hach?* Meinst du, mit einem *Hach!* gebe ich mich zufrieden? Beschreib ihn! Groß und muskulös?«

»Groß schon. Größer als du in jedem Fall. Aber ganz schlank. Er hat grüne Augen und schokoladenbraune Haare.«

»Vollmilchschokolade oder Zartbitter?«

Sie musste lachen. »Fünfzig Prozent Kakaoanteil. Und länger nicht geschnitten, sodass es etwas … Mir fehlt das Wort, wie es aussieht.«

»Verwegen?«, hauchte Katta und blinzelte.

»Das passt.«

»Hach! Du hast recht, das klingt nach *Hach!*«

»Außerdem hat er diese Wangenknochen.«

»*Diese* Wangenknochen?« Katta zeichnete mit den Fingern undefinierbare Linien in die Luft. »Diese Wie-gemalt-Wangenknochen?«

»Genau die. Und wenn er lächelt, dann lächelt erst nur ein Mundwinkel, dann der ganze Mund und erst danach die Augen.«

Darauf antwortete Katta nicht, sondern ließ sich rücklings aufs Bett sinken. Ein Schnittmuster knisterte unter ihr, hoffentlich bekam es keine Knicke. »In Romanen«, sagte Katta, »schreiben sie immer, die Männer würden *träge lächeln.* Ich hab mich schon tausendmal gefragt, wie ich mir das vorstellen muss, so ein *träges Lächeln.* Jetzt weiß ich es.«

»Verstehst du, dass ich ihn finden muss?«

»Du musst ihn finden?« Katta fuhr auf wie von einer Sprungfeder abgeschossen. »Ja, natürlich! Du musst ihn finden, was für eine Frage!«

»Die Frage lautet: wie.«

Katta lief im Raum hin und her und deutete dann auf die Skizze einer Strandtasche, die mit einer Reißzwecke an die Pinnwand geheftet war. »Du kannst doch zeichnen. Zeichne ihn! Und dann lade ich das Bild auf Facebook hoch und wir bitten darum, es zu teilen. Er sieht es früher oder später oder wird von jemandem erkannt und –«

»Auf gar keinen Fall!« Ihr wurde flau im Bauch, als die Drohungen des Jungen wieder hochkamen, wie eine Übelkeit, gegen die man ständig schlucken musste. Sein Bild im Netz, womöglich noch mit ihren Kontaktdaten, war der Super-Ober-Mega-GAU. Gott, was war in sie gefahren, sich in albernen Schwärmereien über einen Verbrecher zu verlieren?

»Katta, sag, findest du mich eigentlich oberflächlich?«

»Was?«, Katta lachte laut auf. »Ausgerechnet dich? Wie kommst du denn jetzt darauf?«

»Na ja. Was, wenn er nur gut aussieht, aber ein Riesenarsch ist?«

Katta sah sie an, als würde sie sie Vokabeln in Mandarin abfragen. »Dann wirst du's merken. Auch ein Riesenarsch kann einen bewundernswerten Arsch haben, oder? Aber noch mal zu Facebook …«

Sie winkte ab. »Facebook geht gar nicht! Vielleicht ist dem das total unangenehm. Außerdem kann ich keine Gesichter zeichnen.«

»Das kannst du bestimmt, du musst es nur versuchen.«

»Nein! Nein, ich möchte das anders angehen. Ich will … erst mal schauen, wer das überhaupt ist und wie der drauf ist.«

»Okay«, sagte Katta enttäuscht. »Aber wie stellst du dir das vor? Wenn nicht Ferien wären, könnte man die Schulen abklappern und nach ihm Ausschau halten. Aber du weißt ja nicht mal, ob er aus der Nähe ist. Wenn er abends an einer Tankstelle war, war er vielleicht nur zufällig in der Gegend.«

Der Gedanke war ihr auch schon gekommen. Die Tankstelle lag am Stadtrand. Sie hatte keinen Fluchtwagen gesehen, aber das bedeutete nicht, dass keiner dagewesen war. »Es ist nur so ein Gefühl, dass er nicht weit weg ist«, murmelte sie, unschlüssig, ob sie das gut oder beängstigend fand. »Ich muss es wenigstens versuchen, weißt du? Mir hilft nur Konfrontation, das weiß ich von früher. Ich konnte nach dem Unfall damals erst wieder schlafen, nachdem ich an der Unfallstelle war und die Blutflecken gesehen habe.«

In Kattas Blick stahl sich Mitleid. Liz musste weggucken, weil sie es nicht ertrug, dass jemand sie so ansah.

Sie durfte jetzt nicht klein und schwach und hilflos bleiben. Sie musste dem Monster entgegentreten und es fragen, was es von ihr wollte. Es war ihre einzige Chance, die Träume loszuwerden.

Ich finde dich, dachte sie und zwang sich dazu, den Gedanken so bedrohlich wie nur möglich durch ihr Hirn klingen zu lassen. *Ich finde dich und ich werde dich zwingen, mich in Ruhe zu lassen.*

»Lizzie? Du siehst aus, als hättest du einen Plan. Aber so, wie du gerade guckst, weiß ich nicht, ob ich ihn hören will.«

Sie trat an ihre Staffelei und griff zum Bleistift. »Ich habe eine bessere Idee als Facebook«, sagte sie leise. »Ich weiß nicht, wie er heißt, wer er ist und wo er hingeht. Aber ich weiß, wo er war.«

»Was zeichnest du da?«

»Glut und Zorn«, flüsterte sie. »Und Feuer und Rauch.«

Kapitel 10

Es gab Tage, die seine Mutter komplett verpennte. Und es gab Nächte, in denen sie ewig wach blieb. Es war schon nach Mitternacht, als sie schlief und er endlich gehen konnte. Leise war er, und alle paar Meter sah er sich um, ob ihm jemand folgte. Die Lichter verschwammen ineinander, die Dunkelheit gab keine Verstecke her, sondern scheuchte ihn weiter, als wollte sie ihm keine Zuflucht bieten. Selbst im Wald, wo niemand außer ihm und seiner Taschenlampe war, fühlte er sich beobachtet, und jedes Knacken und Knistern schreckte ihn auf.

Er beeilte sich, an der unauffälligen Markierung mit bloßen Händen nach der Tüte mit den Beweisen zu graben. Den Beweisen dafür, dass er eine Grenze übertreten hatte, die er sich vor ein paar Monaten gesteckt hatte. Er war jetzt kein Einbrecher mehr, der Kram aus Läden schleppte, den laut Ramon irgendeine Versicherung ersetzen würde. Er war jetzt jemand, der Menschen bedrohte. Bewaffneter Raubüberfall. Niemand wusste, dass er das Messer, das er von Sputnik hatte, nie bei sich trug.

Endlich gab die schwere Erde die Plastiktüte frei. Er zog die Tasche des Mädchens heraus und steckte sie unter seine Jeansjacke. Die Wolken zogen ab und der zunehmende Mond schien durch die Baumkronen auf ihn nieder. Selbst der Scheißmond gaffte ihn an! Hastig buddelte er die Tüte wieder ein, trat die aufgewühlte Erde platt und schob Laub über die verräterische Stelle.

Er ging zum Weg zurück, folgte diesem, bis er weit genug von seinem Versteck fort und noch nicht zu nah am Stadtrand war. Dort stand eine Bank. Er setzte sich auf die Rückenlehne und zog die Mädchentasche unter seiner Jacke hervor, wo sie ganz warm geworden war. Im Schein seiner Taschenlampe betrachtete er sie. Sie war rund, groß wie ein Teller und hellgrau. Eine Blume war draufgenäht, innen gelb mit weißen Blättern darum, vielleicht ein großes Gänseblümchen oder eine Margerite oder wie so was hieß. Darin versteckt wartete seine Antwort: wer das Mädchen war, das ihn kannte. Er hatte nur bluffen wollen, als er ihr gedroht hatte. Aber jetzt wuchs seine Sorge, dass sie ihn verraten würde, zu nackter Panik, die ihn zu weiteren Fehlern trieb. Fehler konnte einer wie er sich nicht leisten. Und ihm wurde klar, dass ein Bluff zu wenig war. Er hatte keinen Plan, was er tun konnte – verdammt, er war zu müde zum Denken. Aber er brauchte das Gefühl, *überhaupt* etwas tun zu können. Klarstellen, wer sie war, woher sie ihn kannte, was sie ihm konnte und vor allem an welcher Stelle sie ihm gefährlich werden würde … das klang nach einem guten Plan, immerhin der beste, den er hatte.

Er öffnete die Tasche, griff hinein und zog alles, was er darin fand, heraus. Ein Bio-Lippenpflegestift. Drei Bleistifte, angeknabbert an den Enden. Eine kleine Stoffhülle mit Tampons drin. Eine weitere Stoffhülle, gefüllt mit Taschentüchern. »Sei immer du selbst« war draufgestickt. »Außer du kannst ein Einhorn sein. Dann sei ein Einhorn!«

Ein hellgrünes Maßband und ein paar Münzen Kleingeld.

Ihm brach der Schweiß aus. Da war nichts drin, was ihm

weiterhalf. Kein Portemonnaie, kein Ausweis, keine Adresse, kein Name. Nichts.

Als Letztes zog er noch ein Stück Stoff heraus, das ganz unten in der Tasche gewesen war. Im Licht der Lampe drehte er es hin und her und wollte heulen.

Es war ein Hut, ziemlich rosa. Auf der Krempe stand in klitzekleinen Glitzerbuchstaben, die er erst für wahlloses Gefunkel gehalten hatte: What's up?

* * *

Darf ich dich noch was fragen?

Kattas WhatsApp-Message kam, nachdem sie gerade mal zehn Minuten aus dem Haus war. Wenn sie schon zu Hause war, musste sie mit ihrem Longboard wie eine Irre gerast sein.

Nur zu, tippte Liz zurück.

Erst kam ein breit grinsender Smiley. Dann: **Wenn du träumst, siehst du dann aus wie in der Realität?**

???

Ich mein deine Narben. Ein Smiley mit rotem Gesicht kam schnell hinterher und Liz wurde auch rot. **Sind die dann weg?**

Nee. Während sie überlegte, was sie weiterschreiben sollte, kam schon die nächste Nachricht von Katta.

Weil du erzählt hast, dass du im Traum einen Bikini anhast. Das hatte mich gewundert.

Wundert mich auch. Jedes Mal.

Er darf sie sehen?

Ja. Ausgerechnet der, der es am wenigsten auf der Welt verdient hatte, dass man ihm vertraute. Der Dialog bewegte sich in eine Richtung, in die sie nicht wollte, aber sie fühlte sich nicht imstande, das abzubrechen.

Katta schickte gefühlte hundert Herzen.

Katta, bin müde, geh jetzt schlafen, ja? Wir sehen uns morgen, hdl.

Sie wusste, was Katta antworten würde. Träum süß. Sie schloss die Augen und zählte runter: drei, zwei, eins. Das Plinggeräusch ertönte.

»Kann ja nicht anders«, flüsterte sie in die Stille.

* * *

Die hatte ihn verarscht.

Das war das Erste, was ihm durch den Kopf ging. Die Kuh hatte bewusst nichts bei sich getragen, mit dem sie sich identifizieren ließ. Die wollte ihn fertigmachen und er war ihr voll auf den Leim gegangen. Ihm fuhr ein solcher Schreck durch die Knochen, dass er die Tasche nebst Inhalt von sich schleuderte, sodass alles durch den Wald flog. Den Hut warf er zu Boden, und am liebsten hätte er darauf herumgetrampelt wie eine Comicfigur, als ihm plötzlich eine Winzigkeit auffiel.

Seitlich am Stoff war ein Annäher, so ein kleines Etikett. Er hob den Hut auf und betrachtete ihn genauer. Es war ein Label. styLiZtin stand darauf. Der Hut sah so ungewöhnlich aus, dass es vielleicht ein Designerstück war, womöglich war es aber auch der Name des Ladens. Zu wissen, wo sie ihre Hüte kaufte, war nicht viel, aber erst mal alles, was er hatte.

Er sammelte die Teile wieder ein, sorgsam darauf bedacht, nichts liegen zu lassen. Was war in ihn gefahren, die Beweisstücke hier im Wald zu verteilen? Wenn er durchdrehte, war er am Ende, er musste unbedingt die Nerven behalten. Als er alles wieder in die Tasche steckte, fiel ihm daran derselbe Annäher auf.

Der Weg nach Hause fühlte sich länger an als der Hinweg, und er hatte ein ganz und gar ungutes Gefühl dabei, die Tasche, den Hut und den anderen Kram mit nach Hause zu nehmen. Fast erwartete er die Polizei im Wohnzimmer, aber da lag nur seine Mutter auf der Couch und schlief vor dem Fernseher. Er schaltete den Apparat ab, ging in sein Zimmer und klappte sein prähistorisches Laptop auf, das der Herr Erzeuger ihm vor vier Jahren zum zwölften Geburtstag geschenkt hatte. Er hatte brav Danke gesagt und sich ehrlich gefreut, aber irgendetwas musste er trotzdem verbockt haben, denn seitdem war wieder Funkstille.

Das Wort auf dem Etikett brauchte er bloß in die Suchmaschine einzutippen und schon hatte er einen Treffer. Er klickte darauf und musste im nächsten Moment den Kopf mit der Hand stützen. Ein Onlineshop für selbst genähten Mädchenkram. Taschen, Hüte, Haarschmuck, Tops, T-Shirts, Röcke, Kleider, Kleinkram hießen die Menüpunkte, die mit Links zu den Artikeln unterlegt waren. Wer den Plunder gekauft hatte, stand da natürlich nicht. Die Seite gab allenfalls Auskunft über die Finanzkraft des Mädchens, denn billig waren die Teile nicht gerade. Genervt klickte er hin und her – vielleicht gab es ja zum Onlineshop einen richtigen Laden, wo er fragen könnte? Er wechselte zum Punkt »Über mich«, scrollte am Text vorbei und hielt bei einem Foto plötzlich inne.

War sie das nicht?

Das Mädchen auf dem Bild stand vor einer Staffelei, auf der sie zeichnete. Zwei Stoffbahnen hingen seitlich über dem Papier wie ein aufgezogener Vorhang. Sie wandte der Kamera den Rücken zu, mehr als Haare und die Ahnung von Wangenknochen, Nase und Kinn sah man nicht. Aber es bestand kein Zweifel. Die Haare, für Braun zu hell und für Blond zu braun, gingen ihr auf dem Bild bis zur Schulter. In der Tankstelle waren sie länger gewesen, das Foto musste älter sein, aber es war dasselbe Mädchen.

styLiZtin beim styLiZten, stand unter dem Bild. Eine Zeile tiefer: *Liz. (Das bin dann wohl ich.) 16 Jahre, Veggie, Sternzeichen Skorpion, selten ohne Stift und Papier anzutreffen.*

Mag: Tiere (vor allem Katzen), Einhörner, Baumwolle, Seide, Wolle (Merino! OMG, muss stricken lernen), Fanta, Sonne, Gänseblümchen und alles Gelbe – außer Neid.

Mag nicht: Horoskope, Skorpione und Neid.

Keine Meinung zu: Facebook und Fußball (sorry, K.)

Seine Mundwinkel zuckten und formten so etwas wie ein Grinsen. Hatte er in dieser ätzenden Nacht etwa doch noch so etwas wie Glück gehabt? Die Seite und der Shop gehörten dem Mädel!

Gar nicht so schlecht, musste er zugeben. Sie war sicher nicht viel älter als er, entwarf Kleider, Hüte und Zeug aus Stoff und hatte ihren eigenen Onlineshop mit Steuernummer und allem. Und – er klickte zum Menü zurück – bingo. Es gab ein Impressum; brav mit Namen und Adresse, wie sich das gehörte. Liz Buchner.

Er hatte sie. Gotcha.

Kapitel 11

Die Nacht war kurz, aber Louis hatte kaum Zeit, um sie zu verschenken, und fuhr am nächsten Morgen zu der Adresse, die er im Internet gefunden hatte. Es war nicht weit, knappe zwanzig Minuten aus der Innenstadt, wenn er mit seinem alten Fahrrad zügig fuhr. Die Gegend war ausgesprochen schick. Es gab fast ausschließlich frei stehende Einfamilienhäuser, vor denen große Autos parkten. Die Straße war als Sackgasse beschildert, sie ging durch eine Unterführung unter den Bahngleisen durch. Die Leute hier schienen außergewöhnlich bieder zu sein – im Tunnel waren die Wände vom bravsten Grau und nicht ein einziger Sprayer hatte sich je daran ausgelassen. So viel Platz, den keiner nutzte! Er musste an Pferdeweiden vorbei und durch ein Wäldchen fahren, bis er den Wendehammer erreicht hatte, wo ein Haus mit einem roten, runden Schild, das auf eine Tierarztpraxis hinwies, das einzige war. Das musste es sein. Hier war vermutlich die Küche größer als bei ihm zu Hause die ganze Wohnung. Hinter dem Haus lag ein großer Garten und vor der Garage stand ein frisch polierter VW Golf mit Faltdach. Kein Wunder, dass das Mädchen so begabt und kreativ war – die hatte sicher fast alles, was man sich wünschen konnte, und den Rest konnte sie sich vermutlich auch noch kaufen. Auf der ihm zugewandten Seite gab es einen von Hecken begrenzten Parkplatz. Hinter einer der Hecken versteckte er erst sein Fahrrad unter einem Brombeerdickicht und suchte sich dann einen guten Beobachtungsposten, um das Haus unentdeckt näher in Augenschein zu nehmen.

Beim genaueren Hinsehen erkannte er das Praxisschild. Dr. Andrea Buchner – das musste die Mutter des Mädchens sein. Hinter den Fenstern waren im Erdgeschoss Kunststofflamellen, in den oberen Fenstern spießige Gardinen. Offenbar lag unten die Praxis und oben befanden sich die Wohnräume.

Er musste nicht lange warten, bis die ersten Autos auf den Parkplatz fuhren. Leute stiegen aus, führten Hunde an der Leine oder trugen Katzen und kleinere Tiere in bunten Plastikboxen in die Praxis. Eine Weile später kamen sie in nahezu identischer Reihenfolge wieder heraus, ließen ihre Hunde an die Hecken pinkeln, packten alles wieder ein und fuhren. Ein kleiner Junge, vielleicht fünf oder sechs, heulte beim Aussteigen. Er wollte den Katzenkorb tragen, aus dem jämmerliche Laute kamen, die nach Schmerzen klangen und bewirkten, dass sich Louis die Nackenhaare sträubten. Er hatte nicht gewusst, dass Katzen solche Töne von sich geben konnten. Die Frau, die den Korb trug, wirkte gestresst und in Eile und beachtete ihr Kind kaum. Es schien nicht gut um die Katze zu stehen.

Wenige Minuten nachdem die Familie in der Praxis verschwunden war, öffnete sich die Tür ein kleines Stück, und der Junge quetschte sich nach draußen. Er schluchzte, dass es ihm die Schultern schüttelte, und rannte los – blindlings mitten auf die Straße! Louis setzte schon zum Sprint an, aber es kam zum Glück kein Auto. Dafür trat sie aus der Tür; dieses Mädchen. Schnell zog er sich in sein Versteck zurück. Sie lief dem kleinen Jungen nach, hielt ihn fest und führte ihn an der Hand von der

Straße runter. Louis konnte nicht hören, was sie sagte, nur ihr Gesicht sehen. Sie lächelte. Der Junge weinte noch immer, schüttelte den Kopf. Das Mädchen setzte sich auf die Treppe vor der breiten Eingangstür und klopfte neben sich auf die Stufe. Sie legte den Kopf schief und das Haar fiel ihr vors Gesicht. Es dauerte eine Weile, bis der Junge sich zu ihr setzte, und so lange wartete sie einfach ab. Dann begann sie zu reden, leise und mit vielen Gesten, als würden ihre Hände versuchen, die Arbeitsschritte der Tierärztin für das Kind begreiflich zu machen. Der Junge beruhigte sich. Schließlich wischte sie ihm mit der flachen Hand Rotz und Tränen aus dem Gesicht. Als das nicht reichte, nahm sie den Ärmel ihres Sweatshirts.

Louis spürte ein Gewicht auf seiner Brust, das das Atmen schwer machte. Was zur Hölle tat er denn hier?

Dieses Mädchen plante nichts und war niemandem gefährlich. Sie war ohne jede Schuld in einen Überfall geraten. Der Gefährliche war er. Er, der für etwas Geld fast alles tat. Sogar ein Mädchen stalkte, das bloß Hüte und Kleider nähte und Kinder tröstete, die um ihre Katzen heulten. Der Kloß in seinem Hals war zu hart, um ihn runterzuschlucken.

Er wartete, bis das Mädchen mit dem Kind wieder in der Praxis verschwunden war, und wollte gerade sein Fahrrad aus dem Gestrüpp fischen, als ein anderes Mädchen auf einem Longboard die Straße entlanggebraust kam. Besser, er blieb noch versteckt. Das Mädchen bremste vor der Praxis und pfiff auf den Fingern. Ihre Haare waren rotblond und sie war größer und dünner als Liz, aber etwa im gleichen Alter; mit Sicherheit ihre Freundin. Die Lamellenvorhände bewegten sich, das dünne Mädchen winkte. Kurz darauf kam Liz aus dem Haus und die Mädchen umarmten sich. Sie trug immer noch dasselbe Shirt, der Ärmel war dunkel, vielleicht hatte sie ihn ausgewaschen. Sie holte ein Fahrrad aus der Garage und die beiden fuhren los, aufgeregt schwatzend. Er wäre nach Hause gefahren, zurück in die fünfzig Quadratmeter im siebten Stock, und hätte die Bewohner dieser anderen Welt am Rand der Stadt nie wieder belästigt, wenn er nicht einen Fetzen des Gesprächs mit angehört hätte, als sie an seinem Versteck vorbeifuhren.

»Wir finden den Typen, Lizzie.«

»Meinst du wirklich?«

»Dein Plan ist gut. Der hat keine Chance, uns zu entkommen.«

* * *

Wenn sie die Stirn an die Scheibe lehnte und das Licht mit der Hand abschirmte, konnte sie in den Laden sehen und den Mann hinter der Theke erkennen. Er war gefühlte zwei Meter zwanzig groß, breit wie ein Türrahmen und er hatte Hörner auf der über und über tätowierten Glatze. Sie zog den Kopf zurück und warf einen Blick auf die Bleistiftzeichnung in ihrer Hand. Eben noch hatte sie die Idee für ganz gut gehalten, aber jetzt kam sie ihr lächerlich vor. Was sollten die denn von ihr denken?

»Los jetzt!«, befahl Katta. »Wir sind hier nicht umsonst hergefahren. Rein da und Attacke!«

»Weiß nicht, Katta. Der lacht mich doch bloß aus.«

»Solange er uns dabei nicht aus Versehen verschluckt, soll uns das egal sein. Komm schon – ich rede!« Katta zog eine Grimasse, stieß die Tür auf und zerrte sie einfach mit.

»Na ihr, moin«, begrüßte sie der Riese mit Hamburger Akzent. »Was kann ich'n für euch tun?«

Sie atmete ein, hielt die Luft an und legte ihre Zeichnung auf den Tresen.

»Kennen Sie dieses Motiv?«, fragte Katta.

Der Riese drehte es zu sich um, betrachtete es eine Weile und nickte dann anerkennend. Seine Zähne waren abwechselnd golden und lackschwarz. »Das' aber schick, gefällt mir echt gut.«

»Ist es ein Motiv von Ihnen?«

»Nee, du, aber ich kann's stechen, das' kein Problem. Allerdings«, er sah von Katta zu Liz und wieder zurück, »mach ich bei so jungen Hüppern nix ohne anwesende Eltern, nech? Mit Einverständniserklärung und so'n Schiet kommt ihr bei mir nich weit.«

»Nein, ähm … wir wollen gar nicht«, stammelte sie und bekam einen hochroten Kopf.

Katta blieb cooler. »Wir suchen das Studio, in dem dieses Tattoo gemacht wurde.«

Der Riese zuckte mit den Schultern und schob ihnen die Zeichnung zurück. »Das tut mir leid, aber da kann ich euch nich helfen.«

»Trotzdem vielen Dank«, sagte sie und nahm die Zeichnung.

»Gern«, sagte der Riese, »und nu lieber raus mit euch, eh ich euch doch noch auffress, ich hatt' ja noch kein Frühstück!« Er zwinkerte, und Liz lachte, um nicht zugeben zu müssen, wie peinlich ihr ihre Schüchternheit war.

Auf der Straße blickten sie sich an.

»Es wäre auch ein großer Zufall gewesen, wenn gleich das erste Studio das Richtige gewesen wäre«, sagte Katta.

»Vermutlich. Wenigstens war er nett.«

»Ja, drollig, oder? Und wir haben ja noch zwei Studios auf der Liste. Wobei ich mich frage, ob wir nicht in die falsche Richtung denken. Wenn ich mich tätowieren lassen würde, dann würde ich das in der Großstadt machen. Düsseldorf oder Köln.«

»Weißt du, wie viele solcher Läden es da geben muss?«

»War ja bloß eine Idee. Falls wir hier nicht fündig werden, weiten wir die Suche halt aus.«

Sie nickte nachdenklich. »Mein Gefühl sagt mir, dass das nicht nötig sein wird. Ich glaub, dass wir ganz nah dran sind.«

Was ihr Gefühl ihr leider noch verschwieg, war eine Antwort auf die Frage, was sie mit dem Namen des Jungen anfangen sollte, wenn sie ihn hatte.

Das nächste Studio ergab nicht mehr als das erste, und das dritte war schon das letzte auf ihrer kleinen Liste; ein sehr stylischer, beinah steril wirkender Laden in der Innenstadt am Rande der Fußgängerzone.

Zum dritten Mal legte sie ihre Skizze vor. »Guten Tag, vielleicht können Sie mir helfen. Haben Sie dieses Motiv schon einmal gesehen?«

Der Tätowierer schien in Eile, warf dem Papier nur einen Blick zu, schüttelte den Kopf und winkte dann eine Frau heran. Sie war hübsch wie eine Elfe und hatte das Haar mit grünen Bändern aufwendig verflochten. Offen mussten sie ihr bis zu den Kniekehlen reichen. In Liz' Kopf arbeitete sich ein Kleid durch die Gedanken an die Oberfläche, ein einfaches Leinenkleid mit Bändern und ... Sie schob den Inspirationsschub beiseite und wiederholte ihre Frage an die Elfenfrau gewandt.

Die lächelte. Und es war die Art von Lächeln, die sofort und unmissverständlich »Volltreffer!« rief. »Das hab ich gestochen, ja. Ist wirklich schön geworden.«

Katta zappelte aufgeregt und rang die Hände, als wollte sie die Elfenfrau gleich schütteln. »Und wem?«

»Wie?«, fragte die Elfenfrau. »Wem?«

Liz' Herz klopfte wie verrückt. »Können Sie uns sagen, wem sie das gestochen haben?«

Die Elfenfrau zog eine Braue steil in die Höhe. »Nein«, sagte sie gedehnt. Es klang wie eine Frage.

»Bitte! Ich weiß, dass es ein Junge war – ich brauche seinen Namen, ich muss ihn finden.«

»Süße«, sagte die Elfenfrau langsam, »du glaubst doch nicht ernsthaft, dass wir hier unsere Kundendaten rausrücken, oder? Das dürfen wir gar nicht.«

Datenschutz. So ein Mist. Sie hatte befürchtet, dass das auch für Tätowierer galt.

»Ach, kommen Sie«, flehte Katta. »Wissen Sie, es ist wirklich wichtig, dass meine Freundin diesen Jungen findet. Die Geschichte ist so romantisch, da zieht es Ihnen die Schuhe aus!«

Und du wirst ihr nichts davon erzählen, sonst ziehe ich dir was anderes aus!

»Das Tattoo ist ihre einzige Spur!«

»Das ist ganz rührend«, antwortete die Elfenfrau und schien es ernst zu meinen. »Aber auch wenn er ihr das Herz gestohlen hat und sie ihm den Schrittmacher bringen muss – ich darf euch keinen Namen rausgeben.«

Liz nahm allen Mut zusammen. »Nur den Vornamen? Es würde niemand erfahren.«

»Nein, tut mir wirklich leid.«

Katta zuckte mit den Schultern. Sie verabschiedeten sich geknickt, da schien der Elfenfrau plötzlich noch etwas einzufallen.

»Vielleicht gibt es doch eine Möglichkeit.«

Sie hielt die Luft an, Katta atmete schnell genug für sie beide.

»Ich darf keine Daten rausgeben und das tu ich auch nicht. Aber ich habe eine Idee. Ich kann nicht versprechen, dass er wiederkommt, sein Motiv ist fertig. Aber die meisten wollen früher oder später das nächste. Wenn du ihm deine Nummer hinterlegst, könnten wir ihm ausrichten, dass du auf der Suche nach ihm bist, falls er noch mal kommt.«

Katta strahlte. Liz spürte, wie ihr die Farbe aus dem Gesicht rann. »Das … nein, das geht nicht.« Dem Verbrecher ihre Nummer dalassen mit einem netten Hinweis: Hallo, ich suche nach dir? – Sie war doch nicht wahnsinnig! »Nein. Vielen Dank für Ihre Mühe, aber …«

»Wenn du nicht willst«, erwiderte die Elfenfrau. Sie wirkte enttäuscht.

»Tut mir leid«, murmelte sie und ging nach draußen. Sie spürte Kattas Blick im Nacken, als sie ihr Fahrrad aufschloss, das Blatt mit der Zeichnung zwischen den Lippen haltend.

»An deiner Stelle«, sagte Katta, »würde ich ja nach jedem Strohhalm greifen. Aber –«

Sie spuckte das Papier aus und knüllte es zusammen. »Ich warte doch nicht Wochen, Monate oder Jahre, dass der Typ sich noch mal tätowieren lässt.« Wie lahm das klang, hoffentlich schöpfte Katta keinen Verdacht. »Nachher ruft der an, wenn ich ihn gerade vergessen habe. Das ist doch alles Kacke!« Sie drückte das Papier zu einer harten, kleinen Kugel zusammen und pfefferte diese in einen Mülleimer.

»Dann muss jetzt Plan B her«, entschied Katta.

»Wie lautet der?«

Katta schnalzte ungeduldig mit der Zunge. »Facebook!«, rief sie. »Sag ich doch die ganze Zeit!«

Das kam nicht infrage, aber sie hatte keine Energie übrig, um Katta das beizubringen. »Ich mag Facebook nicht«, erwiderte sie leise. »Das gerät zu schnell außer Kontrolle.«

Katta kickte ihr Longboard am hinteren Ende nach oben,

hob es auf und nahm es auf die Schulter. »Überleg es dir. Wir machen jetzt erst mal eine Pause. Du kettest dein Rad wieder fest und ich geb in dem neuen Laden da drüben Frozen Yogurt aus, okay? Mit Erdbeeren und einer doppelten Portion weiße Schokosoße.«

Sie musste grinsen, es geriet erbärmlich. »Schokolade kann nicht alles und jeden retten, Katta.«

»Kluges Mädchen, normale Schokolade kann so etwas nicht. Weiße schon!«

* * *

Er presste sich in den Eingang eines Schuhgeschäfts. Die Verkäuferinnen standen schon als Trio zusammen, glotzten ihn an und gackerten wie die Hühner, aber die konnten ihn mal.

Eben noch hatte er das Mädchen für komplett harmlos gehalten. Sogar ein bisschen … süß. Jetzt stand ihm der Schweiß im Nacken und das lag nicht an der Fahrt quer durch die Stadt. Die blöde Kuh klapperte die Tattoostudios ab und beim dritten hatte sie den Treffer gelandet.

Hier hatte er sich den Dschinn stechen lassen.

Als die Mädchen sich abwandten und in einem Café verschwanden, rollte er auf seinem Fahrrad zum Mülleimer. Der Zettel, den das Mädchen weggeworfen hatte, lag zwischen einem Hundekackbeutel und einer schleimigen, braunen Bananenschale. Er griff hinein, holte das Papier heraus und entknitterte es, so gut es ging. Vielleicht war ja doch alles nur ein Irrtum und er sah Gespenster?

Die Zeichnung war gar nicht schlecht. Sie zeigte ein exaktes Abbild seines Dschinns.

Das Tattoo brannte unter seiner Haut und in seinem Kopf

verglühte der Rest von Hoffnung, sie hätte etwas anderem nachjagen können als ihm.

Jemand ging dicht an ihm vorbei, warf einen Blick auf die Zeichnung. Rasch knüllte er sie wieder zusammen, steckte das Papier in seine Hosentasche und fuhr um die nächste Ecke. Er durfte keinen Verdacht erregen. Nicht auffallen. Cool bleiben.

Gar nicht so leicht, aber lebensnotwendig. Ihm war übel. In seinen Ohren warf die Stimme des dünnen Mädchens Echos: *Facebook. Facebook. Facebook.*

Das Ganze ergab keinen Sinn. Die jagten ihn wie einen verdammten Hasen und er hatte nicht die geringste Vorstellung warum. Das Mädchen brauchte seinen Namen nicht, sie hätte ihn nur beschreiben müssen und sein Steckbrief würde in der Zeitung auftauchen. Er hatte die Lokalnachrichten im Radio gehört – es hieß, beim Überfall hätten alle Räuber Masken getragen.

Ob die beiden ihn erpressen wollten?

Ihm mit der Polizei drohen? Oder mit Sputnik? Er war nicht sicher, was am Ende schlimmer war.

Klar war nur eins: Das Mädchen, diese Liz, die zeichnete gar nicht übel. Vielleicht nicht so gut wie er – aber immer noch zu gut. Wenn ein von ihr angefertigtes Phantombild von ihm auf Facebook die Runde machte, war er schneller identifiziert, als er am Bahnhof einen Zug besteigen konnte. Wenn aber erst Sputnik oder Ramon davon erfuhren und nur die geringste Gefahr bestand, dass die Verbindung zu ihnen ans Licht kommen könnte, dann musste er froh sein, wenn die Polizei ihn zuerst erwischte.

Er ließ sein Fahrrad stehen und betrat den Media-Markt gegenüber dem Café, in dem die Mädchen verschwunden waren. Auf den Flachbildschirmen unterschiedlicher Größen lief ein

Clip von Maroon 5, das Lied, in dem der Sänger einen perversen Stalker spielte, der seiner Beute wie ein blutrünstiges Tier nachstellte. Ihm war schlecht, und er hatte längst keine Ahnung mehr, ob er Raubtier oder Beutevieh war. Aber als die Mädchen das Café verließen, sich auf die Wangen küssten und in unterschiedliche Richtungen verschwanden, war ihm klar, dass das Liz-Mädchen mit ihrem Zeichentalent und dem verfluchten Facebook-Plan nicht zu Hause ankommen durfte.

Kapitel 12

Für einen Augenblick war sie der festen Überzeugung, dass aller Spaß nun vorbei war und sie zum Psychiater gehen musste, ob sie wollte oder nicht. Halluzinationen und Traumbilder, während sie zweifelsohne wach war, gingen zu weit. Dann wurde ihr klar, dass sie weder träumte noch halluzinierte. Was leider nicht viel besser war.

Der Junge war echt. Er stand mit einem rostigen Fahrrad auf dem Gehweg, knapp hinter der Unterführung, genau in der lang gezogenen Kurve, wo es den Anschein hatte, dass die Straße nun zu einem Forstweg wurde. Viele Leute, die zum ersten Mal herkamen, drehten um, weil sie dachten, die Praxis verpasst zu haben. Es sah hier nicht aus, als würde noch ein Haus kommen, und da es eine Sackgasse war, kam nicht oft jemand vorbei und erst recht nicht aus Zufall.

Er hatte sie wahrgenommen, blickte aber zu Boden, wie jemand, der einem Hund nicht in die Augen sieht, um ihn nicht zu beunruhigen. Ihr erster Gedanke war, einfach an ihm vorbeizufahren und dann in die Pedale zu treten, so schnell sie konnte. Ihr Körper war allerdings schneller als ihr Hirn. Ehe sie sich entschieden hatte, hatte ihre Hand bereits die Bremsen angezogen, und ihr Fahrrad kam keine drei Meter von ihm entfernt zum Stehen.

War es nicht das, was sie gewollt hatte? Konfrontation? War es nicht das, was ihre Träume unter Kontrolle bringen sollte?

Der Junge warf ihr einen kurzen Blick zu. Seine Mundwinkel bewegten sich, als versuchte er, sich zum Lächeln zu zwingen, bekäme es aber nicht über sich. Er sah neugierig aus, aber ohne es zu wollen. Und dabei fast scheu, als würde er jeden Moment in den Wald flüchten.

»Was?«, rief sie zu ihm rüber. Mehr nicht, weil er sonst gemerkt hätte, dass ihre Stimme belegt war. Bloß keine Angst zeigen; für solche Menschen war Angst eine Einladung. Sie hatte sich jeden Satz, der im Selbstverteidigungstraining gefallen war, nach dem Überfall wieder ins Gedächtnis gerufen.

Er schwieg. Warum sagte er denn nichts? Wollte der Typ sie in den Wahnsinn treiben mit seinem blöden Schweigen?

»Was willst du hier?«, spie sie aus, wie es jemand tun würde, der viel mutiger war als sie. Katta vielleicht. Ja, sie musste jetzt wie Katta sein – Katta hatte stets alles im Griff, wenn Liz längst heulend das Weite suchte. »Habt ihr Samstag nicht genug bekommen? Ist das Maul etwa noch nicht voll?«

»Nicht so laut«, sagte er überraschend leise. »Ich wollte bloß …«

Sie hob das Kinn. »Bloß was?«

»Mich entschuldigen. Für die Aktion. War scheiße.«

Für einen Moment war sie baff. Es war leicht, ihn anzuschreien, solange er ihr im Wald auf dem Heimweg auflauerte, um ihr Angst zu machen. Aber dazu passten seine Worte nicht. Das nahm ihr ihre.

»Sehr schön«, presste sie hervor, »Einsicht ist der erste Schritt zur Besserung und die geklauten Sachen kann man ja zurückgeben.« Es klang wie ein schlechter Witz und er grinste auch nur lahm darüber. Er wirkte irgendwie anders als in der

Tankstelle. Blasser und seine Augen hatten dunkle Ringe. Davon abgesehen sah er aus wie in ihren Träumen.

Oh, Himmel, was tat sie denn? Sie schüttelte den Kopf, als könnte sie die ungebetenen Gedanken so herausschleudern.

»Ich wollte –«, begann er und brach ab.

Sie nickte ungeduldig.

»Es bringt mich in Schwierigkeiten, dass du rumläufst und irgendwelche Leute nach meinem Tattoo ausfragst«, sagte er dann und blickte ihr ohne Umschweife fest in die Augen. Die Scheu war plötzlich wie weggewischt und etwas anderem gewichen. Ernst. Er meinte das verdammt ernst und wollte offenbar, dass sie das wahrnahm. »Oder nach mir. Du hast mit mir nichts zu schaffen, also lass das.«

Sie kam sich mit einem Mal schrecklich naiv vor. Die Elfenfrau musste ihn angerufen haben, kaum, dass sie das Studio verlassen hatten. Dass sie daran nicht gedacht hatte.

»Vermutlich erschweren Fragen eure nächsten Einbrüche, was?« Würde Katta das auch sagen? Sie war nicht sicher. Langsam begann ihr der Schweiß an den Schläfen auszubrechen. Ihr knallten offenbar die Sicherungen durch, sie konnte den Jungen doch nicht noch reizen. So einer wie der, der hatte nichts zu verlieren.

Er sah zu Boden, verzog den Mund, als hätte sie etwas Dummes gesagt und ihn vollkommen zu Unrecht beschuldigt. »Übrigens, gern geschehen«, sagte er dann ohne jeden Zusammenhang. »Wegen der Tanke, meine ich. Ich hätte dir nicht helfen müssen.«

Leider, leider hatte er damit recht. Sie hatte sehr wohl registriert, dass er sie davor bewahrt hatte, mit dem Handy in der Hand in den hinteren Teil des Gebäudes zu stürmen, wo weitere Einbrecher gewesen waren. Sie hatte sie erst später gehört.

»Ich wollte dir auch deine Tasche nicht wegnehmen. Ist so passiert – ich mach das auch nicht jeden Tag. Schön, übrigens. Gute Arbeit.«

»Meine … Tasche?«

Er nickte. »Und der Hut darin. Alles. Ziemlich … *unique*.«

Wenn sie ein Konzept gehabt hatte, war es nun auf und davon. Was antwortete man einem irren, räuberischen Traumstalker, wenn er einem Komplimente machte?

Der gelbe Kastenwagen von der Paketpost kam die Straße entlang. Der Paketbote winkte ihr und beäugte den Jungen im Vorbeifahren neugierig. Sie überlegte, ob sie ihm irgendwie signalisieren konnte, dass hier nicht alles so entspannt war, wie es aussehen mochte, aber ehe sie sich entschieden hatte, war es zu spät. Verblüfft stellte sie fest, dass sie sich sehr wohl bewusst war, dass sie Angst vor dem Jungen haben sollte – aber nichts dergleichen empfand. Da war kein Anflug von Furcht in ihr, ihr war nicht mal wirklich mulmig zumute. Sie hatte bloß das ärgerliche Gefühl, um etwas Wunderbares betrogen zu werden, das ihr versprochen worden war: um ihre Träume. Und daraus resultierte Wut.

»Werden wir uns einig?«, fragte der Junge.

»Einig? Was zum Teufel willst du eigentlich von mir?«

»Dass du mich nicht verrätst«, antwortete er leise, aber ohne jede Unsicherheit in der Stimme. »Niemandem. Ich will keinen Ärger.«

»Tja.« Sie hob das Kinn. »Da gibt es eine sehr einfache Lösung. Bau keinen Scheiß. Überfall niemanden. Verdien dein eigenes Geld, und –«

Absurderweise fing in dem Moment sein Handy zu klingeln an. Er zuckte zusammen, als hätte es ihm einen Stromschlag versetzt, holte es aber nicht aus seiner Hosentasche. Stattdessen ließ er sein Fahrrad fallen und war ihr schneller näher gekommen, als sie zurückweichen konnte. Seine Hand hielt plötzlich den Lenker ihres Rads fest, dass sich seine Knöchel weiß durch die Haut abzeichneten. Sie konnte die Farbe seiner Augen erkennen, so nah war er plötzlich. Sie waren grün und glitzerten. »Du hältst dich für ausgesprochen cool, Liz Buchner«, flüsterte er. Woher wusste der Typ ihren Namen? »Aber ich gebe dir einen gut gemeinten Rat: Gegen mich spielst du eine Liga zu hoch. Ich weiß nicht, woher du mich zu kennen glaubst und was du an mir so spannend findest, dass du mir nachstellst. Ich weiß nur, dass es keine gute Idee ist. Um ehrlich zu sein«, er grinste, was ihm wie aus dem Nichts etwas erschreckend Kaltes verlieh, »ist das eine verdammte Scheißidee, Liz.«

Sie ruckte am Lenker, aber sie hatte keine Chance, ihr Rad frei zu bekommen. Das Handy klingelte weiter. »Du hast doch keine Ahnung!«, zischte sie, und mit ein paar Tränen, die ihr in die Augen schossen, kam eine bodenlose Wut in ihr hoch. *Jetzt nicht klein beigeben, Lizzie!,* redete sie sich selbst ein. *Konfrontation. Nur so geht der Traum weg. Sei noch einen Moment cool wie Katta.* »Verpiss dich einfach«, zischte sie. »Geh und überfall wieder jemanden, das kannst du doch so gut. Willst du wissen, wo die nächste Bank ist? Tankstellen sind doch Pillepalle für dich, oder?«

»Vielleicht«, sagte er gedehnt, als hätte er alle Ruhe dieser Welt, »sollten wir es ja mal mit Muttis hübscher, kleiner Tierarztpraxis versuchen.«

Ihre Hand schoss nach vorn und obwohl er zurückwich, traf sie seine Wange. Der Atem blieb ihr in der Brust stecken. Sie hatte ihn überhaupt nicht schlagen wollen – sie hatte noch nie einen Menschen geschlagen. Es war wie ein Reflex gewesen, und das entsetzte sie mehr, als dass sie fürchtete, er könnte zurückschlagen.

Was machte dieser bescheuerte Typ mit ihr? Sie war überhaupt nicht mehr sie selbst.

Er riss den Lenker ihres Fahrrads zur Seite, sie konnte es nicht mehr festhalten und es krachte zu Boden. Beinah wäre sie mit umgefallen.

»Ich warne dich nur dieses einzige Mal!«, rief er. »Ein Wort zu irgendwem – eine blöde Frage oder noch mal so was hier«, er zog das zusammengeknüllte Blatt Papier aus der Hosentasche, das sie eben in den Müll geworfen hatte, und warf es ihr vor die Füße, »und du brauchst dir nicht mehr einzubilden, du würdest mich kennen. Denn dann lernst du mich kennen. Mich und meine Leute.« Er blieb stehen und starrte sie an, als wartete er auf irgendetwas. Das Handy klingelte weiter. Sein Bild verschwamm ihr vor den Augen, aber sie würde sich nicht die Blöße geben, vor ihm zu heulen.

»Lass mich in Ruhe, hast du das kapiert? Hast du?«

Sie nickte. »Ich wollte dich nicht verraten«, presste sie hervor. Es war ohnehin alles egal, sie konnte ihm sagen, was immer er hören wollte. »Darum ging es mir überhaupt nicht.«

Er zuckte mit den Schultern. »Geht doch.« Dann wandte er sich ab und ging zu seinem Fahrrad.

»Ich werde kein Wort sagen!«, rief sie ihm nach. Ihre Stimme schwächelte, hüpfte auf und nieder und sie schämte sich in Grund und Boden dafür. »Aber das gilt nur, solange du mich in Ruhe lässt. Finde ich nur einen toten Käfer vor der Praxis, dann schwöre ich dir, wirst du bereuen, mir je über'n Weg gelaufen zu sein!«

Er ignorierte sie und brauste davon. Sein Schutzblech klapperte, und sein Handy klingelte noch immer oder schon wieder, sie hörte es, bis er um die Ecke gebogen war. Dann brach das Bild von Katta ihr weg, bloß Liz blieb noch übrig und hatte dem Ganzen nichts mehr entgegenzusetzen. Die Tränen rannen und wollten nicht mehr versiegen. Das Weinen schüttelte sie durch. Sie bekam sich einfach nicht mehr unter Kontrolle und vor Wut darüber musste sie noch mehr heulen. Es waren nicht einmal seine Drohungen, die sie so fertigmachten. Es war das Gefühl von Verrat, das ihr blödes Herz nicht mit diesem Jungen in Verbindung bringen wollte. Es kämpfte in ihrer Brust, als ginge es um sein Überleben, und der Schmerz war kaum auszuhalten. »Ich hätte dich nie verraten!«, brüllte sie, als hätte er sie noch hören können. »Ich will doch nur wissen, warum du das machst!«

Kapitel 13

Ich hätte dich nie verraten.

Ich will doch nur wissen, warum du das machst.

Er glaubte ihr – sie hatte keinen Grund, ihm Lügen nachzurufen, die er nur gehört hatte, weil er stehen geblieben war, um Ramons Anruf wegzudrücken. Aber er bekam ihre Worte nicht mit der Tatsache zusammen, dass sie ihm nachgeschnüffelt hatte. Weshalb sollte sie der Grund interessieren, aus dem er in der Gang war und den Überfall mitgemacht hatte? Sie kannte ihn doch gar nicht. Oder? Er fühlte sich elend, sie bedroht zu haben. Es schien die vollkommen falsche Taktik bei ihr zu sein. Sie war mutig und hob den Kopf, wenn er Druck machte. Vermutlich reizte er sie damit bloß.

Er fuhr in Richtung Stadtzentrum und bog kurz vor dem Markt, von dem die Einkaufsstraßen und Passagen abzweigten, nach rechts ab. Von dort aus konnte er die Siedlung, in der er wohnte, schon sehen. Die Hochhäuser ragten wie strammstehende Soldaten in grauen Uniformen in den Himmel. In ihrem Schatten stellte er das Fahrrad an eine Mauer, setzte sich auf den Gehsteig und drückte den Rücken an die Steine. Einen Moment lehnte er auch den Kopf zurück, schloss die Augen und wünschte sich, verschwinden zu können. Aber wenn er Wünsche frei hätte, wäre er schon seit Jahren weg gewesen.

Er zog umständlich das Handy aus der hinteren Hosentasche und rief Ramon zurück.

»Jetzt kann ich reden. Eben war's schlecht.«

»Scheint schon eine Weile schlecht zu sein«, sagte Ramon. Im Hintergrund lachten Mädchenstimmen. Wann immer man bei Ramon anrief, es hatte stets den Anschein, als würde er sich amüsieren. »Ich hatte damit gerechnet, dass du mich auf dem Laufenden hältst und ich dir nicht nachrennen muss, um zu erfahren, wie's läuft.«

»Ich tu, was ich kann.«

»Hoffentlich reicht das, Louis.« Ramons Stimme klang weder drohend noch verärgert. Eher besorgt, und das ließ ihm den Nacken kribbeln. »Für mich ist es auch ein Risiko, dir die Aktion anvertraut zu haben. Wenn du Mist baust …«

»Ich bau keinen Mist.« Er spürte, wie ihm die Wangen heiß wurden. Hoffentlich log er übers Telefon besser als von Angesicht zu Angesicht.

»Dann hast du sicher gute Nachrichten für mich.«

Er atmete durch. »Noch nicht. Sputnik ist vorsichtig.«

»Was soll das heißen? Weißt du, wo er den Kram versteckt, oder weißt du es nicht?«

»Ich weiß es nicht.« Das Kribbeln in seinem Nacken wurde zu eisigem Brennen. »Aber das liegt daran, dass es noch kein Versteck gibt. Alle tragen ihren Anteil der Beute noch herum. Als Vorsichtsmaßnahme, falls …«

»Falls was?«

»Keine Ahnung, so machen sie es eben.«

»Ich hoffe, dass sie das nicht nur so machen, weil du Bockmist gebaut hast.« Er machte eine Pause, in der Louis nichts zu sagen einfiel. Absurderweise musste er an das Mädchen denken, an Liz. Ihr waren die Worte nicht so schnell ausgegangen.

»Louis?«, fragte Ramon. »Du lieferst ab, was du versprochen hast, das tust du doch?«

»Du erfährst, wo der Kram liegt, sobald sie ihn zusammengetragen haben. Ich schwöre es, Ramon, ich bin loyal.«

»Kann ich mir da sicher sein, oder …?«

Oder was? Wollte er ihm Druck machen? »Kannst du«, sagte er. »Es gibt keinen Grund, Stress zu machen. Keine Panik.«

Er war klitschnass geschwitzt, als er zu Hause ankam. Dass Ramon nun sein wahres Gesicht zeigte, hätte ihn nicht wundern sollen. Was hatte er erwartet?

Beim Aufschließen der Wohnungstür hörte er seine Mutter durch die Wohnung laufen. Sie kam ihm entgegen, als er den Korridor betrat. Auf ihrem Gesicht war ein Lachen und auf ihrem Kopf saß schief dieser rosafarbene Hut.

»Was soll das?«, blaffte er. Es fühlte sich an, als wäre das Mädchen bei ihm und müsse zusehen, wie seine Mutter in ihrer Jogginghose durchs Zimmer hüpfte und sich über ihre Arbeit lustig machte. Er wollte nach dem Hut greifen, aber sie duckte sich weg. »Was wühlst du in meinen Sachen? Spinnst du?«

»Louis, was hab ich mit dir falsch gemacht, dass du so etwas in deinem Zimmer versteckst? Wann lern ich meinen Schwiegersohn denn kennen?« Sie machte einen Kussmund und schien das ausgesprochen komisch zu finden.

Er schüttelte den Kopf und checkte die Wohnung mit kurzen Blicken. Aus der Weinflasche neben der Spüle fehlte nur ein Glas, weitere Flaschen konnte er nicht entdecken. Sein Zorn verrauchte. Sie gab sich Mühe.

»Komm, gib das her! Ich muss das zurückgeben.«

»Was ist das Albernes?«, fragte sie, nahm den Hut aber ab

und gab ihn zurück. »Tragen die Mädchen in deinem Alter wirklich solche Hüte?«

»Nein, die meisten nicht. Die Besonderen vielleicht. Lass bitte gut sein.«

»Wie kann man nur so rumlaufen? Mein Gott, und ich dachte, die Neunziger wären schlimm gewesen.«

Ihre Worte trafen ihn, als hätte er den Hut gemacht. Er wollte wortlos in sein Zimmer gehen, aber sie hielt ihn am Arm fest.

»Willst du dich wirklich gleich wieder verkriechen, Louis? Ich krieg dich kaum noch zu Gesicht. Was ist denn los?«

Ich hab im Keller in dem Karton mit deinen alten Sportsachen, die du nicht mehr rausholst, ein Messer versteckt, das ich beim Überfall auf eine Tankstelle hätte mitnehmen sollen. Er stellte sich vor, wie er das laut aussprach und wie sie reagieren würde. *»Ein Messer in meinen Sportsachen, Louis? Warum wühlst du in meinen Sportsachen? Und warum gehst du ohne Messer zu einem Überfall?«*

»Wollen wir heute zusammen essen?«, fragte sie. »Ich kann uns was kochen. Spaghetti mit Sahnesoße? Das magst du doch gerne.«

Er hasste die Pampe, die sie Spaghetti mit Sahnesoße nannte und die aus kaum mehr als Nudelmatsche, Tütenpulver und Wasser bestand. Und zu viel Salz, weil sie kaum mehr etwas schmeckte. Aber die Tage, an denen sie selbst kochen konnte, waren selten, und die, an denen sie es auch noch wollte, eine Rarität. Es war schon früher Nachmittag und es fehlte bisher nur ein Glas. Das war kein Alltag, sondern eine gottverfluchte Chance. Er durfte das jetzt nicht kaputtmachen.

Er schaufelte klebrige Nudeln mit weißer, salziger Brühe in sich hinein, bis ihm übel wurde. Seine Mutter spottete über den Hut, sie wollte sich gar nicht einkriegen, und er schluckte es, ohne aufzumucken, und tat so, als würde er darüber lachen. Als sein Teller fast leer war, ging eine SMS ein. Sputnik schrieb ihm: **Wir sollten die Tage was unternehmen. Was Spannendes. Bist du dabei?**

Er antwortete nicht gleich und keine zwei Minuten später folgte ein Smiley, der fragend eine Augenbraue hochzog.

Klar, immer, schrieb er zurück und schluckte gegen einen Würgereiz an.

Der Druck kam von allen Seiten und wenn er nicht schnell etwas unternahm, würde es ihn zerquetschen.

»Kannst du nicht mal beim Essen das Ding aus der Hand legen?«, fragte seine Mutter. »Wem simst du da? Dem Mädchen, dem der komische Hut gehört?«

Mach es jetzt nicht kaputt, sagte er sich.

Er stand langsam auf, ging zum Klo, ließ das Wasser im Waschbecken laufen und kotzte so leise, wie ein Mensch nur kotzen konnte.

Die Klippe ist hundert Meter hoch und ragt fast bis in die Wolken. Unten glitzert das Wasser in der Sonne, als hätte man zerstoßene Träume hineingeworfen, und die Strömung erzählt dem Flussbett im Vorbeifließen Geschichten, die sie auf ihrer Reise erlebt hat. Im Sommer erlebt es viele Geschichten, das Wasser.

Sie weiß, dass sie träumt, weil sie sich selber sagen hört: »Ich träume ja wieder!«

Der Junge sieht müde aus, als hätte er lang nicht geschlafen. Er beugt sich zu ihr; so dicht, dass sein braunes Haar ihr über die Stirn und die Schläfen streicht.

»Ja, zum Glück. Du hast mir gefehlt. Wo warst du? Ich wusste nicht, ob …« Er spricht nicht weiter. In seinem Lächeln liegt nichts Gefährliches mehr, nur Erschöpfung, das macht ihr Sorge.

Sie fragt sich, ob sie ihn küssen darf, und irgendetwas sagt Nein. Warum muss sie in ihren eigenen Träumen um Erlaubnis fragen? Was stimmt hier nicht?

Hat sie etwas Wichtiges vergessen? Sie hatte doch etwas sagen wollen, aber es fällt ihr nicht ein.

»Ich bin froh, dass du wieder hier bist«, sagt er.

»Ja, ich auch. Ich gehöre hierher, auch wenn ich es nicht wahrhaben will. Aber warum bist du hier?«

»Ich weiß nicht«, antwortet er. »Wo sollte ich denn sonst sein?«

Seine Augen sind flussgrün und sie glitzern, als wüssten sie sehr viel.

Kapitel 14

Sputnik hatte ihn in die Stadt bestellt und war dann nicht gekommen. Bloß ihre Schwester Alina war aufgetaucht und hatte ihm eine Lucky Strike aufgedrängt, die er mit Widerwillen in der Hand hielt, um ab und an daran zu paffen. Sie rauchte in der Zeit drei Zigaretten und zelebrierte das Ausstoßen des Rauchs, als trainierte sie für Zigarettenwerbung.

»Vielleicht kommt Nicky noch«, antwortete sie auf seine Frage, »vielleicht aber auch nicht. Ist das so wichtig?«

Er fühlte sich wie bestellt und nicht abgeholt. Wenn er Ramon zufriedenstellen wollte, musste er Sputniks Vertrauen gewinnen. Das würde er nur schaffen, wenn sie auch Kontakt zu ihm hatte. Momentan raubte ihre Hinhaltetaktik ihm bloß sämtliche Geduld, und das erschwerte ihm zusätzlich, nach außen gelassen zu bleiben.

»Wir haben uns überlegt …«, begann Alina und blieb unvermittelt stehen. »Oh. Die haben da hinten Iced Strawberry Frappé – kaufst du mir einen?«

Er kaufte ihr einen und sie tauschte die Zigaretten gegen den Strohhalm. »Hm, sehr gut. Möchtest du probieren? Du musst probieren!«

Er probierte, sagte, was sie hören wollte, fand das langsam sommerlich werdende Wetter genauso schön wie sie und widerstand dem Drang, der verwöhnten Göre den pinkfarbenen Erdbeerkleister so lange zehn Zentimeter über ihre Reichweite zu halten, bis sie endlich mit der Sprache herausrückte.

»Du wolltest mir was sagen«, half er ihr auf die Sprünge. »Was Sputnik sich überlegt hat.«

»Richtig.« Sie lächelte ihn an. »Wobei das eigentlich von mir ausging. Ich mag dich, Louis, du bist *cute*. Darum habe ich Nicky gebeten, dich nicht zu lange zappeln zu lassen. Ich will, dass du schnell ein vollwertiges Mitglied bei uns wirst.«

»Und was sagt sie?«

»Du bekommst eine Aufgabe.« Sie hakte sich im Gehen bei ihm unter. Dann entschied sie sich um und legte ihren Arm um seine Hüfte und eine Hand auf seinen Hintern. Verstörend, dass ein Mädchen von gerade mal fünfzehn so selbstsicher auftrat. Sie war es offenbar gewöhnt, sich zu nehmen, was sie wollte, als hätte außer ihr niemand auch nur ein Wörtchen mitzuentscheiden. Hoffentlich bekam sie auch von ihrer Schwester, was sie sich wünschte. Das kam ihm nur gelegen.

»Wir sind vorsichtig, weißt du? Wir planen unsere Aktionen zeitlich und räumlich nicht zu dicht beieinander.«

»Klar. Anderenfalls würde das auch nicht lange gut gehen.«

»Uuh, denkt da etwa jemand mit? Umso besser. Denn du wirst unseren nächsten Auftritt organisieren, Louis.« Sie schob sich dichter an ihn heran und zog ihn am Ärmel zu sich herum, sodass sie direkt an seiner Brust stand. Er kam sich vor wie eine Packung Lucky Strikes oder ein Erdbeershake und am liebsten hätte er sie weggeschoben.

»Ich soll aussuchen, wo die nächste Aktion stattfindet?«

Der ganze Stress musste ihm mehr zusetzen, als er dachte – noch vor zwei Wochen hätte er mit solch einem sexy Schneewittchen im Arm keinen klaren Gedanken fassen können. Jetzt zählten nur die Informationen, die sie ihm gab. Ihre Flirtversuche ließ er nur über sich ergehen, um ihr die Laune nicht zu verderben.

Sie nickte. »Schau dich um und such uns was Schönes aus. Die Entscheidung trifft Nicky, aber sie wird sich deine Vorschläge genau ansehen.« Sie berührte ihn an der Brust, fuhr ihm über die Schlüsselbeine und schob ihre Finger unter sein T-Shirt. Mit den Daumen berührte sie erst sein Kinn und strich dann zu seiner Unterlippe. »Tust du mir einen Gefallen?«, flüsterte sie. »Mach es gut, ja? Es hängt viel davon ab.«

Er wandte sich von ihr ab und trat einen Schritt von ihr weg. Sie folgte ihm mit dem Blick. Erst irritiert, dann verärgert.

»Entschuldige«, sagte er. Die Entschuldigung galt ihm eher selbst. Warum vermasselte er die beste Chance, die er bekommen würde? Einfacher als über Schneewittchen würde er Sputniks Vertrauen nicht gewinnen.

Alina legte den Kopf schief. »Hast du eine Freundin?«

»Nein.«

»Dann liegt es an mir?«

»Nein. Ich … ich bin … schüchtern.« Dass er rot wurde, passte hervorragend ins Spiel.

Alina lächelte. »Gewöhnst dich schon noch an mich.«

Wenn der Himmel grün wird und die Nacht orange, dachte er später, *werde ich mich an Schneewittchen-Alina gewöhnen.*

Er fuhr auf seinem klappernden Fahrrad durch die blasse Unterführung, an den schicken Einfamilienpalästen und den Pferdeweiden vorbei, und durchquerte den Wald, bis die Tierarztpraxis in sein Blickfeld kam. Es mochte ein Risiko sein, herzukommen, aber ein gut kalkuliertes. Der Nutzen war es wert.

Liz mochte aufbrausend sein, nicht zu durchschauen und vermutlich auch ziemlich durchgeknallt – ihre Mode sprach Bände –, aber sie wollte ihm nicht schaden, sonst hätte sie es längst getan. Es war mit an Sicherheit grenzender Wahrscheinlichkeit nicht vollkommen dumm, das kleine Steinchen, das er bei ihr im Brett zu haben schien, mit einfachen Mitteln ein wenig zu untermauern. Außerdem wurde er somit lästiges Beweismaterial los.

Er wollte ihr ihre Tasche und den Hut zurückgeben.

Im Internet hatte er in Erfahrung gebracht, dass die Praxis über Mittag geschlossen war. Das Haus lag in vollkommener Ruhe vor ihm, als wäre niemand da. Wie praktisch. Er stellte das Fahrrad mit ausreichend Abstand zum Haus ab, damit das Geklapper niemanden auf ihn aufmerksam machte. Liz' Sachen wollte er vor die Tür legen und wieder verschwinden, bevor ihn jemand sah.

Zunächst lief alles nach Plan: Er steckte den Hut in die Tasche und stellte diese an die Tür gelehnt auf die Fußmatte. Dann ging plötzlich alles gewaltig schief. Ein Porsche kam herangeschossen und hielt mit quietschenden Bremsen. Die Fahrertür flog auf und eine riesengroße mausgraue Deutsche Dogge setzte mit einem Sprung hinaus, war mit drei Galoppsprüngen bei ihm und kläffte ihm ein stinkendes »Wau!« mitten ins Gesicht. Er wollte schlucken und konnte nicht. Er wollte zurückweichen, doch es ging nicht. Er wollte durch die Tür nach drinnen und den Hund draußen lassen, aber das Holz ließ ihn nicht, so sehr er seinen Rücken dagegen presste. Er hatte Angst vor Hunden, immer schon und beinah vor allen. Ganz besonders vor überdimensionalen Monsterhunden. Was fast schlimmer war: Seine Angst war berechtigt, Hunde waren ihm gefährlich. Er war hochgradig allergisch.

»Der tut nix!«, rief ein pummeliger Mann, der sich wesentlich behäbiger als sein Köter aus dem Auto hievte.

Der killt mich, korrigierte Louis in Gedanken. *Ohne es zu wollen, indem er mich zu Tode sabbert.*

»Der will nur zur Frau Doktor«, rief der Hundebesitzer, »der gute Jung' ist Hypochonder!«

Louis wäre mit dem Hund im Gesicht hyperventiliert, wenn nicht die Tür aufgegangen wäre und der Hund mit einem weiteren Bellen, das den Sabber spritzen ließ, einen Sprung in die Praxis gemacht hätte. Endlich konnte er wieder atmen. Seine Nase juckte und der Hals kratzte, aber die Panik legte sich.

Die blonde Frau, die die Tür geöffnet hatte, blickte ihn verwundert an und sah sich um, als suchte sie das Tier, das er nicht dabeihatte. »Kann ich helfen?«

»Ich wollte bloß etwas abgeben.« Er wollte der Frau Liz' Tasche in die Hand drücken, aber sie nahm sie nicht an.

»Die gehört doch Liz, das ist ihre Lieblingstasche! Woher hast du die?«

Der Hundebesitzer, so beleibt, wie seine Dogge riesig war, stand hinter ihm auf der Treppe und versperrte den Fluchtweg.

»Gefunden«, log er. »Ich dachte, die Besitzerin will sie vielleicht wiederhaben.«

»Oh, sie wird sich riesig freuen!«, rief die Frau und schob ihn kurzerhand in die Praxis. »Warte, du kannst sie ihr gleich persönlich geben.«

»Ist doch nicht nötig«, versuchte er sich herauszuwinden, aber vor der Blonden war kein Entkommen, außer er floh mit einem Sprint. Doch die Dogge tauchte wieder hinter ihr auf, und wenn es eines gab, worauf er sich aus Erfahrung nie wieder einlassen würde, dann war es ein Wettlauf gegen einen großen Köter.

»Li-hiz«, flötete die Blonde. »Überraschungsbesuch!« Dann packte sie die Dogge beim Halsband und klärte deren Herrchen darüber auf, dass er zu früh dran war und in der Praxis *eigentlich* Leinenzwang herrschte.

»Eigentlich schon«, erwiderte der Mann, und dann sagte er noch etwas, aber das bekam Louis nur noch am Rande mit, denn eine Tür mit dem Schriftzug »Behandlung 1« ging auf und Liz erschien. Sie trug einen weißen Kittel und transparente Einmalhandschuhe. Beides voller Blut. Sie sah ihm erst ins Gesicht, dann blickte sie auf die Tasche, die er fest in den Händen hielt, als würde sie sonst wegspringen, und wieder zurück.

»Der Junge hat deine Tasche gefunden«, sagte die Blonde und schnalzte mit der Zunge. »Dein Glück hätte ich auch gern mal.«

Liz' Augen wurden schmal. »Gefunden«, wiederholte sie tonlos. »So? Wo denn?«

»Autobahnraststätte«, log er. Am Erröten ließ sich nichts ändern, aber die Blonde sah aus, als würde sie ihre eigenen, romantisch motivierten Schlüsse ziehen. »Lag da im Gebüsch.«

Der Doggenmann übernahm seinen Hund, hakte eine Leine ins Halsband und ging mit dem Vieh in den Wartebereich. Die blonde Frau trat hinter die Rezeption. Der Weg nach draußen war frei. Liz musste ihm seinen Gedanken angesehen haben, denn sie machte eine kleine Geste und formte ein lautloses »Warte« mit den Lippen. Vielleicht bildete er sich beides aber auch nur ein. Sein Hals kratzte immer noch. Er hielt die Tasche in ihre Richtung. »Willst du die gar nicht wiederhaben?«

Sie wollte danach greifen. Im letzten Moment fiel ihr auf, dass ihre Einmalhandschuhe blutbesudelt waren, und sie zog die Hände wieder zurück.

»Moment«, sagte sie leise und atmete langsam aus. Dann wandte sie sich der Blonden zu, ohne ihn aus den Augen zu lassen. »Sabina? Ich habe die Scherben aus Murphys Pfote geholt und die Wunden desinfiziert. Ich glaube nicht, dass genäht werden muss, es sah schlimmer aus, als es ist. Aber Andrea muss sicherheitshalber noch mal draufschauen, bevor wir das verbinden. Sagst du ihr Bescheid? Sie kommt jeden Moment zurück.«

Die Blonde nickte und grinste dabei über beide Ohren.

»Können wir uns unterhalten?«, fragte Liz ihn förmlich. Blieb ihm eine Wahl? Liz lotste ihn zu einer Tür, auf der »Röntgen« stand.

»Werde ich jetzt durchleuchtet?«

Sie antwortete nicht, zog sich bloß langsam die Handschuhe von den Fingern und hielt ihm dann die Tür auf. Er trat ein. Das Zimmer erinnerte an eine Verhörzelle. Fliesen auf dem Boden und gekachelte Wände, hohe, abschließbare Schrankwände und in der Mitte ein Tisch aus Metall. Es roch nach Angst, nassem Hund und Putzmittel; in dem fensterlosen Raum mehr als in der übrigen Praxis. Liz schloss die Tür und hängte ihren beschmierten Kittel über einen Ständer, auf dem Bleikittel auf ihren Einsatz warteten. Als sie fertig war, lehnte sie sich gegen den Tisch und sah ihn an. »Okay. Und nun sag mir eins: Was willst du hier?«

»Den Gesundheitszustand der Käfer im Vorgarten checken«, erwiderte er. »Sieht aus, als ginge es allen gut, aber die Fachfrau bist wohl du.«

Sie nickte langsam. »Schön. Nerven hast du.«

»Verrätst du mir, wie du das machst? Du siehst aus wie siebzehn, wenn's hoch kommt, und bist … Ja, was bist du eigentlich? Designerin? Tierärztin?«

»Ich nähe bloß Kram«, sagte sie und zog sich das Haarband aus den Haaren. Mit offenen Haaren sah sie jünger aus. »Und helfe gelegentlich in der Praxis.«

»Das, was du Kram nennst, ist ziemlich gut, wenn du mich fragst.«

»Dich fragt aber keiner. Und jetzt noch mal. Was. Willst. Du?«

»Bist du böse auf mich?«, provozierte er, weil ihm nichts anderes einfiel. »Es war doch dein Vorschlag, die geklauten Sachen zurückzubringen. Es ist nur ein Anfang, aber voilà, hier ist deine Tasche. Alles noch drin.«

Endlich nahm sie die Blumentasche an, was ihn leider vor das Problem stellte, dass er nicht mehr wusste, was er mit seinen Händen anstellen sollte.

Sie funkelte ihn böse an. »Soll ich jetzt Danke sagen, oder was stellst du dir vor?«

»Okay«, stieß er hervor, atemloser als gewollt, aber hier verlief ja ohnehin nichts mehr nach Plan. Sein Hals kratzte immer noch wegen des Hundes. Vermutlich war hier alles voller Hundesabber, -haaren und anderen Spuren, die seine Allergie aktivierten. »Ich muss mich entschuldigen. Das wollte ich. Darum bin ich hier.«

Sie legte den Kopf schief und das Haar fiel ihr vors Gesicht. Sie sah aus wie gestern, als sie den kleinen Jungen getröstet hatte, auch wenn sie noch so kritisch guckte. »Ich hab ein Déjà-vu, fürchte ich«, sagte sie leise. »Du hast dich schon einmal entschuldigt, und ein paar Minuten später …«

»Und das tut mir leid. Ich war …« Vollkommen hysterisch. »Etwas nervös. Ich hatte …« Panik, nackte Panik. »Stress.«

Sie lächelte. »Oh. Na, dann kann das schon mal passieren.«

»Findest du?«

»Ja. Sicher. Ich bedroh auch immer Leute auf der Straße oder überfall eine Tanke, wenn ich im Stress bin. Nichts chillt mich mehr.«

Sie wollte ihn fertigmachen. Das Schlimme daran war, dass er es verdient hatte, und das Allerschlimmste, dass sie ohne jede Mühe erfolgreich war.

»Weißt du«, sagte sie und betrachtete ihn, als brauchte sie gar keine Röntgengeräte, um jemanden bis auf den Grund zu durchleuchten, »ich bin nicht sicher, warum mich das interessiert, aber ich zerbreche mir den Kopf darüber, warum du solche Dinge machst.«

Er sollte gehen. Aber eine Antwort war er ihr schuldig. »Das war nicht geplant. Bin da mehr oder weniger reingerutscht. Ich hielt die Leute für eine nette Gruppe, die halt gerne Reden schwingen. Als ich gerafft habe, was wirklich abging, steckte ich schon …« Er hielt inne. Das war er ihr also schuldig? Lügen? Die vertraute Hitze stieg ihm in den Kopf. »Steckte ich schon mittendrin und es gab kein Zurück mehr. Nicht mit heiler Haut – und ich häng an meiner Haut.« Er warf ihr einen Blick zu und sie lächelte. Nur ein winziges bisschen, aber diesmal, als meinte sie es ehrlich. »Fuck – ich hätte doch nie damit gerechnet, dass die einen Raub angehen. Ich kam mir vor wie bei einem Verkehrsunfall, weißt du, was ich meine? Du willst echt nicht hingucken, aber du kannst nicht anders. Und schon bist du einer von den bösen Gaffern, über die du dich vorher immer aufgeregt hast.«

Sie zuckte ein wenig zusammen. »Und jetzt hängst du in diesen Kreisen fest?«, fragte sie.

»Nein! Ich bin nach der Aktion in der Tankstelle sofort ausgestiegen. So was ist mir zu krass.«

»Aus solchen Gangs steigt man einfach so aus?«

»Die zwingen niemanden«, log er. »Erst recht nicht einen wie mich, der mit seiner nervösen Zappelei alles gefährdet. Das wäre ja schön idiotisch, du hast ja erlebt, was für ein Dilettant ich als Gangster bin. Dafür bin ich nicht gemacht. Ich hab den Ausstieg noch gekriegt, bevor der Abgrund kam.«

* * *

Urplötzlich sah sie sich ihm gegenüber – dem Jungen aus ihrem Traum. Der Junge, der mit ihr am Abgrund saß und ihre Narben berührte, weil sie ein Teil von ihr waren, nicht mehr und nicht weniger. Und im gleichen Augenblick wurde ihr auch klar, warum weder der Überfall noch die Drohungen dazu geführt hatten, dass sie sich vor ihm fürchtete, obwohl ihr doch klar war, dass jeder normale Mensch sich fürchten würde. Aber jetzt begriff sie: Es gab überhaupt keinen Grund zur Furcht vor ihm, weil er sich noch viel mehr fürchtete.

Er fuhr sich mit den Fingern durch die Haare, und fast glaubte sie hier in dem Raum ohne Fenster die Sonne zu sehen, die ihm rötliche Strähnen ins Braun zauberte, so vertraut schien ihr die Geste aus ihren Träumen.

»Darf ich dich auch was fragen?«, wollte er vorsichtig von ihr wissen. »Woher kennst du mich? Ich meine …« Er lachte leise, es wirkte nervös und gleichzeitig verstörend süß. »Ich bin sicher, dass ich dich vor … der Sache nie gesehen habe.«

»Ich bin dir sicher bloß nicht aufgefallen«, erwiderte sie, aber er schüttelte den Kopf.

»Du wärst mir aufgefallen. Hundertpro.«

Ihre Lippen wurden trocken. Das Gespräch nahm eine Wendung, die sie unruhig machte – aber auf eine Art, die sich gar nicht so schlimm anfühlte. Ein bisschen wie Achterbahnfahren. Auf einer sehr, sehr krassen Bahn.

»Um ehrlich zu sein, kennen wir uns gar nicht«, log sie geschmeidiger, als sie je gelogen hatte. »Ich war bei ... der Sache auch im Stress. Ich hab dich mit jemandem verwechselt.«

Er zog die Brauen zusammen. »Verwechselt? Mit jemandem, der mir ähnlich sieht und ebenfalls einen Dschinn auf dem Bauch hat?«

»Nein«, sagte sie fest, »dieser andere hatte ein anderes Tattoo. Aber so was kann man überstechen lassen.«

Ihm war anzusehen, dass er ihr nicht glaubte, aber sie schämte sich nicht für die Notlüge. Sie konnte ihm kaum erzählen, dass sie ihn und seinen düsteren Flaschengeist aus ihren Träumen kannte. Er würde sie entweder für eine Psychopathin halten oder sich sonst was darauf einbilden.

»Aber dein Motiv ist nicht überstochen, richtig?«

»Nein. Ist mein erstes.«

»Das hat uns die Elfe im Tattoostudio auch gesagt, und damit war mir klar, dass ich mich geirrt haben musste. Wenn ich dich genauer ansehe«, sie nutzte den Augenblick, um schamlos genau das zu tun, »fallen mir noch mehr Unterschiede auf. Ich hab dich in der Schrecksekunde wirklich bloß verwechselt.«

»Puh«, sagte er und schien erleichtert. Es klopfte an der Tür, sie wurde geöffnet und Andrea steckte den Kopf ins Zimmer.

»Alles okay, Lizzie? Oh.« Sie musterte den Jungen erstaunt. »Hallo. Ich wollte nicht stören, bloß –«

»Du störst nicht, keine Sorge.«

Für den Jungen schien das nicht zu gelten. Beim Klopfen war er zusammengezuckt, und nun huschten seine Blicke fahrig im Raum herum, als müsste er einen Fluchtweg sondieren. Außer der Tür, in der Andrea stand, gab es keinen. Liz stellte irritiert fest, dass sie die Tasche – von der ihre Tante genau wusste, wo sie ihr abhandengekommen war – unter dem Behandlungstisch vor ihren Blicken verbarg.

»Gute Arbeit bei Murphy, Liz«, sagte Andrea. »Du hattest recht, das muss nicht genäht werden. Magst du ihm den Verband anlegen?«

Sie nickte, Andrea verschwand und der Junge entspannte sich wieder.

»Ich will dich nicht länger aufhalten« sagte er. »Nicht dass du Stress mit deiner Mutter bekommst.«

»Ich hätte gern mal Stress mit meiner Mutter«, antwortete sie. »Aber Andrea ist gar nicht meinen Mutter. Sie ist meine Tante und macht nie Stress, keine Sorge.«

»Du wohnst bei deiner Tante?«

»Ja.« Sie ließ das Wort in der Luft hängen; unsicher, ob und wie viel sie ihm erzählen sollte. Im Traum hatte er nie nach ihren Eltern gefragt. Demnach hatte sie keine Vorstellung, wie er reagieren würde. Sie stellte sich vor, wie sein Gesicht sich vor Mitleid verzog und ihr Herz verkrampfte sich.

»Ich muss jetzt den Hund verbinden«, sagte sie eilig. »Es ist nett von dir, dass du mir meine Tasche zurückgegeben hast.«

»Gern.«

»Tu mir einen Gefallen und dreh keine krummen Dinger mehr.«

»Werd mir Mühe geben.« Er zeigte das, was Kattas Romanen zufolge ein träges Lächeln war, bevor er ging, und ihr Puls reagierte darauf mit einem Stakkato, von dem ihr ein klitzekleines bisschen schummrig wurde. Dann war der Junge weg, so plötzlich, wie er aufgetaucht war, und ebenso schlagartig fiel die Coolness von ihr ab, wie ein Hut, der ihr überhaupt nicht passte.

Armer Murphy, das war nicht sein Tag. Erst war er in die Scherben getreten, musste stillhalten, während diese mühsam aus dem Pfötchen gezogen wurden, und am Ende brauchte sie mit ihren zittrigen Händen drei Versuche, bis der Verband endlich hielt.

Kapitel 15

Das Gelände zu betreten war gefährlich und streng verboten, doch seine Grenzen aus spiralförmig gezogenem NATO-Stacheldraht hatten Louis vor Jahren erst neugierig gemacht. Mit sieben war er zum ersten Mal durch den Zaun gekommen, und seit er wusste, wo es am besten funktionierte, hatte er es ständig getan. Alle paar Schritte knirschten Scherben unter seinen Füßen. Es roch nach Moos und Vogelkacke und von der Sonne getrocknetem Regen. Er war lange nicht hier gewesen, aber der Ort ließ ihn immer noch durchatmen und zur Ruhe kommen, kaum dass er ihn betrat.

Die Ruinen der Fabrik lagen länger brach, als er auf der Welt war, und vielleicht war beinah ebenso lange niemand außer ihm hier gewesen. Manche Gebäude waren noch fast vollständig erhalten, bis auf die Fenster und Türen und die eine oder andere eingestürzte Decke. Andere hatte man abgerissen oder damit begonnen und mittendrin aus irgendeinem Grund wieder aufgehört. Wie Zahnstummel ragten halbe Wände in die Höhe und führten Treppen ins Leere.

Er wusste genau, wohin er treten durfte und wo das Risiko zu groß war, durch eine morsche Decke in die alten Keller zu stürzen, sich den Hals zu brechen und dort elendig zu verrecken. Niemand hörte einen hier, da konnte man brüllen, bis man schwarz wurde. Handyempfang gab es nur, wenn man mindestens sechs Meter an einem Gebäude in die Höhe stieg, und selbst dann musste man Glück haben.

Der Verfall hatte die ehemals roten Backsteine an den meisten Stellen dunkel verfärbt, dazwischen fanden sich seine Graffitis. Wie vertraute Fotos wirkten sie, die sich jemand vom Aufwachsen seiner Kinder ins Wohnzimmer gehängt hatte. Er ging zwischen seinen ersten bemühten Tags durch bis zu den geschickteren Werken, die er gemacht hatte, bevor es ihm zu wenig geworden war, sie nur für sich selbst zu sprayen. Bevor die ganze Scheiße angefangen hatte, bloß weil er meinte, sich etwas beweisen zu müssen. Hätte er sich mit seinen Montana Cans weiter hier ausgelebt, wo es niemanden juckte, wäre nichts von allem je passiert. Eine einzige schäbige Wand hatte er außerhalb seiner Fabrik besprüht. Und die hatte erbarmungslos zurückgeschlagen.

Er kletterte ein Stück an einer alten Feuerleiter hoch. Die Frontseite des Gebäudes fehlte, sodass es aussah wie ein überdimensionaler Setzkasten. In einem der offenen Räume hatte er ein paar Dosen seiner Lieblingslacke und einige unterschiedliche Sprühköpfe gelagert, aber die Cans waren beinah leer und mit der Zeit von den Temperaturschwankungen unbrauchbar geworden. In den Caps war die Farbe eingetrocknet und hatte sie verstopft. Er war zu lange nicht mehr hier gewesen. Zwei, drei Lackmarker taten es noch, aber mit Neon Green, Chrome Gold und Blazing Red konnte er heute nichts anfangen. Er setzte sich eine Weile in den offenen Raum wie auf seine ganz persönliche Sonnenterasse und sah dem Abend zu, wie er ins Land zog. Die Zufriedenheit, die er verspürte, war verstörend. Seit er in der Tierarztpraxis gewesen war – seit er bei *Liz* gewesen war –, kreisten seine Gedanken nicht mehr um

Sputnik und Ramon und deren Möglichkeiten, ihn fertigzumachen. Eine Weile hatte er die beiden und die Gangs sogar vergessen; ausgeblendet, dass er ein Teil von ihnen war. Es mochten nur Lügen gewesen sein, die er Liz erzählt hatte. Aber er war nicht einmal richtig rot geworden, weil er selbst an seine Worte geglaubt hatte. Jetzt, da die Wahrheit ihm wieder nachschlich, fühlte sie sich weniger bedrohlich an, als er sich erklären konnte.

Er wollte die Probleme lösen. Er *würde* die Probleme lösen. Und danach musste er aussteigen – nicht alles, was er Liz gesagt hatte, war gelogen: Er war nicht der Richtige für die Karriere, die er angepeilt hatte. Liz hatte ihm vorbehaltlos geglaubt, und womöglich war es allein das, was ihn das selbst glauben ließ.

Liz … Er bekam sie gar nicht mehr aus dem Kopf. Die Art, wie sie sich hinter ihren Haaren versteckte, die für Blond zu braun und für Braun zu blond waren, und wie sie sie zaghaft zur Seite strich, um ihn anzusehen. Der Hauch von Kokos-Vanille-Parfum. In der Tankstelle waren ihm ihre dunklen Augen aufgefallen, tiefbraun und riesengroß. Vor Schreck, hatte er gedacht, aber wenn sie lächelte, waren sie genauso groß und ebenso dunkel. Sie war verdammt hübsch – man sollte sie zeichnen.

Er zog sein Smartphone aus der Tasche und rief noch einmal ihre Website auf, die er sich beim ersten Mal auf der Suche nach einer Adresse nicht so genau angesehen hatte. Bingo, er hatte Empfang und genug Zeit, den Text auf der Startseite durchzulesen.

Warum pflanzen wir die buntesten Blumen auf Gräber? Warum erkennen wir unser Lieblingssahnebonbon selbst unter dem Geschmack von Rotz und Tränen? Warum sprühen wir die schönsten Motive auf die hässlichsten Wände? – Weil ein wenig

Farbe, etwas Süßes und eine gute Idee auch den schlimmsten Tag ein wenig schöner machen. Das ist mein Plan!

Sein Herz schlug ein wenig schneller, als hätte sie ihn bei einem verbotenen Gedanken erwischt. Wie kam ein Mädchen wie sie darauf, Blumen und Bonbons mit Graffitis zu vergleichen? Wie kam eine Künstlerin wie sie dazu, das, was sie machte, in einem Satz zu nennen mit dem, was er an Wände schmierte? Er konnte nachvollziehen, was sie auf ihrer Website schrieb – aber er hätte sich nicht vorstellen können, dass eine wie sie das ähnlich sah.

Sie war nicht nur hübsch, sie war mehr. Es führte eigentlich überhaupt kein Weg daran vorbei, sie zu zeichnen. Und zwar sofort.

Er rieb sich über die Stirn und kletterte die Feuerleiter wieder hinab, lief zwischen den Ruinen hindurch, bis er gefunden hatte, was er suchte: eine Mauer, die von irgendeinem Feuer vor Jahren noch rußbedeckt war. Mit den Fingern schattierte er Schwarz zu Anthrazit und Anthrazit zu Grau. Auf dem Boden fanden sich ein paar Steine, mit denen sich hellere Linien zeichnen ließen, wenn man hart genug aufdrückte. Ein paar Linien zog er ohne jeden Plan, dann deutete sich die Szene, die er zeichnen wollte, von ganz allein an: Liz und der kleine Junge, der um seine Katze heulte. Lebensgroß aus Asche auf Stein, weil er sonst nichts hatte.

Er arbeitete schnell, denn das Licht schwand und bald würde es zu dunkel sein. Es war anstrengend, nach einer Stunde war er nass geschwitzt und der Aschestaub klebte ihm auf den Lippen, in den Haaren und verklebte ihm die Wimpern. Aber bevor es dunkel war, war er fertig und betrachtete das Ergebnis mit klopfendem Herzen und flatterndem Magen, nur um zu erkennen, dass eine Zeichnung zu wenig war. Sie gab ihm keine frechen Antworten, sie biss sich nicht auf die Lippen, wenn sie lächeln musste, und sie legte nicht den Kopf schief, wenn sie ihn provozieren wollte. Es gab also nicht viel Spielraum: Er musste sie wiedersehen.

Kapitel 16

»Eiskaffee mit dreifach Vanilleeis, doppelt Sahne, Schokosoße, Streusel und … Glitzerlamettastrohhalm mit Schirmchen. Bitte schön!« Katta stellte ein Tablett ab, das größer war als die Tischplatte von dem winzigen Tisch, der auf ihrem Balkon stand. »Ich glaube, ich spar mir das Sport-Studieren und eröffne ein Café. Was meinst du?«

Liz nahm vorsichtig eines der randvoll gefüllten Gläser, balancierte es zum Mund und probierte. »Ich meine, dass ich Stammkundin werde und dich ruiniere, da ich als deine beste Freundin hoffentlich nicht zahlen muss.«

»Natürlich nicht!«

»Leider werde ich davon vermutlich so fett werden, dass ich dir sämtliche Kunden verschrecke. *Gehen Sie nicht ins Café Katta Kalorina – Sie sehen doch, wie die Gäste enden!*«

»Café Katta Kalorina!« Katta schnalzte mit der Zunge. »Sehr geil. So nenn ich es! Mal ehrlich, vergiss den Hüftspeck. Gibt es etwas Besseres als Eiskaffee über den Dächern der Stadt?«

Liz fiel wenig ein, allerdings hatte ihre Freundin auch leicht reden; sie behielt ihre fast knabenhafte Figur, auch wenn sie sich regelmäßig bis zur Übelkeit vollstopfte. Da wirkte sich der Sport eben doch aus.

Katta, ihre Eltern und ihr kleiner Bruder bewohnten eine

ultramoderne Dachgeschosswohnung in der Innenstadt. Die Aussicht von ihrem mit Pflanzen vollgestellten Balkon war atemberaubend. Liz streckte die Beine in den kurzen Shorts aus, damit die Sonne sie bräunte. Endlich konnte man den Sommer als solchen bezeichnen.

»Und jetzt die versprochene Bombe, bitte«, sagte Katta, nachdem sie einen großen Schluck von ihrem Eiskaffee getrunken hatte.

»Aber ich habe noch gar nicht ausgetrunken.« Ihre Freundin ein wenig hinzuhalten, bereitete ihr ein diebisches Vergnügen. »Na gut, weil du es bist. Es gibt Neuigkeiten vom Traumtypen.«

Katta stellte ihr Glas mit einem Knall auf den Tisch. »Was? Wie? Erzähl!«

»Er war bei mir zu Hause.« Sie musste grinsen. Vielleicht, weil sie es selbst so unglaublich fand. »Also beinah zumindest. Er war in der Praxis, musste da was abholen, oder so. In jedem Fall stand er mir plötzlich gegenüber.«

»Nein! Und was hast du gemacht?«

»Ihn in den Röntgenraum gezerrt.«

Mit tellergroßen Augen blickte Katta sie an.

»Nicht, was du denkst. Nur, um ein paar Worte zu wechseln.« Verdammt, es war so schwierig, diese unglaublichen Neuigkeiten mit Katta zu teilen, wenn sie ihr nur so wenig sagen durfte. »Ich hatte leider nicht viel Zeit.«

»Aber ihr seht euch wieder?«

Genau hier drückte der schicke Schuh. »Ich hoff's.«

»Wie – du hoffst es? Willst du mir erzählen, irgendwer da oben hat Zufall gespielt und den Jungen in die Praxis geschickt und du hast nicht sofort ein Date klargemacht? Oder, warte mal: War es denn überhaupt Zufall? Oder hat der Typ dich gefunden?«

»Irgendwie schon, denke ich.«

Zwischen Kattas Brauen bildete sich eine Falte. »Und du hast ihn wieder gehen lassen? Sag, dass du wenigstens seine Nummer hast!«

Sie musste schlucken und nahm einen Schluck Eiskaffee, um Zeit zu schinden. »Ich hab gar nichts. Nicht mal seinen Namen.«

»Ach Lizzie. Nee, oder?«

»Es ging irgendwie so schnell und er war so … interessant. Da hab ich vergessen zu fragen.«

Katta stöhnte, dann fing sie an zu lachen. »Typisch, Lizzie, typisch. Und nun? Na ja, wenigstens hast du diesmal eine bessere Ausgangslage, um ihn zu finden.«

Hatte sie die? Das wäre ja sehr schön, aber … »Was meinst du damit?«

»Wenn er etwas abgeholt hat, muss das ja für irgendwen gewesen sein. Ein Patient, vermute ich? Über die Besitzer müsstest du ja an ihn rankommen.«

»Ähm. Sagte ich, er hätte etwas abgeholt? Er hat etwas gebracht, glaube ich. Er tauchte plötzlich auf und dann musste ich diesen Hund verbinden und schon war er wieder weg.«

Katta runzelte die Stirn. Eine Weile schwieg sie, dann fragte sie: »Lizzie, bist du ehrlich zu mir?«

»Was?« Verdammt. Das hatte sie jetzt von ihren Halbwahrheiten. Sie hatte sich verrannt und Katta kam ihr auf die Schliche. Zu spät fiel ihr der beste Rat, beim Lügen nicht erwischt zu werden, wieder ein: so nah wie möglich an der Wahrheit zu bleiben. Sie hatte ihn beherzigt, als sie Andrea erzählt hatte, wie der Junge an ihre Tasche gekommen war. Bei Katta hatte sie ihn sträflich vernachlässigt.

»Nimm es mir nicht übel, Süße«, sagte Katta zögernd, »aber das Ganze klingt unglaublich … na ja, unglaublich eben. Bist du sicher, dass du nicht geträumt hast, es wäre derselbe Junge?«

Ach, wenn ich dir doch nur die Wahrheit sagen könnte!, dachte Liz. Sie atmete tief durch. »Er hat mir meine Tasche gebracht«, sagte sie dann. »Die mit dem großen Gänseblümchen, die mir beim Überfall weggenommen wurde. Er hat sie in der Nähe gefunden. Einer meiner Flyer lag noch drin, daher wusste er die Adresse.« Die Version hatte bei Andrea auch funktioniert.

»Und du bist ganz sicher, dass du von ihm geträumt hast? Lizzie, wenn man träumt, dann ist das manchmal nicht so detailliert, dass man jemanden erkennt. Manchmal träumt man quasi mit einem Platzhalter, und das Unterbewusstsein fügt später hinzu, was man –«

Sie schüttelte den Kopf. »Du glaubst mir nicht.« Leider konnte sie ihr das nicht mal verdenken.

»Ich will nicht, dass du dich in etwas reinsteigerst.« Katta stand auf, kam zu ihr und legte ihr die Arme um die Schultern. »Ich möchte nicht, dass dir einer wehtut. Und du machst es einem, der es drauf anlegt, mit der Traumgeschichte leider sehr einfach.«

»Mag sein«, erwiderte sie geknickt. Fakt war, dass das längst passiert war. Er tat ihr schon weh – jeden Tag, jede Stunde. Und jetzt war wegen ihm sogar das Undenkbare geschehen – sie hatte Katta nicht nur Dinge vorenthalten, sie hatte sie angelogen.

Kapitel 17

Der Sommer schien seinen verpatzten Start aufholen zu wollen. Am nächsten Wochenende stiegen die Temperaturen schlagartig über 35 Grad. Die Sonne grillte Liz' Kopfhaut und ihre nackten Arme, als sie am Wochenende mit Andrea das Grab ihrer Eltern pflegte, Unkraut jätete und ein paar neu gekaufte Blumen einpflanzte. Es war schweißtreibende Arbeit, aber sie machte den Kopf frei, und sie erwischte sich erstmals seit dem Überfall dabei, einige Augenblicke weder an den Jungen noch an die Träume zu denken. Am Grab ihrer Eltern zählten andere Dinge: ihre Vergangenheit, die schönen Erinnerungen, aber auch die Zukunft. Und die Familie, auch wenn ihr davon nicht viel geblieben war.

»Wo hast du eigentlich studiert?«, fragte sie Andrea auf der Heimfahrt. Über dem Asphalt flirrte die Hitze und die Klimaanlage im Golf war die reinste Wohltat.

»In Gießen«, antwortete ihre Tante. Ein sehnsüchtiges Lächeln umspielte ihren Mund. »Was waren das für wunderbare Zeiten. Unser Studiengang war eine Ansammlung von denen, die in der Schule nie wahrgenommen oder sogar ausgegrenzt wurden. Junge Leute, die mehr mit Tieren als mit Menschen anfangen konnten. Aber man sagt nicht umsonst, dass stille Wasser tief sind. Als wir erst mal eine funktionierende Herde waren …« Sie seufzte. »Ach, es war die beste Zeit meines Lebens. Aber warum fragst du?«

»Ich habe überlegt, vielleicht auch Veterinärmedizin zu studieren«, sagte sie. »Meinst du, ich schaff das?«

Andrea blickte sie beunruhigend lange erstaunt an, statt auf die Straße zu sehen. »Warum solltest du das nicht schaffen? Die Praxis wird dir nicht schwerfallen und die Theorie ist reine Kopfsache. Du wirst mehr lernen müssen, als du es gewöhnt bist, aber ich glaube, das wird bei keinem Studium anders sein.«

»Aber?«, fragte sie. Sie hatte das Gefühl, Andrea hätte etwas nicht gesagt.

»Kein Aber«, erwiderte Andrea und hielt an einer Ampel. »Ich bin nur etwas überrascht. Ich hatte angenommen, du würdest etwas mit Mode studieren wollen, etwas Kreatives.«

Andrea hatte nie einen Hehl daraus gemacht, wie kritisch sie solche Studiengänge betrachtete, in die sich vor allem Mädchen scharenweise einschrieben, um sich nach dem Studium um die wenigen infrage kommenden Jobs zu reißen und am Ende mit leeren Händen dazustehen. Ursprünglich war ein Studium auch gar nicht Liz' Ziel gewesen. Sie hatte eine Ausbildung als Schneiderin machen wollen, aber Andrea hatte ihr den Kopf zurechtgerückt. »Lizzielein – du bist eine gute Schülerin, ohne viel dafür tun zu müssen«, hatte sie gesagt. »Du wirst ein prima Abitur schaffen, mit links. Und damit willst du eine Schneiderlehre anfangen und hinterher dein Geld damit verdienen, Hosen zu kürzen?«

»Um ehrlich zu sein«, sagte Andrea, als sie wieder Gas gab, »bin ich positiv überrascht, dass du darüber nachdenkst. Du könntest nach dem Studium bei mir einsteigen.«

Typisch für Andrea, gleich Pläne zu schmieden. Aber das

war okay. Andrea hatte früh entschieden, keine eigene Familie zu wollen. Der Unfall hatte ihr gewähltes Lebensmodell in Sekunden zunichtegemacht und ihr eine traumatisierte Nichte in ihr geliebtes Singlenest gestoßen. Sie erledigte den Job als Zweiteltern auch allein hervorragend und hatte es nicht verdient, dass Liz es ihr durch ständige Widerworte schwerer machte als nötig.

»Ich mache mir oft Gedanken, was aus der Praxis wird, wenn ich in Rente gehe«, gestand Andrea. »Ich habe so viel Herzblut in den Aufbau gesteckt. Es wäre wirklich schön, dir das eines Tages übergeben zu können.«

»Bis dahin ist ja noch etwas Zeit.« Andrea war erst Mitte vierzig. Sie von ihrer Rente reden zu hören, klang beängstigend.

»Lizzielein, die Jahre vergehen in meinem Alter schneller, als man hinterherkommt«, erwiderte ihre Tante und seufzte. »Nächstes Jahr wirst du volljährig. Das ist schon hart zu schlucken für mich. Gestern erst hab ich dir einen Sandkasten auf die Terrasse gestellt, damit du Beschäftigung hattest, wenn du zu Besuch kamst.«

»Und ich hab dir den Sand eimerweise ins Haus getragen und auf die Couch gekippt, ich erinnere mich!« Sie lachten beide. Andrea fuhr den Wagen in die Garage und schloss diese zu. Liz ging vor, um als Erste im Bad zu sein und sich die Kruste aus Schweiß und Blumenerde von der Haut zu duschen. Ehe sie ausgezogen war, rief Andrea nach ihr.

»Da ist ein Brief für dich gekommen, Liz!«

Barfuß hüpfte sie die Treppe runter. »Seit wann kommen sonntags Briefe?«

»Muss jemand für dich hergebracht haben, als wir weg waren«, erwiderte Andrea und zuckte mit den Schultern.

»Ich hab ihn nur entdeckt, weil eine Ecke aus dem Briefkasten guckte.«

Liz nahm den Brief an sich. Ihr Vorname stand darauf, mehr nicht. Sie öffnete ihn und zog ein Blatt Papier heraus. Im oberen Teil befand sich eine Art Comic, schwarz-weiß gehalten bis auf einige rote Farbakzente. Ein Marienkäfer mit Kreuzchen statt Augen lag auf dem Rücken. Ein Zeigefinger drückte ihm auf die Brust und führte offenbar einen Wiederbelebungsversuch durch. Der Zeigefinger besaß eine eigene Gedankenblase, in der »Ah-ha-ha-ha, stayin alive, stayin alive!« stand. Sie musste lachen. Dass man bei einer Herzdruckmassage im Takt des Bee-Gees-Hits vorgehe sollte, hatte sie im Radio gehört. Dem Käfer rettete der Song das Leben – im nächsten Bild flog er in diffusen Kringeln auf und davon.

Gerade noch mal gut gegangen!, stand unter dem Comic. *Aber ich kann nicht immer da sein und alle Käfer im Auge haben. Vielleicht rufst du mich einfach an, wenn dir einer Sorgen bereitet. Louis.*

Du bereitest mir Sorgen!, dachte sie. Aber ganz gleich, was sie dachte, kam sie nicht daran vorbei, zu bemerken, dass sie lächelte.

Louis also. Er hieß Louis.

Und unter seinem Namen stand eine Handynummer.

Kapitel 18

Vince tankte für zehn Euro und ein paar Zerquetschte, weil er ebenso pleite war wie Louis. Sie fuhren seit Tagen zusammen durch die Gegend und betrieben Recherche, wie Vince es nannte. Louis hatte Vince zunächst für ganz okay befunden; ruhig, kritisch, unauffällig. Dann hatte Vince irgendwann zu reden begonnen, weil es ihm auf die Nerven gegangen war, dass Louis ständig so penetrant schwieg. Vincent war in die Gang gekommen wie die Jungfrau zu Drillingen. Seine Eltern waren Anwälte und hatten ihn als Einzelkind über Jahre verhätschelt und verwöhnt, aber seitdem er offen dazu stand, schwul zu sein, und nicht mehr bereit war, »die Geschichte mit der erforderlichen Diskretion zu behandeln«, wie sie es nannten, war er im kalten Krieg mit ihnen, und sie hatten ihm alle Hähne zugedreht. Damit konnte er schlecht umgehen, was ihn zu Sputnik geführt hatte, die in erster Linie sein Potenzial als juristischer Berater schätzte, auch wenn er über nichts mehr als gefährliches Halbwissen verfügte. Doch dies gab er geschickt als der Wahrheit letzter Schluss aus. Reden konnte Vince wie kaum ein zweiter.

Louis durchschaute Vince bald, mochte ihn aber trotzdem. Es arbeitete sich angenehm mit ihm, weil er den Klugscheißer nur dann raushängen ließ, wenn man ihn dazu drängte. Abgesehen davon war er ein fairer Kerl, der Louis im Gegensatz zu den meisten anderen für voll nahm, auch wenn Vince gute zwei Jahre älter und damit volljährig war.

Nach dem Tanken setzte Vince sich wieder in seinen Polo und Louis ging bezahlen. Er holte sich noch eine Cola aus der Kühltheke und blieb eine Weile an einem Zeitschriftenständer stehen. Unauffällig sah er sich um, warf in jede Ecke einen kurzen Blick und checkte die Eventualitäten. Das Kassenhäuschen war klein, wie es meist bei den freien Tankstellen der Fall war. Es gab wohl eine Überwachungskamera, aber er kannte das Modell von Amazon und Ebay: Es war eine Attrappe; dreißig Euro plus Versand. *An der falschen Stelle gespart,* dachte er.

Der Laden war exakt das, was Sputnik suchte. Louis zog es den Magen zusammen. Er hätte Sputnik, Alina und selbst Vince lieber gesagt, sie sollten sich einen anderen suchen. Und Ramon, der ihn täglich nervte, wollte er noch ganz anderes vor den Kopf werfen. Wenn nicht für sich selbst oder für irgendwen, der nicht überfallen werden wollte, dann wenigstens für Liz. Aber Liz mochte hübsch gelächelt und ihn sanft aus Rehaugen angeblinzelt haben – sie hatte sich nicht mehr gemeldet. Was das bedeutete, war klar: Sie hatte kein Interesse an ihm. *Warum sollte sie auch?,* hatte er sich in der letzten Woche immer wieder gefragt, und immer wieder war ihm statt einer Antwort bloß Leere eingefallen. Dieser blöde Hauch einer Hoffnung war dennoch erst heute verbraucht gewesen – exakt eine Woche, nachdem er ihr die Nachricht in den Briefkasten geworfen hatte.

Er bezahlte. Auch hinter dem Kassentresen entsprach alles seinen Vorstellungen. Der Tresen war breit genug, sodass man den Verkäufer, der vor allem nachts und in den Morgenstunden allein war, irgendwo platzieren konnte, wo es garantiert keinen Alarmknopf gab. An die Regale mit den Zigarettenstangen und die gut aufgefüllten Spirituosen war leicht heranzukommen.

»Dein Wechselgeld«, sagte der Verkäufer. Er sah jung aus, vielleicht Anfang zwanzig; ein blasser, pickeliger Nerd, der vermutlich nächtelang alte Star-Trek-Folgen ansah und während der Arbeit Klingonisch lernte, wenn kein Kunde im Laden war. Er wirkte nett. »Und einen schönen Sonntag noch, siehst aus, als könntest du's gebrauchen.«

Er nickte, ging zurück zum Auto und ließ sich auf den Beifahrersitz fallen.

»Und?«, fragte Vince. »So gut, wie es von draußen aussieht?« Vince hatte sich regelrecht in den Laden verschossen, weil er am Rand eines Dorfes lag, in dem man abends um acht die Bürgersteige hochklappte und selbst die Katzen nicht mehr rausließ. Die nächste Polizeidienststelle war fünfunddreißig Kilometer weit weg.

Sein Telefon verkündete in seiner Tasche mit einem Surren, dass eine SMS eingegangen war, und er warf einen Blick darauf, bevor er antwortete. Die Nummer kannte er nicht. Die Nachricht lautete: **Keine Sorge, allen Käfern geht es blendend. Aber vielleicht …?** Hinter dem halben Satz folgte ein Smiley mit roten Wangen.

Er fühlte sich, als wäre eine Last von ihm abgefallen. Als er die Hoffnung aufgeben wollte, meldete sie sich doch noch. Endlich!

»Was gibt's zu grinsen?«, fragte Vince, fuhr los und bog auf die Landstraße ein. »Gute Nachricht von einem Mädchen?«

Er nickte. »Ja, sieht so aus. Hätte mich auch gewundert, wenn nicht.«

»Ist sie hübsch?«

»Sie kann sich sehen lassen. Ich dachte, ich hätte es vermasselt, aber offenbar kann ich mir bei der was erlauben.«

»Glückwunsch«, sagte Vince, angelte sich seine Sonnenbrille aus der Mittelkonsole und setzte sie auf. »Und was ist nun mit unserer Tankstelle?«

Er gab ein unwirsches Geräusch von sich. »Da liegt ein riesengroßer Köter hinter dem Tresen.«

Vince stöhnte. »Ausgerechnet. Dann fällt der Laden raus, bei Hunden macht Sputnik keine Kompromisse. Schade, sonst hätte alles gepasst.«

»Hat Sputnik Angst vor Hunden?«

»Nee, gar nicht. Sie liebt Tiere abgöttisch und würde es nie riskieren, dass jemand im Gewusel einem Hund auch nur auf den Schwanz tritt.«

»Ach so«, meinte er, als hätte er davon nichts gewusst.

»Was antwortest du deinem Mädchen?«, wollte Vince wissen.

»Keinen Schimmer. Was wollen Mädchen hören?«

»Da fragst du mich?«

»Ist ja sonst keiner hier.«

Vince grinste und drehte das Radio leiser. »Sag ihr, dass sie die Schönste ist, und du hast einen Stein im Brett.«

»Den hab ich auch ohne Geschleime.« Er tippte: **Hallo, Liz. Ich würde zusagen, aber ich weiß nicht, was hinter deinem Vielleicht noch kommt. Irgendwas Gemeines?**

Die Antwort kam binnen Sekunden. **Was Gemeines? Was für Gemeinheiten traust du mir denn zu?**

DAS war gemein. Aber ich sag Ja.

Wie – ja?

Was immer du willst: ja. Nein, warte. Ja, GERNE.

Ja? Ein paar Augenblicke vergingen. Dann folgte: **Meinen wir jetzt dasselbe?** Zwinkersmiley.

»Mann«, sagte Vince, der mit den Fingern das Handysummen mitzählte, »die hängt an jedem Buchstaben, den du ihr schreibst.«

»Weil sie so schnell antwortet?« Er konnte es selbst kaum glauben. »Ich hab sie ja auch eine Woche komplett ignoriert.« Der Satz entsprach nicht ganz der Wahrheit, aber zumindest zur Hälfte.

»Die meint das ernst!«

»Umso besser für mich. Aber wie kommst du drauf?« Er tippte: **Ich weiß noch immer nicht, was du meinst, aber ich meine, ja, es wäre nett, dich zu sehen.** Verdammt, er hatte »nett« geschrieben. Das war das letzte Wort, was er meinte.

»Mein Schwulentalent sagt mir das«, erklärte Vince. »Das ist kein Klischee. Mädchen sagen mir, was sie denken. Daher kenn ich mich aus.«

Oh!, schrieb sie. **Ja, das meine ich auch, okay. Wann?**

Sofort! Er konnte in einer Stunde bei ihr sein.

»Spring nicht gleich, wenn sie pfeift«, riet Vince. »Sie mögen etwas höfliche Distanz und brauchen Zeit, um mit ihren Freundinnen oder schwulen Freunden über deinen Hintern und deine Visage zu debattieren.«

»Du meinst, ich soll sie zappeln lassen?« **Morgen?**, schrieb er ihr. Bis morgen hätte sie lange genug gezappelt. **Wo? Ich werd da sein.**

Kennst du das Café Korinthe neben der Stadtbücherei? So gegen sieben?

»Oha, ein schicker Laden«, sagte Vince, nachdem Louis ihm die letzte SMS vorgelesen hatte. Er beäugte abfällig die Farbflecken auf Louis' Jeans. »Darf ich dir einen gut gemeinten Tipp geben? Zieh um Himmels willen eine saubere Hose an. Und untersteh dich, die Zeche zu prellen. Die meint das wirklich ernst.«

Kapitel 19

Sie war fünf Minuten zu früh beim Café Korinthe. Sich aber an einen Tisch zu setzen, zu warten und dabei nervös zu werden, kam nicht infrage, daher besuchte sie die danebenliegende Bücherei, versuchte sich auf die Klappentexte der Romane zu konzentrieren und blätterte ein neues veganes Kochbuch durch.

»Komm zu spät«, hatte Katta ihr geraten. »Lass ihn etwas zappeln, nur ein bisschen. Es wird ihn schön weichkochen, dann hast du es hinterher leichter, ihn richtig fertigzumachen.«

Eben noch hatte sie überhaupt kein Interesse daran gehabt, ihn fertigzumachen. Jetzt fiel es ihr plötzlich schwer, überhaupt zum Treffen zu gehen. Die ganze Woche lang hatte sie das Für und Wider abgewogen. Nüchtern und mit Vernunft betrachtet sollte sie Louis vergessen, da konnte er ihr noch so schöne Augen machen. Andrea würde ihr lebenslänglich Hausarrest geben, wenn die ganze Geschichte ans Licht käme. Und was würden ihre Eltern wohl sagen? Aber verdammt, sie war sechzehn! Es war nicht die Zeit, immer nüchtern und vernünftig zu sein. Außerdem war es ja wohl vernünftig genug, ihn in das Café zu bestellen, in dem Katta und sie Stammgäste waren. Man kannte sie hier mit Namen, einen sichereren Ort als das Korinthe hatte die Stadt kaum zu bieten. Und nach allen Zweifeln war es gestern, als sie sich – von Katta gecoacht – zu einer winzig kleinen, sehr unverfänglichen SMS hatte hinreißen lassen, plötzlich ganz leicht und selbstverständlich geworden, mit ihm zu schreiben. Die Vorstellung, ihn nicht zu treffen, war ihr absurd erschienen.

Als sie wieder beim Café war, zeigte die Uhr viertel nach sieben. Das passte. Auf den ersten Blick erkannte Liz sein Fahrrad, das unangekettet vor dem Café stand. Das rostige, olle Ding würde bestimmt niemand klauen.

Sie wurde von ihrer Stammkellnerin schon an der Tür abgefangen. »Da hat schon ein junger Mann nach einem hübschen Mädchen gefragt«, flüsterte sie ihr zu und deutete an einen Zweiertisch am Fenster. »Ich glaube, der meinte dich, oder? Der ist vielleicht nervös. Und sehr süß.«

Liz spürte, wie ihr die Röte ins Gesicht schoss. Na prima, jetzt trat sie ihm mit einer Himbeerrübe gegenüber; damit war der Plan, lässig zu wirken, wohl gegessen.

»Nimmst du einen frischen Minztee wie immer?«

»Ja. Nein! Lieber ein alkoholfreies Radler. Ach was, bring mir ein richtiges Radler.«

»Lizzie!« Die Kellnerin lachte. »Du bist ja auch nervös!«

Wenn die wüsste, wie viele gute Gründe es dafür gab. Sie ging zum Tisch, wo Louis ungeduldig eine kleine Colaflasche hin und her schob. Ihr Magen kribbelte plötzlich – sie hatte seit dem frühen Mittag nichts gegessen, das rächte sich jetzt.

»Freut mich, dass du gekommen bist«, sagte er leise, als er sie bemerkt hatte. »Ich hatte meine Zweifel.«

»Ich auch, wenn ich ehrlich bin.«

»Das wäre wirklich gemein gewesen. Hast du eine Ahnung, wie sehr mein Herz rast?«

»Oh«, sagte sie, weil ihr sonst nichts einfiel. Meinte er

etwa … wegen ihr? Sie setzte sich. Die Kellnerin brachte Speisekarten und ihr Radler, und sie war froh, sich an irgendetwas festhalten zu können.

»Ich dachte schon«, murmelte Louis, »ich komm hier rein, setz mich an den Tisch, ganz nett alles, warte, und plötzlich hocken sich die Bullen zu mir und rufen: Überraschung!«

Sie sah sich erschrocken um, aber niemand an den umliegenden Tischen schien seine Worte gehört zu haben. Ach, deshalb das Herzrasen. Na klar! »Wenn ich dich verpfeifen wollte, hätte ich das leichter haben können«, erwiderte sie kühl.

»Ja, aber du könntest auf dramatische Show stehen.« Er begann wieder mit diesem trägen Lächeln, bei dem zunächst nur die Mundwinkel lächelten. »Oder mir einfach eins auswischen wollen.«

»Hm«, machte sie. »Das könnte ich. Und du bist trotzdem hier.«

»Was bedeutet, dass ich entweder der dümmste Schmock der Stadt bin, verdammt mutig oder wahnsinnig verzweifelt.« Endlich hatte das Lächeln seine Augen erreicht. Wenn er so lächelte, dann knisterte die Luft.

»Das klingt ja vielversprechend, wie soll ich mich da entscheiden, was mir am liebsten wäre?« Sie versteckte sich hinter der Speisekarte und wählte am Ende wie immer Maiscremesuppe mit Bruschetta. Louis bestellte einen Gemüseflammkuchen und mehr Cola. Wenn es ihn irritierte, dass die Karte nur vegetarische Gerichte hergab, dann ließ er es sich nicht anmerken. Die Kellnerin, die Liz seit eineinhalb Jahren kannte und die sie noch nie mit einem Jungen gesehen hatte, strahlte von ihm zu ihr und wieder zurück und bekam rote Ohren und Apfelbäckchen.

»Erzähl mir, was du so machst«, bat sie, als sie wieder allein waren. Schließlich wartete sie seit Monaten darauf, ihm ihre Fragen zu stellen und mehr über ihn zu erfahren.

»Jetzt geht es also daran, es herauszufinden, ja? Ob ich dumm, mutig oder verzweifelt bin.«

Sie winkte ab. »Vermutlich bist du alles zusammen. Aber ich bin neugierig. Außerdem weißt du ungerecht viel über mich und ich nichts über dich, außer dass du –«

Er hob beide Hände. »Okay, okay, ich pack ja schon aus.«

»Außer dass du gut zeichnen kannst, wollte ich sagen.« Sie nippte an ihrem Radler und fühlte sich verwegen, ihn ein wenig zu reizen. »Zeichnest du immer mit Filzliner?«

»Mit allem Möglichen. Kohle, Bleistift, Filzliner … aber am liebsten mit etwas anderem.« Ein kleines Grinsen huschte über sein Gesicht und er sprach noch leiser. »Kunstharzlacke aus Dosen auf Stein oder Beton.«

Oh, Gott, ein Sprayer. Auch das noch! »Verstehe. Bevorzugt dort, wo es verboten ist?«

»Bevorzugt dort, wo es egal ist und man mich in Ruhe am Motiv arbeiten lässt«, erwiderte er.

»Okay«, sagte sie gedehnt. »Und kenn ich dein Tag? Von der S7 vielleicht?«

Er lachte, es wirkte beruhigend ehrlich. »Ich bin doch nicht bescheuert. Trainbombing mach ich nicht. Und nein, du kennst mein Tag nicht, nicht mal von den legalen Halls of Fame – das sind die Wände, die wir legal besprayen dürfen. Ich hab gar kein Tag.«

Keine Signatur, anhand der man den Künstler ausmachen konnte? »Warum nicht?«

»Ich weiß, welches Piece von mir ist. Allen anderen kann es egal sein. Verhör beendet? Weißt du jetzt genug?«

»Hättest du wohl gerne.« Sie nahm einen Schluck Radler,

sich Mut anzutrinken, konnte jetzt nicht schaden. »Ich habe gerade erst angefangen. Was magst du für Musik?«

Er holte sein Smartphone aus der Tasche, an dem ein Paar In-Ears baumelte, und wischte auf dem Display herum. Sie fischte nach einem Kopfhörer und lauschte. »Was ist das denn? Elvis? Es klingt, als wäre es schon out gewesen, als meine Eltern Kinder waren.«

»Das sind The Clash«, erklärte er sachlich, »und vermutlich hast du recht. Mein Musikgeschmack ist ein wenig verstaubt, fürchte ich. Ich höre auch die Ramones, Sex Pistols, die Buzzcocks, Magazine …«

»Wie retro ist das denn?«

Er fuhr sich durch die Haare, sah auf die Tischplatte und wirkte einen Moment verunsichert.

»Aber ich find's cool!«, beeilte sie sich zu sagen. »Vintage ist doch hip, und ich finde das ganz bewundernswert, wenn Leute etwas machen, das andere schräg und komisch finden.«

»Aber du machst auch Sachen, die manche komisch finden«, sagte er, und sie bekam das seltsame Gefühl, er würde vor irgendetwas ausweichen. »Deine Mode ist ziemlich … *unique*.«

»Ja«, sagte sie leise, »und deshalb trage ich nichts davon selbst.«

»Nie?«

»Es gibt eine Ausnahme, das ist die Gänseblümchentasche. Aber verglichen mit meinen anderen Sachen ist die auch eher unauffällig.«

»Und warum trägst du die anderen Sachen nicht? Gefallen sie dir nicht?«

»Warum signierst du deine Graffitis nicht?«, fragte sie zurück.

»Schlechter Vergleich. Für die hat mir noch niemand Geld

bezahlt. Und trotzdem würde ich sie jederzeit am Körper tragen, wenn die Farbe nur ein bisschen hautverträglicher wäre. Komm schon. Warum nähst du Sachen und trägst sie nicht?«

Sie biss sich auf die Lippe. Sie hatte Gespräche schon abgebrochen und war gegangen, wenn sie sich in diese Richtung bewegten. Doch heute fühlte sie sich nicht ausgehorcht, sondern einfach nur *gefragt*. Sie spürte sein Interesse und dass ihm nichts daran lag, ihre Antwort zu werten.

»Ich möchte nicht angestarrt werden«, sagte sie leise. »Nicht auffallen. Nicht negativ, aber auch nicht positiv. Gar nicht.«

Er blickte am Tisch vorbei an ihr hinab, betrachtete ihre unauffälligen Schuhe, ihre unauffällige Hose, ihr unauffälliges T-Shirt und ihre unauffälligen Haare. »Du möchtest unsichtbar sein«, sagte er, und es war keine Frage. »Aber das wäre schade, dann hätte ich dich ja nicht gesehen.«

»Ich hätte auf mich aufmerksam machen können«, erwiderte sie. Und dann wurde ihr klar, dass sie genau das ja getan hatte!

Er schwieg und sah sie lange an, ohne dass sie sich angestarrt fühlte. Trotzdem fragte sie ihn: »Was überlegst du?«

»Ich frage mich, warum jemand wie du – kreativ, intelligent und dazu noch verflucht hübsch, wenn ich das so sagen darf – ein Problem damit hat, wenn jemand sie ansieht.«

Sie spürte, wie sie ein bisschen errötete, aber das war gar nicht schlimm. »Ich wurde einfach schon zu oft angestarrt.«

Die Kellnerin brachte das Essen, strahlte wie ein Reaktor und machte seltsame Turnübungen mit ihren Augenbrauen, wenn sie sie ansah.

Gleich kommt sie mit Pompons und ruft »Go, Lizzie, go!«, dachte sie und verkniff sich das Lachen. Eine Weile hatte sie durch das Essen eine gute Entschuldigung, nicht weitererzählen zu müssen, aber sie spürte sehr genau, dass er sich noch Hoffnungen machte, mehr zu erfahren, auch wenn er höflich war und sie nicht ausquetschte. Ein Teil von ihr wollte es ihm auch gern erzählen. Bloß der Rest war nicht sicher, wie sie das anstellen sollte.

»Gehst du noch zur Schule?«, fragte sie schließlich, als das Schweigen peinlich wurde und ihr immer noch keine Lösung eingefallen war.

Er rollte mit den Augen. »Ja, ein Jahr muss ich wohl noch. Aber ich bin froh, wenn ich damit durch bin. Ist nicht meins.«

»Bildung wird überbewertet«, versetzte sie und schämte sich sofort für den sarkastischen Ton.

»Lass mich raten«, schoss er zurück und war sogleich hinter einem blasierten Grinsen versteckt. »Du machst selbstredend Abi. Ohne geht ja heutzutage gar nichts mehr, wie wir alle wissen. Und danach geht es wohin zum Studieren? London? München? Paris?«

In die Weltstadt Gießen, wo sich alle treffen, die besser mit Tieren können als mit Menschen, wollte sie erwidern. Aber plötzlich war sie sich gar nicht mehr so sicher, ob die Idee gut gewesen war.

»Eigentlich«, sagte sie, »mach ich das Abi nur, weil ich noch keine Ahnung habe, was ich werden will. Ich hab mit dem Gedanken gespielt, eine Ausbildung zur Schneiderin zu machen, aber –«

»Aber deine Eltern waren der Meinung, damit würden sie Perlen vor die Säue werfen?«, riet er. Sein Grinsen verschwamm zu einem verständnisvollen Lächeln und ihres gefror.

»Ich hab gar keine Eltern«, platzte es aus ihr heraus und am liebsten hätte sie sich die Hand vor den Mund geschlagen. Verdammt, das ging ihn doch wirklich gar nichts an.

»Ah«, sagte er, senkte den Kopf und sah unter dichten Wimpern fragend zu ihr rüber. »Storch oder Babyklappe?«

Er blieb so ernst, dass sie lachen musste. Und dann löste sich ihr Widerstand plötzlich auf wie eine Brausetablette. »Nein, sie sind tot, wir hatten einen Autounfall«, sprudelte es aus ihr raus. »Ich weiß noch, dass wir bei einer Kirmes waren und für zwanzig Euro Autoskooter gefahren sind, als es plötzlich zu schütten und zu hageln begann, als ginge gleich die Welt unter. Wir rannten zum Auto und fuhren nach Hause – über die Landstraße, weil auf der Autobahn das Wasser so hoch stand, dass sie sie gesperrt haben. Es war stürmisch, ein Baum kippte auf die Straße und fiel auf unser Auto. Ich saß auf der Rückbank und habe mich noch gefragt, ob der blöde Baum nicht eine Sekunde später hätte umfallen können. Konnte er aber offenbar nicht. Es hat gekracht, dass ich dachte, ich würde nie wieder was hören können. Meine Mutter war sofort tot, um meinen Vater haben sie noch stundenlang gekämpft, aber verloren. Ich hatte nur ein paar Kratzer und eine Beule, aber alles nach dem Gedanken von dem Baum ist trotzdem weg, als wäre ich bewusstlos gewesen, was ich laut Krankenhausbericht aber nicht war. Komisch, oder? Das muss der Schock gewesen sein. Entschuldige bitte, ich gerate bei dem Thema immer ins Plappern, ich red nicht gerne drüber, aber wenn ich einmal anfange, dann kann ich kaum noch aufhören – Übersprunghandlung nennt man das –, und vermutlich musst du mir jetzt deine Cola über den Kopf schütten, damit ich wieder still bin.«

Er hob die kleine Cola-Flasche an und zuckte mit den Schultern. »Tut mir leid, ist schon leer. Ich werde immer zum Zuckerjunkie, wenn ich nervös bin. Soll ich ein Wasser bestellen? Das klebt nicht.«

Sie sah Louis in die Augen und fand nicht das, was sie befürchtet hatte. Er sah sie einfach an. Ein bisschen nachdenklich vielleicht, aber nicht mitleidig.

»Du könntest auch einfach weiterreden«, sagte er dann.

»Das nervt dich nicht? Ist kein so schönes Thema.«

»Es gibt Schlimmeres. Hier rausgeworfen zu werden, weil ich dir Getränke über den Kopf kippe, zum Beispiel. Das könnte auf die Leute missverständlich wirken. Vor allem auf die Kellnerin, die dich die ganze Zeit anhimmelt, als wärst du ein niedliches Katzenbaby.«

Sie musste lachen. »Das wäre schlimm?«

Er nickte ernst. »Sehr schlimm. Außer, sie würden dich mit rauswerfen, aber das Hinterlistige an Katzenbabys ist, dass sie selbst dann noch harmlos aussehen, wenn sie gerade ein Haus in Schutt und Asche gelegt haben.«

»Ich bin doch kein –«

»Ich weiß.« Er deutete mit dem Kinn zur Kellnerin, die zwinkerte, als sie zu ihr rüberblickte. »Aber sag ihr das. Oder erzähl weiter. Wie alt warst du?«

»Neun«, sagte sie. »Und so anhänglich, dass ich bis dahin noch nie irgendwo ohne meine Eltern übernachtet habe. Selbst von der Klassenfahrt mussten sie mich mitten in der Nacht abholen.«

Er schmunzelte, als hätte sie eine amüsante Erinnerung bei ihm geweckt. »Und wie bist du nach dem Unfall klargekommen?«

»Schlecht. Eine ganze Weile lang überhaupt nicht. Die Leute gafften mich an wie ein Wildtier in einem kleinen Zirkuskäfig. Voller Mitleid, aber das Glotzen konnte sich trotzdem keiner verkneifen. Meine Freunde ließen mich nach und nach alle hängen, weil mit mir nichts mehr anzufangen war und keiner wusste, wann mit dem nächsten Heulkrampf zu rechnen war.«

Oh, Himmel, warum erzählte sie ihm das alles, als würde sie ihn seit Langem kennen? Vielleicht, weil es sich genau so anfühlte. Und weil sie sicher war, dass er es aus irgendeinem Grund verstand. Es konnte kein Zufall sein, dass sie ausgerechnet von ihm geträumt hatte; er war derjenige, der mit ihr ohne Mitleid mitfühlen konnte.

»Weißt du, was das Schlimmste ist?«, fragte sie leise. »Das Aller-Allerschlimmste daran, dass meine Eltern tot sind? Das, was mich echt manchmal fertigmacht und so zum Himmel schreiend ungerecht ist, dass ich … dass ich …«

»Dass du gleichzeitig schreien und toben und kotzen könntest?«

»Ja! Die böseste Ironie des Lebens, der Arschtritt des Schicksals. Weißt du, was das ist?«

»Nein, was?«

»Meine Eltern … die waren nett!«

Einen Augenblick lang sah er sie an. Dann zuckten seine Mundwinkel. Er versuchte es zu verbergen, rieb sich die Wangen und hustete. Aber sie durchschaute ihn: Er musste lachen. Seit sie wieder klar denken konnte, versuchte sie, ihren Schmerz in Ironie und Humor auszuleben, aber nie hatte jemand gelacht. Die meisten Leute starrten sie bloß an, als hätte sie den Verstand verloren oder wäre das bedauernswerteste Geschöpf auf Erden. Das war doch zum Heulen! Aber der Junge, der da saß – der musste lachen! Sie fühlte sich, als hätte sie soeben einen neuen Mond am Himmel entdeckt, von dem alle Welt behauptet hatte, es würde ihn nicht geben. Und jetzt saß er direkt vor ihr. Sie gluckste, kicherte, und er lachte mit ihr, als hätte sie den komischsten Witz aller Zeiten erzählt.

»Nein, ernsthaft«, presste sie hervor, solange sie noch konnte. »Ist das nicht gemein? Die Welt ist überbevölkert von Idioten.

Niemand, den ich kenne, hat nicht regelmäßig Zoff mit seinen Eltern. Die einen sind uninteressiert an ihren Kindern, die anderen reglementieren sogar die Fürze, die sie lassen sollen. Meine waren toll!« Das Lachen wurde schlimmer, sie musste sich zusammenreißen, wenn sie keinen Lachkrampf bekommen wollte. Doch Louis lachte längst mit ihr und damit war jeder Kampf um Beherrschung zum Scheitern verurteilt. »Mit denen konnte man über alles reden, sie hatten für jeden Menschen Verständnis und immer Zeit für mich. Auch nachts um drei, als ich beschloss, die Klassenfahrt abzubrechen, und lieber sofort nach Hause wollte, da sagten sie, ich solle schon mal packen, sie wären gleich da.« Sie japste bei der Erinnerung an das dumme Gesicht ihrer übernächtigten Lehrerin, als sie mit ihrem Köfferchen in deren Zimmer aufgetaucht war, um sich zu verabschieden.

»Oh, Gott, die Leute gucken alle!«

Louis hielt sich den Bauch und rang um Atem. »Scheiß auf die Leute, die haben ja selbst nichts zu lachen. Erzähl weiter!«

»Wenn meine Lehrer sagten ›Liz muss doch …‹, dann sagte mein Vater immer: ›Lizzie muss gar nichts!‹, und wenn meine Mutter mal schimpfte, dann tat sie das mit Absicht so süß, dass alle dahinschmolzen. Sie war Holländerin und hat immer auf Niederländisch gemeckert. Weißt du, wie niedlich Holländer meckern? Kein Mensch kann da ernst bleiben.« Sie riss sich zusammen, um die Stimme ihrer Mutter zu imitieren. »*Ruim nou eens eindelijk die rotzooi op, mopperpot!* Ich glaub, bei dem Satz hatte ich den ersten Lachflash meines Lebens. Und da sterben die! Ausgerechnet die!« Sie bekam die Worte kaum noch verständlich ausgesprochen vor Lachen. Louis krümmte sich auf seinem Stuhl, schnappte nach Luft und wurde so abgefahren rot im Gesicht, dass sie noch mehr lachen musste. »Entschuldigung«, keuchte sie, »ich hatte befürchtet, dass mir das früher oder später passiert! Ich kann da nicht gegen an. Bei dem Thema muss ich furchtbar heulen oder lachen.«

Aber noch nie war es passiert, dass jemand mitlachen musste. Noch nie. Und das war so befreiend, dass ihr die Tränen kamen vor lauter Lachen. Die meisten zumindest.

Als der Lachkrampf abebbte, folgte der Moment des peinlichen Schweigens. Louis reichte ihr eine Serviette, mit der sie sich die verlaufene Wimperntusche quer durchs Gesicht schmierte.

»Schlimm?«, fragte sie und versuchte sich im schwarzen Display ihres Handys zu spiegeln.

»Rotbäckiger Panda«, erwiderte er. »Es gibt Schlimmeres. Möchtest du noch was trinken?«

Sie schaltete das Handy an, um auf die Uhr zu sehen, und erschrak. Verdammt, zwanzig nach zehn. »Oh, nein. Mein Bus!«

»Wann kommt der?«

»Vor zehn Minuten. Mist, der nächste kommt erst in knapp einer Stunde und wenn ich um elf nicht zu Hause bin …« Dann würde Andrea Fragen stellen. Unangenehme Fragen. »Ich muss los, damit ich das zu Fuß noch schaffe.«

»Ich fahr dich.«

Das war mal eine interessante Vorstellung. »Womit denn bitte? Mit deinem Fahrrad? Das hält doch bloß der Rost zusammen, das zerbröselt, wenn ich mich draufsetze.«

Louis winkte nach der Kellnerin. »Sei froh, dass mein Rad das nicht gehört hat, sonst wäre es beleidigt. Es hält dich schon aus. Darf ich dich einladen? Als … Entschuldigung?«

»Nein!«, entfuhr es ihr. Nein, das hatte sie sich vorher als goldene Regel gesetzt. Nachher bezahlte er mit Geld von dem

Überfall – das wollte sie auf gar keinen Fall. »Getrennt, bitte«, sagte sie der Kellnerin. Während sie zahlten, betrachtete sie ihn unauffällig. Wenn sie sich die Geschehnisse aus der Tankstelle nicht immer wieder ins Gedächtnis rief, verblasste die Erinnerung schon jetzt, wie eine Lappalie, die den Platz im Gehirn nicht wert war. Er war viel mehr der Junge aus ihrem Traum als irgendeine dubiose Gestalt, vor der man sich besser in Acht nahm. Wie mochte er in diese Kreise geraten sein? Über die Graffitis? Sie fragte sich, ob er wirklich nichts mehr damit zu tun hatte. Gar nichts?

Als sie nach draußen gingen, hätte sie über ihre Gedanken beinah laut gelacht. Ein illegaler Sprayer strampelte wohl kaum mit einem uralten Fahrrad durch die Gegend, das man einen halben Kilometer gegen den Wind klappern hörte. Und jemand, der krumme Dinger drehte, würde sich doch vermutlich etwas Besseres kaufen – einen Roller oder ein schickes, sportliches Mokick.

Sie schüttelte die Gedanken ab. Jeder konnte mal einen Fehler machen. Er bereute seinen, sonst wäre er doch nie zur Praxis gekommen.

»Dein armes Fahrrad«, sagte sie, als er aufstieg und auf die Stange deutete. »Schafft es uns beide wirklich? Ich sag es dir nur ungern, aber das Ding liegt in den letzten Zügen.«

»Es hat seine Jahre auf dem Buckel, aber es hat mir geflüstert, dass es sich noch einmal nach einer Herausforderung sehnt, bevor ich es irgendwann für seine letzte Reise dem Mann mit der Musik mitgebe.«

»Na dann.« Sie setzte sich seitlich auf die Stange und balancierte sich aus. »Die Herausforderung wird es bekommen. Es geht ein ganzes Stück bergauf.«

»Es ist heute beflügelt«, sagte Louis, leise und dunkler, als er bisher gesprochen hatte. Und dann sagte er nichts mehr, sondern trat in die Pedale und chauffierte sie durch die engen Gassen der Innenstadt, die um die Uhrzeit verlassen schienen. Die ersten hundert Meter musste sie vor jeder Kurve die Luft anhalten, aber dann merkte sie, wie sie sich entspannte. Ihr Rücken lehnte an seinem rechten Arm und ihre Schulter stieß hin und wieder gegen seine Brust. Sie wünschte sich kurz, er würde langsamer fahren, damit die Fahrt nicht so schnell vorbei war. Hatte sie wenige Stunden zuvor noch absagen wollen? Die Vorstellung brachte sie zum Lachen.

»Was ist so komisch?« Louis' Atem ging schneller, sie spürte ihn in ihren Haaren.

»Ich«, antwortete sie, und da lachte er auch.

Kapitel 20

»Das hätte ich zu Fuß nie rechtzeitig geschafft«, sagte sie leise, als er vor ihrem Haus bremste. »Danke.«

»Nicht dafür. War ein schöner Abend.« Wenn es nach ihm gegangen wäre, hätte sie an der Nordsee oder in München gewohnt; irgendwo, wohin man tagelang unterwegs war, wenn man nur ein altes Fahrrad hatte.

Sie lächelte. »Wenn man auf verrückte Lachkrämpfe steht, dann ja.«

»Der Lachkrampf war das Beste. *Unique.*«

»Wenn du meinst.« Sie knabberte an ihrer Unterlippe und schien etwas sagen zu wollen, sich aber nicht überwinden zu können. Süß war das, zu süß, um ihr vorschnell zu helfen, indem er etwas sagte. »Ich … ähm … ich treffe mich morgen Mittag mit zwei Freunden im Freibad. Vielleicht …«

»Im Stadtbad?« Da konnte er unmöglich mit ihr auftauchen, Ramon und die Jungs hingen da hin und wieder ab, und auf deren Gesellschaft würde Liz sicher gar keinen Wert legen.

»Nein, wir gehen immer ins Talbad.«

»In dieses eiskalte Loch?« Er hatte gedacht, da würden nur Rentner hingehen.

»Ja, wo ständig ein Laubteppich auf dem Wasser schwimmt.«

Sie grinste. »Und nicht selten auch Enten. Da ist es nicht so voll. Ich dachte … also, wenn du Lust hast, könntest du ja auch … nur wenn du nichts Besseres vorhast!«

Leider hatte er das sehr wohl. Er musste Sputnik endlich eine geeignete Tankstelle servieren, darum wollte er gleich morgen eine weitere Tour mit Vince fahren. Abgesehen davon brauchte Liz sich nicht einbilden, sie könne über seine komplette Freizeit entscheiden. Sie war süß, mein Gott, ja, und sie lenkte ihn erstaunlich gut von seinen Problemen ab, was er mehr als nötig hatte. Aber er war nicht in der Situation, sich jetzt in ein Mädchen verknallen zu dürfen und in ihrem Freundeskreis herumgezeigt zu werden wie ein neues Handtäschchen. Später vielleicht, wenn er alles im Griff hatte. So lange musste sie sich eben gedulden.

»Es ist nicht schlimm, wenn du nicht willst«, sagte sie, obwohl er noch gar nicht geantwortet hatte. »Es war nur so eine Idee.«

»Ein anderes Mal, okay? Morgen ist etwas knapp, da bin ich schon verabredet. Das kann ich nicht einfach absagen, sonst …« Oh, verdammt, er war ein solcher Schmock. Was glaubte sie nun wohl, mit wem er so wichtig verabredet war? »Morgen ist Familie dran.«

»Auch nett«, sagte sie und lächelte. Dann blickte sie zum Haus, wo sich die Tür öffnete und ihre Tante erschien. Die machte ihn immer noch nervös, wenn er sie sah. Sie hatte ihn nur unter der Maske gesehen und auf mehrere Meter Entfernung, aber ihm kam immer wieder die Befürchtung, sie könnte ihn an seinen Bewegungen wiedererkennen. Und was, wenn Liz ihr im Vertrauen etwas verriet? Die Frau war selbst um zehn vor elf noch makellos frisiert und geschminkt – das war eine von der Sorte, die es ganz genau nahm; die würde sich nicht mit Hundeblick und einem gewinselten Ich-tu's-nie-wieder abspeisen lassen.

»Ich muss jetzt los«, sagte er und bedauerte das Auftauchen vom Tierarzt-Tantchen ein wenig. Vielleicht hätte Liz sich ansonsten zu einem kleinen Kuss hinreißen lassen? »Meine Mom wartet auch.«

»Mach's gut.« Liz wirkte ein wenig enttäuscht. Das hätte ihm gefallen sollen – sie hatte sich also auch mehr erhofft –, aber Fakt war, dass es ihm bloß leidtat.

* * *

»Ist das da«, Andrea blickte amüsiert in die Richtung, in der Louis davongeklappert war, »etwas Ernstes?«

»Nein, das ist ein Junge«, entfuhr es Liz. »Und die sind selten ernst.«

»Kein Grund, pampig zu werden, ich hab bloß gefragt.«

»Und ich hab geantwortet«, fauchte sie, ärgerte sich im gleichen Moment über sich selbst und musste seufzen. »Ach, Mist. Tut mir leid. Ich weiß nicht, ob es was Ernstes ist. Das ist das Problem.«

Andrea zog sie aus dem Halbdunkeln vor der Tür in den Flur, wo das Licht eingeschaltet war. »Liz, wie siehst du denn aus?«, rief sie plötzlich. »Hat der … dir was getan? Du hast ja geweint!«

Lief sie etwa immer noch wie ein Panda rum? Das hatte sie vollkommen vergessen. Sie musste kichern, es geriet erbärmlich und klang wie ein Schluchzen. »Ja, hab ich. Vor Lachen. Es war so schön heute Abend.« So durchgeknallt schön.

»Ja? Puh, da bin ich aber erleichtert. Hübsch ist er ja schon mal. Wie heißt er denn überhaupt?«

»Louis«, presste sie hervor. »Und ich hab das Gefühl, ich würde ihn schon ewig kennen. Er versteht mich und ich kann mir nicht erklären, warum.«

»Na, so kompliziert bist du doch nicht.«

Wenn du wüsstest! »Es *ist* was Ernstes. Was Besonderes, du kannst dir nicht vorstellen, wie sehr!«

Andrea schmunzelte, wie sie über ihre niedlichen Theateraufführungen in der Grundschule geschmunzelt hatte. »Es mag unvorstellbar für dich klingen, aber ich war wahrhaftig auch mal jung und nicht mein ganzes Leben lang überzeugte Singlefrau. Komm, lass uns hochgehen, wir machen uns noch einen Tee, ja? Und dann erzähl mal, warum du nach einem so schönen Abend aussiehst, als müsstest du morgen früh eine Matheklausur schreiben.«

»Mathe ist nichts dagegen. Und ich will eigentlich nur ins Bett.« *Und meine Ruhe!* »Ich bekomme Kopfschmerzen. Und ich hab mich total lächerlich gemacht heute Abend, sonst würde er mich doch wiedersehen wollen.«

»Das will er nicht? Hat er das gesagt?«

»Er hat gar nichts gesagt. Nicht mal ein ›Ich melde mich‹ oder so. Nur, dass er morgen nicht kann, und dann ist er abgehauen.« Und sie sollte verdammt noch mal froh darüber sein. Was war denn überhaupt in sie gefahren, ihn ins Schwimmbad einzuladen? Ausgerechnet! Dass er ihre Narben im Traum kannte und hinnahm, bedeutete nicht, dass das für die Realität auch galt.

»Aber das heißt doch nichts!«, versuchte Andrea es weiterhin. Sie hatte ja auch keine Ahnung und nicht die geringste Vorstellung davon, wie konfus dieser Typ sie machte. Er drehte ihr ganzes Gehirn auf links und mixte darin herum, bis es Brei war – und sie freute sich noch darüber. »Vermutlich hält er mich für ein grenzdebiles Blödchen.«

»Dann wäre er aber taub und blind, Liz.«

Als liebende Tante musste sie das vermutlich sagen.

In ihrer Tasche summte ihr Handy und versprach eine neue SMS.

»Siehst du!«, sagte Andrea. »Das ist er schon, um dir zu sagen, wie schön er den Abend fand.«

»Das ist bloß Katta«, erwiderte Liz. »Die will wissen, wie es war. Ich geh schlafen, Andrea, gute Nacht.«

Sie huschte in ihr Zimmer und schloss vorsichtshalber die Tür ab. Dann zog sie ihr Handy hervor und atmete tief und mit geschlossenen Augen durch. *Bitte, Katta,* dachte sie, *sei es ein einziges Mal nicht.*

Es war nicht Katta.

Wegen morgen …, stand da. **Ich schau mal, ob ich's doch einrichten kann. Schlaf schön! L.**

Kapitel 21

»Und nicht vergessen«, flehte sie. »Erwähne bitte auf keinen Fall diesen Traumquatsch. Das ist zu gaga, das darf der nicht wissen.«

»Natürlich nicht, aber jetzt halt endlich still.« Katta sprach leise und ohne die Lippen zu bewegen, da sie voll darauf konzentriert war, Liz' Wimpern zu tuschen. Selbstverständlich wasserfest. »Und denk dran: Du musst den Kopf senken und ihn von unten angucken und blinzeln. Das betont deine Augen und lenkt hiervon ab.« Sie zupfte an dem T-Shirt, das Liz über dem Bikini trug. »Außerdem finden Jungs das unglaublich süß.«

Und darüber sollte er übersehen, dass sie sehr offensichtlich ein Problem mit ihrem Körper hatte? Oh, Himmel, wo hatte sie sich da eigentlich reingeritten?

»Wenn ihr mich fragt«, mischte sich Robin von der Seite ein und drehte sich auf seinem Handtuch auf den Rücken, »könnte sie ihn auch gleich Lord oder Master nennen und vor ihm knicksen. Lenkt bestimmt auch gut ab.«

»Dich fragt keiner!«, erwiderte Katta scharf. »Lass sie bloß in Ruhe, sie ist nervös genug.«

Das traf ins Schwarze. Sie war mehr als nur nervös, es kratzte bereits gefährlich an hysterisch. Im Talbad fiel sie mit ihrem

T-Shirt normalerweise nicht auf. Das Bad war so schattig und wenig gechlort, dass etliche Menschen mit Sonnenallergie oder empfindlicher Haut herkamen, und viele trugen Neoprenshortys oder gingen mit einer schützenden Stoffschicht ins Wasser. Die Bademeister sagten hier nichts. Aber Louis würde es auffallen, wenn sie zum Baden später ihre Shorts auszog – das T-Shirt aber nicht. Er würde Fragen stellen. Sich wundern. Sie für komisch halten. Ob sie ihm sagen sollte, ihre Haut würde extrem auf die Sonne reagieren?

»Wo bleibt er denn eigentlich?«, fragte Katta und richtete sich auf, um über die Büsche hinweg die Uhr am Kiosk sehen zu können. »Ist doch schon zwei. Ob er noch auftaucht?«

Robin streckte ein Bein und knackte mit den Zehen. »Man könnte meinen, du wartest auf diesen Typen, nicht Lizzie.«

»Die kennt ihn ja auch schon. Ich bin halt neugierig.« Robin rollte so dramatisch mit den Augen, dass es trotz seiner Sonnenbrille zu sehen war. Katta grinste. »Du bist ja eifersüchtig. Musst du nicht sein!« Sie beugte sich über ihn und gab ihm einen Kuss auf die Nase. »Ich lieb nur dich.«

»Beweise es!«

Na toll, jetzt ging das Geturtel wieder los. Es war schön, dass Katta und Robin auch nach fast einem Jahr wie frisch verliebt waren, aber Liz kam sich dabei noch immer vor wie das fünfte Rad am Wagen. Sie fischte ihr Portemonnaie aus ihrer Tasche. »Ich geh mir mal eine Fanta kaufen.«

»Wir haben Eistee im Rucksack.« Katta griff danach, aber Robin hielt ihre Hände fest und drückte sie auf ihre Decke.

»Sie will Fanta, Cat. Keinen Eistee.«

Was Robin wollte, war nicht zu übersehen. Besser, sie ließ die beiden einen Moment allein und arrangierte sich damit, dass Louis wohl nicht kommen würde. Vermutlich war das auch besser so, es war ohnehin eine blöde Idee gewesen, ihn herzubitten.

Barfuß schlenderte sie zum Kiosk, der neben dem Eingang lag. Im Stadtbad musste man eine halbe Stunde auf heißem Asphalt anstehen, wenn man etwas kaufen wollte. Hier kam sie sofort dran und musste allenfalls aufpassen, nicht in die vielen Kleckse zu treten, die die Enten bevorzugt um den Kiosk herum hinterließen. Die Fanta war eiskalt und köstlich.

»Du hattest recht«, sagte plötzlich eine Stimme hinter ihr, die ihr einen Schauder über den Rücken laufen ließ. Fast hätte sie ihre Fanta fallen lassen.

»Womit?« Sie versuchte sich nicht anmerken zu lassen, wie sehr Louis sie erschreckt hatte. Warum war er nun doch noch gekommen? Und was hatte Katta gesagt? Kopf senken und blinzeln?

»Du hast gesagt, mein Fahrrad läge in den letzten Zügen. Du hattest recht, es ist eben von mir gegangen. Aber es ging sehr schnell, es musste nicht leiden.«

Sie musste lächeln. »Oje. Mein Beileid. Kommst du darüber weg?«

»Es wird hart, aber ich denke schon. Tut mir leid, dass ich zu spät bin.«

Er trug heute ein ärmelloses Shirt, das ihm fatal gut stand. Über seiner schlanken, aber durchtrainierten Schulter hing eine Sporttasche und seine grünen Augen waren hinter einer schwarzen Sonnenbrille versteckt.

»Komm«, sagte sie, bevor sie noch ins Starren verfiel, »ich stell dir meine Freunde vor.« Sie führte ihn um ein paar Büsche, für die sie das Talbad liebte, da sie einen perfekten Sichtschutz und damit Privatsphäre bildeten. Hinter einem kam ein Kind hervorgeschossen und ehe sie sich versah, bekam sie einen Schwall Wasser ins Gesicht gespritzt.

»Ha-ha!«, brüllte ein helles Stimmchen. »Ich hab die Lizzie erwischt!« Sie musste sich die Augen abwischen, ehe sie den kleinen Angreifer erkannte, der nun innehielt, abwägte, ob er genug Mumm hatte, um Louis ebenfalls nass zu spritzen, und dann vorzog, das Weite zu suchen.

»Das ist Benni, der Bruder meiner besten Freundin«, erklärte sie. »Ich wusste nicht, dass der heute auch hier ist.« Sie sah sich nach Kattas Mutter um, die ihren kleinen Wirbelwind selten aus den Augen ließ, und winkte ihr, als sie sie entdeckte. Susanne Lorenz winkte zurück, schien aber in Gedanken zu sein. Ihr Gesicht hinter der Sonnenbrille blieb ernst und zeigte nichts von ihrer üblichen Herzlichkeit.

»Schnell«, sagte sie zu Louis. »Gehen wir zu Katta, bevor der Knirps neu geladen hat und wiederkommt. In die Nähe seiner Schwester wagt er sich bestimmt nicht. Katta ist der liebste Mensch auf der Welt – aber bei ihrem Bruder zieht sie andere Saiten auf.«

Louis schien ihr kaum zuzuhören. Er wirkte mit einem Mal abwesend. Ob sie etwas Blödes gesagt hatte? Sie erreichten Katta und Robin, die sich auf den Decken lümmelten und neugierig zu ihnen aufsahen. Ihr war mulmig, als sie Louis und die beiden einander vorstellte. Was, wenn sie sich nicht mochten und Louis bloß aus Höflichkeit den Nachmittag mit ihnen absaß? Ob er sie dann wiedersehen wollte?

In Kattas Augen glänzte die Neugierde. Robin wirkte entspannt und gelassen wie immer und rückte ein Stück zur Seite, damit Louis Platz hatte. Der straffte die Spannung, indem er Katta auf sein berüchtigtes träges Lächeln warten ließ – er lächelte überhaupt nicht, sondern zog nur die Mundwinkel ein wenig nach oben. Nicht unfreundlich, aber distanziert.

»Hat der kleine Pestpocken euch geärgert?«, wollte Katta wissen. »Ich hatte keine Ahnung, dass meine Mutter mit ihm herkommt, sonst hätte ich euch gewarnt.« Ihre Blicke erklärten Liz derweil still, aber aussagekräftig, der Typ wäre heiß und sie solle daran denken, den Kopf zu senken und zu blinzeln.

Dann entfuhr ihr ein Schrei und sie setzte ein: »Was willst du kleiner Hosenpisser eigentlich schon wieder!«

Liz sah sich um. Hinter ihr stand Benni und zog eine Fratze. »Du sollst mal zu Mama kommen«, rief er. »Sofort! Du und Lizzie auch. Das gibt einen *Anschiss*, könnt ihr mir glauben. Und dass du Pisser gesagt hast – das pretz ich!«

»Das ist keine Beleidigung, das ist eine Tatsache, du miese kleine Knoblauchkröte! Außerdem heißt es petzen, du Petze.«

»Selber Pretze! Weressagtderistesauch.«

Robin seufzte schwer. »Die lieben sich«, klärte er Louis auf. »Sie wissen es bloß nicht.«

»Lass uns schauen, was sie will«, entschied Katta und zog Liz an den Händen auf die Beine. »Aber ich werde nicht die kleine Pest babysitten, keine Minute lang – und du auch nicht, Lizzie, lass dich nicht einlullen!«

So weit kam's noch. »Bestimmt nicht. Wenn Louis hier ist, habe ich Besseres zu tun.«

»Braves Mädchen.«

Susanne Lorenz saß in einem Klapp-Liegestuhl in der Nähe des Kleinkindbeckens und sah schon von Weitem zu ernst aus, als dass nur eine Babysitteranfrage zu erwarten war. Was mochte sie wollen?

»Liz, nimm es mir bitte, bitte nicht allzu übel«, sagte sie. »Aber kennst du den Jungen, mit dem du hier bist, näher?«

Ihr Herz begann von einem auf den anderen Moment heftiger zu schlagen. »Was? Wieso? Was ist mit ihm?«

»Ach, wie soll ich dir das sagen?« Susanne Lorenz sah zu Katta rüber, als erwartete sie Hilfe von ihr. »Aber ich kenne den jungen Mann flüchtig. Und ich habe wirklich meine Zweifel daran, ob das der richtige Umgang für dich ist. Für euch beide.«

Was wusste Kattas Mutter? Liz wollte etwas erwidern, aber die Worte waren wie ein Klumpen im Hals, der sich nicht hochzwingen ließ.

»Was soll das heißen?« Katta fand die Sprache vor ihr wieder und stemmte die Hände in die Hüften. »Ist er ein Patient von dir? Lag er schon bei dir auf der Couch?«

»Er selbst nicht, aber … Ach, Katharina, du weißt, dass ich darüber nicht reden darf.«

»Vorschlag: Dann lass es doch!«

»Katharina, bitte.« Susanne Lorenz mahnte nicht, sie flehte eher. »Als Psychiaterin habe ich ärztliche Schweigepflicht. Aber ich habe auch eine Pflicht als Mutter und in diesem Fall kollidiert beides miteinander. Ich mache mir Sorgen, wenn ihr –«

»Vielleicht kümmerst du dich einfach um deinen eigenen Kram, Susanne!« Erst als Kattas Mutter sie überrascht ansah, bemerkte Liz, dass sie den Gedanken ausgesprochen hatte – und zwar laut und deutlich. Noch nie war sie Susanne Lorenz so gegenübergetreten, aber an Kattas Empörung fand sie Orientierung. »Das ist wirklich meine Sache, mit wem ich mich treffe!«

Susanne Lorenz' Gesicht wurde weich. »Da magst du recht haben. Ich möchte dich nur bitten, vorsichtig zu sein. Ihr könnt euch das heute noch nicht vorstellen, aber bitte glaubt mir, wenn ich euch sage, dass es Erfahrungen gibt, die man als junger Mensch nicht unbedingt gemacht haben muss.«

Katta schnaubte. »Gibt es deine Andeutungen nicht noch etwas dramatischer? Was hat der Typ gemacht, he? Jemanden umgebracht? Jemanden vergewaltigt?«

»Katharina! Natürlich nicht!«

»Eine Bank ausgeraubt?«, schoss Liz nach.

Susanne Lorenz seufzte. »Macht, was ihr wollt, weder ich noch deine Tante werden euch etwas verbieten, Liz, aber –«

»Du rennst nicht zu ihrer Tante!«, fauchte Katta. »Oh, Mann, du blamierst mich zu Tode, merkst du das nicht?«

»Aber bitte passt auf euch auf und schaltet eure Köpfe nicht aus. Wenn etwas ist: Wir können über alles reden.«

»Na toll, herzlichen Dank!« Katta nahm Liz bei der Hand und zog sie einfach mit sich. »Jetzt dreht sie völlig durch, lass uns abhauen, ehe sie noch ihre Sexualerziehungsbroschüren auspackt oder mit uns Kondome aufpusten oder eine Menstruationstassen-sind-tolle-Freundinnen-Party feiern will. Oh, Gott, die Frau ist so peinlich. Wenn ich jemals so werde, sperr mich irgendwo ein, ja? Und lass mich da verhungern!«

Liz war flau im Bauch. Was wusste Susanne Lorenz wirklich über Louis? Und warum ärgerte es sie mehr, als dass es sie besorgte? Sie selbst kannte ihn doch kaum – und das bisschen, was sie kannte, war zu einem großen Teil wahrhaftig nicht harmlos. Wie kam es, dass sie weniger Bedenken hatte als vielmehr das Gefühl, sich schützend vor ihn stellen zu müssen?

»Vielleicht bin ich ja naiv.«

»Unsinn!«, rief Katta. »Nimm sie nicht so ernst. Sie ist eben hysterisch, das macht der Job. Sie sieht überall nur Irre. Es hat Monate gedauert, bis sie Robin nicht mehr angesehen hat wie einen potenziellen Triebtäter, der nur darauf wartet, mich in eine dunkle Ecke zu ziehen.«

»Ich erinnere mich.« Es war wirklich lächerlich gewesen.

»Alle anderen, die ihn kannten, fürchteten eher, dass du ihn in eine solche Ecke ziehen könntest.«

»Ich sag ja – der Job macht sie irre. Kennst doch das Sprichwort: Wer mit Ungeheuern kämpft, muss gucken, dass er nicht auch zum Ungeheuer wird – oder so ähnlich.«

»Das ist von Nietzsche, den hatten wir in Philo«, sagte sie. Aber ganz wohl war ihr immer noch nicht.

»War der etwa auch Psychiater?«

»Glaub nicht.« Sie passierten die letzte Hecke und hielten auf ihren Liegeplatz zu. »Ähm, Katta? Siehst du Louis irgendwo?« Ob er schwimmen gegangen war? Aber seine Tasche war auch weg.

»Wo ist Louis?«, rief Katta Robin zu, der ratlos mit den Schultern zuckte.

»Er meinte, es wäre besser, wenn er geht. Ich hab versucht, ihn aufzuhalten, bis ihr wieder da seid, aber der schien es plötzlich eilig zu haben. Was ist denn los mit dem? Ich hab ihn nicht vergrault, ich schwör's.«

»Das hat meine Mutter geschafft«, stöhnte Katta. »Die ist so peinlich.«

»Dein Bruder ist ihm übrigens nachgelaufen«, sagte Robin. »So wie ich Benni kenne, hängt der an ihm wie eine Klette.«

»Dann kann er nicht weit sein!«, rief Liz. Louis würde doch sicher nicht das Freibad verlassen, wenn ein Kindergartenknirps ihm folgte. »Ich suche die beiden.«

»Ich komm mit dir!«, rief Katta. Von einem auf den anderen Moment war sie ganz blass geworden. »Der kleine Pestpocken kann was erleben. Wenn er sich verläuft oder ins Wasser fällt, dann … verdammt, der kann doch noch nicht schwimmen.«

»Benni passiert nichts«, sagte Liz, nahm Katta bei der Hand und sie liefen in Richtung Ausgang.

* * *

»Warum gehst du denn schon wieder?«, fragte der Zwerg und zog ihn am T-Shirt.

»Weil ich nach Hause will. Geh zu deiner Mama.«

»Warum willst du nach Hause? Du bist doch eben erst gekommen. Du warst noch gar nicht im Wasser drin!«

»Du bist lästig, Zwerg.«

»Sagt die Kathi auch immer.«

»Dann troll dich zu der.« Er hatte den Ausgang erreicht, aber wenn er jetzt ging, würde ihm der Zwerg nachlaufen, und was dessen Mutter dann annehmen würde, wollte er sich nicht ausmalen. »Deine Eltern suchen dich bestimmt schon und ich muss jetzt weg.«

Am besten ließ er den Jungen einfach stehen. Aber was, wenn der sich auf dem unübersichtlichen Gelände verlief oder in ein Wasserbecken plumpste? Verdammt, er hatte keine Zeit, verzogene Blagen zu hüten. Liz konnte jeden Moment auftauchen, bis dahin musste er verschwunden sein.

»Darf ich dir einen Witz erzählen?«

»Nein!« Ob es schlau gewesen war, abzuhauen wie ein Feigling? Die Idee, doch noch zum Freibad zu kommen, war ohnehin Mist gewesen, er hätte auf seinen ersten Impuls hören sollen. Aber dann hatte er sich überlegt, dass er sich verdächtig machte, wenn er ihre Einladung ausschlug. Und nicht zuletzt hätte er sie auch gerne im Bikini gesehen, so war es ja nun nicht. Tankstellen ließen sich auch noch am Abend checken.

»Bitte!« Der Zwerg hüpfte in seiner Minion-Badehose vor ihm auf und ab. »Ich weiß einen total guten Witz!«

»Ich mag aber nur schlechte.«

Warum kannte Lizzie auch ausgerechnet die Psychiaterin

seiner Mutter?! Ihm war glasklar, was diese so dringend mit Liz und ihrer Freundin hatte bereden wollen: *Das ist Louis Nowiak: ein verhaltensgestörter Asi und kein Umgang für euch!*

Bevor es zu Peinlichkeiten kam, weil Liz zu höflich war, um ihn auf direktem Weg wegzuschicken, ging er lieber selbst. Was hatte er auch hier gewollt; er hatte gar nicht die Zeit, um etwas mit einem Mädchen anzufangen. Diese Form von Ablenkung war so effektiv wie das Gesöff seiner Mutter: Man fühlte sich eine kurze Weile besser, aber das war nur die Oberfläche und darunter gärten die Probleme erst richtig.

»Er ist versaut, mein Witz!« Der Zwerg spielte offenbar seinen größten Trumpf aus.

»Die versauten Witze kenne ich alle schon. Aber gut. Wir machen jetzt einen Deal, du und ich.« Er ging vor dem Jungen in die Hocke und sah ihm in die Augen. »Du darfst mir deinen Witz erzählen. Und danach rennst du zu deiner Mutter und ich kann gehen. Abgemacht?«

»Aber du warst doch noch gar nicht im Wasser.«

Er zog eine Braue hoch. »Haben wir den Deal oder nicht?«

»Okay.« Der Zwerg nickte. Dann straffte er die Schultern und räusperte sich, als wolle er ein Gedicht aufsagen. »Der Witz geht so: Welches Tier hat nur eine Schamlippe?« Er hielt die Luft an und wurde erst rot, dann dunkelrot und schließlich beinah lila. »Ein halbes Hühnchen!«, platzte es mit lautem Gelächter aus ihm heraus, und Louis war ein bisschen erleichtert, dass sich die Gesichtsfarbe des Kindes schnell wieder normalisierte. Hoffentlich ging es jetzt weg!

Doch der Zwerg dachte nicht daran, sondern hüpfte auf und ab. »Kaaathiii!«, rief er. »Hallo, Kathi und Lizzie!«

»Hallo, kleiner Pestpocken!«, rief Katta, rannte zu ihm und umarmte ihn. Louis musste ihr zustimmen, der Zwerg *war* eine

Plage, eine clevere, kleine Plage. Er hatte ihn zu lange hingehalten. Der elegante Abgang war ruiniert.

»Louis hat mit mir gedealt«, erklärte der Zwerg Katta und Lizzie, die unsicher von einem zum anderen sah. »Und wir haben uns versaute Witze erzählt. Louis kennt alle!«

»Sehr schön«, sagte Katta und strubbelte ihrem Bruder durch die Haare. Dann wandte sie sich an Liz. »Ich bring die kleine Pest meiner Mutter und hole Robin und unsere Sachen. Wir verschwinden hier.« Sie warf Louis einen kühlen Blick zu. »Wir *alle*. Lizzie hat vor einer Weile ein schönes Wupperufer entdeckt, das ist nicht weit von hier und da haben wir unsere Ruhe. Bis ich wieder da bin …« Sie ließ ihren Satz in der Luft hängen und sah Liz nur vielsagend an. Die senkte den Kopf und nickte. Dann schleifte Katta den Zwerg trotz lautem Protestgeschrei mit sich und Louis blieb mit Liz allein zurück.

»Warum wolltest du schon gehen?«, fragte sie nach einer Weile des Schweigens, das ihm an den Nerven zehrte. »Und sag bitte nichts von einem Familientreffen, was dir entfallen und plötzlich wieder in den Sinn gekommen war.«

»Ist es denn nicht besser, wenn ich gehe?«

»Wie kommst du darauf?« Ihr Ton war kritisch, aber leise, die Schwebe zwischen Reserviertheit und Provokation gelang ihr mühelos und berührte ihn mehr, als es gut war.

»Was hat denn Frau Dr. Lorenz gesagt?«, fragte er. »Sicher nichts, was man gerne hören will, wenn man –«

»Was ich hören will und was nicht, kannst du mir überlassen«, unterbrach sie ihn. »Und Frau Dr. Lorenz hat überhaupt nichts gesagt. Es gibt die ärztliche Schweigepflicht.«

Das Drehkreuz hinter ihm war offen, trotzdem kam er sich vor wie in eine Ecke gedrängt. »Dann hat sie sich aber vielsagend über meine Familie ausgeschwiegen, oder?«

Liz überlegte einen Moment. Dann lächelte sie. »Ja, kann man so sagen. Und Katta und ich haben ihr gesagt, sie soll es lassen, komische Andeutungen zu machen, weil es uns nicht interessiert.«

Er straffte die Schultern und machte einen Schritt auf sie zu. »Gar nicht neugierig?« Erschreckend war, dass sie nicht zurückwich. Sie senkte nur den Kopf.

»Schon, aber ich kann dich ja selber fragen.« Sie schluckte. »Oder nicht?«

Er musste an den Abend zuvor denken, als sie beide Tränen gelacht hatten, und fühlte sich schäbig. »Natürlich«, sagte er leise und war sich jetzt schon bewusst, dass er lügen würde. Lügen musste. »Immer.«

Sie lächelte bloß und stellte keine dieser befürchteten Fragen. Stattdessen sagte sie »Prima« und winkte einer kleinen Gruppe von Mädchen, die ihren Namen riefen. Anschließend kamen Katta und Robin zurück, und Liz ging ihnen entgegen, um Robin ihre Tasche abzunehmen. Wenn er abhauen wollte, dann war jetzt der ideale Zeitpunkt gekommen.

Er blieb.

Kapitel 22

Auf dem Weg durch den Wald in Richtung Wupper war sie still. Eine Weile kam ihm das gelegen, da er seinen eigenen Gedanken nachhängen konnte. Nun war er also immer noch hier, unterhielt sich mit Katta über Musik und mit Robin über PC-Games und kam sich vor, als wäre vorgestern, als er mit Vince Tankstellen ausspioniert hatte, ein Jahr oder länger her. Er musste zugeben, dass ihre Gesellschaft ihn entspannte – vielleicht war das ja das Geheimnis, die Nerven zu behalten: Ausgleich.

Ein kurzer Schreckmoment fuhr ihm in den Nacken, als Robin ihn fragte, auf welche Schule er ginge, aber niemand schien sich etwas aus der Antwort »Hauptschule« zu machen. Vielleicht waren Gymnasiasten ja nicht alle elitäre Snobs.

Der Ort, den Lizzie ausgesucht hatte, lag etwas abseits der Spazierwege, die bei der Hitze ohnehin menschenleer waren. Hier lief man sicher niemandem über den Weg. Bäume spendeten Schatten, und der Pegelstand mochte viel zu niedrig sein, um in der Wupper zu schwimmen, dafür war das Wasser eiskalt und erfrischend. Während er es kaum erwarten konnte, sich darin Abkühlung zu verschaffen, und Robin und Katta auch nicht lange zögerten, blieb Liz nah am Ufer. Am Ausschnitt ihres T-Shirts blitzte der Bikiniträger hervor, dennoch zog sie es nicht aus und ging nur bis zu den Knien ins Wasser.

»Kommst du gar nicht rein?«, rief er ihr zu.

Was sie antwortete, verstand er nicht, weil die Strömung so rauschte, aber offenbar verneinte sie. Schade. Die kurzen Jeansshorts standen ihr verboten gut, aber neugierig auf ihren Hintern im Bikinihöschen war er schon.

Katta und Robin sorgten mit einer Wasserschlacht dafür, dass Liz schnell komplett durchnässt war und ihr das Shirt am Körper klebte wie eine zweite Haut. Trotzdem behielt sie es an, als sie sich auf die Decke zurückzog. Sie wirkte ganz anders als gestern, und das konnte nicht nur daran liegen, was die Psychiaterin gesagt hatte. Schon vorher war ihm etwas seltsam erschienen, ohne dass er es benennen konnte. Besser, er ging wieder zu ihr.

»Was ist mit dir?«, fragte er. »Du wirkst heute so traurig.«

Sie schüttelte den Kopf und senkte ihn gleich wieder. »Wie kommst du darauf?«

Er überwand die Distanz zwischen ihnen, die sich ausgebreitet hatte wie ein länger werdender Schatten, und hob ihr Kinn mit dem Zeigefinger an. »Ich dachte erst, es läge an der Ärztin und dem, was sie gesagt oder verschwiegen hat. Aber du hast davor schon den Kopf hängen lassen.«

Sie lachte, als hätte er etwas unfassbar Komisches gesagt, und zog eine Fratze in Kattas Richtung. Die revanchierte sich, indem sie mit Wasser spritzte, und machte Gesichter, die offenbar eine Bedeutung in irgendeiner nonverbalen Mädchensprache hatten. Er war komplett ratlos, aber Liz schien alles zu verstehen. Robin breitete ahnungslos seine Arme aus.

»Lass uns ein Stück gehen«, schlug Liz vor, um weiteren unfreiwilligen Duschen zu entgehen, und obwohl ihre Freunde keine unangenehme Gesellschaft waren, gefiel ihm die Aussicht, mit ihr allein zu sein. Er griff nach seinem Handy. Seine

Shorts waren noch zu nass, um es in die Tasche zu stecken, aber liegen lassen wollte er es auch nicht.

Sie führte ihn einen Weg bergan, der von Brombeeren so zugewuchert war, dass sie eine Weile hintereinander gehen mussten. Der Pfad wurde steiler und mühsamer und Liz gleichermaßen zielstrebiger und schneller.

»Verrätst du mir, wo wir so eilig hinrennen?«, rief er außer Atem. »Müssen wir fliehen? Vor wem?«

Sie sah sich zu ihm um und wurde langsamer. »Hast du keine Kondition?«, neckte sie ihn.

»Bei über dreißig Grad lass ich die zu Hause.« Sie schien ihre immer dabeizuhaben; sie schwitzte zwar und atmete schwerer, machte aber nicht den Anschein, als strengte sie der Aufstieg besonders an.

»Ich wollte dir etwas zeigen«, sagte sie. Lag es an der Anstrengung oder an der Sonne, dass sie errötete? »Einen Ort, der … mir wichtig ist. Und ich wollte gern in Ruhe mit dir reden, ohne dass die anderen mithören.«

»Ah.« Mehr wusste er darauf nicht zu antworten, obwohl – oder gerade weil – ihm klar war, worauf sie anspielte.

»Ich hab dir gesagt, dass Kattas Mutter im Grunde nichts gesagt hat«, begann sie zögerlich, »aber ich frage mich schon, woher sie dich kennt.«

»Ist es ein Verbrechen, eine Psycho-Ärztin zu kennen? Ist das in euren schicken Kreisen verboten?«

»Ist es in deinen Kreisen verboten, eine ganz normale Frage zu stellen?«

Ob sie eigentlich ahnte, wie schlagfertig sie war? Sie gab sich schüchtern nach außen; nein, mehr noch: Sie *hielt sich* für schüchtern. Und setzte einem eiskalt, und ohne es zu merken, die Pistole auf die Brust.

»Würdest du Katta oder Robin schon kennen, würde ich auch fragen, woher.«

»Ich kenne die Frau überhaupt nicht«, erwiderte er und fand das selbst lahm. »Sie hat mich mal gesehen, ihre Schlüsse gezogen und jetzt werde ich schief angesehen. Und nun sag nicht, die Ärztin hätte etwas Nettes über mich erzählt. Das hat sie nicht – ich hab ihr Gesicht gesehen, als sie mich erkannt hat.« Vor zwei Jahren hatte sie ihn ebenso angesehen, sie und etliche andere. Abschätzig und mit der klaren Aussage: *Was bist du nur für ein Subjekt?* in den Augen. *Wie kannst du ihr so was nur antun?* Die Scham juckte ihn bis heute unter der Haut, weil er keine Antwort auf diese Fragen hatte.

»Wenn du es unbedingt wissen willst: Meine Mutter war vor zwei Jahren Patientin bei Dr. Lorenz. Das ist schon alles.«

Sie blieb stehen und sah ihn mit hochgezogenen Brauen an. »Und das ist so schlimm, dass du gleich gehen wolltest?«

»Ja, mein Gott! Meinst du, ich hab Lust auf die komischen Blicke, die folgen, wenn rauskommt, dass die eigene Mutter ...« Er hielt inne. Verdammt, er redete sich um Kopf und Kragen. Es wäre vernünftiger, ihr eine Lüge aufzutischen – irgendeine in sich geschlossene, nette, kleine Geschichte, die sie zufriedenstellte. Ihm gingen etliche durch den Kopf, aber er bekam nichts davon über die Lippen. »Das geht dich einfach nichts an. Ist privat – ist das so schwer zu verstehen?« Großartig – genau das hatte sie hören wollen. Ein Hoch auf seinen naturgegebenen Charme.

Sie schluckte und sah zu Boden. Dann sagte sie: »Ja. Ja, das ist schwer zu verstehen, nachdem ich dich gedeckt habe und dir auch noch von meinen Eltern erzählt habe.« Sie lachte freudlos. »Nenn mich naiv, aber ich hatte mit ein klein wenig Offenheit von dir gerechnet.«

Dummerweise hatte sie recht. Sie hatte ihm einen schier unerträglichen Vertrauensvorschuss gegeben. Er schuldete ihr Wahrheiten, und gleichzeitig war ihm klar, dass das hübsche kleine Spiel, das sie hier spielten, dann unweigerlich vorbei sein würde. Und das wollte er nicht. Er hatte schon nicht über den Beginn des Spiels entschieden und was den Verlauf betraf, hatte er nur begrenzten Einfluss. Doch wann das alles enden würde, war seine Entscheidung.

»Tut mir leid«, murmelte er. »Ich kann so was schlecht. Offen sein, meine ich. Und ehrlich. Zu wenig Übung.«

Liz ließ sich das durch den Kopf gehen. Dann nickte sie, lächelte und berührte kurz und federleicht seine Schulter. »Brauchst keine Angst haben«, sagte sie, dann wandte sie sich ab und stapfte weiter den Weg entlang. »Aber gib dir Mühe. Kommst du?«

Einen Moment lang dachte er »Ja, natürlich«, stand aber wie angewurzelt und wusste nicht wohin mit sich. Ihre Haare hatten von der Feuchtigkeit leichte Wellen geworfen und ihr T-Shirt war fast getrocknet und flatterte im leichten Wind. Sie sah so hübsch aus, dass es wehtat, sie weggehen zu sehen.

Das Mädchen ist eigenartig einzigartig, dachte er, während er loslief, um zu ihr aufzuschließen. *Unique.* Immer, wenn er glaubte, es mit seiner Art vergeigt zu haben – und wenn er sich selbst schon für seine Blödheit ohrfeigen wollte –, dann überraschte sie ihn, indem sie durchschaute, was er am meisten zu verstecken versuchte.

* * *

Sie waren ganz nah. Nur noch die Wiese voller weißem Klee und wilder Kamille lag zwischen ihnen und der Klippe. Sie konnte sie schon sehen. Die Hitze flimmerte dort wie Magie auf den Steinen. Ihre Nervosität nahm zu, weil sie noch immer nicht wusste, was sie Louis über diesen Ort sagen sollte.

Ich wollte dich herbringen, weil ich seit Monaten nicht aufhören kann, von dir und der Klippe zu träumen, und darauf setze, dass die Träume weggehen, wenn ich dich herbringe!, klang viel zu kindisch, um es laut auszusprechen. Fatal, dass es die Wahrheit war. Was sagte das nur über ihre geistige Reife? Sie kam sich ihm gegenüber so albern vor, wenn sie sich in ihrem T-Shirt durchnässen ließ, weil sie sich nicht traute, es auszuziehen. So lächerlich, wenn er sie in der Diskussion einfach an sich abprallen ließ und ihr mit seinem Schweigen jedes vernünftige Wort nahm. Und doch war da irgendetwas Unbestimmtes zwischen ihnen, das ihr sagte: *Das ist schon okay für den Anfang. Er hat mehr Angst als du.*

Wenn sie ihn ansah, wie er mit einem spöttischen Lächeln ihren Blick erwiderte, kam ihr auch das absurd vor.

»Hier gibt es keinen Schatten«, sagte er. »Du wirst Sonnenbrand bekommen, du bist schon ganz rot.«

Sie musste kichern, riss sich aber zusammen. Sie hatte immerhin einen Hut in der Tasche. Im Kopf hatte sie ganz andere Dinge.

Mit einem Mal spielte sein Handy eine Melodie ab; irgendeine Filmmusik, wenn sie nicht irrte.

»Moment bitte, ich muss da rangehen«, sagte er. »Ja, was ist? – Ich stehe mitten in der Pampa, ich war schwimmen.« Seine Miene veränderte sich, wurde kühl und starr. »Was ist denn los? – Ich brauche sicher eine Stunde, bis ich zu Hause bin.« Er lauschte, schluckte dann, wollte etwas erwidern. Doch da hatte die andere Person offenbar schon aufgelegt.

»Alles in Ordnung?«, fragte sie. Es sah nicht so aus.

»Ja, alles okay. Aber ich muss leider weg. Sorry.«

»Jetzt?« Das meinte er nicht ernst! Sie waren fast auf der Klippe, er konnte ja wohl noch fünf Minuten warten. »Hast du nicht noch –«

»Nein. Wirklich nicht, ich muss mich beeilen. Ich laufe schon mal vor und hole meine Sachen. Wir kommen ein andermal wieder her. Vielleicht. Also, wenn du willst, dann auf jeden Fall. Ich muss jetzt wirklich! Bis dann, Lizzie.«

Bis dann, Lizzie.

Bis. Dann. Lizzie.

Das war doch nicht zu fassen. Bis zu dem traumverwunschenen Ort am Ufer waren es keine zwanzig Meter mehr und der Mistkerl haute einfach ab. Ohne Erklärung, einfach weil ihn irgendwer anrief, der wichtiger war als sie.

Sie ging allein zur Klippe. Die Sonne brannte ihr erbarmungslos auf die Kopfhaut und auf den Wangen würde sie tatsächlich einen Sonnenbrand bekommen. Wohin rannte er, als hätte der Teufel persönlich nach ihm gepfiffen? Sie sammelte Steine auf, faustdicke und größere, und warf sie die Klippe herab, so weit sie konnte. Mit einem »Blobb« fielen sie ins Wasser und waren im gleichen Moment verschwunden. So wie er. Sie wagte sich weiter an den Abgrund vor als je zuvor und warf einen Stein mit aller Kraft, die sie hatte. Das verfluchte Ufer auf der anderen Seite erwischte sie trotzdem nicht.

Als sie später enttäuscht und schwer vor lauter Fragen zurück zur Badestelle trottete, kamen Katta und Robin ihr mitsamt den Taschen auf halbem Weg entgegen.

»Vielleicht solltest du dir Handschellen oder eine Hundeleine im Sado-Maso-Shop besorgen, damit der Typ nicht ständig wegrennt«, witzelte Robin.

Katta versetzte ihm einen Knuff, der alles andere als spaßig war. »Das war nicht komisch, du Hornochse. Pass auf, dass ich nicht in den SM-Shop gehe und dir einen Knebel beschaffe. Aber nachher gefällt dir das noch!« Dann wandte sie sich Liz zu. »Sei nicht sauer auf Louis. Ich glaube, es war etwas wirklich Dringendes.«

»Wie kommst du drauf?«, fragte sie, unsicher, ob sie es wirklich wissen wollte. Sie war unendlich müde, die Aussicht, den ganzen Weg zu Fuß zurücklaufen zu müssen, fühlte sich unerträglich an. Noch schlimmer war, dass der Typ heute Nacht in ihrem Traum sitzen würde, als sei nichts geschehen.

»Ich hab noch mal überlegt, was meine Mutter gemeint haben könnte«, erklärte Katta. »Sie ist ja keine Kinder- und Jugendpsychiaterin und hatte darum, soweit ich weiß, nie Jugendliche in der Diagnostik oder in Therapie. Eigentlich kommen fast ausschließlich Frauen zu ihr. Ich kombiniere also –«

»Scharf wie Sherlock«, unterbrach Robin.

»… dass jemand aus seiner Familie Patient bei ihr ist. Vermutlich seine Mutter.«

Ja, so weit war sie auch schon gekommen.

»Und das erklärt, warum er so schnell nach Hause musste«, sagte Robin.

Katta nickte. »Psychische Probleme können nicht warten und nehmen Rücksicht auf nichts und niemanden.«

Oh, nee. Sie hatten recht! Ihr schossen die Tränen in die Augen, sie hatte Mühe, sie wegzublinzeln. Warum war ihr das nicht selbst eingefallen? Es ergab alles Sinn. Er hatte womöglich nur seiner kranken Mutter beistehen müssen. Und sie hatte ihn deshalb für einen Mistkerl gehalten.

Kapitel 23

»Du weißt, dass wir noch Brot und Kaffee brauchen?«

Louis fluchte stumm und entging den bittenden Blicken seiner Mutter. Zum Einkaufen blieb keine Zeit. Sputnik und Alina würden ihn jeden Moment abholen; sie hatten eigentlich schon da sein wollen. Er war wie ein Besessener durch den Wald gerannt und hatte Glück gehabt, an der Endhaltestelle den 693er in die Stadt erwischt zu haben. Zum Duschen reichte die Zeit nicht mehr, ein paar Handvoll Wasser, ein frisches T-Shirt und Deo würden ausreichen müssen.

Unauffällig betrachtete er seine Mutter von der Seite. Sie sah nicht schlecht aus, fast so jung, wie sie tatsächlich war. In den letzten Tagen schien es ihr ganz gut zu gehen. Die Flasche in der Küche war wieder verkorkt und noch mehr als halb voll. Das war für einen Nachmittag ein erstaunlich guter Pegel.

»Louis, ich rede mit dir«, nörgelte sie. »Wann gehst du einkaufen?«

»Geh halt selber einkaufen.« Es ging ihr gut genug, um an den gefährlichen Regalen im Supermarkt vorbeizugehen. Er war sich sicher, dass sie das heute schaffte.

»Aber …«

»Mein Gott, bin ich dein Scheißdiener, oder was? Ich hab keinen Bock.«

Sie schluckte. Nickte und schluckte noch einmal.

»Schaffst du schon«, sagte er leise und verzog sich ins Bad.

»Bevor ich es vergesse«, rief sie ihm durch die verschlossene Tür zu, »eben war jemand da und hat nach Ramon gefragt.«

Im fast blinden Spiegel über dem Waschbecken betrachtete er, wie ihm die Gesichtszüge entgleisten. »Was?« Er riss die Tür auf. »Wer? Wer hat nach Ramon gefragt?«

Sie zuckte mit den Schultern. »Keine Ahnung. So ein Junge oder Mann, glaube ich, ich hab ihn nicht gesehen. Er hat über die Sprechanlage gefragt, ob Ramon hier sei. Ich sagte Nein, das sei hier schließlich kein Hotel. Da wollte er wissen, ob er noch kommt und ob ich ihm was ausrichten könnte.«

»Und was hast du gesagt?«

»Dass ich Ramon schon eine Weile nicht mehr gesehen habe. Was ist denn los? Hast du Streit mit Ramon? Du verscherzt es dir auch mit jedem, oder?«

Er antwortete nicht, knallte nur die Badezimmertür zu, ließ kaltes Wasser ins Waschbecken laufen und hielt das Gesicht darunter. Unter Ramons Leuten war bekannt, dass sämtlicher Kontakt zu Louis auf null runterreduziert worden war. Sputnik durfte nicht die kleinste Idee davon bekommen, man könnte sich kennen. Wenn jemand aus Sputniks Gang hier gewesen war und nach Ramon gefragt hatte, dann gab es dafür nur eine Erklärung: Er war aufgeflogen. Irgendwer hatte ihn verraten – oder hatte er sich selbst verraten? Womöglich war sie misstrauisch geworden, weil er keine geeignete Tankstelle gefunden hatte, und hatte seine Vergangenheit durchleuchtet. War das der Grund, warum sie ihn so plötzlich sehen wollten?

Ihm wurde schlagartig so übel, dass er es nicht einmal über sich brachte, einen Schluck Wasser aus der hohlen Hand zu trinken.

Im Korridor spielte das Handy seine übliche Melodie. Er war versucht, es klingeln zu lassen, verwarf die Idee als dämlich und ging ran.

»Hier ist Alina. Komm runter, wir warten vor der Tür auf dich.«

»Fünf Minuten noch, okay?«

»Du hast zwei.«

Er stieg in seine Schuhe, zog die Schnürsenkel zu und warf dabei einen Blick durch die offene Küchentür. Die Weinflasche stand weiter links als eben, der Füllstand stimmte aber noch überein.

»Mach's gut!«, rief er seiner Mutter zu.

»Wann kommst du zurück?«

»Wird spät.«

Der Aufzug war zu langsam, er rannte die Treppen hinab und nahm immer mehrere Stufen auf einmal. Vor der Haustür parkte ein Kombi, der ehemals schwarze Lack war matt, grau und voller Vogeldreck. Die Motorhaube sah aus, als hätte der Wagen bereits einen schwereren Unfall gehabt. Am Steuer saß Frederik, der älteste von Sputniks Anhängern, der selten ein Wort sprach, und wenn, dann nur mit seiner Chefin höchstpersönlich. Die saß auf dem Beifahrersitz, die Miene hinter einer Sonnenbrille und einem Baseball-Cap verborgen. Alina und ein anderer Junge, dessen Namen er nicht kannte, warteten auf dem Rücksitz. Er musste sich zwischen die beiden pressen. Alina grinste ihn an, die anderen behandelten ihn nicht viel besser als Luft.

»Wo fahren wir hin?«, fragte er, als Frederik auf die Hauptstraße einbog.

»Du und deine Fragen«, erwiderte Sputnik, ohne sich umzusehen. »Irgendwann fragst du dich noch in echte Schwierigkeiten, Louis.«

Alinas Grinsen bekam etwas Wissendes. Was dahintersteckte, wagte er kaum zu raten. Schadenfreude? Häme? Nichts von dem, was ihm möglich erschien, gefiel ihm. Aber vielleicht sah er auch bloß Gespenster und machte sich verdächtig, wenn er sich jetzt anstellte.

Frederik ließ die Stadt hinter sich und gab auf der Landstraße Gas. Wenig später erschien ein Wagen hinter ihnen und leuchtete sie mit der Lichthupe an. Er erkannte Vinces Polo, auch der war voll besetzt.

Sie fuhren eine knappe Viertelstunde, dann bog Frederik in einen kaum mehr als solchen zu erkennenden Weg zwischen brachliegenden Feldern ein. Die Strecke war voller Schlaglöcher und Steine, und die Stoßdämpfer des alten Autos gerieten hart an ihre Grenzen. Nach einer Weile passierten sie einen verwahrlosten Obstgarten, dahinter tat sich ein alter Bauernhof auf. Die Scheune war halb eingestürzt, über den Torbögen der Ställe zeigten schwarze Rußdächer, dass es hier vor nicht allzu langer Zeit gebrannt hatte und die Flammen aus allen Öffnungen des Gebäudes geschlagen waren. Das Bauernhaus sah bis auf die mit Pressholzplatten oder Paletten verrammelten Fenster beinah unversehrt aus. Ein kunstloses Writing zog sich quer über die ganze Fachwerk-Fassade.

Als sie ausstiegen, erkannte er, dass ein Seiteneingang des Hauses bereits geöffnet war. Neben der Tür, in der Nähe eines alten, gemauerten Brunnens mit kitschigem Holzdach darüber, standen zwei Roller. Offenbar kam die ganze Gang zusammen und traf sich im Inneren des alten Bauernhauses. Vince kam zu ihm und begrüßte ihn mit kräftigem Handschlag. Alina blieb an seiner Seite und Sputnik blieb undurchschaubar hinter ihrer Sonnenbrille.

»Warum sind wir hier?«, fragte er Alina, aber die schüttelte bloß den Kopf und steckte sich eine Zigarette an.

»Wenn dir das immer noch nicht klar ist, bringt Freddi dich besser wieder nach Hause zu Mama.«

Die alte Bauernküche war fast noch vollständig erhalten. In einem Regal stapelten sich sogar noch gefüllte Weckgläser. Es sah aus, als würden die Bewohner jederzeit durch die Tür kommen und sich über die Schmierereien auf ihren Schränken und Wänden ärgern. Und sich über das knappe Dutzend junger Leute wundern, die in ihrer Küche auf dem Boden hockten und eine mit Zigaretten und Alkohol gut gefüllte Tasche plünderten.

Alina stieß einem Jungen gegen die Schulter und deutete mit dem Kinn auf eine Flasche Prosecco. Sie bekam das Gewünschte sofort und ließ es sich auch gleich öffnen. Dann nahm sie einen Schluck aus der Flasche, zog Louis an sich heran und küsste ihn unvermittelt auf den Mund, sodass der Prosecco über seine Lippen lief und sein Kinn herunterrann. »Glückwunsch«, sagte sie, lächelte und reichte ihm die Flasche.

Er begriff. Der Stress hatte ihn langsam gemacht, seine Gedanken zäh und die Befürchtungen schwer wie Steine. Aber jetzt wurde ihm klar, dass er weder aufgeflogen war noch etwas falsch gemacht hatte: Er war am Ziel. Am Treffpunkt. Was da inmitten der vielen Jungs und wenigen Mädchen bereitwillig ausgegeben wurde, war ohne jeden Zweifel ein Teil der Beute; der Rest musste ganz in der Nähe sein. Der Hof bot sicher mehr als genügend Verstecke.

Sputnik kam zu ihnen rüber. Sie hatte die Sonnenbrille abgenommen und das Cap mit dem Schirm nach hinten gedreht und nun war zu sehen, dass ihr Gesicht vollkommen entspannt und zufrieden war. »Gute Arbeit mit Vince«, sagte sie und er verstand die Welt nicht mehr.

»Wir haben doch gar keine gute Tanke gefunden.«

Sie breitete die Arme wie zum Schultern zucken zur Seite aus. »Mir ist es lieber, ihr bringt mir wochenlang gar nichts, als dass ihr Neulinge mir aus Drang, euch zu beweisen, mit dem erstbesten Laden kommt, wo wir dann alle hochgehen, weil er doch nicht so gut war. Vince hat deinen Job beobachtet. Ich vertrau ihm. Du hast das gut gemacht. Und darum …«, sie griff in die hintere Tasche ihrer kurzen Hose und zog ein plattgedrücktes Zigarettenpäckchen heraus, das sie ihm hinhielt, »… ist das für dich.«

»Ich rauch gar nicht.«

Sie lächelte, als hätte er etwas Witziges gesagt. »Süß bist du, da hat Alina recht.«

Besser, er nahm das Päckchen doch an. *Rauchen ist tödlich*, stand in großen Lettern vorne drauf. Als er es zwischen den Fingern hatte, spürte er sofort, dass keine Zigaretten drin waren.

»Dein Anteil«, sagte Sputnik.

»Danke.« Er lächelte; er musste stolz aussehen und zufrieden, und dabei so gelassen, als hätte er mit nichts anderem gerechnet. In Wahrheit war er bloß erleichtert, seinem Ziel näher gekommen zu sein. In der Schachtel befand sich Bargeld in Scheinen. Er gehörte jetzt dazu. Bald würde er das ausnutzen und dann war das ganze Spiel vorbei.

Kapitel 24

Louis erwachte mit dem Kater seines Lebens. Er trank so gut wie nie – dazu wusste er zu gut, wohin das führte –, aber bei Sputniks Party auf dem alten Bauernhof hatte er kaum Nein sagen können. Nachdem er durch eine SMS erfahren hatte, dass der Typ, der nach Ramon gefragt hatte, bloß ein alter Bekannter und vollkommen harmlos war, hatte er seine Prinzipien auf den Pluto gejagt. Er war weit schneller viel betrunkener gewesen, als er gedacht hatte. Jetzt, am nächsten Vormittag, hätte er sich dafür ohrfeigen können, aber sein Kopf dröhnte ohnehin schon genug. Sein Hirn drückte sich gegen seine Schädelknochen, als wäre es geschwollen, und bettelte regelrecht nach mehr Schlaf. Aber er hatte sich für heute etwas vorgenommen, was er schnell hinter sich bringen wollte. Außerdem spürte er – Kopfschmerzen hin oder her – noch immer die aufbauende Wirkung seines Erfolgs: und die musste er mitnehmen und sie sich zunutze machen. Wenn er die unangenehme Pflicht hinter sich brachte, hatte er endlich Zeit, sich mit Liz zu treffen und sich für seinen überraschenden Abgang zu entschuldigen.

Darum quälte er sich aus dem Bett und unter eine eiskalte Dusche, nach der es ihm besser ging. Danach zählte er das Geld, das ihm Sputnik gegeben hatte, schob die meisten Scheine in seine Hosentasche und verließ die Wohnung, bevor seine

Mutter aufwachte. Sie hatte in der Nacht bemerkt, dass er sturzbetrunken nach Hause gekommen war, und ihm war so klar, wie er es lächerlich fand, dass sie ihm eine Predigt halten würde. Ausgerechnet sie!

Er trank normalerweise keinen Kaffee, aber heute holte er sich am Kiosk gegenüber einen schwarzen zum Mitnehmen und zwang ihn gegen die Kopfschmerzen runter, während er in Richtung Industriegebiet ging. Die Gegend war schäbig auf den ersten Blick. Metallverarbeitungsanlagen und Firmen, die Bauwerkzeuge und Kräne vermieteten, machten nicht viel her. Doch zwischen zwei Fabriken führte ein unscheinbarer Weg um eine Art kleinen Park herum, und dahinter lag das Haus von Stefan Gorden, der sich inmitten der schäbigen Industrie ein schickes Wohnhaus mit Garten und einem Teich mit Seerosen gesetzt hatte, als gehörte es dorthin.

Er hasste den Weg zu Stefan Gorden. Selbst heute dämpfte dieser Weg seine gute Laune. Er hasste die geharkte Kiesauffahrt zum Haus, in der jeder seiner Schritte Spuren hinterließ; er hasste die Linden, die wie ein Spalier zur Haustür führten; er hasste die Blumenbeete und den Insektennistkasten aus Holz neben der Tür; und er hasste die beiden Hunde, die im Haus schon anschlugen, als er noch dreißig Meter entfernt war. Noch mehr hasste er nur das geschwollene Ding-Dong-Dong der Klingel und das überhebliche Grinsen von Stefan Gorden, wenn der alte Mann ihm öffnete.

»Louis.« Heute zeigte sich Gorden offen überrascht. »Es ist doch noch gar nicht der Fünfzehnte.«

»Besser zu früh als zu spät, haben Sie mir immer gesagt.« Er zog die Scheine aus der Tasche und hielt sie dem Mann hin. »Das sind die Raten für die nächsten drei Monate. Spricht etwas dagegen, dass ich im Voraus zahle?«

Gorden wirkte verblüfft. »Hast du einen neuen Job, Louis? Wie kommst du an vierhundertfünfzig Euro?«

»Hatte neulich Geburtstag. Außerdem sind Ferien, da arbeite ich mehr. Ich würde Sie gern etwas fragen.«

Gorden nickte. »Komm doch einen Augenblick rein.«

Er folgte dem Mann, den er auf Mitte sechzig schätzte und der sich dafür bemerkenswert in Form hielt, durch einen breiten Korridor in eine geräumige Wohnküche. Die Möbel wirkten nicht protzig, aber hochwertig, und an den Wänden hingen Gemälde, die sicher ihren Wert hatten. Die beiden hellbraunen Schäferhunde, die er besser kannte, als ihm lieb war, lagen in einem gepolsterten Weidekorb von der Größe eines Kinderbettes. Sie hoben die Köpfe, als sie ihn bemerkten. Einer knurrte. Auf Gordens »Bonnie, still! Annie, down!« senkten sie die Schnauzen wieder in die Polster. Louis hasste diese Hunde, und das nicht nur, weil seine Nase juckte, wann immer er herkommen musste. Noch mehr hasste er bloß Stefan Gorden. Der bot ihm einen Platz an seinem Küchentisch an, öffnete den Kühlschrank und stellte eine Flasche Mineralwasser auf den Tisch. »Ich habe gerade nur wenig Zeit«, sagte er, deutete auf einen Pappkarton, der auf dem Tisch stand, und holte zwei Gläser aus einer Vitrine. Im Pappkarton raschelte Papier. Irgendetwas schabte an den Wänden.

»Was ist da drin?«, fragte er.

Gorden stellte die Gläser auf den Tisch, setzte sich und goss beide voll. »Mauersegler«, sagte er dann. »Das sind Vögel.«

»Nein. Wirklich?«

»Sehr lustig, Junge. Woher soll ich wissen, ob du weißt, was Mauersegler sind. Manchmal glaube ich, junge Leute in deinem Alter – ach … lassen wir das.«

»Ist wohl besser so.« Mit dem Zeigefinger klopfte er vorsichtig gegen den Karton. »Und was machen Sie mit Mauerseglern? Spieß hinten rein und ab in die Pfanne?«

Gorden lachte laut. »Wir kennen uns schon eine Weile, und da weißt du immer noch nicht, dass ich eine Vogelauffangstation habe?«

»Im Ernst?« Lautes Getschilpe aus dem Garten war ihm durchaus schon aufgefallen. Trotzdem hatte er Gorden eher als Jäger mit einem toten Wildschwein über den Schultern gesehen. Die Vorstellung, wie er Vogelbabys in seinen Riesenpranken hielt und mit Würmern und Insekten fütterte, war absurd.

»Ja, ich nehme junge oder verletzte Vögel auf, die mir die Leute bringen, und wildere sie anschließend wieder aus. Die hier wurden mir eben hergebracht. Die Elterntiere hatten das Nest offenbar nicht gut befestigt und es ist abgestürzt. Das passiert schon mal, wenn es durch die Hitze zu trocken wird.«

Gorden trank Wasser, und Louis sah ihm dabei zu, weil ihm nichts Kluges zu sagen einfiel.

»Manchmal braucht die Natur etwas Hilfe. Erstaunt dich das?«

»Dass Sie in Ihrer Freizeit nett sind? Und gut zu Vögeln?« Verdammt, auch das war nicht besonders klug gewesen, aber manchmal hielt seine große Klappe sich für klüger als sein Hirn. »Nee. Ich weiß ja, dass Sie voll okay und ein absolut korrekter Typ sind.« Er gab sich keinerlei Mühe, überzeugend zu lügen.

Gorden seufzte. »Korrekt genug, um dir die Polizei zu ersparen. Aber wolltest du mich nicht etwas fragen, Louis?«

»Richtig.« Hoffentlich hatten die Sprüche es ihm nicht vermasselt, ehe er überhaupt gefragt hatte. »Ich war bisher immer pünktlich mit meinen Raten, nicht wahr?«

»Das warst du«, antwortete Gorden, stellte die Ellbogen auf den Tisch und legte die Fingerspitzen wie ein Dach zusammen. »Und ich habe meinen Teil unserer Vereinbarung gehalten. Keine Polizei.«

»Genau.« Er musste durchatmen, jetzt nur nicht ungeduldig werden. »Wir sind der Inbegriff an Zuverlässigkeit, Sie und ich, Herr Gorden. Darum habe ich mir überlegt, ob Sie mir nicht mit der Gesamtsumme ein bisschen entgegenkommen könnten.«

Gorden atmete vernehmlich aus. »Die Summe haben wir gemeinsam vereinbart. Du warst einverstanden.«

»Sie wissen so gut wie ich, dass Sie mir überhaupt keine Wahl gelassen haben.«

»Das, mein Junge, ist aber deine eigene Schuld. Wir hätten keinerlei Probleme miteinander bekommen, wenn du dich – wie jeder andere auch – daran gehalten hättest, fremdes Eigentum zu achten, statt es zu beschmieren.«

Beschmieren, sagte er? Das Wort fachte Wut in ihm an, die er so sorgsam unterdrückt hatte. Was der alte Mann da als Schmiererei abtat, war das Beste, was Louis je geschaffen hatte. Sein Masterpiece. Emotional musste man Gorden allerdings nicht kommen, das ließ der eiskalt an sich abgleiten.

»Zumal«, fuhr Gorden fort, »du schon vorbestraft warst. Da reißt man sich doch doppelt zusammen. Ehrlich währt am längsten.«

Louis nickte. Die Vorstrafe war eine Lüge gewesen, aber nur damit hatte er Gorden damals dazu bekommen, die Polizei aus dem Spiel zu lassen. »Ja, ich war ein Trottel. Wissen wir beide.«

»Noch dazu ein dummer Trottel. Was noch viel schlimmer ist!«

»Zu dumm, um nicht erwischt zu werden, Sie haben recht.

Ich halte Ihre Forderung bloß für ziemlich hoch. Wenn man ein bisschen im Netz recherchiert, was so ein neuer Anstrich normalerweise kostet, dann muss eine Nachfrage erlaubt sein.«

»Erlaubt ist sie sicher«, erwiderte Gorden. »Wenn du möchtest, lege ich dir die Rechnungen vor. Du kannst kaum von mir erwarten, dass ich nur die eine Hauswand neu streichen lasse. Wie sieht denn das aus?« Gorden ließ sichtbar durchhängen, dass es ihm nicht um die Optik eines uralten, hässlichen Gebäudes ging.

»Sie wollen mich unbedingt ausbluten lassen, oder?«

»Tzztzztzz. Warum denn so negativ? Ich will, dass du was lernst, Junge. Dass es viel Geld kostet, Schäden zu beseitigen. Und dass man für dieses Geld hart arbeiten muss, verdammt hart. Meinst du, das alles hier«, er machte eine Handbewegung, die offenbar sein Haus und das ganze Anwesen umschloss, »hat mir einer geschenkt?«

Die Arroganz dieses Typen machte ihn fertig. Der hatte doch keine Ahnung vom Leben abseits von seinem eigenen.

Im Korb winselte einer der Hunde im Schlaf. Louis kratzte die Kehle von den Hundehaaren, seine Augen begannen schon zu brennen. Er musste hier weg, saß allerdings wie festgeklebt am Tisch. Das Mineralwasser prickelte in seinem vollen Glas vor sich hin. »Es ist bloß so«, presste er hervor, »dass ich vermutlich meinen jetzigen Job nicht mehr so lange machen kann. Das Geschäft … wird vielleicht schließen.« So konnte man Ramons Masterplan doch nennen, oder? Und auch wenn die Aussicht gut stand, dass er die gesamten fünfzehnhundert Euro, die noch offen waren, dann zahlen konnte, musste er auch mit der Möglichkeit rechnen, dass Ramon ihm weniger zahlte. Im schlimmsten Fall sogar nichts. Bei Sputnik hatte er gelernt, nie vom besten Verlauf eines Plans auszugehen. »So hopplahopp bekommt man als Schüler nichts Neues.«

»Verstehe«, sagte Gorden und stand auf. »Nun gut. Du warst bisher immer pünktlich und hast mir keinen Grund zur Klage gegeben. Und wie ich schon sagte: Ehrlich währt am längsten. Ich erlasse dir zwei Raten, insgesamt also dreihundert Euro. Bleiben ab jetzt noch tausendzweihundert. Außerdem kannst du nach Ankündigung einige Monate pausieren, wenn Not am Mann ist. Ist das ein Vorschlag?« Er hielt ihm die Hand hin. Einen Augenblick war Louis zu perplex, um einzuschlagen. Er konnte kaum glauben, dass er erreicht hatte, was er wollte – mit der Option auf eine Zahlungspause sogar etwas mehr als erhofft.

Wenn das mal nicht alles auf einen Lauf hindeutete; offenbar hatte er so etwas wie eine fette Glückssträhne. Ob das an *ihr* lag? An … Liz?

»Was sagst du, Junge? Ich will dich ja nicht hetzen, nicht, dass du mir nachher wieder vorhältst, unsere Vereinbarung wäre nicht fair. Aber …«

»Ja, klar, Sie müssen jetzt mit den Piepmätzen mauersegeln üben, verstehe schon. Will Sie auch nicht aufhalten. Der Deal ist angenommen.« Und er schlug ein.

Kapitel 25

Junge Hunde mochten zum Niederknien niedlich sein – aber die meisten waren nicht ganz dicht. Bei den Untersuchungen fingen sie vor Aufregung ständig an zu pinkeln. Liz wischte gerade den Tisch ab, um das Behandlungszimmer für den nächsten Patienten vorzubereiten, als die Tür aufflog und Katta mitten im Raum stand. »Weißt du, wer mich angerufen und nach dir gefragt hat?«, rief sie. Dann fiel ihr ein, dass sie die Begrüßung vergessen hatte. Rasch umarmte sie Liz. »Was machst du eigentlich schon wieder hier?«

»Labradoodlebabypipi wegputzen.«

»Bah, ich krieg Herpes. Ich dachte, du hättest heute frei?«

»Das war der Stand gestern. Heute hat sich Sabina einen Sonnenstich eingefangen und muss zu Hause bleiben. Da hab ich meiner Tante angeboten, zu helfen. Und jetzt erzähl, wer dich angerufen hat!«

Katta war beinah so aufgeregt, als wäre es die Trainerin der Frauen-Fußballnationalmannschaft. Aber warum sollte die nach ihr, Liz, fragen?

»Magda!« Katta ließ den Namen wirken und Liz fiel die Küchenrolle aus der Hand.

»Was will die denn?« Vor wenigen Jahren waren sie noch eine Clique gewesen: Magdalena, Michelle, Hanna, Katta und Liz.

Doch die anderen drei waren mit der Zeit in ihren Augen immer oberflächlicher geworden, ihre Interessen auf Jungs und Shopping reduziert und die Gemeinsamkeiten bald nur noch Erinnerungen an die Kinderzeit gewesen. Sie hatten sich seltener getroffen. Eine Weile hatte Liz das bedauert, aber spätestens seitdem die anderen Mädchen feste Freunde hatten und ständig mitbrachten, war sie nur noch das fünfte Rad am Wagen gewesen. Ein Störfaktor. Vor allem Magda hatte ihr immer wieder zu spüren gegeben, dass sie abseits stand und zum Kreis der Coolen keinen Zugang hatte. Und ausgerechnet sie fragte nun nach ihr?

»Sie meinte, dass sie dich gestern gesehen hat«, sagte Katta, »aber du hast sie wohl kaum beachtet.«

»Stimmt, sie war auch im Schwimmbad, hast du sie nicht gesehen?« Sie knüllte die Papiertücher zusammen und warf sie in den Mülleimer. Nun nur noch ein paar Sprühstöße Desinfektionsmittel verteilen, dann war sie fertig. »Sie hat nach mir gerufen, aber ich hatte gerade mit Louis gesprochen. Der hat übrigens heute Mittag angerufen. Wir haben eine Stunde telefoniert.« Ihre Wangen wurden warm, als sie daran dachte. »Er hat sich wegen gestern entschuldigt. Und er lässt dich grüßen. Außerdem sollst du dem Zwerg ausrichten, dass der Witz gar nicht schlecht war.«

»Welcher Witz?«

»Wollte er mir nicht sagen.«

»Dann war es bestimmt der peinliche von der Hühnerschamlippe. Süß von ihm, an Benni zu denken. Der Pestpocken findet ihn auch nett – netter als mich! Womit hab ich das wieder verdient?«

Liz musste lachen.

»Louis ist Magda übrigens auch aufgefallen. Sie hat gefragt, ob *das heiße Teil* dein neuer Freund sei.«

»Und was hast du gesagt?« Die Frage war unnötig, Kattas Grinsen sagte genug. »Oh, nee. Hältst du das nicht für ein bisschen übertrieben?«

»Voreilig vielleicht, aber übertrieben kein Stück, so wie ihr euch anseht. Magda hat übrigens vorgeschlagen, dass wir morgen Abend noch mal alle zusammen losziehen könnten. Wie früher, bloß mit Boyfriends. Donnerstags ist Kinotag, da ist es billiger.«

»Du hast jetzt aber nicht zugesagt, oder?« Sie zog Katta aus dem Behandlungszimmer, damit Andrea den nächsten Patienten einlassen konnte. »Komm, wir gehen nach oben, ich bin jetzt fertig und brauche was zu essen. Wir haben noch genug Kokos-Möhrensuppe für uns beide, magst du auch welche?«

»Was für eine Frage. Natürlich! Und natürlich habe ich nicht zugesagt – aber ich habe versprochen, euch zu fragen, ob ihr Zeit habt. Habt ihr? Bitte! Robin fand es beim letzten Mal so ätzend, aber wenn Louis mitkommt, kann ich ihn bestimmt auch überreden.«

»Oh, noch-mal-nee. Ich glaub nicht, dass Louis auf so was Lust hat.« Und sie? Wohlgefühlt hatte sie sich im Kreis der anderen Mädchen schon lange nicht mehr. Andererseits … mit jemandem wie Louis neben sich war sie auch kein kleines, lästiges Anhängsel mehr.

»Hat er bestimmt«, entschied Katta. »Diesmal ist Boys' Choice – die Jungs dürfen den Film aussuchen. Bitte, Lizzie, ihr müsst mitkommen. Ohne dich halte ich keinen Terminator Teil siebenhundertdreizehn aus. Aber mit dir zusammen wird das voll lustig!«

Sie hatten die Küche erreicht. Liz schob die Suppe auf den Herd, um sie aufzuwärmen. Dann nahm sie ihr Handy aus der Tasche und betrachtete das schwarze Display. Ein Treffen zu mehreren war recht unverbindlich. Warum also nicht? Andererseits würden die anderen neugierig sein und gucken … aber in der Korinthe hatten auch alle gegafft, als sie ihren Lachflash bekommen hatte. Mit Louis war es gar nicht so schlimm gewesen. Und zuletzt schien es Katta unheimlich wichtig zu sein. Katta hing noch viel mehr an der alten Clique als sie. Konnte sie sich nicht ihr zuliebe überwinden?

»Und wenn er wieder plötzlich weg muss?«, sprach sie ihre größte Sorge aus. Er hatte sie um Verzeihung gebeten und dabei ehrlich zerknirscht geklungen, sodass sie ihm nicht mehr böse war. Aber die Aussicht, er könnte sie noch einmal stehen lassen, machte ihr trotzdem Angst. Louis war kein Junge wie Robin, auf den man sich jederzeit verlassen konnte. Er hatte etwas Unbeständiges an sich. Etwas, das nicht leicht zu halten war. Andrea hätte ihn wohl einen »windigen Typen« genannt. Allerdings liebte Liz den Wind.

Katta rollte mit den Augen. »Dann sagen wir: Hasta la vista ist heute nicht, Baby. Blödsinn, warum sollte er denn? Ruf ihn an.«

Sie rief ihn nicht an. Denn bevor sie sich überwunden hatte, klingelte ihr Handy und sein Name erschien im Display.

»Ich habe eine Bedingung«, sagte sie zu Katta, bevor sie den Anruf annahm. »Ich frage ihn. Aber keine krampfigen Flirttipps mehr!«

Es war der bisher heißeste Tag des Jahres und Liz schwitzte dennoch mehr vor Aufregung als vor Hitze. Louis kam als Letzter. Er war nicht einmal zu spät, aber die Wartezeit in der Einkaufspassage vor dem Kino reichte Liz' Nerven, um sich aufzureiben. Sie hatte die neugierigen Blicke der anderen gespürt; den Hauch von Mitleid: *Oje, der neue Freund versetzt sie,* sowie die Schadenfreude: *Er war ja auch eine Nummer zu heiß für unsere Lizzie.* Als er endlich auftauchte, sein distanziertes Lächeln in die Runde sandte und ihr zur Begrüßung einen samtweichen Kuss auf die Wange gab, fühlte sie sich, als würde sie schweben. Ob das gut oder schlecht war, wusste sie noch nicht. Ein wenig Bodenhaftung wäre ihr zumindest sicherer vorgekommen. Aber in ihrem Bauch flatterten so viele Schmetterlinge, dass sie abzuheben schien, ob sie nun wollte oder nicht. Hoffentlich endete das nicht in einem Sturz.

»Wie lange seid ihr denn schon zusammen?«, fragte Magda neugierig und betrachtete Louis, als würde sie ihm gleich prüfend ins Fleisch kneifen. »Und wo habt ihr euch kennengelernt?«

Liz wollte im Boden versinken. Oh, nee, warum hatte Katta behaupten müssen, sie wäre mit Louis zusammen? Er schien allerdings nicht irritiert, warf ihr einen Blick zu, unter dem sie erschauerte, und sagte an Magda gewandt: »Seit ein paar Tagen erst. Ich habe sie an einer Tankstelle gesehen und sie hat mich vom ersten Blick an fast verrückt gemacht. Ich hab erst Ruhe gegeben, als ich rausgefunden hatte, wo sie wohnt.«

Hanna und Magda seufzten synchron, Michelle entwich ein gehauchtes: »Wie süß.«

Liz verkniff sich das Lachen. In ihr wuchs das Bedürfnis, ihm *versehentlich* auf den Fuß zu treten, aber als sie es versuchte, wich er ihr mit einem Grinsen aus, als hätte er ihr an der Nasenspitze angesehen, was sie vorhatte.

»Habt ihr euch schon überlegt, welchen Film wir schauen sollen?«, fragte Katta in die Runde. »Besteht irgendeine Möglichkeit, an Terminatoren vorbeizukommen?«

»Was hast du gegen Arni Schwarzenegger?«, fragte ein Junge, aber die anderen stellten schnell klar, dass Katta heute ihren

Glückstag hatte: Drei der Jungs kannten den Terminator bereits, darum einigten sie sich einstimmig auf einen Horrorstreifen, der erst in einer Stunde beginnen sollte.

»Genug Zeit für eine Pizza vor dem Film«, entschied jemand und sie marschierten los.

»Katta hat dich als meinen Freund vorgestellt«, flüsterte Liz Louis zu, als er sich mit ihr etwas zurückfallen ließ. »Daher die komischen Fragen eben. Ich weiß nicht, wie sie darauf kommt. Tut mir leid. Sie ist manchmal etwas …« Voreilig, hätte sie beinah gesagt. »Übergriffig.«

»Macht doch gar nichts«, erwiderte er leise und so nah an ihrem Ohr, dass sie seinen Atem an der Seite ihres Halses spürte. »Ich hab gar nichts dagegen, ein paar Stunden deinen Freund zu spielen.«

Was genau mochte er damit meinen? »Ich eigentlich auch nicht«, erwiderte sie so gleichmütig sie konnte. Sie beobachtete Magda und Michelle, die die Köpfe zusammensteckten und ihr und Louis immer wieder kurze Blicke zuwarfen, aus denen sie nicht schlau wurde. »Früher waren das meine Freundinnen«, sagte sie, weil sie bemerkte, dass Louis diese Blicke auch gesehen hatte. »Heute fühle ich mich zwischen ihnen wie ein Frosch.«

»Ein Frosch?« Seine Mundwinkel zuckten. »Hast du Angst, sie würden dich küssen, damit du zur Prinzessin wirst?«

Nein, aber sie warten gebannt darauf, was aus mir wird, wenn du mich küsst. »Ich dachte eher an die Frösche, die in Gläsern leben und am Ende seziert werden.«

»Macht ihr das in der Schule etwa wirklich? Igitt. Ich hab immer geahnt, dass Gymnasiasten etwas Barbarisches an sich haben.«

Sie schüttelte den Kopf. Muscheln, Schweineherzen und ein

Rinderauge hatte sie auseinandernehmen müssen – was tat man selbst als Vegetarier nicht alles für eine gute Bio-Note. Der Frosch kam womöglich im Studium, irgendwomit musste man das Kuhauge ja noch steigern. Ihr graute schon davor, wenn sie nur daran dachte.

»Aber …« Louis ging plötzlich so dicht neben ihr, dass sein Handrücken gegen ihren stieß. Eine Gänsehaut prickelte ihren Arm hinauf und alle Frösche waren vergessen. »… ich würde jederzeit den Tierschützer machen und dich retten. Und noch lieber würde ich dabei zusehen, wie du denen zeigst, wo dieser Frosch die Locken hat.« Sein Lächeln bekam etwas Verschwörerisches und seine Hand bewegte sich ein weiteres Mal wie aus Versehen an ihrer. Was auch immer er plante – es schien die Luft elektrostatisch aufzuladen und außerdem den Sauerstoff zu verbrauchen. Ihr wurde ganz anders. Er nickte kaum wahrnehmbar, als sie ihn ansah.

Verstand sie ihn recht? Sie sollte den Mädels eine Show vorspielen? Sein Blick zuckte kurz zu ihrer Hand runter und ging dann zurück zu den Mädchen, die nun tuschelten. War das denn zu fassen? Hatten die nicht mal den Anstand, ein klein wenig diskreter zu lästern? Sie sah sich hilfesuchend nach Katta und Robin um, aber die klebten gerade mit den Gesichtern aneinander, ohne dabei auch nur einen Schritt langsamer zu gehen. Ein Wunder, dass sie nicht vor die Werbeaufsteller vor den Ladeneingängen liefen.

»Gib nichts drauf, was sie reden«, sagte Louis. »Die haben sonst nichts Besseres zu tun.«

Er bemerkte alles, stellte sie fest. Er schien über einen Radar zu verfügen, der permanent die Umgebung abscannte, ohne dass er irgendetwas bewusst Aufmerksamkeit schenkte. Jeder Passant erhielt einen knappen Blick, jede Bewegung registriere er, aber nichts war ihm wichtig genug, um es auch nur eine Sekunde länger zu beachten. Nichts … außer ihr. Und so fasste sie sich ein Herz. Und nahm seine Hand.

Die Welt wackelte ein bisschen. Vielleicht waren es auch bloß ihre Knie. Das Weitergehen kostete für ein paar Schritte ihre ganze Konzentration, gelang aber ohne größere Peinlichkeiten, und schließlich traute sie sich sogar wieder zu atmen.

»War nicht so schwer, oder?«, flüsterte Louis. Sein Lächeln hatte etwas Spöttisches bekommen, aber darunter lag noch ein anderes Gefühl. Konnte es sein, dass er … Ja, sie war beinah sicher: Er war auch aufgeregt. Nach ein paar Metern begann er, ihre Finger einzeln mit dem Daumen nachzufahren. Und die Welt um sie beide herum verschwand.

Sie erreichten die Pizzeria, aber Louis behauptete, keinen Hunger zu haben, und Liz hätte sich vermutlich beim Essen den Käse über das T-Shirt verteilt, so zittrig waren ihre Finger. Sie warteten vor der Tür, weil es im Inneren des kleinen Restaurants so eng war und draußen – allein – ohnehin viel schöner.

»Sie sind weg«, sagte Liz, als die Tür hinter Katta und Robin zufiel. Sie ließ seine Hand nicht los.

»Sie könnten durchs Fenster gucken«, erwiderte Louis und ließ ihre Hand ebenso wenig los.

»Sie könnten, wenn da ein Fenster wäre. Aber da ist keins.« Liz musste lachen, aber sie hatte das Gefühl, dazu nicht genug Luft übrig zu haben.

»Aber vielleicht«, sagte Louis und nahm auch ihre zweite Hand, »schauen sie durchs Schlüsselloch.« Er beugte sich zu ihr, kam mit dem Mund so nah an ihre Wange, dass sie spürte, wie warm seine Lippen waren. »Man kann ja nie wissen.« Er küsste sie nicht, noch nicht. An seinem Hals zuckte ein Muskel unter ihren Fingern. Wie war ihre Hand dort hingekommen? Seine Haarspitzen kitzelten die Haut an ihrem Handrücken und dort, wo ihre Fingerspitzen seine Halsbeuge streiften, bekam er eine Gänsehaut. Sie strich ihm über das Schlüsselbein und der Spott in seinem Gesicht wich einer ernsten, aufmerksamen Ruhe. Irgendwie küsste er sie doch – allein mit diesem Blick.

Sie wusste nicht, wie lange sie so dort standen und sich nicht mit den Mündern, sondern mit den Augen küssten. Irgendwann platzte die Tür auf und die anderen kamen heraus, einer nach dem anderen, die meisten mit Pizzakartons in den Händen.

»Genug geknutscht!«, rief irgendwer. Liz' Lippen brannten, obwohl sie Louis nicht geküsst hatte, aber die Vorstellung reichte fürs Erste vollkommen aus. Ihr Mund war staubtrocken vor Aufregung und die Zunge klebte ihr am Gaumen. Zum Glück war auf Katta Verlass; sie hatte sich eine Fanta gekauft und teilte bereitwillig. Solange Liz ihre Hände brauchte, um die Flasche zu halten, lag Louis' Arm um ihre Taille. Katta trug voller Stolz den »Ich habe es doch gesagt«-Blick zur Schau. Wie Magda und die anderen guckten, konnte Liz nicht sagen: Wohl spürte sie anerkennende Blicke und womöglich auch ein wenig Neid oder die stille, allgegenwärtige Frage »Wie hat ausgerechnet Liz denn einen solchen Typen an Land gezogen?«, aber es war ihr einfach zu egal, um viele Gedanken daran zu verschwenden.

Den Rückweg zum Kino ging sie mit hoch erhobenem Kopf und einem wilden Aufflattern der Bauchschmetterlinge, wann immer sie Louis an ihrer Seite einen Blick zuwarf. Er ließ ihre Hand nicht mal los, als er tief in seinen Hosentaschen nach Geld kramte, um die Kinokarten zu kaufen.

Davon hatte sie geträumt. Nicht von der Klippe, nicht vom Fluss und nicht von der Sonne – das war bloß Kulisse. Hauptdarsteller in ihrem Traum waren er und sie und das kribbelnde Gefühl im Bauch.

Der Film war scheußlich. Die Hauptdarstellerin wurde permanent von den schaurigsten Gestalten verfolgt, die außer ihr niemand sehen konnte. Diesen Fluch hatte sie sich offenbar beim Sex eingefangen – ausgesprochen moralisch-amerikanisch, fand Liz. Ihr Plan, einfach nicht hinzuschauen, wenn es ihr zu gruselig wurde, ging nicht auf. Die blöde Filmmusik und das Geschrei funktionierten selbst dann, wenn sie die Augen schloss, und dass Katta, die gleich hinter ihr saß, ihr bei jeder Schocker-Szene kreischend gegen den Sitz trat, machte es nicht besser. Ein paarmal überlegte sie, ob sie nicht mit der Ausrede, zur Toilette zu müssen, nach draußen gehen sollte. Aber dann blieb sie doch, konzentrierte sich darauf, Louis' Hand zu halten und ihren Oberarm an seinem zu spüren.

»Du zuckst, als hätten sie Strom auf deinen Sessel gelegt«, flüsterte er einmal. »Magst du den Film nicht?«

»Doch, der ist cool. Ich erschreck nur schnell. Aber das ist wohl der Sinn eines Horrorfilms.« Ihm schien der Film zu gefallen; sie wollte ihm und den anderen nicht den Spaß verderben, bloß weil sie ein wenig zu zartbesaitet war. Vor allem wollte sie sich nicht die Blöße geben, das die anderen merken zu lassen.

Als der Film vorbei war – endlich! – schien Louis in der Gruppe angekommen zu sein. Hatte er vorher bloß bei den anderen gestanden und zugehört, war er nun mittendrin und beteiligte sich rege an den Gesprächen. Horrorfilme waren offenbar eine Leidenschaft von ihm, er schien einige zu kennen, verglich und beurteilte. Und hatte während der ganzen Zeit seine Finger in ihre verhäkelt.

»Der ist ja an dir festgewachsen«, neckte Hanna, und Liz fand, dass allein das den blöden Film mehr als wettmachte. Als sie die Passage verließen, stellten sie fest, dass es angefangen hatte zu regnen, und so löste sich die Gruppe recht schnell auf. Die meisten gingen zu ihren Fahrrädern oder zur Bushaltestelle, einige wohnten in der Stadt. Nur Liz' Bus fuhr vom Bahnhof ab, und Louis stellte sofort klar, dass er sie hinbrachte. Auch nachdem sie sich von allen verabschiedet hatten, blieben ihre Finger miteinander verbunden. Offenbar hatte er sich schnell daran gewöhnt, ihren Freund zu spielen. Wenn es nach ihr ginge, hätte der Weg zum Bahnhof trotz Regen viel weiter sein können.

* * *

Der Weg zum Bahnhof hätte ruhig viel weiter sein können. Doch sie erreichten Liz' Haltestelle nach wenigen Minuten, und darauf zu hoffen, dass der Bus eine Stunde oder mehr Verspätung hatte, war vermutlich nicht Erfolg versprechend. Nur noch wenige Passanten waren auf den Straßen unterwegs, die meisten eilten mit Regenschirmen an ihnen vorbei. Er war ganz froh, dass Liz keinen dabeihatte und es an dieser Haltestelle keinen Unterstand gab, weil der Regen angenehm warm war und weil es so hübsch aussah, wenn Liz ein Tropfen aus dem Pony lief und über ihr Gesicht rann.

»Danke, dass du mitgekommen bist«, sagte Liz, als hätte er sich überwinden müssen, um ihr einen Gefallen zu tun.

»Nicht dafür. War doch schön.« Zweifelsfrei wäre es ohne die Horde neugieriger Mädchen noch schöner gewesen.

Sie lachte. »So. Dir gefällt also der Blick aus meinem Einmachglas heraus?«

»Solange die Gesellschaft stimmt, dürfen sich draußen die komischsten Leute ihre Nasen am Glas platt drücken«, erwiderte er. Und dann verging ihm das Lachen. Denn den Typen, der ihnen entgegenkam, erkannte er schon von Weitem an der Art, sich zu bewegen: Ramon.

Fieberhaft sah er sich nach einem Ausweg um. Nach dem Eingang einer Bar oder einer Pommesbude vielleicht, in die er Liz überreden konnte, auch wenn sie dann ihren Bus verpassen würde. Aber alle Geschäfte auf dieser Straße hatten bereits geschlossen und die Bahnhofshalle lag in der Richtung, aus der Ramon kam. Er spielte mit dem Gedanken, zu rennen oder sich umzudrehen und abzuhauen – aber Herrgott, wie sollte er Liz das erklären? Und dann war es auch schon zu spät, Ramon hatte ihn erkannt und hob lässig die Hand zum Gruß.

»Hi, Louis«, sagte er, als er näher kam. Er hielt Liz die Hand hin. »Ich wusste gar nicht, dass du eine Freundin hast. Hallo, ich bin Ramon. Louis und ich kennen uns aus der Schule.«

Liz lächelte unbedarft und stellte sich vor. Woher sollte sie auch ahnen, wer oder was Ramon wirklich war. Hoffentlich ließ er nichts durchklingen.

»Du kommst mir so bekannt vor«, sagte Ramon zu Liz. »Wo hab ich dich schon mal gesehen?«

»Hast du ein Haustier? Meine Tante ist Tierärztin, ich jobbe in ihrer Praxis. Vielleicht da? Ich kann mich leider nicht erinnern.«

»Das muss es sein.«

Der verlogene Hund! Ramon hatte keine Tiere, da war Louis sich sicher.

»Was macht ihr hier bei dem Sauwetter?«, fragte Ramon, und Liz erzählte, dass sie im Kino gewesen waren.

»Kino – wie nett.« Ramons kurzer Blick in Louis' Richtung fragte: *Warum hast du Zeit fürs Kino?*, aber vielleicht bildete er sich das auch nur ein. »Welcher Film?«

»It follows«, antwortete Liz.

Ramon fasste sich theatralisch an den Kopf. »Louis! Du gehst mit einem hübschen Mädchen aus und schleppst sie in einen deiner kranken Horrorfilme?« Lachend klopfte er ihm auf die Schulter. »Junge, Junge. Du bist ein Kater von der hübschen Sorte, aber musst du dir unbedingt deine neun Leben verspielen? Mit Horrorfilmen?«

Liz lächelte, als würde sie insgeheim zustimmen. »Ach, das ist schon okay.«

»Das nächste Mal, wenn du mit dem Anfänger hier ausgehst«, sagte Ramon an sie gewandt, »entscheidest du, wohin ihr geht. Dein Geschmack ist zweifelsohne viel besser als seiner.« Sein Blick tastete knapp an ihrem Körper herab. Louis spürte, wie sich seine Fäuste zusammenkrampften. Musste Ramon sich bei Liz einschleimen? Er hätte ihn am liebsten von ihr weggestoßen. Eben noch hatte er sich gewünscht, ihr Bus würde ausfallen, jetzt war er erleichtert, als er um die Ecke bog.

»Wir sehen uns«, sagte er und umarmte sie auf die Art, wie er sich auch von den anderen Mädchen verabschiedet hatte.

»Ja?«, fragte sie. Mit einem Mal wirkte sie so unsicher, dass er sie gerne aus dem Bus gezogen hätte – oder noch lieber selbst mit eingestiegen wäre.

»Ja.« Er spürte Ramons Blick im Rücken wie ein Messer. Trotzdem küsste er sie kurz auf die Wange und schob sie in den Bus. »Ja!« Die Tür schloss sich, sie winkte, der Bus fuhr los, sie lächelte durchs Fenster und war verschwunden, und mit einem Mal fühlte es sich an, als sei sie nie da gewesen.

»Wer ist die?«, fragte Ramon betont gleichgültig. »Sieht mir nicht so aus, als hätte sie auch nur das Geringste mit Sputnik zu tun.«

»Woher willst du das wissen?« In ihm schwoll eine unbändige Wut an. »Du kennst Sputnik überhaupt nicht – du hast Müll erzählt, als du sagtest, du würdest *ihn* kennen.«

»Hab ich nie behauptet«, erwiderte Ramon, aber das war gelogen. Louis erinnerte sich genau.

»Sputnik ist ein Mädchen, Ramon«, sagte Louis. Der Moment, in dem Ramon sein Erstaunen nicht verbergen konnte, war das reinste Vergnügen, so kurz er auch war.

»Sie?«, fragte Ramon. Er sah aus wie ein Fisch. Ein Karpfen, der gerade feststellte, gefüllt, gegrillt und mit Beilagen auf dem Teller gelandet zu sein. »Das Mädchen eben – das war Sputnik?«

Es war so absurd, dass Louis lachen musste, auch wenn ihm nach allem anderen mehr der Sinn stand. Wie hatte Lizzie es genannt? Eine Übersprunghandlung. Ja, das passte. »Natürlich nicht.«

Ramon war kurz davor, die Geduld zu verlieren. »Hör auf zu lachen, du Opfer. Was hängst du dann mit ihr herum, statt deinen Job zu machen?«

»Entspann dich mal, Alter. Ich kann Sputnik kaum vierundzwanzig Stunden am Tag überwachen, ohne dass es auffällt. Ich bin an ihr dran.«

»Du bist auf ganz andere Art *dran*, wenn du nicht bald mal Ergebnisse lieferst.«

Es war nicht zu fassen, wie sehr Ramon ihm auf die Nerven ging. Warum machte der seinen Mist nicht allein, wenn er meinte, es besser zu können? Die Frage verkniff er sich allerdings besser, Ramon wirkte längst ungemütlich. »Pass auf«, sagte er einlenkend. »Ich bin wirklich nah dran. Sie haben mir eine wichtige Aufgabe übertragen, und ich hab's ausreichend gut gemacht, dass sie mir gezeigt haben, wo sie sich treffen. Ich gehöre schon zur Familie, könnte man sagen.«

»Wo sie ihre Familientreffen abhalten, ist mir scheißegal. Ich will wissen, wo der Plunder liegt, den ich haben will, Louis. Vielleicht überdenkst du mal deine Prioritäten.«

Stellte er sich mit Absicht blöd, um ihn zu stressen? »Mann, wie gut stehen meine Chancen wohl, es herauszufinden, wenn ich darauf dränge? Ich brauch ein bisschen Zeit.«

Ramon verschränkte die Arme. »Wie lange, Kleiner?«

»So lange es eben dauert.«

»Wir bekommen Probleme, du und ich, wenn Sputnik den Kram an den Römer verkauft, bevor du es herausgefunden hast.«

»Ich weiß.« Dann wäre alles umsonst gewesen und er hätte für nichts und wieder nichts den Maulwurf gemacht. »Verlass dich auf mich, ich bin auf dem richtigen Weg.«

»Schön«, sagte Ramon und boxte ihm etwas zu hart gegen die Schulter, als dass man die Geste freundschaftlich verstehen konnte. »Dann geh ihn auch und vertrödle deine Zeit nicht mit Schulmädchen. Wer war die Kleine überhaupt? Ist das was Festes mit der?«

»Quatsch«, sagte Louis. »Die ist niemand.«

Kapitel 26

Louis schlief schlecht in dieser Nacht. Gewitter weckten ihn immer wieder, und als sich das Wetter in den Morgenstunden beruhigte, kreiselten in seinem Kopf die Gedanken wie Tornados. Erst hatte er sich über das Zusammentreffen mit Ramon geärgert, aber inzwischen sah er ein, dass der Zufall ihm einen Gefallen getan hatte. Er durfte jetzt keinesfalls den Kopf verlieren, indem er sich von Liz um den Finger wickeln ließ. Ramon hatte recht gehabt – er musste seine Prioritäten beachten und seine Unabhängigkeit wahren.

Als sie ihm gegen Vormittag eine SMS schrieb, tippte er zwei Zeilen zurück: **Ja, war nett gestern. Heute treff ich mich mit Freunden, meld mich.**

Danach ging es ihm mies. Er hätte gern etwas gezeichnet, aber seine Hände waren zu fahrig für den Bleistift und zum Sprayen in der alten Fabrik war das Wetter zu schlecht. Es hatte sich richtig eingeregnet. Na, das passte wenigstens zu seiner Stimmung.

Er brauchte einen Erfolg und hatte keine Lust, sich länger auf Zufälle zu verlassen. Heute Nacht, überlegte er, würde er zum Bauernhof fahren und das Versteck der Beute suchen. Besser, er ruhte sich vorher ein bisschen aus. Mit dem Plan im Kopf gelang es ihm tatsächlich, einzuschlafen, aber nach wenigen Minuten bollerte seine Mutter an seine abgeschlossene Zimmertür.

»Louis? Louis, da klingelt ein Mädchen Sturm an der Tür!«

Er war sofort hellwach. Ob das Liz war? Das ging nicht – sie ging zu schnell zu weit. Die Freude, die in ihm bei der Aussicht, sie zu sehen, aufblitzte, wurde sofort von Scham erstickt. Sie konnte doch nicht hierherkommen, in dieses Loch, in dem er lebte.

Er rannte die Treppen nach unten, um zu retten, was zu retten war. Woher wusste Liz überhaupt, wo er wohnte? Als er die Haustür öffnete, verpasste ihm die Realität die dringend benötigte Backpfeife: Es war gar nicht Liz. Sputnik stand an die Wand gelehnt und kontrollierte den schwarzen Lack auf ihren Fingernägeln.

»Hey, Sputnik. Wie geht's?« Er gab sich Mühe, sie nicht merken zu lassen, dass er enttäuscht war. Oder erleichtert? Er wusste es selbst nicht.

»Wir langweilen uns«, sagte sie. »Alina und ich haben uns überlegt, ob wir nicht was unternehmen sollen. Was Kleines, Lohnenswertes. Du weißt schon.« Sie zwinkerte, ihre beiden Augenbrauenpiercings schlugen zusammen. »Alina hat vorgeschlagen, dass wir dich mitnehmen.«

Er sollte zusagen. Stattdessen zuckte er mit den Schultern. »Ich weiß nicht. Mir geht's heute nicht so gut.«

Sie musterte ihn und zupfte ihm an einer Haarsträhne, die ihm im Gesicht hing. »Du siehst aus, als hättest du durchgefeiert. Was gab es denn zu feiern?«

»Bloß eine heiße Party mit einer Tiefkühlpizza, die sich wohl für jünger ausgegeben hat, als sie war. Ich glaub, ich hab mir den Magen verdorben.«

»Das heißt, du kommst nicht mit?«

Shit. Er wusste, dass das nicht klug war! Warum wehrte sich dann plötzlich jede Faser seines Körpers dagegen, das Vernünftigste zu tun? »Nee, lieber nicht. Beim nächsten Mal.«

»Schade«, sagte Sputnik. Sie wirkte enttäuscht und er schimpfte sich innerlich den dümmsten Idioten unter der Sonne. Eigentlich lief doch alles optimal. Alles außer ihm – er lief schief und eckte daher überall an.

* * *

Sie hatte keinen Stoff, der passte.

Es war zum Aus-der-Haut-Fahren: Sie besaß hundertneunzehn verschiedene Stoffe – Reste nicht mitgezählt –, und keiner passte zu dem Kleid, das sich ihr aufdrängte wie ein nerviges, lästiges Kind, das an einem zerrt und Aufmerksamkeit verlangt. Näh mich, näh mich, näh mich!

Die letzte Nacht hatte sie geschlafen wie ein Stein, obwohl sie so aufgewühlt gewesen war. Sie hatte nicht mal geträumt und selbst das Unwetter draußen hatte sie nicht wecken können. Beim Aufwachen hatte sie erschreckt festgestellt, dass es durch das offene Fenster reingeregnet hatte, aber nicht mal zum Aufwischen des Wassers hatte sie sich Zeit nehmen können, ehe nicht die ersten Linien ihrer neuen Idee den Weg aufs Papier gefunden hatten. Sie musste unbedingt dieses Kleid entwerfen und am besten heute noch nähen.

Aber womit? Mit Rosa oder Lindgrün konnte sie nichts anfangen, ebenso wenig mit kleinen Vichy-Karos, Ringeln, floralen Mustern oder all diesem Schönwetterkram. Was sie brauchte, war ein rauchiges Nachtblau, ein schweres, düsteres Dunkelrot oder ein Violett, das ins Schwarz lief. Sie wollte etwas Dunkles nähen, etwas Hautenges, etwas Mutiges.

Etwas, musste sie sich eingestehen, was überhaupt nicht zu ihr passte.

Sie riss die Skizze von der Staffelei und knüllte sie zusammen. Was war denn nur mit ihr los? Warum fanden ihre üblichen Ideen nicht in ihren Kopf? Sie kannte die Antwort – weil dort kein Platz war. Ihre Gedankengänge waren allesamt von Louis belegt, der so unglaublich süß gewesen war, solange er ein paar Stunden lang ihren Freund gespielt hatte. Dann war einer seiner Freunde aufgetaucht. Ein wirklich netter Typ, ein bisschen älter als sie beide, vielleicht achtzehn oder neunzehn. Und schon war Louis wieder auf Distanz gegangen. Lag es daran, dass er vor ihrer alten Clique wirklich nur eine Show vorgeführt hatte? Oder war es ihm vielleicht ernst gewesen, wenigstens ein paar Augenblicke lang? Sie hatte es geglaubt. Aber als sein Freund aufgetaucht war, musste ihm wieder eingefallen sein, dass das Mädchen an seiner Seite bloß die langweilige, brave Liz war. Ein Mädchen, das nicht zu ihm passte, mit ihren Vichy-Karo-Stoffen in Lindgrün, ihrer Gänseblümchentasche und ohne den Mut, zum Schwimmen ihr T-Shirt auszuziehen.

Ob sie es schaffen würde, ihm zu zeigen, dass sie auch andere Seiten hatte? Vielleicht hatte Andrea ja später zwei Stunden Zeit, um sie in den Stoffladen zu fahren?

* * *

Zum Abend reduzierte sich der Regen auf ein seichtes Nieseln. Dass er es geschafft hatte, sein Fahrrad zu reparieren, erschien Louis als gutes Zeichen, und dass er sich auf dem Weg zum Bauernhof trotz Dunkelheit nicht ein einziges Mal verfuhr, bestätigte dies. Es lief alles glatt – er musste das ausnutzen und eiskalt seine Chancen verwandeln.

Der Bauernhof lag unbeleuchtet vor ihm, aber seine Augen hatten sich gut genug an die Dunkelheit gewöhnt, um etwas erkennen zu können, ohne die Taschenlampe einschalten zu müssen. Er lehnte das Fahrrad mit etwas Abstand zum Haus an einen Baum. Dass er schlich, war beinah unnötig. In den Büschen knisterten und raschelten Tiere, die Äste der Bäume knirschten im Wind und sogar Grillen zirpten trotz des Regens lauter, als er es sich je hätte vorstellen können. Selbst aus dem Brunnen schienen Töne zu dringen. Wo sollte er anfangen zu suchen?

Im alten Bauernhaus hatte er sich bereits unauffällig umgesehen, als er zum ersten Mal hier gewesen war.

Er ging am Haus vorbei zur Scheune, die bei Tageslicht aussah, als wäre ein Riese auf das Dach getreten und hätte es zur Hälfte niedergestampft. Der andere Teil wirkte fast unbeschädigt, bis auf ein paar fehlende Holzlatten. »Dort gehen wir besser nicht rein – das ist total einsturzgefährdet!«, hatte Sputnik gesagt. Gab es ein besseres Versteck? Das Holztor schwankte in seinen Scharnieren, als er es aufdrückte und sich in die Schwärze presste. Im Inneren hatte er keine Wahl mehr, hier musste er die Taschenlampe einschalten. Ohne konnte er die Hand vor Augen nicht erkennen. Im Lichtkegel sah er bis zur Decke aufgestapelte Strohballen. Sie rochen faul und modrig, was kein Wunder war, da es durch die Decke tropfte. Er tastete sie ab, konnte aber kein mögliches Versteck ausmachen. In einer Ecke standen Eimer, ein paar Schaufeln, Mistgabeln und Besen, alles überzogen von einer wattigen Schicht aus Spinnweben und Staub. Weitere Spinnweben hingen in dicken Fetzen wie zerrissene Vorhänge von der Decke. Es sah aus, als wäre seit Jahren niemand mehr hier gewesen. Im Schmutz hinterließen seine Schuhsohlen Abdrücke – es waren die einzigen Spuren.

Er leuchtete nach rechts, wo das Dach runtergekommen war. Unter den zerbrochenen Balken und Latten erkannte er eine alte Pferdekutsche. Daneben stand etwas unter Planen Verdecktes. Langsam ging er näher heran. Er wagte kaum zu atmen und trat vorsichtig auf. Wer wusste schon, ob nicht eine ungeschickte Bewegung ausreichte, um das komplette Dach einstürzen zu lassen. Jeder Windstoß ließ es bedenklich ächzen. Louis musste den Kopf einziehen, um neben die Kutsche zu gelangen und die Plane anzuheben.

Ein schrilles Quieken ließ ihn zusammenschrecken und er zog die Hand zurück. Im nächsten Moment musste er über seine eigenen Nerven leise lachen. Er hatte eine Ratte aufgeschreckt, nichts weiter. Unter der Plane, auf der der Staub sich in dicken Lagen aufschichtete, fand Louis einen uralten, rostigen Traktor mit aufgeschlitzten Reifen. Er sah unter den Sitz, zwischen die Ränder und suchte sogar nach dem Mechanismus, mit dem sich die Motorhaube öffnen ließ. Mehr als Mäusenester und Hunderte von Spinnen fand er nicht. Die halb eingestürzte Wand schwankte leicht im Wind. Besser, er sah zu, dass er hier rauskam, ehe ihm das Dach auf den Kopf fiel.

Draußen schaltete er die Lampe sofort wieder aus. Es regnete noch immer, aber die Wolkendecke war aufgerissen und der Mond schien teilweise hindurch. Die Obstbäume im Garten schwankten wie zwei Dutzend Schatten eines einzigen Betrunkenen. Auf der anderen Seite des Bauernhauses gab es noch alte Ställe. Dort wollte er als Nächstes nachsehen. Auf halbem Weg hielt er inne. War da ein Geräusch gewesen? Im Haus? Reflexartig wollte er mit der Taschenlampe zum Fenster leuchten, aber rechtzeitig wurde ihm bewusst, wie dämlich das gewesen wäre. Er ließ die Lampe ausgeschaltet und drückte sich an die Wand. Das Geräusch wiederholte sich, und ihm wurde klar, dass es nichts weiter als ein Tier gewesen war, das durchs offene Fenster ins Obergeschoss gelangt sein musste. Vermutlich ein Vogel, womöglich auch ein Waschbär.

Weiterhin bedacht, kein Geräusch zu machen, pirschte er sich zu den Ställen. Er fand zwei leere Pferdeboxen, zwei Ställe, die dem Gestank nach mal Schweine beherbergt hatten, und ein kleines Hühnerhaus, in dem Tauben nisteten. An mehreren Stellen führten schmale Stiegen auf den Heuboden, der vollkommen morsch war. Er betrat sie besser nicht, wenn er nicht für weitere Einstürze sorgen wollte. Ein Versteck schien dort oben ohnehin nicht zu sein.

Er wollte schon aufgeben und seine Suche im Haupthaus fortsetzen, da entdeckte er eine Luke im Boden. Sie war aus Holz und auf den ersten Blick kaum zu erkennen, da Dreck und altes Stroh darüber verteilt lagen. Ihm war sie nur aufgefallen, weil er mit dem Fuß gegen den Eisenring gestoßen war, der dazu diente, sie aufzuziehen. Wenn das mal kein ideales Versteck war!

Um die Luke zu öffnen, musste er die Taschenlampe ablegen und alle Kraft aufbringen, um die Platte aus massiven Holzbalken nach oben zu stemmen. Als er sie zur Seite legte, glitt sie ihm aus den Händen und krachte zu Boden. Fuck – das hatte gescheppert. Beinah wäre ihm die Luke auf den Fuß geknallt; gerade noch mal Glück gehabt! Er hob die Taschenlampe auf und leuchtete in das Loch, das er freigelegt hatte. Es wirkte mehr wie ein von Tieren gegrabener Gang als wie ein Keller. Die Wände waren nicht befestigt, nur festgeklopft. Die Treppe war ebenfalls bloß in die Erde gegraben und mit kleinen Holzlatten versehen, damit man nicht ausrutschte. Ein erster Tritt darauf verursachte schmatzende Geräusche. Der Keller war so niedrig, dass es Louis nicht gelang, sich aufrecht hinzustellen, und so schmal, dass er beide Wände berühren konnte, ohne die Arme durchzustrecken. Zu seiner Linken standen drei Holzfässer, die einen eigenartigen, säuerlichen Geruch verbreiteten. Was immer jemand mal darin eingelagert hatte – es war mit Sicherheit nicht mehr in Ordnung. Dahinter stapelten sich Holzkisten, die oberen hatte man mit groben Leinensäcken abgedeckt. Ob darin die Beute versteckt lag? Unmittelbar hinter den Kisten war der kurze Tunnel bereits zu Ende, weitere Türen gab es nicht.

Vor Aufregung schlug ihm das Herz bis in die Kehle. Mit einem Ruck zog er den oberen Sack weg. Die Enttäuschung war wie ein Schlag in den Magen. In der Kiste waren Kohlen.

Verdammt! Er setzte an, gegen das Holz zu treten, da hörte er ein Geräusch. Es war zu laut, um von einem Tier zu stammen. Zu nah. Er hörte das Schmatzen der Holzlatten auf der Treppe! Da kam einer. Hektisch leuchtete er mit der Taschenlampe in die Richtung, aber zu spät. Der andere war schneller.

Louis stand in einem gleißenden Lichtkegel.

Die Klippe ist tausend Meter hoch und ragt fast bis in die Wolken. Unten glitzert das Wasser in der Sonne, als hätte jemand zerstoßene Träume hineingeworfen, und die Strömung erzählt dem Flussbett im Vorbeifließen Geschichten, die sie auf ihrer Reise miterleben musste.

Es trägt schwer an diesen Geschichten, das Wasser.

Sie ist nicht sicher, ob sie träumt. Irgendetwas ist anders.

Der Junge heißt Louis. Er ist ernst und abweisend heute; sein Körper sitzt an ihrer Seite, aber seine Gedanken sind weit weg.

»Warum bist du hier?«, fragt sie ihn, weil sie selbst im Traum zu ängstlich geworden ist, um auszusprechen, was sie wirklich

wissen will. Wo sind nur die Träume hin, in denen alles passieren konnte und alles passieren würde und nichts davon ihr Furcht bereitet hatte.

»Wo soll ich denn sonst sein?« Er wirkt fahrig, als er das sagt. Sie will ihn berühren, noch einmal den Puls an seinem Hals spüren oder die glatte Haut, die über seinen Schlüsselbeinen spannt, aber er weicht zurück und springt auf. »Warum fragst du mich das immer? Stört es dich, dass ich hier bin? Soll ich gehen?«

Du sollst mir sagen, dass du bleibst!, will sie rufen, dass du bei mir bleibst, dass ich dir dasselbe bedeute wie du mir.

Aber sosehr sie es auch versucht, ihr Mund bleibt geschlossen. Ihre Lippen sind gelähmt.

Louis wendet sich von ihr ab, läuft zum Rand der Klippe und bleibt dort stehen. »Stört es dich, dass ich hier bin?«, ruft er über das Wasser. »Soll ich – verdammt noch mal – gehen?«

Falsch. Es ist alles falsch. So ist es nie. So darf es nicht sein.

Sie will ihn warnen, aber ihr Mund bleibt still. Sie will zu ihm, aber sosehr sie es auch versucht, ihr Körper gehorcht ihr nicht. Ihre Beine sind gelähmt.

Die Erde bebt unter ihr. Bevor der erste Stein fällt, weiß sie, dass es passieren wird. Bevor der Boden bricht, hört sie es knacken. Bevor er strauchelt, hört sie sich schreien.

»Lizzie? Lizzie, wach auf.«

Es war stockfinster und Liz brauchte einen quälend langen Moment, um sich zu orientieren. Einen Augenblick glaubte sie, sie läge unter den Trümmern der Klippe, die zusammengebrochen und als Geröll in die Wupper gestürzt war. Ihre Haare waren ganz nass. Aber sie war überhaupt nicht hinuntergestürzt! Sie war meterweit vom Rand der Klippe entfernt gewesen.

Sie schrak hoch. Dann wurde ihr klar, dass sie in ihrem weichen Bett lag. Katta saß neben ihr und streichelte ihren Oberarm. »Alles okay? Du hast im Schlaf gewimmert und bist ganz verschwitzt.«

»Hab nur schlecht geträumt.« Das war ja mal wieder typisch. Monatelang träumte sie ruhig und schön, und ausgerechnet wenn Katta bei ihr übernachtete, wurde ihr Traum zum Albtraum.

»Von Louis?«

Sie nickte, auch wenn Katta das in der Dunkelheit vielleicht gar nicht sehen konnte. »Wir waren wieder an der Klippe. Nur diesmal geriet er an den Abgrund. Dann gab es eine Erschütterung, vielleicht ein Erdbeben. Und dann …«

»Ist er abgestürzt?«

»Nein. Ich bin vorher wach geworden. Aber ich habe gewusst, dass er abstürzen wird – ich habe es ganz sicher gewusst.«

Katta umarmte sie fest. »Du Arme. Meinst du, es liegt daran, dass er nach dem Kino wieder so komisch war? Träume bedeuten doch etwas, vielleicht handelt deiner von der Unsicherheit mit ihm. Weil du nie weißt, woran du bei ihm bist.«

»Kann sein«, sagte sie leise. »Aber ich glaube nicht. Katta … hältst du es für möglich, dass ich …« Nein, ihre Gedanken waren zu absurd, um sie auszusprechen. Sie waren eigentlich zu absurd, um sie nur zu denken.

»Was denn?«, hakte Katta nach.

»Ach, vergiss es.«

»Nein – erzähl!«

Sie nahm ihren Mut zusammen. »Ich habe nur überlegt … was ist, wenn meine Träume die Zukunft zeigen, oder so.«

Katta schwieg eine Weile. »Wie ein Déjà-vu?«

»Nein, eher wie eine Warnung. Vielleicht träume ich ja, um etwas zu verhindern, was passieren könnte.«

»Wenn du mich fragst: Ich finde diese Klippe auch ohne Träume gefährlich genug. Bleibt einfach da weg.«

Sie war sicher, dass es so einfach nicht wahr. Die Klippe war vielleicht nur ein Symbol. Mist, sie hatte schon wieder vergessen, wofür eine Klippe in der Traumdeutung stand. »Weißt du nicht mehr, was ich dir über das Tattoo erzählt hatte?«, fragte sie Katta. »Erst hatte er keins. Und dann war es im Traum plötzlich da, ohne dass ich hätte ahnen können, dass Louis sich wirklich hat tätowieren lassen.«

Wieder ließ Katta sich viel Zeit, bevor sie antwortete. Schließlich sagte sie: »Ich finde das schwer zu beurteilen. Wenn man über Träume nachdenkt, dann erscheinen sie mit etwas Abstand oft ganz anders und man interpretiert alles Mögliche hinein. Meine Mutter hat mir da einen Trick verraten. Man soll seine Träume mal nachts unmittelbar nach dem Aufwachen aufschreiben. Und dann denselben noch mal am nächsten Morgen. Meist hat man sich total viel dazufantasiert und merkt es nicht mal.«

Seufzend legte Liz sich wieder hin. »So was Ähnliches hab ich auch gelesen. Aber es fühlt sich nicht so an. Es fühlt sich alles so … unsicher an. So wackelig. Mir macht das Angst.«

»So«, sagte Katta und Liz hörte das Lächeln in ihrer Stimme, »ist es eben, wenn man zum ersten Mal richtig verliebt ist.«

»Ja? Dann kann ich drauf verzichten.«

Katta gab ein Geräusch von sich, das halb Lachen und halb Gähnen war. »Kannst du nicht. Schlaf weiter, Lizzie. Der nächste Traum wird wieder schön.«

Sie presste ihre Augen zu. Hoffentlich hatte Katta recht.

Kapitel 27

»Kannst du mir mal verraten, was du hier treibst?«

Louis war nicht sicher, ob er froh sein sollte, ausgerechnet Alinas Stimme zu erkennen. Immerhin würde sie ihn nicht erschießen, was bei allen anderen nicht so sicher war.

»Fuck«, stieß er hervor, lachte und bemühte sich nach Leibeskräften darum, auch wirklich erleichtert zu wirken. »Hast du mich erschreckt. Ich dachte schon …«

»Was dachtest du?«, fragte sie misstrauisch und hielt ihm die Taschenlampe direkt ins Gesicht.

»Dass mir irgendwer gefolgt wäre. Bullen oder so. Alina, nimm die Lampe runter, ich werde blind.«

Sie tat, was er wollte. »Noch mal: Was machst du hier?«

Gute Frage! Das Erste, was ihm durch den Kopf schoss, war ein Bild von Liz mit ihrem kleinen, silbernen Kleeblatt-Anhänger um den Hals. »Ich suche meine Kette«, sagte er schnell. »Ich muss sie irgendwo verloren haben, als wir gefeiert haben. Sie bedeutet mir was, deshalb wollte ich noch mal nachsehen, ob sie nicht hier liegt.«

»Nachts?«

»Ich habe eben erst gemerkt, dass sie weg ist. Schlafen konnte ich eh nicht mehr, ich hab den ganzen Tag verpennt.« Ob sie ihm das abkaufte? Er war noch zu geblendet von der Lampe, um ihr Gesicht erkennen zu können, vor seinen Augen pulsierten schwarze und weiße Flecken. »Ich hatte mir im Stall die Jacke ausgezogen und erinnere mich, dass ich dabei an irgendetwas hängen geblieben bin. Das muss die Kette gewesen sein, also hab ich im Stroh danach gesucht. Und die Luke gefunden. Ich hatte gehofft, die Kette könnte daruntergerutscht sein, und deswegen hab ich sie angehoben. Aber ich finde sie nicht.«

»Was war das denn für eine Kette?«

»Na, eine Kette eben, eine stinknormale Kette. So ein Glücksbringer. Aber was machst du hier?«

»Wache halten«, erwiderte sie tonlos.

Shit. Daran hätte er denken müssen. Natürlich hielten sie abwechselnd Wache, wenn sie die Beute hier versteckten. Von Ramon war er so etwas nicht gewohnt – Ramon fühlte sich vermutlich zu überlegen, um vor ihm Befürchtungen zu äußern, wenn er sie denn jemals hatte. Aber Sputnik war vorsichtig. Inzwischen sollte er sie besser kennen. Er fühlte sich wie der letzte Anfänger. Jetzt musste er retten, was zu retten war. »Was bewacht ihr hier? Meint ihr, das olle Haus besetzt jemand, wenn es mal über Nacht leer steht?«

»Kann man nie wissen«, sagte Alina. Langsam erkannte er ihr Gesicht. Sie lächelte. Wenn sie ihm glaubte, hatte er diesmal mehr Glück als Verstand. Er musste vorsichtiger werden! »Du hast doch auch einen Schreck bekommen, als ich dich gesehen habe.«

»Ich wusste ja nicht, dass du das warst! Was weiß ich, was hier für Gestalten abhängen.«

»Und deshalb halten wir Wache. Warum bist du nicht ins Haus gekommen? Vielleicht liegt deine Kette irgendwo dort?«

»Da wollte ich als Nächstes suchen. Ich bin zuerst hierhergekommen, weil meine Taschenlampe nicht mehr lange durchhält. Im Haus stehen ja genug Kerzen, da brauche ich sie nicht unbedingt. Aber mit Kerzen wollte ich hier nicht im Stroh wühlen.«

»Verstehe.« Alina nickte. »Nett von dir, dass du uns nicht alles abfackelst. Sollen wir reingehen? Ich helfe dir beim Suchen. Wollen wir auch im Versteck nachsehen?«

»Da war ich nur kurz«, erwiderte er und beglückwünschte sich spontan für sein Talent, schlagfertig zu lügen wie gedruckt. Indem er sie annehmen ließ, dass er das Versteck der Beute schon kannte – und das hätte ihm bei der Party schließlich jeder zeigen können –, wusch er sich von jedem Verdacht rein, hier danach gesucht zu haben. In der Dunkelheit fiel sein hochroter Kopf sicher nicht auf. »Danach hatte ich die Kette noch, hundertpro.«

»Gut, dann gehen wir ins Haus. Ich hab Chips und was zu trinken da.«

»Klingt gut.« Er konnte kaum glauben, wie viel Glück er hatte, dass ausgerechnet Alina heute aufpasste. Niemand außer ihr hätte ihm die Geschichte so unbedarft abgekauft. Womöglich war sie ja der Grund, warum der Römer Sputniks Gang für unzuverlässiger hielt als die von Ramon. Nachvollziehen konnte er das nicht. Sputnik war viel vorsichtiger. Ihre kleine Schwester offenbar nicht.

Sie gingen ins Haus, wo sich Alina in einem Zimmer mit sorgfältig verrammelten Fenstern häuslich eingerichtet hatte. Das kleine Tablet, auf dem sie einen Film ansah, spendete zu wenig Licht, als dass es nach draußen gedrungen wäre. Kein Wunder, dass er ihre Anwesenheit nicht bemerkt hatte. »Das«, sagte sie und deutete auf zwei leere Salitos-Flaschen, »bleibt unter uns, ja? Nicky will nicht, dass ich was trinke, wenn sie nicht dabei ist.« Der Alkohol war Alina überhaupt nicht anzumerken, was ihn vermuten ließ, dass sie die Regeln ihrer Schwester nicht zum ersten Mal brach.

Gemeinsam leuchteten sie den Boden in allen Räumen ab. »Machst du oft hier den Nachtwächter?«

»Wir wechseln uns alle ab – du bist bestimmt auch bald mal dran. Ich mach das ganz gern. Lieber als in die Tanken zu gehen. Das ist nicht meins.«

»Ist dir das nicht unheimlich hier, so ganz allein?«, fragte er und tastete unter einen alten Sessel. Authentizität war alles. Aber ihre Antwort interessierte ihn wirklich. Sie war doch allenfalls fünfzehn und campierte hier bei Nacht auf einem verlassenen alten Hof.

Sie stemmte eine Hand in die Hüfte und hielt ihm die Lampe so, dass er hinter den Sessel schauen konnte. »Nö. Ich bin gerne hier, hier ist es ruhig. Außerdem habe ich eine Pistole.«

Wo sie die wohl versteckt hatte?

»Und alleine bin ich zu Hause auch, wenn Nicky unterwegs ist. Und zwar ohne Knarre. Unseren Eltern gehört das *Moonlight*, die arbeiten also die ganze Nacht, bis sie die letzten Partyleichen morgens vor die Tür setzen. Ich bin daran gewöhnt, alleine zu sein.«

»Coole Eltern«, sagte er. »Dann darfst du sicher auch unter sechzehn schon rein.«

»Ach, vergiss es. Die sind superstreng, da können sie sich noch so cool anziehen. Alles bloß Show.«

»Dann wissen die sicher nicht, was Sputnik hier aufgezogen hat?«

»Bist du verrückt?« Sie zeigte ihm erst einen Vogel und verschränkte dann trotzig die Arme. »Die würden Nicky und mich ins Kloster stecken, wenn sie die leiseste Ahnung hätten.«

»Oder ins Bootcamp. Kenn ich«, log Louis, »meine Mutter ist auch so.«

»Ist die Kette von ihr?«, fragte Alina.

»Von meinem Vater«, antwortete er und ließ alles Weitere ungesagt. Stattdessen suchte er weiter nach irgendetwas, das nicht da war.

Nach einer weiteren halben Stunde seufzte Alina und ging zurück in das Zimmer, in dem ihre Sachen auf dem Boden lagen. »Ich fürchte, wir haben alles abgesucht. Draußen können wir noch schauen, aber das machen wir besser, wenn es hell ist. Fürs Erste können wir nichts mehr tun. Sorry. Vielleicht hast du ja Lust, noch einen Film mit mir anzusehen?«

Einerseits war ihm klar, dass das keine gute Idee war. Andererseits sollte er den Ball flach halten und das Mädchen nicht verärgern. »Bist du gar nicht müde?«

»Manchmal schlafe ich beim Gucken ein.« Sie rückte die Matratze ein Stück zur Seite, kniete sich darauf und legte ein Kissen so an die Wand, dass man sich mit dem Rücken anlehnen konnte. Dann warf sie einen Blick zu ihm hoch. In ihren Mundwinkeln zuckte ein kleines Lächeln. »Du hast gelogen, oder?«

Ob sie die Pistole unter dem Kissen versteckt hatte? Beinah hätte er einen Schritt zurück gemacht. »Was meinst du?«

»Setz dich endlich.« Sie sprach erst weiter, als er gehorchte. »Du wusstest doch, dass ich hier sein würde.« Sie legte den Kopf schief, ihr Lächeln wurde breiter und erwartete eine Antwort. »Ich habe mit Vince gesprochen. Und du auch, oder?«

Er musste schlucken. »Ich war viel mit Vince unterwegs«, wich er aus.

»Ich mag ihn.« Alina lehnte sich mit der Selbstverständlichkeit einer Katze, die sich an den Ofen schmiegt, an seine

Schulter. Er musste an Liz denken. Bei ihr hatte er um jede Berührung, und sei sie noch so klein, regelrecht kämpfen müssen. Alina war vollkommen anders als Liz. Sie bemühte sich darum, eine kleinere und weiblichere Version ihrer Schwester darzustellen, und übernahm deren Selbstbewusstsein, als wäre es für sie gemacht. Sie war so ganz und gar nicht *unique* und wollte es auch nicht sein. »Und ich mag dich.« Sie drehte das Gesicht in seine Richtung und hob das Kinn. Die Aufforderung auf ihren Lippen war nicht zu übersehen.

Wenn er darüber nachdachte, musste er zugeben, dass sie viel besser zu ihm passte als Liz. Alina kannte sein Leben, seine Probleme und das Gefühl von Einsamkeit, wenn man nach Hause kam und niemand wirklich da war. In Alinas Welt war Platz für ihn; Luft, die er atmen konnte; genug Raum für ihn, um sich zu bewegen, ohne anzuecken. Sie waren Vertraute, ohne sich näher zu kennen. Und ganz ehrlich, es war doch auch viel einfacher mit einem Mädchen, das ihn mit Sekt im Mund küsste – einfach so, weil es Spaß machte.

Er neigte den Kopf zu ihr und berührte ihre Lippen mit seinen, aber es passierte rein gar nichts. Er begriff, dass Herz und Hose sich nicht um das scherten, was das Hirn für sinnvoll erachtete. Er hätte auch das Kissen küssen können, den Fußboden oder seine eigenen Füße. Es bedeutete nichts, es war kein Kuss, sondern bloß das gemeinsame Bewegen von zwei Lippenpaaren. Ein Gespräch zwischen zwei, die dieselbe Sprache sprachen, sich aber dennoch nichts zu sagen hatten. Er spürte ihre Zunge an seiner Unterlippe und zog sich von ihr zurück.

Sie sah ihn fragend an und schien ihre Antworten zu finden. »Willst du nicht?«

Jeder tröstende Satz in die Richtung, dass er sie auch gernhatte, dass sie ein bildschönes Mädchen war und es an ihm lag, hätte es schlimmer gemacht. Also sagte er: »Nein.«

»Du hast eine Freundin?«

»Ich würde sehr gerne jemanden so nennen.«

»Das bin aber nicht ich.«

»Nein. Tut mir leid.«

Sie seufzte, kuschelte sich ungerührt wieder in seine Armbeuge und legte ihm eine Hand auf die Brust. »Bleib trotzdem heute Nacht hier. Vielleicht wird dir dann klar, was du verpasst.«

Kapitel 28

Als Louis sich Katta, Robin und ihr am nächsten Abend anschloss, um im Park Fußball zu spielen, war Liz, als hätte er heimlich von ihrem Traum erfahren und musste diesen Lügen strafen. Schon die Begrüßung fiel anders aus als sonst. Louis wirkte erleichtert, sie zu sehen, als hätte er befürchten müssen, sie könnte ihn versetzen. – Was sie zweifelsfrei hätte tun können. Sie wollte aber nicht!

Wieder begrüßte er sie mit einem Kuss auf die Wange. Einem Kuss, der den Hauch einer Sekunde länger andauerte, als es nötig gewesen wäre, und bei dem er seine Augen schloss, wenn sie das richtig sah. Ihr Herz schlug schneller. Sie musste breit grinsen, als sie Kattas leuchtende Augen bemerkte.

Zu viert schlenderten sie durch den Park, an dessen Ende die Bolz- und Basketballplätze lagen. Katta und Robin warfen sich Kattas Ball zu.

Louis ging neben ihr, wirkte ruhig und zufrieden und gar nicht mehr so gehetzt, wie sie ihn schon oft gesehen hatte. Trotzdem schien er auf eine seltsame Weise unerreichbar.

»Man macht es sich extra schwer«, hatte Katta ihr eben zugeflüstert, als sie Louis von Weitem gesehen hatten. »Weil man sich eigentlich noch nicht in eine Beziehung traut, sucht man bei seinem Schwarm Gründe, die dagegensprechen. So ist das beim ersten Mal Verlieben.«

»Und was macht man da?«, hatte sie zurückgefragt.

»Augen zu und durch! Später lachst du darüber, dich so angestellt zu haben.«

Sie spielten zwei gegen zwei. Katta war wie immer unschlagbar – ihr hatte man den ersten Fußball schon in den Laufstall geworfen, als sie das Krabbeln angefangen hatte. Aber Robin spielte unbeholfen und Liz hatte darauf spekuliert, mit Louis zusammen womöglich mal eine Chance zu bekommen. Ganz schlecht war sie nicht, auch wenn sie nur kurz mit Katta im Verein gespielt hatte. Leider war Louis keine Hilfe. Er rannte wie ein Terrier hinter dem Ball her, aber kontrollieren konnte er ihn nicht. Katta stand das pure Entsetzen über so viel Unfähigkeit im Gesicht, Robins Ego wuchs, sobald er begriff, nicht mehr der schlechteste Fußballer auf dem Rasen zu sein, und Liz vergaß sämtliche Schüchternheit, weil sie alle verfügbare Luft zum Atmen brauchte – so sehr musste sie lachen. Louis selbst schien sich am meisten zu amüsieren. Seine Schüsse platzten wie Sektkorken in ungewollte Richtungen, er versenkte beim Versuch zu verteidigen ein Eigentor, und als sich Liz die große Chance bot, das Ehrentor zum acht zu eins zu schießen, stand er ihr plötzlich im Weg und sie krachten zusammen und landeten beide im Gras.

»Ich durchschau dich!«, rief Katta. Es war schwer zu erkennen, ob sie Louis oder Liz meinte, in jedem Fall rang sie um Fassung und verlor sich in einem Lachanfall. »Das war Absicht. Robin! Die boykottieren mein Spiel!«

»Hey, wir haben doch gewonnen, Cat!«, rief Robin und im nächsten Moment kullerten auch die beiden über den Rasen.

Liz blieb auf dem Rücken liegen und sah in den Himmel. Weiße Federwolken standen wie unbeweglich im Azurblau. Plötzlich fiel ihr etwas ein – ein Detail aus ihren Träumen. Nein, eher ein fehlendes Detail.

»Was ist denn?« Louis lag bäuchlings neben ihr und lehnte sich in ihre Richtung. »Du siehst aus, als hättest du gerade das Ei des Kolumbus gefunden.«

»Vielleicht hab ich es gelegt. Boag. Bogboag.«

Ihr war aufgefallen, dass es in ihren Träumen keinen Himmel gab. Da war einfach nichts über ihnen, wenn sie träumte. Die Sonne schien zwar, aber ihre Strahlen kamen aus dem Nichts. Spannend, dass ihr das erst jetzt in den Sinn kam. Ob er etwas damit zu tun hatte? Sie lächelte ihn an. »Irgendetwas«, sagte sie leise, »ist heute ganz leicht.«

»Irgendetwas?«

»Irgendwie … alles.«

Die Gedanken ratterten wieder los, laut und schnell und hektisch wie eine Nähmaschine, als er sich über sie beugte und seine Lippen ganz nah kamen, so nah, dass sie …

»Warte. Ich … Also … Ach, nee.«

»Ach, nee?« Er gab sich sichtbar Mühe, es zu verbergen, aber sie erkannte, dass sie ihn verletzt hatte.

»So meine ich das nicht.« Sie legte ihm eine Hand in den Nacken, sodass sie etwas Zeit hatte, ihre Worte zu überdenken, ohne dass er gleich wieder einen Rückzug machen konnte. »Ich kenne dich kaum. Ich weiß nicht, wo du wohnst, ich kenne deine Eltern nicht. Du wirst mich jetzt sicher auslachen, aber ich … das Ganze hier ist neu für mich. Und ich möchte mehr von dir erfahren, ehe ich … ehe wir … Oh, Gott, mach ich mich zum Affen?«

»Nein«, sagte er, und sie bedauerte das zutiefst. Hätte sie sich zum Affen gemacht, hätte er weitergelacht. Nun aber wurde er ernst. Er atmete tief aus.

»Du weißt so viel von mir«, fuhr sie fort. Ihre Finger spielten mit seinen Haaren, und es fühlte sich an, als hätte sie das schon tausendmal gemacht. »Und du musst verstehen, dass ich –«

»Du bist misstrauisch und das ist mir auch klar.«

»Unsicher!«, verbesserte sie ihn.

»Na gut, Lizzie. Du hast recht. Kommst du mich morgen Nachmittag besuchen? Wir treffen uns in der Stadt, ich hol dich am Bus ab und wir gehen zu mir.«

Fast war sie verwundert. »Das wäre schön. Und ich hatte recht, oder? War ganz leicht.«

Er lächelte. »Gar nicht leicht, kein Stück.«

* * *

Es war ihr hoffentlich genug, zu sehen, wo er wohnte. Für den Anfang waren diese zweiundfünfzig Quadratmeter Käfigparzelle mehr als genug, was sie schlucken musste. Seine Mutter würde nicht da sein, sie hatte ihr Treffen bei den Anonymen Alkoholikern. Wenn sie zurückkam, würde er mit Liz wieder verschwunden sein.

Er war früh aufgestanden an diesem Morgen und hatte begonnen, das Wohnzimmer aufzuräumen, indem er um seine auf dem Sofa schlafende Mutter herumräumte und staubsaugte. Danach das Bad, anschließend die Küche. Das ging schnell, also zog er mit seinem Sprühreiniger, Schwamm und Putzeimer zurück ins Wohnzimmer, wo er seine Mutter aus dem Bett warf. Sie kannte seine Putzorgien schon, ließ sich aber dennoch nicht von einer nervtötenden Diskussion abhalten. Er ignorierte das, so gut er konnte, und machte weiter. Erst gegen

Mittag war er zufrieden. Unglaublich, wie dreckig es schon wieder war. Erschreckend, wie viele Details sich auf so engem Raum ansammelten, die alle nur eines riefen: Asi-Alkis – das ist eine Asi-Alki-Wohnung und sonst nichts. Ob er alle beseitigt hatte?

Bis zum Nachmittag dauerte es zuerst zu lange und dann ging es viel zu schnell. Vielleicht war es doch besser, abzusagen. Er konnte alle alten Flaschen zum Glascontainer tragen, jeden Fleck wegputzen und sämtliche Staubkörper beseitigen – die Wohnung blieb eine Peinlichkeit. Eine saubere Peinlichkeit, aber machte es das besser? Allerdings war ihm vollkommen klar, dass Liz einen Rückzieher noch weniger hinnehmen würde. Also musste er seinen Stolz gut einpacken und vorübergehend unter dem Bett verstecken. Augen zu und durch.

»Denk dran, du musst in zwanzig Minuten los, sonst verpasst du deinen Bus«, sagte er zu seiner Mutter, während er sich die Schuhe zuband. Sie wirkte abwesend; gestern war ihm schon aufgefallen, dass sie ständig blicklos ins Leere starrte und offensichtlich düsteren Gedanken nachhing. Gut, dass Samstag war und sie ihre Gruppe hatte, die Treffen halfen ihr immer, wenn es ihr schlecht ging.

Er war früh dran und eilte trotzdem zum Bahnhof, wo er Liz an der Bushaltestelle abholen wollte. Es hatte sich deutlich abgekühlt. Als sie aus dem Bus stieg, trug sie eine zugeknöpfte Jeansjacke. Der oberste Knopf stand offen, darunter blitzte ein beerenfarbenes Top hervor, das schlicht sein mochte, aber zweifellos nicht von der Stange kam. Ihre Kette hatte sie gar nicht um.

»Was ist das denn?« Er fuhr den Stoff zwischen den Jackenknöpfen mit zwei Fingern nach. »Eins von deinen?«

Sie lächelte. »Ich glaube, wir springen heute beide über unseren Schatten.«

Sie ahnte also, wie nervös er war. Während sie zu ihm nach Hause gingen, berichtete sie von der Arbeit in der Tierarztpraxis, von ihren neusten Entwürfen und vom letzten Streit mit ihrer Tante, weil sie spätabends noch die Nähmaschine angeworfen hatte. Er genoss es, ihr zuzuhören, wenn sie erzählte. Ihm gefiel die Vorstellung, sie einfach kreuz und quer durch die Stadt zu führen, sodass sie stundenlang weiterreden würde und er nichts weiter tun musste, als ihr zuzuhören und dabei zu staunen, wie schnell er sich an ihre Gesellschaft gewöhnte und sich entspannte.

Doch natürlich machte Entspannung den Weg auch nicht länger, und sie erreichten den Hochhausblock früher, als ihm lieb war. Er beobachtete sie aus dem Augenwinkel. Wenn sie von der rissigen Fassade, den groben Writings und den Typen, die im Eingang herumlungerten, abgeschreckt war, überspielte sie es gut. Der Aufzug schien ihr nicht zu behagen, der roch aber heute auch wieder besonders übel, sodass Liz ganz still wurde. Das Schloss der Wohnungstür klemmte, als wollte die verdammte Bude Liz nicht in ihren Innereien haben. Aber irgendwann stand sie in seinem Zuhause und zog Jacke und Schuhe aus. Offenbar wollte sie also bleiben. Er atmete unauffällig durch. Das Top stand ihr wirklich gut, es war tailliert und an den Seiten länger, sodass es locker um ihre Hüften fiel. Es lenkte ihn hinreichend ab, um nicht durchzudrehen.

»Wie lange wohnt ihr schon hier?«, fragte sie ihn, während er in der Küche zwei Gläser mit Lidl-Cola füllte.

»Seit ich denken kann. Ich glaube, meine Mutter hat schon als Kind hier gewohnt. Man kommt nicht weit, wenn man von hier ist, hat sie immer gesagt.«

»Und wann haben deine Eltern sich getrennt?« Sie sprach leise, fast vorsichtig, als fürchtete sie, ihm zu nahe zu treten.

»Da muss ich noch ganz klein gewesen sein. Mein Vater ist abgehauen, weil er mein ständiges Geplärre nicht mehr aushalten konnte.«

»Das kann ja kaum der Grund gewesen sein.«

»Meine Mutter ist davon überzeugt. Ich war wohl ein ziemlicher Brüllaffe, nie zufrieden zu kriegen.« Er zuckte mit den Schultern und ging mit Liz durch den Korridor zu seinem Zimmer. Sie betrachtete die Liedzeile, die er vor zwei Jahren an die Wand gesprayt hatte, nachdem gleich vor der Haustür ein muslimischer Nachbar verprügelt worden war: *Scheint die Sonne auch für Nazis?*, aus dem gleichnamigen Ärzte-Song. Offenbar kannte sie das Lied, sie lächelte.

»Mir ist es egal, dass er weg ist«, fuhr Louis fort. »Ich hab mich eine Weile um Kontakt bemüht, aber mehr als ein Geschenk alle paar Jahre kam da nie und …« Ihm wären fast die Gläser aus den Händen gerutscht, als er die kleine, flache Glasflasche im Schuhregal entdeckte. Sie war so zwischen die Schuhe geschoben, dass sie auf den ersten Blick nicht auffiel – aber er kannte die Verstecke seiner Mutter zu gut, um sie zu übersehen. Er versuchte sich einzureden, dass die Flasche alt sein musste und schon länger dort versteckt lag. Ja, sie hatte sie vielleicht einfach vor Wochen dort vergessen. Aber wenige Stunden zuvor hatte er die ganze Wohnung auf den Kopf gestellt – und da war die Flasche nicht da gewesen.

Es ging wieder los.

»Hier, nimm das bitte schon mal mit in mein Zimmer.« Er drückte Liz die Gläser in die Hand und ging ins Wohnzimmer zum Sofa. Er tastete zwischen die Polster. Kein Krümel war dort mehr zu finden. Er war gründlich gewesen. Doch hinter dem Rückenpolster fand er eine weitere Flasche. Kein Rotwein, den sie im Griff hatte. Old Tom Gin. Er glaubte, das

Blut wieder auf der Lippe zu schmecken. Die Flasche war halb leer.

Verdammt! Sie war mit Sicherheit nicht zu den Anonymen gegangen. Das hatte sie früher auch nie getan, wenn sie einen Rückfall gehabt und etwas Hartes gesoffen hatte. Wo war sie hingegangen?

Seine Hände zitterten vor Wut, als er ins Bad stürmte und den Schnaps ins Waschbecken kippte. Der Geruch bereitete ihm Übelkeit. Er drehte das Wasser auf, so stark, dass verdünnter Gin auf sein T-Shirt spritzte. Sein Magen verkrampfte sich.

»Louis?« Liz tauchte unvermittelt in der Tür auf. »Alles okay?«

Die Flasche rutschte ihm aus der Hand, schlug auf den Rand des Waschbeckens und zerbrach. Scherben zersprangen auf den Badfliesen zu feinen Splittern. Größere kreiselten mit dem Wasser im Abfluss. Die Muskeln in seinen Armen bebten, und er musste die Zähne zusammenbeißen, um nichts kaputt zu schlagen.

»Ist nicht schlimm«, sagte Liz leise, zog ihn am Arm in den Korridor und schob ihn gegen die Wand. »Stehen bleiben. Da ist alles voller Scherben. Ich mach das.« Schneller, als er Nein sagen konnte, war sie in ihre Sandalen geschlüpft und lief ins Bad. Sie drehte das Wasser ab und griff nach dem Kehrblech, das unter dem Waschbecken lag.

»Lass mich das machen. Du musst doch nicht …«

»Zieh dir Schuhe an, bevor du reinkommst.« Aber sie war schon fast fertig, bevor er die Schuhe gefunden hatte. Er nahm ihr das Kehrblech ab, um es in die Küche zu tragen und die Scherben in den Müll zu werfen. Selbst das schaffte er nicht, ohne dass einige danebenfielen. Er ließ sie liegen.

Liz schob ihn in sein Zimmer, und als die Tür endlich geschlossen war, wurde das Atmen etwas leichter.

Sie setzte sich auf sein Bett und zog die Beine an den Körper, so selbstverständlich, als wäre sie schon etliche Male hier gewesen. »Seit wann trinkt deine Mutter?«, fragte sie, und sein erster Impuls war, zu schreien, dass es sie einen Scheiß anginge. Dass er ihre Hilfe nicht brauchte und dass er die Scherben auch allein hätte wegfegen können. Wie immer.

»Seit ich denken kann«, sagte er stattdessen. Die Worte fühlten sich an wie der erste Luftzug, nachdem man zu lange unter Wasser gedrückt worden war. »Aber dass es ein Problem ist, weiß ich erst seit ein paar Jahren. Woher weißt du, dass sie trinkt?«

»Ich hab Augen«, sagte sie. »Meine Tante Andrea war mal verheiratet. Ihr Ex war Alkoholiker. Ich kann mich nicht an ihn erinnern, sie waren schon lange getrennt, als ich zu ihr zog. Aber sie hat mir einiges erzählt. Zum Beispiel, dass sie seinen Whisky weggeschüttet hat, und wie es ihr dabei ging. Als ich dein Gesicht gesehen habe, da war mir sofort klar, was los ist.«

Er lehnte sich an die Wand, weil Stehen gerade schwierig wurde. »Ich hätte dich nicht herbringen sollen. Ich wusste, dass das nach hinten losgeht.«

»Was meinst du? Hey, es ist nichts passiert. Dir ist was runtergefallen, mehr nicht.«

»Meine Mutter ist eine Säuferin. Ist das nichts?«

»Und was hat das mit dir zu tun?« Ihr Blick war zu direkt, um ihn zu halten. »Deine Mutter ist Alkoholikerin. Nicht du. Meine Mutter ist tot – nach deiner schrägen Logik sollte ich mir schon mal ein Loch graben, oder wie?«

Er grinste bitter. An ihren Worten war nichts lustig, aber

sehr viel richtig und das ließ sich besser belächeln als wahrhaben.

»Komm mal her«, sagte sie und klopfte auf die Matratze.

* * *

Er kam erst nach zähen Minuten herüber, die sich wie Stunden anfühlten. Behutsam, als würde das Bett bei einer falschen Bewegung einbrechen, setzte er sich auf die Kante. Noch immer war er so bleich, als wollte er durchsichtig werden, und ständig fuhr er sich übers Gesicht, als müsse er sich vergewissern, dass er überhaupt noch da war.

In ihr zitterte alles, nur nach außen blieb sie entspannt. Das hatte sie bei etlichen Notfällen in der Praxis gelernt und dafür war sie jetzt dankbar.

»War es das, was Kattas Mutter angedeutet hat?«, fragte sie. »War deine Mutter deshalb bei ihr?«

»Eine Weile«, erwiderte er tonlos. »Dann nicht mehr. Sie meinte, Frau Dr. Lorenz wäre keine gute Psychologin, aber ich glaube, sie war ihr zu gut. Sie hat ihr geholfen, weißt du? Richtig geholfen. Sie hat damals gar nichts getrunken, keinen Tropfen. Aber damit kam sie nicht klar. Zumindest nicht, als ich …« Er vergrub das Gesicht in den Händen und gab einen leisen Ton von sich, der ihr in der Brust schmerzte.

Sie legte ihm die Hand auf den Arm, genau dort, wo der T-Shirt-Ärmel endete. »Als du was? Erzähl. Es tut weh, aber dann wird es besser. Ich weiß das.«

Als er die Hände vom Gesicht nahm, lächelte er schwach. »Wenn du das sagst, muss es wohl stimmen. Ich versuch es. Es ist etwas mehr als zwei Jahre her. Sie war auf einem wirklich guten Weg, ging zu diesen Therapiestunden und trank gar nichts. Nichts! Das kannte ich gar nicht von ihr.«

»Das war auch nicht ganz einfach, oder?«

»Na ja, sie war viel reizbarer als sonst. Aber ich war stolz auf sie, weißt du? Und dann passierte diese Sache.«

Sie wartete. Sah ihm bloß zu, wie er eine Ecke der abgegriffenen, aber frisch gewaschenen Bettwäsche zwischen seinen Fingern zwirbelte.

»Es war eigentlich nur ein Scherz. Ein Kumpel und ich hatten eine bescheuerte Idee, und ich war zu blöde, um sie nicht in die Tat umzusetzen. Wir haben auf dem Schulhof neuen Grasersatz vertickt: Rabbi-Tshiet – das neuste Zeug zum Rauchen, direkt aus Tel Aviv. Wirkt wie Gras, ist aber verträglicher, total natürlich, bio und macht bloß cool, nicht müde.«

Sie musste schlucken und unterdrückte es. Drogendealerei mit nicht mal vierzehn? Das Ganze nahm Ausmaße an, die ihr unheimlich wurden. »Rabbi-Tshiet? Hab ich noch nie gehört.«

»Rabbit-Shit, Liz. *Rabbit shit.* Es war bloß Karnickelkacke, getrocknete Köttel aus dem Park. Es war nur ein Witz, wir hätten nie gedacht, dass das ernsthaft einer kaufen würde. Aber die Vollpfosten waren total scharf darauf. Die haben das ernsthaft geraucht und kamen wieder und wollten mehr von dem Zeug.«

Liz hielt sich eine Hand vor den Mund, aber das Lachen platzte ihr trotzdem raus.

Auch Louis musste grinsen. »Ich hab keinen Plan, was die vorher geraucht haben, um *davon* eine Wirkung zu spüren. Vielleicht war nicht mehr so viel Hirn übrig – vielleicht waren die Reste auch einfach mal berauscht vom Gefühl, nicht zugedröhnt zu werden.«

»Und dann? Seid ihr erwischt worden?«

Er nickte und seine Miene verdüsterte sich wieder. »Die Bullen fanden unseren Witz weniger spaßig. Zuerst haben die uns auch gar nicht geglaubt, dass es nur Hasenkacke war, die wir verkauft haben. Die kamen gleich mitsamt der Drogenfahndung und haben die Wohnung auseinandergenommen und meiner Mutter unterstellt, da mit drinzuhängen und mich bloß als Dealer zu benutzen, weil ich noch nicht strafmündig war.« Er fuhr sich durch die Haare. »Sie hat mir auch nicht geglaubt. Und das war es dann gewesen mit ihren Therapieerfolgen.« Seine Muskeln zuckten unter ihrer Hand.

»Was ist passiert?«

»Sie hat mich furchtbar zur Sau gemacht. Vielleicht kein Wunder, oder? Wenn deine nette Tante erfahren würde, dass du eine Karriere als Dealerin machst, wäre die auch *not amused*, oder?«

»Vermutlich würde sie mich in Formaldehyd einlegen.«

»Etwas Ähnliches hab ich damals auch befürchtet, also bin ich erst mal abgehauen. Als ich wiederkam, klemmte das Schloss.« Er stockte. Griff nach seinem Glas und stellte es wieder weg, ohne getrunken zu haben. Dann stand er auf und ging durchs Zimmer. Nun wurde es ernst, und ausgerechnet jetzt wollte er ihre Berührung nicht mehr. Das war offenbar typisch Louis: Alles Schwierige meinte er allein schaffen zu müssen. Sie wusste nicht, ob sie ihn dafür schütteln oder umarmen und trösten wollte.

»Sie lag da. Die Augen offen und die Klamotten von oben bis unten voller Kotze und … kein schöner Anblick. Mein erster Gedanke war: Jetzt ist sie tot. Sie hat sich totgesoffen – und das nur, weil ich fand, dass mein Rabbi-Tshiet so eine tolle Idee war. Und dann hab ich gesehen, dass sie gar nicht tot war. Sie hat gezuckt, also musste sie noch leben. Was danach geschah –

Filmriss. Ich hab vermutlich einen Rettungswagen gerufen und die haben sie mitgenommen und schon war sie weg. Das war's.« Er nahm seine Cola und hob das Glas, als wolle er irgendwem zuprosten, der nicht da war. Dann trank er etwas.

»Und du? Wo bist du hingegangen?«

»Na, hiergeblieben. Einer musste sauber machen, das war 'ne ziemliche Schweinerei. Ich hab behauptet, mein Vater käme gleich, um mich abzuholen, das fanden die Sanis gut so und haben nicht weiter gefragt.«

Ihr zog sich alles zusammen, als sie sich eine schlaksige, nicht mal vierzehnjährige Version von Louis vorstellte, wie er allein mit seinen Schuldgefühlen in dieser Wohnung festsaß und die ganze Nacht lang putzte. Sie stand auf und wollte zu ihm gehen, aber er hob in einer abweisenden Geste die Hände, also setzte sie sich wieder.

»Tut mir leid«, sagte er und hatte vermutlich keine Ahnung, dass seine Worte wie ein Tritt auf sie wirkten. »Sie hat das überlebt«, erzählte er weiter. »Seitdem bin ich vorsichtig, es war ein Warnschuss für uns beide.«

»Aber«, unterbrach sie ihn behutsam, »das war nicht deine Schuld.«

»Frag deine Frau Dr. Lorenz. Sie sieht das anders, das hab ich genau gesehen. Für sie war ich allein schuld, und darum ist meine Mutter danach nie mehr hingegangen.«

»Hat sie das gesagt? Das glaube ich nicht. Jugendliche machen Mist, Susanne Lorenz weiß das und –«

»Du nicht, oder? Du machst nie Mist.«

»Ich treffe mich mit dir, das würde meine Tante in den Wahnsinn treiben, wenn sie wüsste, wer du bist. Aber Fakt ist, dass sie damit klarkommen muss. Es ist nicht meine Entscheidung, ob sie nach meinen Fehltritten –«

»Danke sehr!«

»… oder dem, was sie dafür hält, einen Liter Spiritus kippt oder sich aus dem Fenster schmeißt.«

»Du hast recht. Aber bei uns ist das etwas anderes, weil meine Mutter süchtig ist. Krank! Da funktioniert die Eigenverantwortung nicht mehr. Und es ist nicht ihre Schuld.«

Sie sah das anders. Er mochte sich für noch so erwachsen halten, aber er konnte unmöglich die Verantwortung für sich und seine Mutter alleine tragen. »Eins verstehe ich nicht«, überlegte sie laut. Sie war sich bewusst, wie dünn das Eis wurde, auf das sie trat, aber sie waren beide zu weit gekommen, um einen Rückzieher zu machen. »Du sagst, dass du vorsichtig geworden bist. Aber die Aktion in der Tankstelle, die …«

Er lachte wieder dieses unangenehme, saure Lachen. »Willst du wissen, wie ich da reingeraten bin?«

Sie nickte und sah auf den Platz neben sich. Es würde helfen, wenn er sich wieder zu ihr setzte. Dann fühlte er sich weniger fremd an, selbst wenn er so bitter lachte.

Er atmete durch, dann ließ er sich auf die Matratze fallen. »Ich wollte gesehen werden«, flüsterte er. »Ein einziges Mal. Und das war das Dümmste, was ich in meinem Leben je getan habe.«

Erst legte sie ihm einen Arm um die Schulter, damit er nicht weg konnte. Dann, ganz behutsam, zog sie sein Gesicht am Kinn zu sich, sodass er sie ansehen musste. Es war erschreckend, wie tränenleer seine Augen waren. Ihr war schon vom Zuhören nach Heulen zumute.

»Meinst du damit deine Graffitis? Geht es nicht immer darum, wenn man sprayt?«

»Es gibt Sprayer, die machen es bloß, weil es verboten ist. Andere, um sich zu zeigen, für den *Fame*. Aber die meisten haben anderen Gründe.« Er deutete an die Wand, wo viele kleinere Zeichnungen festgepinnt waren. »Jedes davon wollte etwas anderes erreichen. Die Gründe, ein gewisses Motiv zu sprayen oder eine bestimmte Wand auszusuchen, sind so vielfältig wie die Farben.«

Sie stand vom Bett auf und trat zu den Zeichnungen, um sie anzusehen. Sie sahen aus wie die Skizzen von Graffitis. »Sind die alle von dir?«

»Die hab ich bloß abgezeichnet. Die Pieces sind nicht von mir, aber ich fand sie schön. Wär traurig gewesen, wenn sie jemand weggemacht hätte, bevor man sie festhalten konnte. Das passiert ständig.«

»Die Zeichnungen sind großartig!«

»Du musst mir jetzt keine Leckerchen hinwerfen, weil ich brav war und erzählt habe. Das sind bloß Kritzeleien. Sind schon älter, ich sollte die mal wegwerfen.«

Wenn das Kritzeleien waren, dann waren ihre eigenen Arbeiten Lumpen. »Die sind besser als alles, was ich jemals aufs Papier bekommen würde. Und ich bin schon nicht schlecht! Untersteh dich, sie wegzuwerfen.«

»Da vorne«, sagte er und deutete auf seinen Schreibtisch, »liegen ein paar bessere.«

Sie ging zum Tisch. Der war, wie der Rest vom Zimmer, aufgeräumt und frei von jedem Staubkorn. Beinah steril – Andrea hätte ihre wahre Freude an Louis gehabt. In einer Ecke stand ein kleiner, offener Pappkarton, in dem sich Stifte tummelten. In der anderen ein Stapel ausgesprochen unordentliches Papier; jede Menge Blätter, die aus Blöcken, Heften und wer weiß was noch allem herausgerissen worden waren, einige zerknüllt, zerknittert und wieder glatt gestrichen. Nicht mal ein halber Quadratmeter Normalität in ihren Augen, in einem Zimmer, das so penibel sauber gehalten war, als bekäme er Geld fürs Aufräumen. Sie warf Louis einen fragenden Blick zu. Er lehnte sich an die Fensterbank und nickte. Sie blätterte die Zeichnungen durch und ihr lief ein Schauer über den Rücken.

»Unglaublich. Die sind wirklich toll.« Sie fand ein paar Comics und einige Kohlezeichnungen, vor allem Gesichter von ganz unterschiedlichen Menschen, die sie noch nie gesehen hatte. Doch die Bleistiftzeichnungen verschiedener Tiere gefielen ihr am besten. Die Spinne sah so ekelerregend lebendig aus, dass sie das Papier am liebsten umgedreht hätte, und der Libelle sah man das Schillern ihrer Farben an, obwohl sie doch bloß mit Bleistift gezeichnet war. »Warum Insekten?«

»Ich mag Details. Je kleiner, umso besser.«

»Die Libelle ist traumhaft. Ich liebe Libellen.«

»Dann nimm sie bitte mit. Ich schenke sie dir.«

»Danke!« Sie drückte die Zeichnung an sich und plante schon, wo sie sie in ihrem Zimmer aufhängen wollte. Beim nächsten Blatt Papier hielt sie inne. Er hatte Ameisen an den Rand gezeichnet, aber irritierend war das, was auf dem Blatt zu lesen war. »Louis? Das ist dein Zeugnis.«

Er zuckte mit den Schultern. »Und?«

»Das kannst du doch nicht bemalen. Mit … Ameisen?«

»Ja, das sind Ameisen. Waldameisen. Womit sonst?«

Fand er das jetzt witzig? Das war das Abschlusszeugnis der neunten Klasse. »Mit dem Zeugnis musst du dich bewerben. Das kannst du doch nicht bemalen.«

Er trat zu ihr, nahm ihr das Blatt aus der Hand und betrachtete es einen Moment, bevor er es wieder auf den Stapel legte. »Ich glaub schon, dass ich das kann. Ganz ehrlich, Liz, du hast die Noten gesehen. Du glaubst nicht ernsthaft, dass ich mich damit irgendwo bewerben kann, oder?«

Sie hatte nicht darauf geachtet, bloß aus dem Augenwinkel registriert, dass es wohl nicht der Brüller war. Nun warf sie einen genaueren Blick darauf. Schlimmer als die beiden Fünfen und die etlichen Vieren war die Zahl der Fehlstunden. Sie war dreistellig, alle unentschuldigt.

»Du gehst nicht gerne zur Schule, oder?«, fragte sie zerknirscht. Verdammt, mit dem Zeugnis würde er auch ohne Ameisen drauf keine Ausbildungsstelle bekommen, da hatte er recht. Und welche Alternative hatte er, wenn er nicht noch länger zur Schule gehen wollte?

»Das interessiert mich einfach herzlich wenig«, sagte er und sie hatte das erschreckende Gefühl, er würde das absolut ernst meinen.

»Mich ärgert nur eine einzige Note – die Zwei in Kunst.«

»Du hättest sicher eine Eins haben können«, erwiderte sie, »wenn du immer da gewesen wärst, aber bei deinen über zweihundertfünfzig Fehlstunden …«

»Ich war immer da. Aber einer wie ich kriegt keine Eins. Was soll ich also da?«

»Louis, ich will dich nicht nerven«, begann sie behutsam. »Aber eine Eins oder Zwei in Kunst ist das kleinste Problem. Du solltest im nächsten Halbjahr vielleicht mal hingehen und schauen, ob sich da nicht grundlegend was verbessern lässt.«

Er nahm das Zeugnis in die Hand. »Sollte ich? Vielleicht solltest du mal Pause vom Klugscheißen machen.« Sie hatte keine Ahnung, wo er plötzlich das Feuerzeug herhatte. Mit einem leisen Ratschen entzündete er die Flamme, hielt sie ans Papier und im nächsten Moment stand das Zeugnis in Flammen. »Kunst – gut« wurde als Erstes von ihnen gefressen.

»Bist du eigentlich panne im Kopf?«, rief sie. »Wem glaubst du hier was beweisen zu müssen?«

»Vielleicht mir«, meinte er und sah beinah nachdenklich zu, wie das Feuer das Papier verschlang.

Sie konnte es nicht fassen, was der Kerl nun wieder abzog. Kaum hatte er sich ein Stück weit geöffnet, passierte wieder so etwas. »Ist dir eigentlich alles egal?«

Als die Flammen an der letzten Ecke angekommen waren, verbrannte er sich daran und steckte sich den Zeigefinger in den Mund. »Nee«, sagte er dann und blies sich gegen die Fingerkuppe. »Alles nicht. Aber die Schule – ja.«

»Und deine Zukunft auch, oder wie?«

Er ging wieder zum Fenster und öffnete es weit. Der Brandgeruch flog davon. Die Ascheflöckchen schwebten erst über den Tisch, dann über den Boden, bis sie irgendwo im Teppich hängen blieben und zu Flecken wurden. »Die ist doch eh schon entschieden«, flüsterte er. Sie hätte es fast nicht verstanden; fast.

Trotzig verschränkte sie die Arme. »Schade um die Ameisen.«

* * *

Eine Weile stand sie einfach hinter ihm und starrte ihn an. Vielleicht wollte sie ihn ja niederstarren; man konnte nie wissen. Er konnte die Kohlensäure in den Gläsern leise Blasen werfen hören, so still war es. Er wartete darauf, dass Liz sich ihre Schuhe nahm, die Jacke über ihr selbst genähtes Top zog und ging. Aber offenbar tat sie genau das nicht. Ob sie heimlich weggeschlichen war? Nein, ein Blick ins Fensterglas, in dem sich ihre Silhouette spiegelte, bewies, dass sie immer noch da stand und abwartete.

Nachdem er sich auch nach einer gefühlten Ewigkeit nicht bewegte, weil er einfach nicht wusste, was er machen sollte, hörte er, wie sie weiter in seinen Zeichnungen blätterte.

»So«, sagte sie endlich, er hörte ein Schmunzeln in ihrer Stimme. Vielleicht war es auch Wunschdenken. »Die ist schon entschieden, die Zukunft, ja? Und was ist das hier?«

Shit. Sie musste die albernen Unterlagen von dieser Kunstschule gefunden haben. Er hatte gedacht, dass er sie weggeschmissen hatte. »Eine Bewerbung«, zwang er sich zu sagen. »Für ein Stipendium, extra für Trottel wie mich.« In der Ausschreibung hatte man es »für Jugendliche aus schwierigen Verhältnissen« genannt. Seine Zeugnisse und sein ganzes Verhältnis zu Schule im Allgemeinen und zu seiner eigenen im Besonderen waren ausgesprochen schwierige Verhältnisse.

»Die Bewerbungsfrist läuft in zwei Wochen ab«, sagte Liz. »Und du hast alles schon komplett ausgefüllt.«

»Das ist ziemlich … privat. Es wäre nett, wenn du das nicht lesen würdest.«

»Tu ich nicht. Schickst du es ab?«

Er schüttelte den Kopf. »Diese Plätze werden von irgendwelchen Gutmenschen durch Spenden finanziert. Meinst du, die sponsern ausgerechnet mich?«

»Warum ausgerechnet jemand anderen?«

Ausgerechnet er war der, der es nicht verdient hatte. Das war der Grund.

»Deine Mutter hat es schon unterschrieben«, sagte Liz leise. »Schick es doch einfach ab. Kann doch nicht schaden.«

»Meine Mutter hat seit über einem Jahr nichts mehr für mich unterschrieben. Das ist meine Unterschrift. Das J sieht dem L in Schreibschrift ähnlich. Da hat noch nie einer nachgefragt.«

Sie erwiderte nichts. Vermutlich war das alles zu asozial für ihre Welt, und sie überlegte insgeheim, wie sie sich möglichst elegant aus dem Staub machen konnte. Er hatte keine Ahnung, wie er es ihr leichter machen konnte.

»Willst du noch eine Cola?«, fragte er, obwohl ihr Glas noch halb voll war. Ehe sie antworten konnte, klingelte es an der Tür. Sein Puls schoss in die Höhe. Kam seine Mutter zurück? Oder kam jemand, um ihm zu sagen, dass …

Er eilte zur Tür und drückte auf die Gegensprechanlage. Die knirschte und rauschte bloß. Dafür klopfte es an der Wohnungstür. Er riss sie auf und stand Ramon gegenüber. Shit. Der hatte ihm gerade noch gefehlt!

»Hi, Ramon. Was gibt's? Ich hab gerade nicht viel Zeit.« Am liebsten hätte er ihm die Tür vor der Nase zugeschlagen.

Ramon ließ sich von so etwas selten aus der Ruhe bringen und trat einfach ein, wobei er ihn zur Seite drückte. »Ich möchte dich auf eine Kleinigkeit aufmerksam machen, Louis.«

»Nicht jetzt. Ich bin nicht allein.«

Ramon zog fragend die Brauen hoch. *Sputnik?*, formte er mit den Lippen.

»Nein. Ich hab bloß Besuch.«

Ramon spazierte ungerührt zu seinem Zimmer und stieß die Tür auf. »Oh. Na, so was. Schön, dich wiederzusehen, Liv.«

»Liz«, verbesserte sie mit einem Lächeln, doch im nächsten Moment verging ihr das. Offenbar hatte sie die Spannung bemerkt, die in der Luft lag wie ein Gestank.

»Ihr macht euch also einen schönen Nachmittag«, sagte Ramon und ging durchs Zimmer, als wäre er zu einer persönlichen Kontrolle gekommen. »Schön. Leider muss ich dir Louis kurz entführen, weil wir etwas zu besprechen haben. Etwas Wichtiges.«

Louis brach der Schweiß aus. Das Letzte, was er gebrauchen konnte, waren zwielichtige Andeutungen. Liz durfte auf gar keinen Fall Verdacht schöpfen, dass Ramon auch nur das Geringste mit irgendwelchen illegalen Machenschaften zu tun hatte. Sie würde ihn sofort verraten, wenn ans Licht kam, dass er immer noch tief in der Gang drinsteckte.

»Vielleicht reden wir ein anderes Mal«, schlug er Ramon vor. »Heute ist es echt ungünstig.«

»Vielleicht«, erwiderte Ramon und verteilte die Zeichnungen quer über seinem Tisch, als suche er etwas, »vertagst du auch dein Date?«

Liz stemmte eine Hand in die Hüfte. »Hallo? Das tut er ganz sicher nicht. Du kannst hier nicht einfach reinplatzen und alle kuschen! Wie unhöflich ist das denn?«

»Mäuschen«, erwiderte Ramon abfällig, und Louis wäre ihm am liebsten an die Gurgel gegangen, »wir haben hier Wichtiges zu besprechen, da musst du halt mal warten.«

»Sekunde!«, unterbrach Louis die beiden. An Liz gewandt formte er mit den Lippen: »Es geht um meine Mutter.« Ramon deutete er, ihm ins Wohnzimmer zu folgen.

»Verdammt!«, flüsterte er dort. »Musst du so einen Stress machen?«

»Offenbar schon. Ohne Stress kommt bei dir ja kein Ergebnis, und du machst lieber mit kleinen Herzchen rum, anstatt dafür zu sorgen, dass –«

»Ja! Ist ja schon gut.«

»Ist unser Plan hinfällig?«, fragte Ramon gefährlich leise.

Vielleicht sollte er Ja sagen. Ja, dann war es vorbei und vielleicht konnte er nach einer Weile wieder in den Spiegel sehen. »Natürlich nicht.«

»Louis«, sagte Ramon sanft. »Du versuchst nicht, mir dumm zu kommen, oder? Ich kenne dich, du kleines Stück Scheiße.« Er hob die Stimme nicht, ganz im Gegenteil, was sie nur gefährlicher klingen ließ. »Du bist keiner von uns, nie gewesen. Du weichst aus, bist aalglatt. Dir geht es bloß um deine Kohle. Zahlt Sputnik dir jetzt mehr?«

»Ramon, red nicht. Wie kommst du darauf?«

»Weil ich dir kein Wort glaube, kein einziges. Ich spüre es, wenn einer versucht, mich zu verarschen, Louis. Aber mich verarscht am Ende keiner, weißt du? Mich nicht. Und du am allerwenigsten.«

»Ich weiß«, sagte Louis. »Und ich hab Besseres zu tun, als es zu versuchen. Mach dir keine Gedanken. Sputnik zahlt beschissen.«

»Gut.« Ramon verließ das Wohnzimmer und dann die Wohnung. Dreckklumpen aus dem Profil seiner Schuhe blieben überall zurück. »Ach, und Louis?«, rief er, als er schon im Treppenhaus war. »Die Kleine da … ich dachte, die sei niemand?«

Louis knallte die Tür zu und drehte sich um. Hinter ihm stand Liz mit einem Ausdruck in den Augen, der schwer zu beschreiben war, fragend, verletzt oder wütend oder alles zusammen. Ramons letzten Satz musste sie mitgehört haben.

Kapitel 29

Er hatte behauptet, seine Mutter wäre jetzt bei Freunden. Aber offenbar war das nur die halbe Wahrheit, oder es ging ihr dort richtig schlecht, denn er wollte Liz nach Hause bringen, offenbar wollte er sie nicht mehr sehen. Aber sie wollte ihn sehen. Unbedingt. Selbst, wenn sie wirklich »niemand« für ihn war.

Eigenartig. Je mehr er sie von sich forthaben wollte, desto dringender wurde ihr Bedürfnis zu bleiben. War es das, was der Traum ihr sagen wollte? Brauchte er ihre Hilfe?

Traum hin oder her – es tat weh, ihn so verzweifelt zu sehen. Fast mehr, als dass er sie einen »Niemand« genannt hatte.

»Was er gesagt hat, tut mir leid«, murmelte er, als sie langsam Richtung Bus gingen. »Er ist kein Freund in dem Sinne. Nie gewesen. Er wohnt auch hier im Block und ihm gegenüber fühle *ich* mich wie der Niemand. Ich wollte vor ihm nicht zugeben, dass ich … dass ich …«

Dass er etwas für sie empfand? Sie biss die Zähne zusammen vor Ärger über ihre Interpretationen. Konnte er nicht ein einziges Mal sagen, was er dachte? Konnte sie ihn nicht ein einziges Mal danach fragen? Sie traute sich nicht, weil sie zu große Angst vor seiner Antwort hatte.

Mein Gott, würde Katta sagen. *Ihr habt euch fast geküsst – jetzt kommt mal in die Puschen!*

Aber das war es ja eben: Sie hatten sich fast geküsst, nur fast. Warum nicht ganz? Hatte er das nicht gewollt?

Sie musste das Schweigen irgendwie durchbrechen. Wenn sie schwieg, steigerten sich ihre Gedanken in Hysterie.

»Wir haben vorhin über deine Graffitis gesprochen und sind vom Thema abgekommen«, versuchte sie es, und er sah sie sofort an und lächelte ein wenig. Na also! »Du sagtest, dass du gesehen werden wolltest und dass es das Dümmste sei, was du je gemacht hast. Aber da geh ich nicht ganz mit.«

»Das war es aber.«

»Nee. Dümmer als die Tankstellensache war das nicht.«

»Doch. Denn dabei wurde ich erwischt.« Er hielt ihren Blick scheinbar mühelos. »Lizzie, ich spraye, seit ich zehn bin oder elf. Aber immer nur da, wo es keiner sehen konnte. Ich habe den perfekten Platz gefunden, das Paradies: Da ist es der Welt egal, wer ich bin und was ich mache. Aber irgendwann wollte ich … na ja, wie ich schon sagte: Ich wollte gesehen werden. Und da habe ich mir eine Wand außerhalb von meinem kleinen Sprayerparadies vorgenommen. Dort sollte mein Masterpiece entstehen.«

»Dein bestes Bild?«

»Ja. Es war riesig, ich brauchte viele Nächte, um es fertigzustellen. Erst die Wüste und den Himmel darüber. Dann den Sandsturm von links, einen von der Art, der alles vernichten kann, was ihm im Weg ist.«

Ihr Herz schlug schneller. Sie kannte das Graffiti.

»Anschließend diese Oase mit Palmen und einer Quelle, die im Flimmern versteckt ist, sodass man –«

»Gar nicht weiß, ob sie da ist oder nur eine Fata Morgana. Man weiß nicht, was man sich wünschen soll. Denn wenn sie wirklich da ist, dann wird der Sandsturm sie zerstören.«

Er blieb stehen und drehte sich zu ihr. »Du hast es gesehen?«

»Ja. Ich habe es gesehen.« Es war nicht so weit weg von hier, man musste am Kaufpark vorbei und dann Richtung Schnellstraße durchs Industriegebiet. Sie hatte es nicht nur gesehen, sie hatte es sogar fotografiert. »Und ich habe mich gefragt, warum jemand so ein schönes Bild auf so eine scheußliche Wand setzt. Es war inspirierend.«

»Es war noch gar nicht fertig. Der Dschinn fehlte noch. Die meisten Menschen hätten ihn gebraucht, um das mit den Wünschen auch nur im Ansatz zu verstehen.«

»Aber sie haben dich vorher erwischt, oder?«

Er nickte. »Ich hielt mich für sehr schlau. Ich bin nach einer mathematischen Formel vorgegangen. Zuerst bin ich nach zwei Nächten wiedergekommen, dann nach zwei plus drei, danach drei plus vier, dann vier plus fünf. Ich hielt das für sehr clever, aber der alte Gorden, dem die Halle gehört, war wohl klüger als ich. Er hat das durchschaut, hat sich im Gebüsch versteckt und als ich anfing, den Dschinn zu sprayen, hat er seine beiden Köter losgelassen.«

Liz wurde ein bisschen schwindelig. »Herr Gorden, sagst du? Was waren das für Hunde? Malinois?«

»Keine Ahnung. Schäferhunde, glaube ich, sandfarben. Annie und Bonnie – die bescheuerten Namen werd ich nie vergessen.«

»Oh, Gott. Den kenne ich. Der kommt zu uns in die Praxis.« Sie mochte den älteren Herrn mit seinen Hunden und den vielen Vögeln, Igeln und Wildtieren, die er ständig ehrenamtlich gesund pflegte. »Sag mir nicht, dass er seine Hunde auf dich gehetzt hat.«

»Musste er gar nicht. Er musste es bloß androhen. Ich … ich hab Angst vor Hunden, die sind mir nicht geheuer. Also war Wegrennen keine Option, die wären schneller gewesen als ich.«

»Definitiv. Aber wie hängt das alles mit dem Überfall zusammen?«

»Der feine Gorden war nicht glücklich mit dem Bild. Der hat einen Mordsaufstand gemacht, von wegen ›fremdes Eigentum zerstören‹, bla, bla. Ich hätte ihn sogar verstanden, wenn das Piece hässlich gewesen wäre. Aber das war es nicht.«

Nein, das war es wirklich nicht. Sie war davor stehen geblieben und mehrere Minuten lang nicht weitergegangen, keinen Schritt, weil es sie total in seinen Bann gezogen hatte.

Sie hatten die Bushaltestelle erreicht, aber Liz würde den Teufel tun, jetzt in den Bus zu steigen und nach Hause zu fahren. »Hast du noch Zeit?«, fragte sie.

Er fuhr sich durch die Haare, überlegte und zuckte unentschlossen mit den Schultern.

»Dann lass uns zu Fuß gehen. Es ist ganz schön weit, aber mir macht das nichts. Das Wetter ist so angenehm und ab morgen soll es wieder richtig heiß werden. Ich würde gerne ein Stück spazieren gehen.«

»In Ordnung.« Er lächelte. Müde zwar, aber er lächelte. »Machen wir.«

»Erzähl weiter von Herr Gorden. Was hat er mit dir gemacht?«

»Er wollte die Polizei rufen«, sagte Louis schlicht und Liz verstand sofort. Louis musste panische Angst bekommen haben, dass sich alles wiederholen würde: die Polizisten in der Wohnung, der Stress für seine Mutter – ein erneuter Rückfall. »Ich habe ihn angebettelt und konnte ihn überreden, es nicht zu tun. Dafür musste ich ihm versprechen, den neuen Anstrich des Gebäudes zu bezahlen. Das wurde wesentlich teurer, als ich gedacht hatte. Er hat nicht nur die Wand übermalen lassen, sondern die gesamte Halle. Vielleicht hat er da auch mit Goldfarbe arbeiten lassen oder einen Künstler statt Malern bestellt, was weiß ich. In jedem Fall wollte er dreitausend Euro haben, in monatlichen Raten. Und bei einem einzigen Tag Verzug wollte er die Bullen anrufen und mich anzeigen. Er hatte alles hübsch dokumentiert und sogar Fotos von mir geschossen, bevor er mich gestellt hat.«

Dieser miese Kerl!, dachte sie. Im gleichen Moment war ihr klar, dass Herr Gorden sicher nie gewollt hatte, dass alles so kam. Er war keiner von denen, die Tiere über Menschen stellten oder jemanden aus Rache quälte. »Vielleicht dachte er wirklich, es wäre dir eine Lehre. Ich glaube nicht, dass er es böse gemeint hat. Er ist eigentlich total nett. Ein bisschen verrückt irgendwie, aber nett. Man weiß nie, womit er als Nächstes ankommt. Meine Tante meint, irgendwann bringt er uns auch mal ein Krokodil. Ich kann mit ihm reden, ich kenne ihn seit Jahren, und wenn wir ihm sagen, in was für eine Lage er dich gebracht hat, dann wird er einlenken!«

»Das tust du nicht!« Etwas in Louis' Gesicht veränderte sich, da war von einer Sekunde auf die andere eine verschreckte Distanz. »Halt dich da raus, das ist allein meine Sache.«

Sie zuckte mit den Schultern. »Aber warum?«

»Warum?« Er fauchte das Wort fast. »Meinst du, ich erzähle dem Wichser jetzt, dass ich sein Geld illegal zusammenbekommen habe? Damit er mich richtig in der Hand hat? Liz, der wollte mich einfach bloß fertigmachen und ich werde einen Dreck tun, ihm zu zeigen, dass er Erfolg hatte.«

»Ich glaube nicht –«

»Aber ich!«, rief er. »Ich weiß es, ich war im Gegensatz zu dir dabei. Versprich, dass du kein Wort sagen wirst. Bitte! Ich vertrau dir hier Dinge an, die kein Mensch je erfahren sollte. Mach nicht, dass ich es bereue.«

Was für ein sturer Kerl! Sie musste seufzen. »Wie du willst, es ist deine Entscheidung.«

»Weißt du«, fuhr er versöhnlicher fort, »ich glaubte damals, naiv wie ich war, dass ich noch mal Glück gehabt hätte. Ich wollte mir einen Job suchen. Irgendwas Solides. Auf dem Bau helfen oder Getränkekisten schleppen oder so was. Ich hab überall nachgefragt, aber nichts gefunden. Die meisten meinten, ich solle wiederkommen, wenn ich sechzehn bin, vorher könnten sie mir keine Arbeit geben. Dann habe ich mir einen Schülerausweis gefälscht, aber bei der Firma, wo ich anfangen wollte, wollten sie mit meiner Mutter reden – und die durfte davon ja nichts wissen. Sie kriegt Hartz IV, da darf ich kein Geld verdienen, wird alles sofort angerechnet.«

»Und dann bist du in die falschen Kreise geraten?«

»Ich kannte einen, der mal in meine Schule gegangen, aber inzwischen fertig war. Seine Familie hatte einen Getränkehandel. Da hab ich nach einem Job gefragt. Sie hatten keinen, aber dieser Typ kam mir dann hinterher und meinte, ich sähe verzweifelt aus, und das würde ihm leidtun.« Er grinste freudlos. »Verzweifelt war kein Ausdruck! Die erste Rate war am nächsten Tag fällig und ich hatte nicht mal die Hälfte zusammengekratzt. Er konnte mir was leihen, das hat mir den Arsch gerettet. Später hat er mir angeboten, ein paar Sachen für ihn zu erledigen. Kurierdienste. Schau mich jetzt nicht so an, ich habe nicht gefragt, was ich da durch die Stadt geschleppt habe, ich habe es einfach gemacht. Wir haben ein bisschen Kram verkauft. Handys, die ›vom Laster gefallen‹ waren und so was.«

»Und ›so was‹ hast du dem Typen geglaubt?«

Louis wandte sich zu ihr um. Sein Gesicht erschreckte sie. Er sah sie eiskalt an, ohne eine Regung in der Miene, ohne ein Gefühl. »Es war mir scheißegal«, sagte er leise. Für einen winzigen Augenblick machte er ihr Angst. Dann musste sie an ihren Traum denken, in dem er dem Abgrund so gefährlich nahe gekommen war. Das würde nicht geschehen, wenn ihn jemand festhielt, nicht wahr? Und dann, ohne dass sich etwas änderte, was sie hätte benennen können, war der Moment vorbei und er sah wieder aus wie immer. Wie in ihrem Traum, als der noch sonnig, leicht und glücklich war.

»Mir war schon klar«, fuhr er fort, »dass das nicht ganz in Ordnung war, aber Hauptsache, ich konnte meine Raten zahlen. Das war wichtig – und sonst erst mal gar nichts. Irgendwie hab ich mich unter den Jungs auch wohlgefühlt. Ich weiß nicht, ob du dir das vorstellen kannst, aber ich kannte dieses ›Wir alle gegen den Rest der Welt‹-Gefühl vorher nicht. Ich war ein Niemand vorher; einer, den keiner kennt. *Unsichtbar*. Nun war ich plötzlich wer. Nur der Kleine, der Neue – aber ein Teil von irgendwas, verstehst du? Ich wollte … irgendwie dazugehören. Außerdem …« Er stöhnte. »Na ja. Meiner Mutter ging es besser. Sie hatte etwas von kontrolliertem Trinken gelesen und wir zogen das zusammen durch. Sie hat sich Mühe gegeben, und mein Job war es, aufzupassen, dass sie ihr Limit nicht überschritt und dass nichts Hartes mehr im Haus war.«

»Ganz schön viel für einen allein.«

»Ach. Sag bloß. Aber was, wenn sonst niemand da ist? Es war mein Job. Das ist er immer noch. Und ich habe …«

Er fuhr sich durch die Haare, und sie wusste, woran er dachte. An die Flasche, die zu Scherben zerbrochen war.

Kapitel 30

»Und irgendwann«, fragte sie, als sie das Stadtzentrum verlassen hatten und ihnen kaum noch jemand auf der Straße begegnete, »habt ihr dann den Überfall gemacht, ja?«

»So ungefähr.« Er wurde rot, als er antwortete, und dass er sich schämte, berührte sie ganz tief. »Es ging mir zu weit, das musst du mir glauben. Ich bin danach sofort da raus.«

»Und das Geld? Wie machst du das jetzt mit dem Geld?«

»Ich arbeite«, antwortete er schnell. »Auf einem Bauernhof. Inzwischen bin ich ja sechzehn, da geht das, und im Sommer brauchen die immer Leute. Ich verdien genug, um bald alles abgezahlt zu haben.«

Er atmete tief durch, als müsste er all seinen Mut zusammennehmen. Dann blieb er im Schatten einer Linde stehen, nahm ihre Hand und trieb ihren Puls damit hoch. Der Wind rauschte in den Blättern und klang wie fließendes Wasser. »Jetzt kennst du die ganze miese Geschichte. Und bist immer noch hier.« Er sah hinunter auf ihrer beider Hände, die, wie sie fand, gut ineinander passten. »Das … ich hätte gedacht … Vielleicht ist es dir lieber, wenn du jetzt doch den Bus nimmst. Da vorne ist eine Haltestelle.«

Er wollte sie loslassen, aber diesmal hielt sie ihn fest. »Ich will nicht mit dem Bus fahren und werde es auch nicht tun, außer du fährst mit. Ich bin total erleichtert, dass du so ehrlich zu mir bist.«

»Wirklich?« Er wollte sich abwenden, aber wieder hielt sie ihn einfach fest. Oh, nee, der würde ihr jetzt nicht einfach abhauen! Offenbar hatte sein Mut auf sie abgefärbt.

»Ja, wirklich. Du wirst ja ganz rot.«

»Wie peinlich.«

»Gar nicht.« Ganz im Gegenteil, es war unglaublich süß. »Danke.«

»Fürs Rotwerden? Nicht dafür, das passiert mir ständig.«

»Für dein Vertrauen!« Sie lehnte sich ein wenig zu ihm und er ein wenig zu ihr. Mehr spürte sie seinen Blick auf ihren Lippen, als dass sie ihn sah. Die Luft zitterte ein bisschen, sodass ihre Haut kribbelte. Sie schloss die Augen, als er noch näher kam, und ihr stockte der Atem. Jetzt, jetzt würde er sie küssen.

Er küsste sie nicht.

Stattdessen lehnte er seine Wange an ihre. Seine Haut war heiß und trocken, fast wie im Fieber. »Ich danke dir«, hauchte er. »Fürs Rotwerdendürfen.« Sein Atem kitzelte sie und seine Haare rochen himmlisch. Oh, offenbar atmete sie doch, wenn ihr das auffiel. Sie musste leise kichern; es war nur ein Beben in ihrer Brust, aber er ging sofort auf Abstand und sah sie an.

»Lachst du mich aus?«

»Nein, mich selbst.«

»Was ist so komisch?«

»Dass ich gleich anfange zu heulen vor Verzweiflung, wenn du mich nicht endlich …«

* * *

Und dann sagte sie: »Ach, egal!«, verschränkte ihre Hände in seinem Nacken, zog ihn an sich und küsste ihn.

Einen Augenblick war er vollkommen perplex. Das hatte er nicht erwartet, nicht nach allem, was er gesagt hatte, nicht nach allem, was er nicht gesagt hatte. Nicht nach all den Lügen, ohne die er nicht leben konnte, weil sein Leben in Wahrheit ganz und gar nicht akzeptabel war.

Ihr Kuss machte, dass ihm egal war, was er getan und gelassen hatte; egal, wer er war und nicht war und nie sein würde. Für einen Augenblick war er Louis, den Liz küsste, und die Welt um sie herum war weiß und leer und still wie ein Blatt Papier.

Erst, als sie sich schon zurückziehen wollte, bekam er sich so weit zusammen, um den Kuss zu erwidern und Liz zu küssen, statt sich küssen zu lassen. Und das war sogar noch besser. In seinem Magen prickelte es, in seinen Ohren rauschte es und seine Fingerspitzen an der weichen Haut ihrer Wangen kribbelten. Sie lachte leise an seinem Mund, als täten sie etwas unfassbar Komisches – und irgendwie stimmte das auch.

Sie drückte sich an ihn, als wäre er der Halt, den sie seit Langem brauchte, und es tat weh und gut zugleich, dass es vermutlich andersrum genauso war.

Für den Moment war ihm selbst das egal. Er hatte ihr von sich erzählt – vielleicht nicht alles, und einiges war noch nicht ganz so wahr, wie er es sich wünschte, aber er würde das schon schaffen. Sie war nun der eine Mensch auf der Welt, der am allermeisten über ihn wusste, fast so viel wie er selbst. Und – das war das Unfassbare – sie küsste ihn trotzdem. Mit einer Leidenschaft, die er diesem kleinen, scheuen Wesen, das so gerne unsichtbar gewesen wäre, kaum zugetraut hätte. Und sie sich selbst vermutlich noch weniger.

Es hatte nichts gegeben, was ihm schwieriger vorgekommen war als das. Jetzt hatte er das leichte Gefühl, er könnte alles schaffen.

»*Unique*«, sagte er zwischen zwei Küssen, weil es so gut passte und ihr so gut gefiel, und da küsste sie ihn erst richtig.

Kapitel 31

»Und wie küsst er?«, fragte Katta.

Liz ließ sich in ihr Kissen fallen und drückte das Telefon gegen ihr erhitztes Ohr. »Ich kann das nicht beschreiben. Es war … wie in etwas Weiches zu fallen! Wie das Einschlummern, wenn man todmüde ist, aber zwei Tage und Nächte nicht schlafen konnte. Ich dachte bloß, na endlich, und dann dachte ich gar nichts mehr.« Es war verblüffend und ziemlich schräg, wie glücklich sie sich fühlte, obwohl sie heute so traurige Dinge über Louis erfahren hatte. Aber dass Mitleid niemandem half, wusste keiner besser als sie.

Katta seufzte ins Telefon. »So muss das sein! Und was sagt deine Tante?«

»Sie findet ihn süß!« Er war auch zuckersüß gewesen, als er beim Abendbrot mit am Tisch gesessen hatte. Nervös und vermutlich voller Angst, etwas falsch zu machen. Umso mehr wusste Liz zu schätzen, dass er zugesagt hatte, zum Essen zu bleiben – Andreas veganem Kichererbsen-Kürbis-Grünkern-Curry zum Trotz. Sie mochte es, Louis bei etwas so Alltäglichem wie einem Abendessen dabeizuhaben, an den Anblick konnte sie sich gewöhnen.

»Ich freu mich so für dich«, sagte Katta. »Ihr seid ein hübsches Pärchen und passt so gut zusammen.«

»Ja, findest du?«

»Total! Du siehst neben ihm gleich älter aus. Mehr Frau – weniger Mädchen.«

Sie musste lachen. »Katta, weißt du, dass Louis ein halbes Jahr jünger ist als ich? Er ist im April erst sechzehn geworden.«

»Im Ernst? Ich hätte ihn auf bald achtzehn geschätzt. Aber dann passt ihr noch besser zusammen! Wann seht ihr euch wieder? Morgen?«

Ach Katta! Wenn es nach ihr ginge, wäre Louis am besten gleich bei Liz eingezogen. Allerdings hatte diese Vorstellung auch etwas ganz Verlockendes. »Montag, denke ich. Morgen muss er arbeiten. Er jobbt in den Ferien auf einem Bauernhof auf dem Feld.«

»Whuhu. Das gibt Muckis und Sommerbräune. Hot! Und, sag mal«, Kattas Stimme wurde ernst, »was ist mit deinen Träumen? Meinst du, dass die jetzt, wo ihr zusammen seid, aufhören?«

»Ich weiß nicht. Das kann ich dir morgen früh sagen.« In jedem Fall mussten die Träume aufhören, so verstörend zu enden. Aber das würden sie – das würden sie sicher! So glücklich, wie sie sich gerade fühlte, konnte sie unmöglich schlechte Träume haben.

* * *

Das Handy schrillte an seinem Ohr. Er versuchte noch, es in seinen Traum einzubinden und eine Erklärung für das Störgeräusch zu finden, aber dann machte es ihn doch wach. Verschlafen nahm er das Gespräch an.

»Louis. Du musst sofort herkommen!« Die weibliche Stimme klang dringend, beinah panisch, und zuerst dachte er, Liz würde ihn anrufen und wäre in Gefahr. Schlagartig war er hellwach.

»Was ist? Ist was passiert?«

»Komm einfach her. So schnell du kannst. Zum Spielplatz im Park hinter dem Marktplatz.«

Das Gespräch war vorbei. Mit etwas Zeitverzögerung wurde ihm klar, dass es Sputnik gewesen sein musste, die ihn angerufen hatte. Allerdings hatte er Sputnik nie so aufgewühlt erlebt, seit er sie kannte. Da musste etwas vorgefallen sein.

Eilig schlüpfte er in eine Jeans, zog sich ein Shirt über und stieg barfuß in seine Sneaker. Die Wohnungstür fiel mit einem leisen Klacken ins Schloss, als er sie zuzog. Seine Mutter war voll wie Mel Gibson, die würde vor dem nächsten Mittag nicht mal die Augen aufmachen, wenn ein Esel durch die Wohnung stapfte, trotzdem war Louis leise; schnell und leise.

Als er Richtung Innenstadt lief, sah er einen Polizeiwagen am Straßenrand stehen. Das Blaulicht warf sein Farbenspiel rotierend an die umliegenden Hauswände und bewegte ihn dazu, einen Umweg zu machen. Er eilte durch die Fußgängerzone und über den Marktplatz, schnell, aber ohne Hast. Nur nicht auffallen.

Es war halb vier Uhr morgens. Der Park war auf den ersten Blick menschenleer. Auf den zweiten sah er die Obdachlosen, die im Sommer auf den Bänken schliefen und im Winter in den Häuschen auf dem Kinderspielplatz. Er hielt die Augen nach Lutz offen, der oft in der Nähe seiner Schule schnorrte und dem er hin und wieder fünfzig Cent reichte oder mal ein Bier oder ein Wurstbrötchen ausgab. Aber Lutz schien heute Nacht anderswo zu schlafen. Oder er war im Urlaub, schließlich waren Ferien. Louis grinste in sich hinein.

Beim Spielplatz war niemand. Er sah in die kleinen Hütten

und unter die Rutsche, aber er scheuchte dort bloß eine müde Taube auf. Hatte Sputnik ihn veräppelt? Er zog sein Smartphone heraus, um sie anzurufen, da krachte hinter ihm im Gebüsch ein Ast und vor Schreck fiel ihm das Handy in den Sand. Er hob es auf. Da, es raschelte schon wieder. Er trat näher, leuchtete mit dem Handydisplay zwischen die Büsche und entdeckte Sputnik.

»Hey. Da lassen die Mütter ihre Kinder hinkacken, ist dir das klar?«

»Scheiß drauf«, wisperte Sputnik. Sie war bleich und hatte tiefe Ringe unter den Augen. Als er näher kam, roch er süßen Alkohol, Gras und Schweiß. Eine müde Tinkerbell nach einer wild durchzechten Nacht. »Was bist du so hysterisch, Louis? Hast du keine Nerven?«

Er sparte sich die Antwort, dass er schreckhaft war, wusste er selbst. Kein Schisser, aber leicht zu erschrecken. »Was willst du, Sputnik?«

»Du musst was nehmen.« Sie fuchtelte mit einer Plastiktüte herum, die sie zuvor unter ihrer Jacke verborgen hatte.

»Was ist das?«

»Stell keine Fragen, nimm den Kram und versteck ihn irgendwo.« Sie drückte ihm die Tüte in die Hände. Lange, rechteckige Päckchen waren darin, höchstwahrscheinlich Zigarettenstangen. »Freddi, Tom und ich waren ein bisschen feiern und haben spontan, weil es sich gerade anbot, einen kleinen Laden aufgemacht. Lief dann aber nicht so gut, die hätten uns fast drangekriegt und suchen jetzt nach uns.«

Na toll. Bullen in der Stadt und er sollte die Ernte verstecken? »Haben die euch gesehen?«

»Wir hatten Skimasken drüber. Meine ist in der Tüte – schmeiß sie weg. Die Bullen hatten einen Hund dabei, wenn das ein Mantrailer ist, bin ich am Arsch, wenn die den Mist«, sie deutete auf die Tüte, »bei mir finden.«

»Ich weiß nicht recht, was ein Mantrailer ist, aber –«

»Ein Hund, der deiner Spur folgt.«

»Fuck!« Das war too much. Das konnte sie schön selber machen! »Spinnst du, mich da reinzuziehen? Ich hab nicht den geringsten Bock auf einen Köter, der meiner Spur folgt.«

»Reg dich ab, er folgt ja mir – wenn überhaupt. Versteck den Kram irgendwo und alles ist gut. Jetzt hau ab!«

Er gehorchte. Sich mit ihr zusammen erwischen zu lassen, machte es auch nicht besser. In der Ferne hörte er Sirenen. Verdammt! Während er durch den Park lief und bei jedem Geräusch zusammenschrak, musste er an Liz denken. Vor einigen Stunden hatte er mit ihr zusammen die vegane und nach nichts schmeckende Pampe ihrer Tante gegessen und war so zufrieden und entspannt gewesen, dass er am liebsten nie wieder etwas anderes getan hätte.

Seine eigene Realität war weit weg gewesen. Sie hatte ihn erschreckend schnell wieder eingeholt. Noch unheimlicher war, wie sehr er sich in seinem Alltag schon wieder zu Hause fühlte.

Er drückte die Tüte an sich. Wohin sollte er den Kram schaffen? Seine Fabrik kam ihm als Erstes in den Sinn. Da war er sicher, war es immer gewesen. Aber wenn er darüber nachdachte, kam es überhaupt nicht infrage, Sputniks Zeug dorthin zu schaffen. Womöglich wollte sie es zügig wiederhaben und er musste ihr sagen, wo es war. Auf keinen Fall wollte er sie oder einen ihrer Leute in seinem Refugium haben!

Er schlich durch die Nacht, als wäre er selbst ein Dieb. Vor jeder Häuserecke blieb er stehen und lauschte. Hörte er Schritte, drehte er um, und sah er Silhouetten von Weitem, dann versteckte er sich, bis sie weg waren. Nie war er derart vorsichtig gewesen. Aber er kannte den Sinn für Ironie, den sein Schicksal hatte. Es schlug immer dann zu, wenn es ihn am empfindlichsten treffen konnte: wenn er glaubte, glücklich zu sein.

Diesmal musste er schlauer sein.

Irgendwann kam er zu Hause an und hatte die verdammte Tüte noch immer unter dem Arm. Er trug sie in den Keller. In dem Lattenverschlag, in dem es nach Mief, Schimmel und den bepinkelten Kindermatratzen der Nachbarn aus der Wohnung gegenüber roch, war sicher noch Platz. Es war dunkel hier unten, die Glühbirne musste durchgebrannt sein. Aus dem Flur drang nur ein Rest von Lichtschein in den Keller; genug, um den Verschlag zu finden, aber zu wenig, um etwas zu sehen. Er stieß mit dem Fuß gegen einen Gegenstand und hörte Glas klirren. Das Geräusch sandte ihm einen frostigen Schauer über den Rücken. Er tastete und hatte eine Flasche zwischen den Händen. Eine volle Flasche. Daneben eine weitere – und noch eine. So viele. Hatte er sich auf die Zunge gebissen? Es schmeckte, als wäre sein ganzer Mund voll mit Blut. Der Schauder breitete sich aus. In Sekunden war Louis durchgeschwitzt und fror zugleich erbärmlich.

Die beiden Flaschen in der Wohnung waren kein Ausrutscher gewesen, wie sie ihm weiszumachen versucht hatte. Sie trank wieder. Heimlich und unkontrolliert. Und vermutlich nicht erst seit gestern. Zwischen seinen bebenden Händen kippten leere Flaschen um, volle blieben stehen. Es waren viele, viel zu viele. Sie hatte sich nicht einmal mehr die Mühe gemacht, sie zu verstecken.

Es ging tatsächlich wieder los.

Kapitel 32

Liz fegte mit den Händen Ameisen von der Picknickdecke, die zielgerichtet in einer kleinen Karawane auf Louis und die Chipstüte zuhielten. »Ich bin erleichtert, dass es deiner Mutter doch nicht so schlecht ging, wie du dachtest.«

»Ich glaub, ich hab Gespenster gesehen.«

Das wunderte sie nicht. Sie wusste nicht recht, wie sie es ihm sagen sollte, aber ihr gefiel nicht, wie sehr er sich für seine Mutter aufopferte. Sie waren nun seit einer knappen Woche zusammen und sahen sich heute erst zum zweiten Mal, weil er, wenn er nicht zur Arbeit ging, so oft bei ihr bleiben musste. Er bürdete sich zu viel auf. Aber davon wollte er nie etwas hören.

Schluss jetzt mit dem Gegrübel! Es führte zu nichts und verdarb ihr höchstens den schönen Tag im Park. Eigentlich hatten Katta und Robin sich ihnen anschließen wollen, aber Katta hatte ganz kurzfristig ohne größere Erklärung abgesagt und Liz ging davon aus, dass ihre Freunde wohl der Meinung waren, es wäre an der Zeit für mehr Zweisamkeit.

Sie rutschte zu Louis und nahm ihm die Chips aus der Hand. Die Tüte kippte um, als sie sie abstellte. Die Krümel verteilten sich überall, aber das war ihr egal. Louis wehrte sich gespielt, aber sie drückte ihn auf den Rücken und verschloss seinen Mund mit einem Kuss. Sie liebte das Gefühl, wenn seine Haare ihre Hände umspielten; sie hätte den lieben, langen Tag in seiner Frisur wuscheln und wühlen und sich die Strähnen durch die Finger gleiten lassen können. Seine Hände glitten unter den Saum ihres T-Shirts. Sie spürte seine Fingerspitzen an ihrem Rücken und sein Daumen spielte ihre Rippen hoch. Aus dem Augenwinkel sah sie ein paar Kinder auf einer Picknickdecke ein paar Meter weiter, wie sie gafften, lachten und mit dem Finger auf sie zeigten. Liz schüttelte leicht den Kopf, ihre Haare fielen wie ein Vorhang über ihr Gesicht und die Welt blieb draußen. In ihr schien ein kleines Gefäß zu zerspringen und der Inhalt durchfloss sie warm und wohlig. Sie konnte nicht anders, als sich enger an ihn zu drücken, ihn inniger zu küssen und sich in seine Hände zu schmiegen, als wären sie bloß dafür gemacht, ihren Körper zu halten.

»Wenn wir jetzt alleine wären, du und ich ...«, flüsterte er und seine Stimme klang ganz rau.

Sie fragte nicht, was dann passieren würde, aber sie genoss die Vorstellung.

Als sie wenig später zerzaust und mit prickelnden Lippen am See entlangschlenderten, der das Zentrum des Parks bildete, schien ihr die Aussicht, in wenigen Stunden seine Hand loszulassen, vollkommen absurd. Es war verstörend, wie schnell sie sich an seine Anwesenheit gewöhnt hatte und wie sehr sie diese nach der kurzen Zeit schon brauchte.

»Ich liebe es, mit dir zusammen zu sein«, murmelte sie, mehr zu sich selbst als zu ihm. Aber das traf es nicht mal ansatzweise. Mit ihm war ihr vieles nicht mehr schlimm, was ihr sonst Sorgen bereitete. Er füllte etwas in ihr aus, das ohne ihn leer war und sie unvollständig machte. Ob sie deshalb von ihm geträumt hatte?

Er antwortete ihr nicht, stattdessen zog er sie zu sich herum, tupfte ihr zarte Küsse auf die Lider, sodass sie die Augen schließen musste, und fuhr dann die Linien ihres Gesichts mit den Fingern nach.

»Was machst du?«, fragte sie und unterdrückte ein Kichern, weil er sie kitzelte. Weniger auf der Haut als mehr in ihrem Bauch und ihrem Herzen und eigentlich überall, wo eine Berührung ihre Wirkung zeigen konnte.

»Ich denke darüber nach, wie ich dich zeichnen würde, wenn ich es richtig machen wollte.«

Seine Fingerspitzen flossen an ihrem Hals herab, fuhren ihre Schlüsselbeine und Schultern nach und glitten dann über ihre Brüste. Dort, wo ihre Narben waren, schien er kurz zu verharren. Einen Moment lang beherrschten die Narben ihre Gedanken. Früher oder später würde er sie sehen oder seine Finger würden sie entdecken. Ob sie ihn vorwarnen sollte? Die Vorstellung, wie er angeekelt seine Hand wegzog, versetzte ihr einen Stich.

»Was hast du?«, fragte er leise. »Sprich mit mir. Ich mach nichts, was du nicht willst.«

»Weiß ich doch!«, sagte sie, und damit er nicht sah, wie ihr die Tränen in die Augen schossen, schlang sie die Arme um ihn und drückte ihre Brust ganz fest an seine. Das war gut. So konnte niemand ihre Narben sehen.

* * *

Das Balancespiel zwischen den Stunden bei Liz, der Zeit mit seiner Mutter und seinem Auftrag in Sputniks Gang geriet zunehmend schwieriger. Er brauchte immer eine Weile, bis er umschalten konnte, und das war vor allem bei Sputnik eine gefährliche Angelegenheit. Sie verlangte stets seine vollständige Aufmerksamkeit und merkte sofort, wenn er die nicht aufbringen konnte.

»Wo hast du eigentlich deinen Kopf?«, fuhr Alina ihn an, als ihre Schwester gerade zur Toilette verschwand, und boxte ihn mit ihrer kleinen, harten Faust gegen die Schulter. Die Antwort auf ihre Frage war leicht: Der Kopf war noch beim Nachmittag, mit Liz im Park am See; Lizzies Lippen nie weiter als einen Meter von seinen entfernt, seine Hände permanent irgendwo an ihrer Haut. Das konnte er ihr allerdings unmöglich erklären.

»Nicky ist total sauer auf dich«, flüsterte Alina. Sie saßen nebeneinander auf Alinas Sofa. Louis hatte eine Flasche Bier in der Hand, aus der er nicht trank, Alina rauchte. Ihr Zimmer war ein Mädchentraum in Grau und Violett mit modernen Linien und teuer wirkenden Möbeln. Sputniks Zimmer war eher ein kleines Apartment im Haus ihrer Eltern mit Boxspringbett, begehbarem Kleiderschrank und einem Bad, das größer war als Louis' ganzes Zimmer. Er hatte nicht gedacht, dass die Eltern der beiden Schwestern so viel Kohle hatten. Offenbar lief der Club hervorragend. Wie es wohl dazu gekommen war, dass Sputnik die Gang gegründet hatte? An Geldmangel schien es jedenfalls nicht zu liegen.

»Ich rede mit dir!« Alinas nächster Hieb war schmerzhaft. »Nicky wird ungeduldig, weil du immer noch keine Tankstelle gefunden hast. Sie hat das Gefühl, dass du nicht mehr richtig bei der Sache bist. Und sie mag das nicht!«

»Sie irrt sich.« Er stützte die Ellbogen auf die Oberschenkel und die Stirn in die Handflächen. »Ich bin einfach nur vorsichtig und will sicher sein, bevor ich irgendwo grünes Licht gebe.«

»Ich weiß das doch«, lenkte Alina ein. »Und Nicky findet das auch gut. Aber langsam erwartet sie auch Ergebnisse. Stattdessen erzählt Vince, dass du kaum noch mit ihm unterwegs bist.«

»Ich plane das eben jetzt besser, bevor wir sinnlos in der Gegend herumfahren.«

»Wo wir gerade von Vince sprechen ...« Alina blies Rauch in seine Richtung und er richtete sich auf. »Als du letzte Woche nachts auf dem Hof warst, da hatte ich angenommen, Vince hätte dir gesagt, dass ich da war.«

Seine Nackenhärchen richteten sich bei dem Thema auf. Er wollte nicht über diese Nacht sprechen. Das Risiko, sich durch eine Bemerkung zu verraten, war zu groß. »Ich weiß es ehrlich gesagt nicht mehr, Alina. Kann sein, dass er das nebenbei erwähnt hat.«

»Nein, hat er nicht. Ich habe ihn gefragt.«

Er zuckte mit den Schultern, sorgsam darauf bedacht, dass es unverkrampft geriet. »Dann hab ich mich geirrt.«

»Und deine Kette? Hast du die noch gefunden?«

»Nein«, sagte er. »Muss sie woanders verloren haben.«

»Hast du am nächsten Tag denn noch danach gesucht?«

Sein Herz schlug lauter, er bekam Angst, dass sie es hören würde. »Den ganzen Nachmittag.«

Alina stand auf und ging zum Regal, wo sie ihre Zigarette in einem Aschenbecher ausdrückte. »Komisch. Wir waren nachmittags da, Vince, Freddi und ich.«

»Ach, Alina!« Er fuhr sich genervt durch die Haare. »Vielleicht war es auch am Vormittag oder am Tag darauf.«

Sputnik kam zurück, drückte einen Knopf an der Musikanlage und zappte zwischen den Songs herum, ohne sich für einen entscheiden zu können.

»Das weißt du nicht mehr?«, beharrte Alina.

Sputnik sah fragend von ihr zu Louis. »Was weiß wer nicht mehr?«

Sein Nacken kribbelte. Er musste vorsichtiger werden – viel,

viel vorsichtiger. Sie durften keinesfalls misstrauisch werden. An Ramons Erfolg hing seine einzige Möglichkeit auszusteigen, und damit auch eine langfristige Beziehung mit Lizzie.

»Ich hatte zwei Nächte nicht geschlafen, Alina, und es ist eine Woche her. Ich weiß es nicht mehr genau. Ich hab die Kette abgeschrieben – sie ist halt weg. Ist auch egal.«

Gar nicht egal war das Misstrauen, das er plötzlich so intensiv spürte, als hätte es Gestalt angenommen und sich im Raum aufgestellt.

Kapitel 33

Das Wetter hatte umgeschlagen. Statt sonniger Wärme regnete es Bindfäden und die Temperaturen erreichten kaum noch fünfzehn Grad. Liz kämpfte sich auf ihrem Fahrrad durch Sturmböen, um zu Katta zu gelangen, und obwohl sie eine Regenjacke übergezogen hatte, war sie bis auf die Haut durchnässt, als sie endlich bei ihr ankam. Aus ihrer Gänseblümchentasche tropfte es.

Katta sah grässlich aus, als sie öffnete und ihr noch im Hausflur schluchzend um den Hals fiel. Ihre Augen waren gerötet und ihre Nase geschwollen. »Wie kann er das bloß machen?«

»Schschsch«, machte Liz und drückte ihre Freundin an sich, bis die ebenso nass war wie sie. Sie fühlte sich elend. Die halbe Stunde Fahrt hatte sie gegrübelt, wie sie Katta helfen konnte, aber ihr war nichts eingefallen. Erst mal schob sie sie in die Wohnung, zog Schuhe und Regenjacke aus und nahm sich ein Handtuch aus dem Gästebad. Sie würde sonst das gute Parkett ruinieren. Anschließend schob sie Katta in ihr Zimmer und setzte sie in die schwarz-gelbe Lümmelecke, wie Katta ihr Arrangement aus Sitzkissen nannte, von wo aus sie alle Spiele ihres geliebten BVB im Pay-TV verfolgte.

»So, jetzt mal in Ruhe. Was ist passiert? Ich konnte dich am Telefon kaum verstehen.«

Katta zog die Nase hoch und wischte sich über die Augen. »Er will Schluss machen!«

»Robin?« Das konnte nicht wahr sein!

Doch Katta nickte. »Er sagt, er will zwei Wochen Pause, um unsere Beziehung zu überdenken. Weil wir …«, ein neuer Schwall Tränen rann über Kattas Gesicht, »… so wenig gemeinsam haben.«

»Aber das hat ihn nie gestört!«

»Jetzt tut es das.« Katta fiel ihr um den Hals und weinte an ihrer Schulter und alles, was sie tun konnte, war ihr hilflos den Rücken zu reiben. Schließlich richtete Katta sich wieder auf. In ihr verheultes Gesicht war Wut getreten. »Er hat bestimmt eine andere!«

»Ach, Katta, Unsinn. Dir kann keine das Wasser reichen.«

»Doch, ich bin sicher! Eine, die nonstop mit ihm zockt, Filme und Serien ansieht. 'ne Tussi, die ihn anhimmelt, statt von ihm zu verlangen, dass er zum Skaten mitkommt oder sich Fußballspiele ansieht, die ihn nicht interessieren! Das hat er gemeint – ich bin sicher.«

Ob sie recht hatte? Liz hatte immer geglaubt, die Unterschiede der beiden würden die Beziehung erst richtig würzen. Womöglich hatte sie falschgelegen.

»Und jetzt will er die andere klarmachen«, weinte Katta, »und mir erzählt er was von zwei Wochen Pause, damit er zu mir zurückkann, wenn die ihn nicht will.«

»Das glaube ich nicht. So ist er nicht. Jeder – aber Robin doch nicht!«

»Bist du jetzt auch auf seiner Seite, oder was?«

»Natürlich nicht. Ich bin auf deiner Seite – immer. Ich glaube nur –«

»Gut. Denn den Plan kann er vergessen. Ich bin doch keine

zweite Wahl. Wenn er mich nicht will, dann muss er es lassen!«

»Richtig so«, bestätigte Liz, obwohl sie gar nicht wusste, was sie denken, geschweige denn ihrer Freundin raten sollte. Robin und Katta waren in den letzten Monaten zu einer Einheit geworden – sie hatten zusammen so glücklich gewirkt. Dass Robin dies anders sehen konnte, wäre Liz nie in den Sinn gekommen. Es tat ihr unheimlich leid für Katta, aber es verunsicherte sie auch, wie fragil so eine Beziehung war und wie schnell die vermeintlich große Liebe an Kleinigkeiten zerbrechen konnte.

Katta stand auf, holte sich Taschentücher und putzte sich die Nase. Sie wirkte nun gefasster. »Und dein Louis?«, fragte sie. »Wie läuft es zwischen euch?«

Liz musste ein Seufzen unterdrücken. »Gut, denke ich«, sagte sie und lächelte. Es war zugleich die Über- und die Untertreibung des Jahres. »Wenn wir zusammen sind, dann sehe ich nur ihn und mich, und alles andere ist mir egal. Es ist perfekt.« Sie biss sich auf die Lippen, weil ihr zu spät klar wurde, dass Katta sicher jetzt nichts von ihrem rosa Geigenhimmel hören wollte. »'tschuldige. Mein Taktgefühl hat der Regen weggewaschen.«

»Blödsinn, Lizzie!«, schimpfte Katta. »Ich hab dich doch gefragt. Und mich tröstet es, dass wenigstens eine von uns glücklich ist.«

Glücklich klang merkwürdig unpassend, denn da war noch die Kehrseite der Medaille. Fakt war leider: Louis hatte selten Zeit. Auffällig selten. Natürlich musste er arbeiten, das verstand sie. Aber oft hatte sie eher das Gefühl, er würde sie hinhalten und am langen Arm verhungern lassen. Nie sagte er einfach zu, wenn sie ein Treffen vorschlug, sondern ließ es sich erst mal offen und meldete sich später. Hätte sie nicht das Gefühl gehabt, dass er in ihrer Nähe aufatmen konnte und jedes

Mal wirklich froh war, sie zu sehen, wäre sie das eine oder andere Mal ernsthaft misstrauisch geworden, um sich später für den Anflug von Zweifel zu schämen. Vermutlich lag es an seiner Mutter, dass er sich mit festen Zusagen so schwertat. Ihre Krankheit ließ sich nicht in einen Terminkalender pressen.

Und dann waren da immer noch die Träume.

Sie waren seltener geworden. Manchmal dachte sie, sie würden langsam, aber sicher verschwinden. Und dann – ohne jeden erkennbaren Zusammenhang zu ihren Treffen oder dem, was am Tag zuvor passiert war – sah sie ihn wieder auf der Klippe ins Straucheln geraten und so nah an den Abgrund kommen, dass sie vor Schreck mit Herzrasen und staubtrockener Kehle erwachte. Was wollten die Träume ihr bloß sagen?

»Was ist denn, Lizzie?«, fragte Katta, die ihr ihre Gedanken mal wieder an der Nasenspitze angesehen haben musste. »Du siehst gar nicht so happy aus, wie du sein solltest.«

Ob sie es ihr erzählen sollte? Alles? Die ganze vertrackte Geschichte? Sie war das Rumgeeiere so leid. All diese an den Nerven zehrenden Halbwahrheiten, über die sie irgendwann mal mächtig stolpern würde. Katta war ihre Kakao-doppelt-Sahne-Freundin; wenn irgendwer es verstehen würde und erfahren sollte, dann sie.

Doch dann schoss ihr durch den Kopf, wie bodenständig und vorsichtig Katta war. Sie würde Louis nie wieder unbefangen gegenübertreten. Und ihr selbst vermutlich auch nicht.

»Ich vermisse ihn bloß«, sagte sie. Das war schließlich nicht gelogen.

Zwei Stunden später regnete es noch immer. Liz fuhr dennoch nicht nach Hause, sondern nahm sich Kattas Rat zu Herzen: »Besuch ihn doch einfach mal!«, hatte sie gesagt. »Ihr seid jetzt fast zwei Wochen zusammen, da kann man schon mal unangemeldet vor der Tür stehen und ›Überraschung!‹ rufen. Vor allem, wenn man die regennassen Klamotten am Leib kleben hat und dringend ein Handtuch und trockene Socken braucht.«

Sie hatten gemeinsam gelacht und zuletzt hatte Katta noch die wasserfeste Mascara ausgepackt und Liz ein wenig »aufgehübscht«, ehe sie aufgebrochen war. Nun stand sie dennoch mit einem flauen Gefühl im Bauch vor der Tür. War die Idee nicht blöd? Was, wenn es Louis' Mutter heute nicht gut ging?

Sie schüttelte den Kopf über ihre eigenen Sorgen. *Verdammt, Lizzie, Louis ist mehrmals ungebeten bei dir aufgeschlagen, als er noch nicht mal deinen Namen kannte! Er wird sich freuen – Katta hat recht. Bestimmt!*

Energisch drückte sie den Klingelknopf neben dem verblassten Namensschild, auf dem »Nowiak« stand. Eine Weile passierte gar nichts, dann summte es. Sie drückte gegen die Haustür und stand im Flur.

Oben in der siebten Etage hörte man den Regen schon aufs Dach trommeln, obwohl das Haus zwölf Stockwerke hatte. Die Wohnungstür stand einen Spaltbreit offen. Sie klopfte dagegen.

»Ja!«, rief eine weibliche Stimme. Liz trat ein. Es gab keine Fußmatte und sie tropfte auf den Teppich. Dass sie ihre Schuhe auszog, machte es auch nicht besser.

Eine Frau streckte den Kopf aus der Küche, aber das konnte unmöglich … Liz schloss den Mund, damit ihr die Kinnlade nicht runterklappte. Es gab nicht den geringsten Zweifel – das war Louis' Mutter. Sie hatte seine Augen, dasselbe braune, wildwellige Haar, und außerdem war sie bildschön. Ihre Haut war zu blass und sie hatte Augenringe, aber das tat ihrem Aussehen keinen Abbruch, sondern verlieh ihr etwas Zeitloses. Sie sah aus wie eine Lady auf einem Foto aus den Zwanzigern, bei denen man sich unweigerlich fragte, wie die Frauen so müde und traurig aussehen konnten und gleichzeitig so schön. Eine Trinkerin hatte Liz sich anders vorgestellt.

»Bist du etwa Liz?«, fragte die Frau. Aus irgendeinem Grund schien sie das zu irritieren.

Sie nickte. »Ja, ich … ich wollte nicht stören. Nur mal vorbeischauen und Hallo sagen. Komm ich ungelegen?«

»Nein«, sagte die Frau viel zu schnell und kam auf sie zu. Sie war schlank, fast zu dünn, und wirkte jung. Sie musste Louis früh bekommen haben, sehr früh. »Ich heiße Janine. Freut mich, dich kennenzulernen.«

»Mich auch.« Sie schüttelte ihr die Hand und bemühte sich sehr, sie nicht anzustarren. Wenn sie Alkoholikerin war – musste man ihr das nicht irgendwie anmerken?

»Hübsche Tasche!«, sagte Janine Nowiak mit einem schalkhaften Grinsen und Liz bedankte sich verwundert über das Kompliment.

»Louis hat viel über dich erzählt. Er ist in seinem Zimmer. Er hat Besuch … versteh das nicht falsch, ja? Es ist nicht so, wie du vielleicht denkst.«

Liz musste schlucken. Was sollte das heißen? Sie trat zu Louis' Zimmertür. Gedanken flogen ihr durch den Kopf; unkontrolliert und hastig wie kleine, schnelle Vögel. Hatte Louis gelogen? Was, wenn seine Mutter überhaupt kein Alkoholproblem hatte? Was, wenn da drin … ein anderes Mädchen war?

Keine Gemeinsamkeiten, hallte Kattas Stimme in ihren Ohren.

Sie wusste, dass sie anklopfen sollte, aber sie tat es nicht, sondern stieß die Tür auf. Louis saß am offenen Fenster auf der Fensterbank und lehnte sich gegen den Rahmen.

Auf seinem Bett saß ein Mädchen, sah sie an und wirkte über alle Maßen erstaunt.

Kapitel 34

Das Erste, was ihr an dem Mädchen auffiel, war der tiefe Ausschnitt ihres Tops. Es zeigte dort Haut, wo ihre eigene zerstört war. Dann registrierte sie ihre perfekte Figur. Zuletzt nahm sie das Lächeln der anderen wahr. Selbstbewusst und überlegen.

So schnell ging das also? So schnell wurde man ersetzt?

Zunächst war der Schock zu groß, um Schmerz zu empfinden. Das kannte sie schon; Schmerzen kamen immer erst zeitverzögert. Das war bei dem Unfall damals nicht anders gewesen.

Sie wollte sich umdrehen und gehen, aber aus dem Augenwinkel sah sie Louis, und der brachte den Film, der vor ihren Augen ablief, zum Flimmern. Er verhielt sich nicht richtig. Er hätte abstreiten sollen, dass da etwas lief, oder sie anschreien müssen, warum sie einfach reingeplatzt war. Stattdessen lächelte er und sagte ihren Namen, als wäre er etwas Wunderschönes. Sie erwischte ihn dabei, wie er sie betrog – und er freute sich, sie zu sehen? Das konnte nicht stimmen.

Und dann kam ihr endlich die erlösende Idee: Er betrog sie gar nicht. Das Mädchen war aus einem anderen Grund hier, aus einem vollkommen harmlosen vermutlich. Sie war nicht sicher, ob sie erleichtert war oder vor Scham über ihre grundlose Eifersucht im Boden versinken wollte.

»Lizzie, was machst du denn hier?«, fragte Louis. »Du bist ja komplett durchnässt.« Er wühlte in seinem Schrank und reichte ihr erst ein Handtuch und dann eine Sweatjacke.

»Ich war in der Nähe«, sagte sie. Plötzlich erinnerte sich ihr Körper an die Kälte und begann zu schlottern. »Dachte, ich schau mal rein, was du so machst.« Toll – wie bescheuert klang das denn? Warum sagte sie nicht gleich, dass sie zum Kontrollbesuch da war? »Ich meine, ich wollte bloß … wollte dich sehen, und –«

»Louis, wer ist das?«, brach die Stimme des anderen Mädchens durch ihr Gestammel. Wie das Mädchen es machte, begriff sie nicht, aber urplötzlich lief der Film wieder, die Eifersucht war zurück und mit ihr noch etwas anderes, was sie nicht benennen konnte und was ihr noch mehr Sorgen machte. Denn in der Stimme des Mädchens klang in jedem der wenigen Worte ganz deutlich eins heraus: dass sie, Liz, kein Recht hatte, hier zu sein!

Und Louis hatte es auch gehört.

»Fuck«, sagte er leise, vielleicht bildete er das Wort auch bloß mit den Lippen. Aber sie hatte es gesehen. »Lizzie, wir besprechen hier gerade was. Ist wegen der Arbeit. Ich hab gerade wirklich nicht viel Zeit. Vielleicht sehen wir uns später.«

»Ist das deine *Freundin*?«, fragte das fremde Mädchen mit spöttischer Stimme. »Süßes Handtäschchen. Mit Blümchen. Selbst gebastelt?«

Louis antwortete nicht, und Liz spürte, wie ihr Gesicht heiß wurde und gleichzeitig taub zu prickeln begann.

Warum tat er ihr so etwas an? Das war vollkommen falsch!

Am liebsten hätte sie ihn angeschrien und das Mädchen zum Teufel gewünscht, aber sie würde sich nicht die Blöße geben, ihre Nerven zu verlieren. Sie schluckte, es fühlte sich an, als müsse sie einen dicken Stein hinunterwürgen. Dann sagte sie: »Verstehe«, drehte sich um und ging. Sie schlüpfte in ihre Schuhe, ohne sie zuzubinden, und lief schnell, aber ohne zu rennen, die Treppen runter. Eine Weile hoffte sie auf das Klappern der Tür und auf das Geräusch seiner Schritte, wenn er ihr nachlief. Aber nichts davon war zu hören. Er kam nicht. Sie löste das Schloss ihres Fahrrads mit zitternden Händen, stieg auf und fuhr gegen den Wind.

Gut, dass es regnete. So bemerkte keiner, dass ihr die Tränen übers Gesicht liefen.

* * *

»Was hat die denn?« Alina zog die Brauen hoch. Ihr Gesicht fragte eigentlich etwas anderes, nämlich, was Liz hier zu suchen hatte. Für ihr verächtliches Grinsen hätte er sie am liebsten hochkant rausgeworfen.

»Offenbar ein Klammerproblem«, erwiderte er und ekelte sich vor sich selbst. Er sollte Lizzie nachlaufen und Alina zur Hölle schicken. Aber er wusste zu gut, dass es das dann gewesen wäre mit Sputniks Vertrauen. Im schlimmsten Fall wurde sie misstrauisch und er flog auf.

Er war zu nah dran, um jetzt alles zu riskieren.

Shit, er hatte es doch die ganze Zeit über gewusst! Für eine Beziehung hatte er sich die denkbar schlechteste Zeit ausgesucht. Er brauchte nun nichts so sehr wie absolute Unabhängigkeit.

»Hast du was mit der angefangen?«, wollte Alina wissen. Sie sah ihn an, als wäre allein die Vorstellung vollkommen lächerlich.

»Ich wusste nicht«, erwiderte er gereizt, »dass ich dazu deine Erlaubnis brauche.«

Sie hob in gespielter Kapitulation die Hände. »Natürlich nicht. Solange du alles im Griff hast und deine kleine Freundin keine dummen Fragen stellt.«

»Blödsinn. Das ist 'ne Bettgeschichte, mehr nicht.«

Alina stand auf und griff nach ihrer Handtasche. »So kam mir das auch gerade vor.« Die Ironie in ihrer Stimme war nicht zu überhören. Er glaubte, auch Eifersucht wahrzunehmen. Verletzte Gefühle auf ihrer Seite waren wirklich das Letzte, was ihm jetzt noch fehlte, aber er brachte es nicht über sich, sie aufzuhalten. Sollte sie doch verschwinden! So frustriert wie unbeteiligt sah er dabei zu, wie sie ihre Jacke überzog, ihm einen Kuss auf die Wange gab, als müsse sie ihr Revier verteidigen, und mit hoch erhobener Nase davonstolzierte.

Als die Wohnungstür ins Schloss fiel, brach es aus ihm heraus. Er ballte eine Faust und schlug gegen die Wand. Ein paar Blutschmierer blieben an der Tapete zurück. Er spürte kaum etwas, bis auf den Wunsch, zu schreien und alles kurz und klein zu schlagen.

Doch da ging die Tür auf und seine Mutter sah herein. »Alles in Ordnung?«

»Nein«, murmelte er und riss sich zusammen. »Hab Mist gebaut.«

»Mit den Mädchen?«, fragte seine Mutter. »Warum ist die kleine Süße herausgestürmt und die Zicke rausstolziert wie eine Diva? Dann war da doch was mit dir und der Schwarzhaarigen? Ach, Louis!« Ihre Stimme klang so mahnend, wie er sie zuletzt gehört hatte, als er zehn Jahre alt gewesen war. Sie redete auf ihn ein, gab ihm Ratschläge, um die er sie nicht gebeten hatte. Er nickte, ohne ein einziges Wort wirklich verstanden zu haben. Sie wusste doch gar nicht, worum es ging. Sie hatte keine Ahnung von seinem Leben. Er wollte immer noch wüten, toben und brüllen, aber der friedliche, nüchterne Zustand, in dem sich seine Mutter heute befand, war zu fragil, um ihn mit irgendetwas zu erschüttern.

»So schlimm ist es nicht«, sagte er ihr. »Krieg ich schon alles wieder hin.«

Als sie ihn endlich allein ließ, kramte er sein Handy hervor.

Liz, tippte er und brauchte für jedes Zeichen drei Versuche, weil seine Finger zitterten. **Das mit uns, das kann doch nichts werden. Ich hätte es mir gewünscht, das musst du mir glauben. Aber da sind noch zu viele Probleme, die ich –**

Fuck! Er warf das Handy auf sein Bett, rannte ins Bad und drehte den Wasserhahn auf, damit seine Mutter ihn nicht kotzen hörte. Anschließend hielt er das Gesicht unter den kalten Strahl. Mit Wasser in den Ohren, in der Nase und in den Augen sah er ein bisschen klarer. Er war ein Idiot. Unabhängigkeit war schön und gut, aber seine war eine Farce, wenn er sich von Alina vorschreiben ließ, mit wem er sich traf und mit wem nicht.

Er hielt den Kopf unters Wasser, bis er nichts mehr fühlte, und ging zurück in sein Zimmer. Dann löschte er alles wieder und schrieb ein einziges Wort, das er abschickte:

Warte.

Und dann rannte er.

Kapitel 35

Er erreichte Liz in dem Waldstück, das zu ihrem Haus führte. Sie wischte sich hastig den Regen aus dem Gesicht, als sie ihn bemerkte. Zurück blieb eine verweinte Wut, die sie überwältigend schön aussehen ließ und ihm gleichzeitig im Magen drückte, weil er Schuld daran trug. Das hatte er nicht gewollt.

Er war wie ein Verrückter gerannt, um sie einzuholen. Jetzt brannte ihm die Kehle und er bekam nicht mal ihren Namen über die Lippen.

»Was sollte das gerade?«, fragte sie. Sie kämpfte immer noch mit den Tränen und ihre großen braunen Augen wirkten fast schwarz. »Vielleicht hat das, was zwischen uns war, für dich eine andere Bedeutung als für mich – aber ich dachte, wir wären zusammen und würden … und hätten …« Die Stimme brach ihr weg.

»Haben wir ja auch!«, keuchte er.

Auf der anderen Straßenseite ging eine Frau mit zwei Pudeln; die Hunde zerrten an ihren Leinen und kläfften in seine Richtung.

»Ja? Davon war gerade aber nichts zu spüren. Und jetzt sag nicht, dass ich mir das eingebildet habe! Wer war das?«

»Alina. Und da ist nichts zwischen ihr und mir. Es ist ganz harmlos.«

»Erzähl mir keinen Scheiß!«, brüllte Liz. Die Pudelfrau reckte neugierig den Kopf, Liz bemerkte es, senkte den Blick und sprach leise weiter. »Komm mir nicht mit einer Geschichte, Louis. Das war nicht deine Cousine und auch keine Klassenkameradin, die mit dir Mathe lernt. Ich hab Augen im Kopf!«

»So meine ich das nicht.« Verdammt, wie sollte er es ihr erklären? »Aber ich empfinde nichts für sie. Rein gar nichts, bitte glaub mir das!«

»Aber da ist doch etwas«, beharrte sie. »Ich hab das so deutlich gespürt, wie ich den Regen spüre. Ich will wissen, was da los war!«

Reflexartig wollte er ausweichen. Ihr sagen, dass er ihr keine Rechenschaft schuldig war oder dass sie sich in etwas hineinsteigerte. Er biss sich auf die Zunge, um es nicht zu tun.

Sie sah ihn an, wie er schwieg, weil es das Beste war, was er machen konnte. Weil es ihn daran hinderte, sie anzulügen, was er ungern tat, selbst wenn er musste. Schließlich schüttelte sie den Kopf. »Hast du denn gar nichts zu sagen? Rennst du mir nach, um mich anzuschweigen? Das hättest du dir sparen können!«

Sie wollte sich abwenden, aber er hielt sie am Arm fest. »Alina«, sagte er, und dann geriet es außer Kontrolle, »gehört zur Gang.«

* * *

»Du hast gesagt, du wärst ausgestiegen.«

Er hatte es versprochen. *Ihr* versprochen! Dass er gelogen hatte, zog ihr den letzten Rest von Boden unter den Füßen weg. Sie musste sich an ihrem Fahrrad festhalten, aber das schwankte auch schon.

»Bin ich ja. Aber davon lösen sich doch die Leute nicht in Luft auf. Ich hab nur mit ihr geredet. Lizzie, die ist ein verwöhntes Gör, aber doch keine Gefahr für dich!«

»Und deshalb sollte ich gehen, ja?«

»Weil ich nicht wollte, dass du erfährst, wer sie ist«, sagte er, und es machte sogar Sinn. Konnte sie ihm das glauben? »Bitte, Lizzie, hör mir zu!«

Sie starrte den Regen an, der aus seinen Haaren lief und spiegelnde Linien auf sein Gesicht malte, die es unmöglich machten, seine Mimik zu lesen. Er kam ein Stück näher und legte ihr die Hände an die Wangen. Sie waren genauso nass wie ihr Gesicht, aber wärmer und eine Wohltat auf ihrer kalten Haut.

»Ich weiß, dass ich Fehler gemacht habe, und ich tu mein Bestes, um alles ins Reine zu bringen. Für dich, okay? Nur für dich. Ich schwöre es, alles wird gut. Aber bitte vertrau mir. Kannst du das?«

Etwas in ihr rief *Natürlich!*, doch der Rest nahm noch mal alle Wut zusammen und hielt dagegen. Sie glaubte, die Stimme ihrer Mutter zu hören, die ihr zuflüsterte: *Lizzie, sei nicht dumm! Jungen können dir das Blaue vom Himmel versprechen und jeden einzelnen Stern noch dazu. Lass dir bloß nicht das Herz brechen – du hast nur das eine.*

Sie nahm seine Hände und drückte sie langsam von sich weg, auch wenn es ihr schwerfiel. »Weiß ich nicht«, zwang sie über ihre Lippen. »Ich brauch Zeit zum Überlegen.«

Wenn es nach ihr ginge, hätten ein paar Stunden Zeit ausgereicht, aber sie wurde sich nicht einig mit sich selbst, zu welchem Ergebnis sie kommen sollte. Es war kurz nach Mitternacht und der Wind peitschte den Regen gegen ihr Fenster. Sie saß in ihrem kuscheligen Snoopy-Schlafshirt auf ihrem Bett und hielt ein Fotoalbum ihrer Eltern im Schoß. Früher hatte sie in den Bildern und Erinnerungen immer die Hilfe ihrer Mutter gefunden. Jetzt war alles anders. Vielleicht, weil sie langsam erwachsen wurde und Mama ihr nie von Frau zu Frau etwas geraten hatte, sondern immer von Mutter zu Kind. Nun richtete sich jeder Rat, an den Liz sich erinnern konnte, gegen ihr eigenes Herz.

Ihre Mutter war Feministin durch und durch gewesen. Sie fand, dass ein Mann, der einer Frau Kummer machte, die Frau gar nicht verdient hatte. Wenn sie romantische Komödien mit ihr im Fernsehen gesehen hatte, dann begann sie an der Stelle, als die obligatorischen Missverständnisse anfingen, auf Niederländisch über die Männer zu zetern und zu schimpfen, dass man kaum noch was vom Film verstand. Wenn sie von Louis wüsste, da war Liz sich ganz sicher, würde sie sich im Grabe umdrehen, und dazu war nicht einmal die ganze Geschichte notwendig. Die halbe reichte bereits für drei Rotationen um die eigene Achse! Sie konnte nur hoffen, dass die Toten nicht mit ansehen mussten, was die Lebenden taten.

Was war sie für eine Tochter! *Aber, Mama, du bist ja nun nicht hier, und was soll ich machen, wenn ich solche Sehnsucht habe?*

Über diesen Gedanken schlief sie mit dem Fotoalbum auf der Bettdecke ein.

Die Klippe ist unzählige Meter hoch und ragt bis in die Wolken. Unten glitzert der Fluss tiefschwarz, als hätte man zerschlagene Seelen hineingeworfen, und die Strömung kreischt, weil sie die Geschichten nicht mehr aushält.

Sie glaubt nicht, dass sie träumt, denn plötzlich ist alles anders. Louis gerät an den Klippenrand, aber diesmal gehorcht ihr die Stimme und sie kann ihn warnen. Er lacht darüber, er nimmt sie nicht ernst. Der Wind peitscht ihn hin und her und er lässt sich von ihm treiben. Immer näher kommt er dem Abgrund, aber diesmal versagen ihre Beine nicht den Dienst und sie kann zu ihm laufen.

Die Erde bebt, die ersten Steine brechen.

Der nächste Schritt, den er tut, ist einer zu viel. Unter ihm klafft Leere, Tausende Meter Nichts.

Aber diesmal ist sie da und greift nach seiner Hand.

Sie schreckte auf. Den Moment aus dem Traum konnte sie festhalten, als hätte jemand in ihrem Kopf ein Standbild eingefroren. War es so leicht? Sie musste nur seine Hand nehmen?

Es war stockfinster im Zimmer. Der Regen trommelte noch immer aufs Dach. Liz tastete nach dem Schalter ihrer Nachttischlampe und musste blinzeln, als sich das buttergelbe Licht im Raum verteilte. Das Fotoalbum lag zugeklappt auf ihrem Nachttisch. Andrea musste es dorthin gelegt und das Licht ausgeschaltet haben. Es war drei Uhr morgens und irgendetwas war anders als sonst, wenn der Traum sie mit klopfendem Herz zurück–

Moment. Das war es! Ihr Herz klopfte einen ganz normalen Takt. Kein Aufruhr, keine Angst. Dafür gab es nur eine Erklärung: Sie hatte herausgefunden, was der Traum ihr sagen wollte, und damit hatte er seinen Schrecken verloren.

Natürlich! Es war so einfach, dass sie sich fragte, wie sie es hatte übersehen können! Sie musste Louis helfen. Sie war diejenige, die es konnte, und allein darum träumte sie von ihm. Der Traum hatte sie nicht betrogen – das hatte er nie. Louis war ihr Traumjunge. Sie musste ihn bloß halten.

Kapitel 36

Liz schlief die restliche Nacht tief und fest wie ein Stein. Als sie erwachte, war sie so ausgeschlafen wie seit Langem nicht mehr. Sie ging duschen und ihre Zähne putzen. Danach fand sie eine SMS auf ihrem Handy: ein Gänseblümchensymbol, dazu die Worte: **Es tut mir wirklich leid. Louis.**

Sie würde ihm gleich antworten, vorher wollte sie etwas anderes tun. Sie startete ihren Laptop. Die Bewerbungsunterlagen für dieses Kunstinternat, die sie bei Louis gesehen hatte, gingen ihr nicht mehr aus dem Kopf. Sie googelte danach und fand die Ausschreibung für das Stipendium auf Anhieb. Während sie die Beschreibung durchlas, kam ihr die Vorstellung, dass Louis sich nicht bewerben wollte, immer abwegiger vor. Die suchten junge talentierte Leute wie ihn – Jugendliche, die in schwierigen Verhältnissen lebten oder mit dem regulären Schulsystem nicht zurechtkamen. Das schrie doch regelrecht nach Louis.

Und wenn man es genauer betrachtete, konnte man immerhin sagen, dass er sich so gut wie beworben hatte: Er hatte den Fragebogen ausgefüllt und sogar schon unterschrieben. Liz' Finger führten ein Eigenleben und steckten das Kabel vom Drucker in die Schnittstelle ihres Laptops. Sie rang die Hände ineinander, als sie sich bewusst wurde, was sie vorhatte. Sich an dieser Stelle in sein Leben einzumischen und die Bewerbung für ihn zu schreiben und abzuschicken, war schon starker Tobak. Andererseits war Louis der Letzte, der ein Recht hatte, sich darüber aufzuregen. Er hatte Schlimmeres getan, als eine Unterschrift zu fälschen. Viel Schlimmeres! Sie hatte etwas gut bei ihm.

»Verzeih mir«, murmelte sie. Dann druckte sie erst den Fragebogen aus und danach das Foto, das sie zufällig vor Monaten von seinem Sandsturm-Graffiti gemacht hatte. Dass sie dieses Motiv gesehen und fotografiert hatte, bevor sie Louis kannte, bestärkte sie noch. Sie war dazu bestimmt, ihm zu helfen. So viele Zufälle konnte es doch nicht geben.

Den Bogen auszufüllen, fiel ihr leicht. Sie kannte Louis gut genug, um zu wissen, was er auf die Fragen antworten würde. Seine Unterschrift und die seiner Mutter zu fälschen, war eine andere Sache. Aber letztlich hatten die Leute bei der Kunstschule nichts, um es mit ihrer Version zu vergleichen, und so wagte sie es nach einigen Versuchen auf Schmierpapier. Das Ergebnis war nicht schlecht. Sie packte alles in einen großen Umschlag und legte Louis' Libellenzeichnung und den Comic vom wiederbelebten Käfer dazu. Drei Arbeitsproben waren vielleicht etwas mager, aber sie waren bestimmt überzeugender als manche ganze Mappe.

Damit Andrea den Umschlag nicht entdeckte und heikle Fragen stellte, brachte sie ihn noch vor dem Frühstück zur Post. Und erst dann, als der Umschlag in den Briefkasten rutschte, die Sache nicht mehr in ihrer Hand lag und kein Risiko mehr bestand, sie könnte es sich anders überlegen, schickte sie Louis per SMS einen Smiley zurück.

Normalerweise verging die Zeit in der Praxis immer wie im Flug, aber der Montagvormittag zog sich elendig in die Länge.

Am Nachmittag sah sie Louis wieder. Er hatte vorgeschlagen, sie an der Wupper zu treffen; dort, wo sie schon einmal mit Katta und Robin gewesen waren. Nach dem gestrigen Regentag war es noch zu kalt zum Baden, aber das war ihr ganz recht. So musste sie sich vorerst keine Sorgen um das Bikini-Problem machen. Louis begrüßte sie zerknirscht, und es tat ihr prompt leid, dass sie ihn so lange hatte schmoren lassen.

»Was wollen wir hier machen?«, fragte sie ihn.

Sein Lächeln hatte etwas Unsicheres, was sie süß fand. »Wir könnten spazieren gehen. Hier ist es ruhig, ich mag das. Als ich ein Kind war, wollte ich immer einen kleinen, netten Hund haben, um mit ihm spazieren zu gehen. Wir haben einen aus dem Tierheim geholt – Benji. Aber ich war dummerweise allergisch und meine Mutter hat ihn zurückbringen müssen.«

»Oh, nein, das war bestimmt schlimm.«

»Hat mir das Herz gebrochen.« Er verzog keine Miene, aber sie hatte dennoch nicht das Gefühl, dass er scherzte. »Warum hast du keinen Hund oder nicht wenigstens eine Katze? Du wohnst bei deiner Tierarzttante und ihr habt keine eigenen Tiere. Ziemlich ungewöhnlich, oder?«

Sie musste seufzen. Eine Katze war das große Thema zwischen ihr und Andrea. »Meine Tante kommt schwer damit klar, dass Tiere nicht ewig leben. Sie hatte früher einen Kater, aber er wurde überfahren und seitdem kommt ihr kein Tier mehr ins Haus.« Sie hatten oft darüber gesprochen und mehrmals beinah gestritten. Letztlich hatte Liz immer nachgegeben, wenn Andreas Augen feucht geworden waren. »Sie muss zu oft Tiere einschläfern, vermute ich.«

Sie spazierten eine Weile ohne Hund an der Wupper entlang, wichen Wanderern aus und sprangen beiseite, wenn Mountainbiker um die Kurven geschossen kamen. Von rechts wurden sie mehrfach von Kanuten überholt, die den hohen Wasserstand nach den Regentagen für eine flotte Fahrt nutzten. Liz hatte mit dem Gedanken gespielt, Louis zur Klippe zu bringen, aber seit ihr Traum sich verändert hatte und Louis abzustürzen drohte, war ihr unheimlich bei diesem Gedanken. Sie gingen in die andere Richtung weiter durch den Wald. Irgendwann führte der Weg an einer sonnigen Lichtung vorbei.

»Wollen wir uns dort auf den Baumstamm setzen?«, schlug Louis vor. Liz legte ihre Gänseblümchentasche neben sich. Louis hing seine Jacke wie ein Polster über eine Wurzel und bat sie, sich zu setzen. Dann ging er zum Waldrand und pflückte dort irgendetwas. Walderdbeeren oder Himbeeren, vermutete sie, die wuchsen hier überall. Die Brombeeren waren noch nicht reif.

Sie streckte ihre Beine aus. Es war nicht die cleverste Idee gewesen, Sandalen anzuziehen, auch wenn sie sehr hübsch aussahen. Sportschuhe wären für einen Spaziergang angebrachter gewesen. Irgendetwas summte an ihrer Hüfte, zuerst erschrak sie, weil sie es für ein Insekt hielt – ein sehr großes Insekt. Dann bemerkte sie, dass es Louis' Handy war, das er in der Jackentasche gelassen hatte. Er war zwischen den brusthohen Brennnesseln und dem wuchernden Brombeergestrüpp kaum noch zu sehen. Sie überlegte, ob sie ihn rufen sollte, aber ihr fiel wieder ein, wie überstürzt er beim letzten Mal aufgebrochen war, als ihn jemand angerufen hatte. Das Handy summte penetrant. Liz warf einen Blick aufs Display. »Ramon«, stand da. Dieser Arsch! Konnte sie den Anruf nicht einfach wegdrücken? In dieser Gegend war es eigentlich ein Wunder, wenn man überhaupt Netz hatte. Sie bewegte das Smartphone in der Hand und kam ganz versehentlich an den seitlichen Schalter. Allerdings schien dieser Ramon ein hartnäckiger Kerl zu sein, denn er versuchte es prompt wieder.

Jetzt nicht!, entschied Liz, hielt den Knopf, bis das Display schwarz wurde, und ließ das Handy dann wieder in Louis' Jackentasche gleiten.

Louis kam zurück, die hohlen Hände voller winzig kleiner Erdbeerchen, die ohne jeden Zweifel das Süßeste waren, was sie je gegessen hatte. Vor allem die, die er ihr in den Mund steckte. Die Früchte waren viel zu klein, um dabei nicht seine Finger mit den Lippen zu berühren. Solange sie ihre eigenen Hände nicht brauchte, nestelten die am Saum seines T-Shirts und fanden hier und da den Weg unter den Stoff, wo seine Haut glatt und weich und warm war. Der Flaschengeist übte eine unwiderstehliche Anziehungskraft auf sie aus. Seine Ränder waren nicht mehr zu fühlen, doch sie glaubte dennoch, sie mit den Fingerspitzen nachspüren zu können. Zum Nachtisch wünschte sie sich im Stillen einen Kuss von ihm, und weil Flaschengeister Wünsche erfüllten, schloss sie nach der letzten Erdbeere die Augen und spürte kurz darauf Louis' Lippen auf ihren.

Es war perfekt. Jeder Moment war wie sattes Grün mit kleinen Erdbeeren bestückt, jeder Augenblick schenkte einen warmen Windhauch und ein paar Sonnenstrahlen, die sich durch die Baumkronen stahlen. Sie brauchte keine Klippe, ihr Traum war hier, im Wald, ganz real.

Er rückte näher zu ihr hin, kniete vor ihr und streichelte ihre Schultern, ihren Nacken, ihren Hals. Dann schoben sich seine Finger ein kleines Stück unter den Ausschnitt ihres Sweatshirts, umspielten ihre Schulter und glitten federleicht nach vorne. Sie hielt die Luft an und der schöne Moment war vorbei und nicht mehr grün. Seine Hand bewegte sich langsamer, als seine Fingerspitzen über die Stelle oberhalb ihrer linken Brust strichen, an der keine elastische Haut mehr war, sondern Narbengewebe. Hoffentlich hatte er es nicht bemerkt!

Er löste seinen Mund von ihrem und sah sie an. »Alles okay?«

Nein, nichts! Sie wollte aufstehen und gehen. Es sollte lieber Winter sein, weil die Spuren des Unfalls dann leichter zu verstecken waren. Aber was würde er von ihr denken, wenn sie sich derart anstellte? *Du musst das endlich mal vergessen!*, sagte Katta immer. *Tu einfach so, als wären diese Narben nicht da.* Innerlich biss sie die Zähne zusammen, so fest sie konnte. Nach außen lächelte sie. »Klar.« Sie küsste ihn wieder. Aber irgendwas war jetzt anders. Dieses Stück tote, vernarbte Haut war hervorgekrochen, und obwohl es unter ihrem Shirt versteckt war, hatte es sich zwischen sie und Louis gedrängt. Ewig konnte sie es nicht vor ihm geheim halten. Nicht, wenn sie irgendwann einen Schritt weiter gehen und ihm näherkommen wollte. Und das wollte sie! Sie sehnte sich so sehr nach seinen Händen auf ihrer Haut, dass es überall zog und schmerzte. Warum stand sie sich nur so im Weg? Sie gab sich Mühe, an die Liedtexte zu denken, die davon erzählten, dass man trotz Narben schön sein konnte, aber letztlich wusste sie zu gut, dass das bloß Lieder waren, die trösten sollten. Für sie, Liz, und ihre handtellergroße Stelle knotiges Leder über dem Herzen galt das gewiss nicht.

Louis begleitete sie nach Hause, er schien heute unbegrenzt viel Zeit für sie zu haben, und das war zu schön, um sich von nagenden Sorgen stören zu lassen. Leider ließen sie sich nicht wegschieben.

Sie versuchte sich abzulenken, indem sie Louis in ihrem Zimmer ihre Entwürfe und neuesten Näharbeiten zeigte, aber es kribbelte und kratzte immer mehr unter ihrer Haut und sie fühlte sich wie unter Strom gesetzt. Ihr war, als müsse ihr Körper sprungbereit bleiben, als könnte in jedem Moment eine jähe Flucht notwendig werden.

»Kommt heute noch jemand her, der es mit mir aufnehmen will?«, fragte Louis irgendwann und lachte über ihr ratloses Gesicht. »Nun guck nicht wie ein Erdmännchen vorm Umfallen. Du bist total nervös. Was ist los? Erwartest du irgendetwas Dramatisches oder hab ich etwas falsch gemacht?«

»Du hast gar nichts falsch gemacht«, murmelte sie. Er hatte es also gemerkt. Wie peinlich war das denn? »Es liegt an mir.«

»Na, das will ich hören«, sagte er. »Erzähl.«

»Geht nicht.«

»Verstehe«, erwiderte er tonlos. »Ich werde von dir emotional ausgenommen wie eine Weihnachtsgans und lege dir alle meine Probleme wie Opfergaben vor die Füße. Und dann frag ich dich auch mal was und du so: nope. Geht nicht.« Er zog die Augenbrauen zusammen, sodass sein Blick ganz düster wurde. Sie war nicht sicher, ob das gespielt war oder ob sie ihn ernsthaft beleidigt hatte.

»Ich bin … ein wandelnder Komplex.« Wie klang das denn? Jetzt redete sie sich auch noch um Kopf und Kragen. »Das soll jetzt kein fishing for compliments sein. Sag bitte nicht, dass ich keinen Grund dazu habe, das ändert sich davon nicht, ich versuche bloß … ich will, dass du weißt, warum ich …«

Er nahm einen ihrer Hüte, eine Art Baskenmütze, von dem selbst gebastelten Styroporkopf und kam zu ihr. Ihr Gestammel ignorierte er und setzte ihr einfach den Hut auf. »Du verwirrst mich komplett«, sagte er, schob ihr den Hut seitlich auf den Kopf und drapierte ihre Haare um ihre Schultern. »Warum hast du hier keinen Spiegel hängen? Wie soll ich dir ohne einen Spiegel zeigen, wie schön du aussiehst und wie wenig Grund es für dich gibt, dich anders zu fühlen?«

»Genau deshalb«, sagte sie und ein Kichern kam in ihr hoch. Jetzt nur nicht wieder lachen! Sie hasste es! Es war nicht lustig, es war wieder dieses hysterische Gelächter, mit dem sich ihr Bewusstsein aus schwierigen Situationen flüchtete. Katta sagte immer, gegen dieses Lachen würde nur Riechsalz helfen, und jetzt, wo sie alles wollte, nur nicht lachen, bedauerte sie, keins zu haben.

»Versteh ich nicht«, sagte Louis. »Hilf mir.«

Sie drehte sich weg. Am liebsten wäre sie gegangen, aber leider wohnte sie hier, und eine Flucht würde das Problem nicht lösen, nur aufschieben.

»Du darfst nicht starren, okay?«, sagte sie. Sie krallte ihre Finger um den Saum ihres Langarmshirts. Ihr wurde ein bisschen schwindelig, als ihr klar wurde, was sie im Begriff war, zu tun. Aber sie hatte keine Wahl, jetzt half nur noch die Wahrheit. Vielleicht galten die Lieder ja doch auch ihr. Im Traum war es gut gegangen. Sie kicherte und schluchzte gleichzeitig, während sie sich das Oberteil über den Kopf zog, den Hut auf den Teppich fallen sah und sich umdrehte. Sie ließ das Shirt aus ihren Händen rutschen, atmete ein und aus und überstand es irgendwie.

»Schwierig«, sagte er heiser.

»Was?« Ihr Herz schlug ihr bis zum Hals. Schwierig? Schwierig, sie je wieder anzufassen, nachdem er das gesehen hatte? Ihre Figur konnte er kaum meinen. Sie trug nun leider keine sechsunddreißig, aber das sah man doch auch angezogen auf den ersten Blick.

»Schwierig, nicht zu starren.«

Sie nickte und legte eine Hand über die Narben. Das verdeckte sie nicht ganz und war ihr auch zuwider – sie berührte die Stelle nicht gern. Aber noch weniger wollte sie, dass er sie im BH ansehen musste. Die Realität war eben doch kein

Traum. Sie wollte sich nach ihrem Oberteil bücken, aber er machte eine knappe Geste und sie blieb stehen. Dann nahm er ihre Hände von ihrem Dekolleté weg. Seine Finger streiften die vernarbte Stelle, als wäre sie unsichtbar.

»Schwierig, nicht zu starren«, sagte er noch einmal, »wenn man sich …«, er schluckte und sah ihr in die Augen, »… mit jeder Sekunde Starren ein bisschen mehr verliebt und davon einfach nicht genug kriegen kann.«

Was sagte er da? »Louis. Hast du einen Sehfehler?«

Er schüttelte den Kopf. »Nein. Aber zugegebenermaßen gerade nicht genug Blut im Gehirn, um die Augen zu versorgen. Was allerdings ganz allein deine Schuld ist.« Er strich mit zwei Fingern über ihre heile Haut in Richtung Narbe, und sie hielt ihn rasch fest, ehe er die Stelle erreichen konnte.

»Du findest es nicht schlimm?«

»Tut es weh, wenn ich dich da berühre?«, fragte er statt einer Antwort erschrocken.

»Nein. Da tut nichts mehr weh.« Sie könnte die obersten Narbenschichten vermutlich mit einem Sparschäler abschaben, ohne es zu spüren.

»Gut.« Er entfernte ihre Finger von seinen und fuhr ungerührt über das Narbengewebe. »Und doch, ich finde es schlimm. Schlimm, dass dir so etwas zugestoßen ist. Ist das bei dem Unfall passiert?«

Sie nickte. »Der Baum.«

»Du hast gesagt, du hättest nur Kratzer gehabt.«

Verglichen mit ihren Eltern entsprach das auch der Wahrheit. Es mochte entsetzlich aussehen, aber es war bloß eine harmlose, hässliche Wunde gewesen, nichts Lebensgefährliches. »Ich rede nicht gern drüber, weißt du? Ich kann das Angestarrtwerden nicht ertragen. Und das Mitleid.«

Er nickte. Immer noch lagen seine Fingerkuppen auf dieser rauen, körnigen Hügellandschaft, die mal ihre Haut gewesen war. Sie glaubte, die Wärme seiner Hände hindurch zu spüren.

»Das ist schlimm«, wiederholte er. »Und es tut mir leid, dass du verletzt wurdest, und noch mehr leid tut es mir, dass du dich deshalb schlecht fühlst, und für mein Mitleid tut es mir sogar noch mehr leid, weil du es nicht haben willst. Aber am meisten tue ich mir ehrlich gesagt selbst leid.«

»Warum das?«

»Weil meine Freundin mich für einen oberflächlichen Macker hält, der so etwas«, er legte seine Wange an ihr Narbengewebe, »*schlimm* findet.«

»Damit kannst du aber leben, oder?« Sie wollte es nicht zugeben, aber eigentlich fehlten ihr die Worte. Sie hätte nie gedacht, dass er ihre Zweifel so leicht zerstreuen würde. Und noch weniger, dass er, der perfekt war, makellos, sich so selbstverständlich an diesen schuppigen Panzer schmiegen würde, der ihr Herz bedeckte.

Kapitel 37

Ramon hatte ihm in seiner Straße regelrecht aufgelauert, da gab es nichts zu beschönigen. Er begrüßte ihn mit einem Schlag auf die Schulter. »Wo warst du den ganzen Tag, Louis? Du hättest dich melden können, nachdem ich versucht habe, dich zu erreichen.«

»Sind wir verheiratet, Honey?« Es war selten klug, Ramon zu provozieren, aber Louis hatte immerhin einen Ruf zu verteidigen. Auf dem Heimweg hatte er gemerkt, dass sein Handy abgeschaltet gewesen war und dass Ramon ihn vorher mehrmals zu erreichen versucht hatte. Aber Maulwurfs-Job hin oder her – in der Stellenausschreibung hatte nichts von permanenter Erreichbarkeitspflicht gestanden.

»Geh mit mir einen trinken«, verlangte Ramon.

Louis zuckte mit den Schultern. Sie gingen zu einer dieser Kneipen, die man vermutlich in den Siebzigern hätte schließen sollen, doch einfach vergessen hatte. Grüne Kacheln, schwere, dunkle Wirtshausstühle mit durchgesessenen Polstern und speckige, karierte Deckchen auf den Tischen. Neben der Tür blubberte und dudelte ein Spielautomat. Die Bedienung war eine verhuschte, ältere Frau, vermutlich Griechin oder Italienerin. Ihre schwarzen Haaren und selbst die Augenbrauen waren von grauen Strähnen durchzogen. Sie vermied es, etwas zu sagen oder Blickkontakt aufzunehmen, stattdessen sah sie auf den Tisch. Ramon bestellte zwei Pils und schob Louis eins vor die Nase. Er trank nie gern, aber heute schmeckte das Bier besonders gallig.

»Der Grund, warum ich dich so dringend sprechen wollte«, begann Ramon, verschränkte die Finger ineinander und ließ sie knacken, »ist eine Nachricht vom Römer. Es eilt langsam, und er wundert sich sehr, warum ich meine Versprechen nicht erfüllen kann.«

Louis rieb sich die Nasenwurzel, wo sich die Anspannung langsam zu Kopfschmerz manifestierte. »Ich habe es dir ungefähr ein Dutzend Mal gesagt. Ich habe das Versteck noch nicht gefunden.«

»Sputnik wollte schon verkaufen. Der Römer hat uns etwas Zeit verschafft, indem er Sputnik versetzt hat, aber diese Zeit läuft ab.«

Er fragte sich ohnehin seit Längerem, warum Sputnik die Ware nicht schon lange an den Hehler weitergegeben hatte. Warum riskierte sie, entdeckt zu werden? Wollte sie noch mehr ansammeln? Denkbar war das, immerhin war ihr Versteck ausgesprochen sicher. Aber die Zeit, die Sputnik sich ließ, war nicht der einzige Punkt, der ihn skeptisch machte. Warum war der Römer so versessen darauf, dass Ramon Sputnik ausnahm? Sputnik war gut organisiert, mutig und vorsichtig. Ramon war vermutlich skrupelloser, hatte aber weniger Erfahrung mit größeren Dingern. Der Erfolg sprach bisher eindeutig für Sputnik.

»Trink dein Bier!«, befahl Ramon. »Und dann sag mir, wie du das Problem lösen willst. Wenn der ganze Plunder erst verkauft ist, sind wir aus dem Spiel.«

Vermutlich gab Ramon sich mit einem geringeren Preis zufrieden, überlegte Louis. Ja, das war die logische Antwort auf alle Fragen. Sputnik focht harte Preiskämpfe mit dem Römer und Ramon wollte die Waren billiger rausrücken. Na klar, er hatte ja auch ein wesentlich geringeres Risiko.

»Warum bist du so in Eile?«, fragte er Ramon. »Im schlimmsten Fall verkauft Sputnik, bevor wir drin sind, okay. Aber wäre das so ein Drama? Sie nimmt bald schon die nächste Tanke auseinander. Neues Spiel, neues Glück.«

Ramon lehnte sich zurück und sah ihn abschätzig an. »Sag mir mal eins: Wann hab ich dich um deine ach so schlaue Meinung gebeten? Ach richtig, das hab ich überhaupt nicht. Das werde ich auch nicht. Und weißt du auch, warum? Weil du überhaupt nicht weißt, worum es geht.«

Offenbar um etwas Größeres als einen Bruch, das war nicht schwer zu erraten. Aber was?

»Es hängt viel davon ab, dass du diesen Auftrag erfüllst, Kleiner. Ich hab dich nicht umsonst dafür ausgesucht.«

»Ich war der, der sich gemeldet hat, der Einzige«, erinnerte er Ramon, doch der grinste nur.

»Ja, sicher«, sagte er mit gelangweiltem Unterton.

Langsam begriff Louis. Das war alles geplant gewesen? Hatte Ramon ihn so leicht durchschauen können? Wenn er darüber nachdachte, musste er sich eingestehen, dass ein Blinder das geschafft hätte. Er hatte keinen Hehl daraus gemacht, dass er sich hatte beweisen wollen. Koste es, was es wolle. Na herzlichen Glückwunsch. Die Kröte hatte er jetzt wohl oder übel zu schlucken.

»Ich warte immer noch auf deinen grandiosen Plan«, sagte Ramon. »Und trink endlich dein Scheißbier, die Leute gaffen schon.«

Louis trank und sah sich um. Niemand im Umkreis sah zu ihnen rüber. Die Alten glotzten in ihre Gläser, als liefe darin das Fernsehprogramm. Die wenigen jüngeren Gäste hatten Smartphones zu diesem Zweck. Bloß die Bedienung warf ihrem Tisch hin und wieder einen nervösen Blick zu, aber sicher nicht aus Sorge, Louis würde das Bier nicht schmecken.

»Ich bin ganz dicht dran«, versuchte er Ramon zu beschwichtigen.

»Das erzählst du mir seit wann?«

»Was erwartest du von mir? Wenn Sputnik Verdacht schöpft, weil ich hektisch werde, ist die Sache vorbei.«

»Pass auf.« Ramon verschränkte die Arme. »Es ist mir scheißegal, wie du es machst. Das war immer Teil *deines* Jobs, nicht meine Angelegenheit. Aber komm zur Sache. Der Römer hat uns Zeit verschafft, aber das wird er kein zweites Mal tun. Das ist unsere eine, große Chance.«

Und endlich glaubte Louis zu verstehen. Der Römer und Ramon sahen das nicht als einmalige Sache. Ramon wollte mehr solcher Dinger drehen – häufiger Gangs und Banden ausräumen, weil es sicherer für ihn war: keine Polizei, keine Ermittlungen, kein Risiko, nachträglich erwischt zu werden. Er hatte es »das perfekte Verbrechen« genannt – natürlich zog der das nicht nur ein einziges Mal durch, er plante im großen Stil. Und der Römer versprach sich jede Menge eingespartes Geld, weil die Hinweise, die er Ramon gab, ein gutes Argument in der Preisverhandlung waren.

»Ist das ein Probelauf?«, fragte er und versuchte, nicht daran zu denken, was das für ihn bedeutete. Maulwürfe waren das klassische Einmalprodukt – ein Wegwerfartikel. Ob er für den nächsten Coup schon den nächsten »Kleinen« angeworben hatte – einen Idioten, wie er es gewesen war? »Bekommst du mehr dieser Tipps vom Römer, wenn es funktioniert? Das ist es, nicht wahr? Aber bloß *wenn* es funktioniert, hab ich recht?«

Ramons Arm schoss schneller über den Tisch, als er zurückweichen konnte. Er packte ihm in die Haare und knallte ihm das Gesicht auf den Tisch. Das Holz donnerte Louis gegen Jochbein und Kiefer, der Griff an seinem Hinterkopf riss ihm Haare aus. Das bedeutete wohl, dass er richtig lag. Bingo. Er schmeckte Blut im Mund, Blut und Bier, eine vertraute Mischung, irgendwie. Das Glas war umgefallen und zwischen Tisch und seiner Brust zerbrochen. Es ging alles zu schnell, um zu realisieren, ob Scherben ihn geschnitten hatten oder sein T-Shirt nur vom verschütteten Bier nass war. Ramon hielt ihn eisern mit beiden Händen fest, Louis konnte sich kaum rühren. Aus dem Augenwinkel sah er, wie die Bedienung mit einem unartikulierten Laut in die Küche floh.

»Damit dir mal klar wird, wo du stehst«, sagte Ramon in aller Ruhe, »sage ich es dir jetzt ein für alle Mal. Spar dir die klugen Sprüche, Louis. Du kannst dir das nicht leisten.«

Ramon drückte fester zu. Louis bemühte sich, ruhig zu atmen, trotzdem entwich ihm ein Japsen.

»Ich mach dich fertig, wenn du mir weiter blöd kommst. Hast du das verstanden? Antworte mir. Ob du. Mich. Verstanden hast!«

Er versuchte zu nicken, aber er konnte sich nicht bewegen. Sein Kopf schmerzte, unter dem Auge pochte es und an seiner Lippe vermischte sich warmes Blut mit dem kalten Bier. »Schon gut«, presste er in das Karotischdeckchen. »Hab ich, ja.«

»Gut.« Ramon zog ihn an den Haaren und stieß ihm das Gesicht noch einmal gegen den Tisch. Vor Schmerz keuchte er auf. Endlich ließ er ihn los und er konnte sich aufrappeln. Scherben klebten ihm am T-Shirt, eine hatte ihm die Haut aufgeritzt, aber es blutete nur ein wenig. Seinem Kopf ging es schlimmer. Er tastete sich übers Gesicht. Seine Lippe war aufgeplatzt, die Nase pochte und blutete, und er hatte einen kleinen Cut an der Braue. Das Auge würde anschwellen.

»Kein Grund, gleich die Nerven zu verlieren, Ramon.«

Ramon trank ungerührt von seinem Bier. »Das hab ich nicht. Ich wollte lediglich vermeiden, dass du mich nicht mehr ernst nimmst. Das ist mir doch gelungen, oder?«

Unter seinem starren Blick musste Louis auf den Tisch gucken. »Ja.«

»Schön.« Er nahm eine Scherbe vom Tisch und warf sie nach Louis. »Ich geh jetzt pissen. Du rufst die Kellnerin, dass sie hier sauber macht, und bestellst mir noch eins. Und dann, Louis, gehst du los und findest heraus, wo Sputnik den verdammten Kram versteckt hat.« Er stand auf und ging in Richtung Toilette. Die Bedienung kam angelaufen. Als Ramon stehen blieb, wandte sie sich ab und eilte wieder in ihre Küche. »Ach, Louis«, sagte Ramon in einer Lautstärke, dass jeder im Raum ihn hören konnte. »Versager brauche ich in meinen Reihen nicht. Denk an die beiden Köter. Einer wird gefüttert und der andere ausgesetzt. Hoff mal ganz stark darauf, dass du der bist, der gefüttert wird. Denn ich hab schon eine Idee, vor welchem Laden ich dich ansonsten anbinde.«

Kapitel 38

Auf dem Weg zum Bauernhof schwirrte Ramons Drohung Louis permanent wie ein aggressiver Wespenschwarm um den Kopf herum. Die halbe Nacht hatte er wach gelegen, einen Eisbeutel im Gesicht und eine gefühlte Stahlklammer im Genick. Er war nachlässig gewesen. Nicht nur mit Ramon, vor allem mit Sputnik und ihren Leuten. Wenn er mit ihnen abhing, mit Vince Touren fuhr oder sich über Alinas Flirtereien ärgerte, vergaß er, dass jeder von ihnen gefährlich war. Sein eigenes Messer war vermutlich das einzige, das irgendwo versteckt lag. Die anderen trugen ihre Waffen am Körper; zu nah, als dass er sie je bewusst bemerkt hätte, aber er durfte keinesfalls vergessen, dass sie da waren.

Ramon hatte ihm unmissverständlich klargemacht, dass er ihn verraten und Sputnik ausliefern würde, wenn Louis ihm nicht brachte, wonach er verlangte.

Vermutlich geschah ihm das recht. Er hatte sich in Grund und Boden geschämt, als Liz ihm anvertraute, wie große Angst sie während des Überfalls gehabt hatte. Er war Teil davon gewesen und würde es wieder sein. Menschen würden in einen Pistolenlauf sehen und um ihr Leben fürchten müssen, und er war derjenige, der entschied, wann und wo es so weit sein sollte. Er hatte sich früher nicht viele Gedanken darum gemacht.

Die Vorstellung von Polizisten im Haus und seiner Mutter, die womöglich erneut zusammenbrach, hatte viel Raum in seinem Kopf eingenommen. Zu viel, um die Belange anderer Menschen an sich ranzulassen. Und dann war Liz in sein Leben gestolpert. Liz, die ihrer Tante bei der Arbeit half, die Hunden Scherben aus den Pfoten zog, kleine Kinder tröstete und letztlich sogar für ihn noch ausreichend Mitgefühl übrig hatte. Und ausgerechnet sie wollte unsichtbar sein, während seine Probleme nur deshalb explodiert waren, weil er gesehen werden wollte. Ironie des Schicksals.

Alina kam ihm auf dem Hof entgegen. »Was ist denn mit dir passiert?«, rief sie schon von Weitem. Shit, ob er sich Schminke kaufen musste, um das Veilchen abzudecken? Seine Mutter hatte ihm auch schon Löcher in den Bauch gefragt.

»Hi, Alina. Das ist nichts. Hab mich mit einem alten Freund in die Haare gekriegt.«

Sie verzog das Gesicht, tastete seine Wange ab und gab ihm dann unvermittelt einen Klaps auf die andere. »Du solltest dich nicht schlagen lassen. Ich kann so was nicht sehen.«

»Beim nächsten Mal denk ich dran.«

Sie wandte sich ab und stolzierte mit schwingenden Hüften zum Haus. »Ja, sag dem Affen, dass er es mit mir zu tun bekommt, wenn er dir wehtut. Das darf nur ich.«

Das war ja mal gut zu wissen.

»Apropos.« Ihr Seitenblick war kurz und scharf wie eine Messerattacke. »Was ist denn mit deinem Mauerblümchen? Hat sie sich wieder eingekriegt?«

»Klar«, erwiderte er, als wäre das alles nicht der Rede wert. »Ich bin unwiderstehlich, weißt du doch.«

»Oh, ja, Louis, oh, ja.« Sie lachte laut und drehte den Kopf weg. »Das mag ich so an dir. Und das hasse ich.«

Vince, Frederick und Sputnik saßen im Haus, vermutlich war es ihnen draußen zu schwül geworden. Er grüßte knapp in die Runde und wandte sich an Vince. »Wollen wir gleich los? Wir haben ein Stück zu fahren, aber –«

»Vince fährt heute ohne dich«, unterbrach ihn Sputnik, ohne von ihrem Smartphone aufzusehen, auf dem sie ihren Highscore in *Crossy Road* zu knacken versuchte. »Verdammt, du hast mich abgelenkt. Mein Floh ist tot.«

»Mein Beileid. Warum fahr ich nicht mit?«

»Weil du heute mit mir und Freddi fährst, deshalb. Alina fährt mit Vince.« Damit war die Sache entschieden und sie widmete sich wieder ihrem Spiel. Vince zuckte mit den Schultern. Das Gesicht, das er dabei zog, gefiel Louis nicht; es war dieser »Alter, was hast du angestellt?«-Blick. Alina sah auffallend unauffällig nicht zu ihm hin, während sie ihren Kram zusammenpackte. Als sie mit Vince das Haus verließ, beneidete er sie ein wenig. Vinces Gesellschaft war zumindest nie unangenehm. Mit Sputnik blühte ihm irgendetwas, das lag bereits in der Luft.

Bis sie aufbrachen, nutzte er einen kleinen Umweg zum Klo, um unauffällig in die letzten Räume zu sehen, die er noch nicht von innen kannte. Das Versteck fand er nicht. Verdammt. Irgendwo musste der Kram doch liegen. Ob er etwas übersehen hatte und von vorne beginnen sollte? Die Aussicht, die gammeligen Strohballen Stück für Stück wegtragen zu müssen, um darunter, dahinter und zwischen Rattennestern und Spinnen nachzusehen, war wenig verlockend. Ramon war allerdings drauf und dran, die Geduld zu verlieren, und das war deutlich beunruhigender.

Sputnik wartete, bis zwei Jungs kamen, um die Nachtschicht zu übernehmen, dann rief sie ihn, und sie stiegen in Frederiks

Auto, in dem sich Rauch und die Hitze des Tages mischten. Sie setzte sich neben ihn auf die Rückbank und hielt ihn aus dem Augenwinkel im Blick.

»Louis, darf ich offen mit dir sprechen?«, fragte sie. Ihre Stimme und der arrogante Zug um ihre dezent geschminkten Lippen straften ihre höfliche Frage Lügen.

Er fühlte sich wie ein Tier, das mit freundlichem Gesäusel in eine böse Falle gelockt wurde, aber er konnte nicht viel tun, als sich nichts anmerken zu lassen und hineinzuspazieren. »Sicher.«

»Es gefällt mir nicht, was zwischen dir und meiner Schwester läuft.« Sie sah aus dem Seitenfenster, sodass er ihre Miene nicht deuten konnte. Was er wahrnahm, war das abfällige Grinsen, das Frederik ihm durch den Rückspiegel zuwarf. Ob Frederik jemals eine eigene Meinung hatte, oder erfolgten sämtliche seiner Emotionen nur auf Wunsch von Sputnik?

»Da ist gar nichts zwischen Alina und mir.«

»Das hat bei unserer kleinen Party neulich anders ausgesehen. Du hast sie geküsst.«

Er hatte – was? »Moment, Sputnik. Sie hat mich geküsst – ich war überrumpelt.«

»Du hast sie ermutigt.«

»Das hab ich nicht!« Hätte er sie wegschubsen sollen? »Wir haben locker gefeiert, ich hab das doch gar nicht ernst genommen.«

»Ich weiß auch«, fuhr Sputnik fort, als hätte er nichts gesagt, »dass du nachts auf dem Hof aufgetaucht bist, als sie Wache gehalten hast.«

Er spürte, wie seine Hände zuckten, um sich zu Fäusten zu ballen. Jetzt bloß nichts anmerken lassen. Er musste sich beherrschen. »Das war ein Missverständnis. Ich wusste nicht einmal, dass sie da war. Ich war bloß auf dem Bauernhof, weil ich etwas verloren hatte.«

Sputniks Kopf schnellte zu ihm herum. »Ah. Und du dachtest, wo du schon mal da bist, kannst du gleich die Nacht mit ihr verbringen, ja?«

»Da ist nichts gelaufen!«

»Willst du behaupten, Alina würde lügen?«

Ja, offensichtlich tat sie das und es wunderte ihn kein Stück. Alina war ein verwöhntes Gör und holte sich skrupellos, was sie wollte. Und wenn es ihr allein nicht gelang, dann schickte sie ihre große Schwester vor. Aber würde die ihm das glauben?

Sputnik seufzte, womöglich war ihr der Charakter ihrer Schwester selbst wieder eingefallen. »Ich erlaube nicht, dass du ihr wehtust. Sie tut immer ganz cool, aber das ist sie nicht.«

»Was erwartest du denn von mir? Alina ist ein nettes Mädchen, ich mag sie.« Na ja, ein bisschen. »Aber ich will nichts von ihr. Und mehr als ihr das sagen kann ich nicht.«

Sputnik kontrollierte ihren Nagellack. »Es wäre ein Anfang, wenn du nicht mehr mit anderen Mädchen vor ihr herumturteln würdest. Das ist unnötig.«

»Mit wem ich mich treffe, darf ich aber noch selbst entscheiden, ja?«

Sputnik sah ihn unergründlich an. »Du wolltest bei uns dabei sein, aber kaum bist du es, hast du wenig Zeit, andere Dinge sind dir wichtiger und wenn wir was drehen, machst du nur gelegentlich mit. Ich brauche Leute, auf die ich mich verlassen kann, die loyal und bei der Sache sind. Das sehe ich bei dir nicht, Louis. Ehrlich gesagt frage ich mich ständig, ob wir einen Fehler gemacht haben, als wir dich aufgenommen haben.«

»Ich hatte ein- oder zweimal keine Zeit«, überlegte er laut. »Und du zweifelst schon an mir. Hab ich dich enttäuscht – hab ich irgendwas falsch gemacht? Abgesehen davon, dass ich nicht scharf auf deine Schwester bin?«

Sie schüttelte den Kopf. »Ich krieg dich nicht zu fassen«, sagte sie leise. »Aber glaub mir, ich behalte dich im Blick. Sei vorsichtig, Louis.« Sie beugte sich vor, sah auf die Straße und wies Frederik an, bei nächster Möglichkeit links abzubiegen.

»Wie weit ist es noch?«, wollte Frederik wissen.

»Zwanzig Minuten«, meinte Sputnik, zog ein schwarzes Stück Stoff aus ihrem Rucksack und warf es Louis in den Schoß. Es war eine Skimaske. Er spielte mit dem Gedanken, zu fragen, wohin sie überhaupt fuhren und was sie am Zielort tun würden. Als Sputnik anhalten ließ und Louis aussteigen musste, um die Nummernschilder abzudecken, wagte er es nicht mehr.

* * *

Es war schon nach acht, als Liz vom Stoffladen heimkehrte. Die schwere Tüte schnitt ihr in die Finger. Von draußen konnte sie sehen, dass das Wartezimmer beinah leer war; es schien, als überzog Andrea heute nur geringfügig. Für einen Samstagabend war kurz nach acht ein früher Feierabend. Auf der Türschwelle stieß sie beinah mit Susanne Lorenz zusammen, die den großen Vogelkäfig mit ihren Nymphensittichen vor sich her balancierte wie einen überdimensionalen Schwangerenbauch.

»Was haben denn die beiden?«, fragte Liz nach einem kurzen Hallo und deutete auf die Sittiche. »Ich hoffe, nichts Schlimmes.«

»Nein, zum Glück nicht. Sie hatten eine Pilzinfektion – deine Tante hat heute kontrolliert, ob das Spray geholfen hat, mit dem wir sie behandeln mussten. Sie sind wieder ganz gesund.«

»Das freut mich. Und wie geht es Katta?« Ihr Gewissen muckte auf, weil sie den ganzen Nachmittag in der Stadt verbracht hatte. Katta hatte zwar gesagt, dass sie allein sein wollte, aber vielleicht war es diese Art von Allein-sein-Wollen, die eigentlich bedeutete, dass man seine Kakao-doppelt-Sahne-Freundin brauchte? Sie war nicht sicher gewesen und hatte Katta ihre verliebten roten Wangen auch nicht zumuten wollen.

Susanne Lorenz wirkte verhalten, als sie antwortete: »So weit gut. Es trifft sie natürlich sehr, damit war ja nicht zu rechnen.«

»Sagen Sie ihr, dass ich morgen zu ihr komme – sie soll es mir sagen, wenn sie mich nicht sehen will.«

Kattas Mutter nickte, sie war heute sehr kurz angebunden. »Ich muss jetzt los – die Vögel!«

Liz verabschiedete sich und lief gleich hoch in die Wohnung. Sie hatte versprochen, für das Abendessen zu sorgen. Wenn sie es auf dem Tisch haben wollte, sobald Andrea die Praxis schloss, musste sie sich beeilen. Sie schnippelte Gemüse, warf es in einer Überdosis Olivenöl in eine Pfanne und bereitete dazu Couscous mit Kräutern zu – das ging wenigstens schnell. Offenbar roch es auch gut, denn Andrea kam, kaum dass sie die Eingangstür hinter dem letzten Patienten zugesperrt hatte, eilig die Treppe hochgerannt.

»Liz, ich muss mit dir reden!«

»Was ist denn los?«, fragte sie verwundert, stellte die Pfanne auf den Tisch und schob die Teller auf ihre Plätze.

»Frau Dr. Lorenz war eben hier!«

»Ich weiß, wir haben uns noch getroffen.« Im gleichen Moment machte es Klick, und sie begriff, warum Susanne Lorenz so abweisend zu ihr gewesen und Andrea nun so unruhig war. »Worüber habt ihr gesprochen, Andrea? Außer über Sittiche mit Pilz?« Andreas Blick sprach Bände. Kattas Mutter hatte ihr etwas über Louis gesteckt! Oh, wie konnte sie nur!

»Du hast mir gar nicht erzählt, dass Katharina nicht mehr mit ihrem Freund zusammen ist«, wich sie ihr aus und schaufelte zu viel Couscous auf Liz' Teller.

»Hat sich halt nicht ergeben.«

»Früher hättest du mir das gleich erzählt. Was ist los mit dir? Du scheinst dich zu verändern, Lizzielein. Liegt das an diesem Jungen?«

Ha. Da war er, der Beweis. »Der Junge hat einen Namen und heute Morgen kanntest du den auch noch. Was hat dir die olle Lästerschwester Lorenz erzählt?«

»Liz!« Andrea schob ihren Teller von sich. »Wie redest du denn? Ich weiß ja überhaupt nicht, wovon du sprichst.«

»Natürlich weißt du das. Sie hat dir was erzählt.«

»Unsinn. Sie hat mich bloß –«

Sie knallte die Gabel auf den Tisch. »Mit blöden, vagen Andeutungen kirre gemacht! Das hat sie bei mir auch schon versucht, aber Louis hat das richtiggestellt. Das ist alles vollkommen harmlos.«

Andrea schob ein Stück Tomate von rechts nach links. »So harmlos klang mir das nicht. Frau Dr. Lorenz klang besorgt, Lizzie. Sie befürchtet, der Junge könnte schwieriger Umgang für dich sein. Ich mach mir bloß Sorgen.«

Das wurde ja immer schöner! Ausgerechnet Louis, vielleicht der einzige Mensch, der sie so mochte, wie sie war, sollte »schwieriger Umgang« sein?

»Kein Bedarf!«, stellte sie entschieden klar. »Ich suche mir meine Freunde selbst aus. Hat das je zu Problemen geführt?«

»Nein«, musste Andrea ihr zugestehen, »aber genau das

beunruhigt mich ja. Der Junge ist ja auch deutlich älter als du und deine üblichen Freunde.«

»Er ist ein halbes Jahr jünger als ich!«, rief sie. Sie hätte über dieses Theater lachen sollen, es war einfach lächerlich.

»Und du bist unerfahren in solchen Kreisen.«

Jetzt wurde es ihr aber zu blöd! Sie ruckte ihren Stuhl zurück und stand auf. »Tut mir leid, aber hier stinkt es nach Vorurteilen. Da kann ich nicht essen, davon wird mir schlecht!« Sie stürmte in ihr Zimmer. Andrea rief ihr noch etwas nach; sie verstand, dass sie es nicht so gemeint hatte und doch nur wolle, dass sie vorsichtig sei und auf sich achtgab und sich zu nichts überreden lassen sollte, was sie nicht wollte und bla, bla, bla! Liz knallte die Tür hinter sich zu, schloss ab und machte die Musik lauter, bis sie das zögerliche Klopfen an der Tür übertönte.

Schwieriger Umgang – pah. Die Welt war schwieriger Umgang. Aber Louis doch nicht.

* * *

Die Sturmhaube stank nach Schweiß von irgendwem. Er konnte den Atem nur begrenzt anhalten, weil es selbst mit ausreichend Luft verdammt anstrengend war, über die Mauer zu klettern, ohne sich im darüber gespannten Stacheldraht zu verheddern. Der Seesack, den Sputnik ihm gegeben hatte, glitt ihm ständig von der Schulter. Die Pistole rutschte darin hin und her und wog hundert Kilo. Dass er sie in den Sack gesteckt hatte, hatte Sputnik nicht mitbekommen.

Es war trotz Dunkelheit nicht dunkel genug, um nicht gesehen zu werden. Der Mond stand beinah voll am Himmel und sorgte dafür, dass jeder ihn wahrnehmen würde, wenn er von der Außenmauer zur Lagerhalle rannte. Es gab keinen Sichtschutz, nur nackten Asphalt. Er konnte nur hoffen, dass niemand da war. Die oberen Fenster der mehrgeschossigen Halle waren dunkel und in den Fensterscheiben spiegelte sich die Nacht in einsamem Schwarz und Silberkalt.

Die Seitentür fand er dort, wo Sputnik sie ihm beschrieben hatte. Der Schlüssel wirkte viel zu klein für so eine massive Tür. Er hatte sie gefragt, wo sie ihn herhatte, aber sie hatte nur gezwinkert und erwidert, dass sie ihn töten müsste, wenn er es erführe. Als er ihn in das Schloss rammte und feststellte, dass er tatsächlich passte, überfuhr ihn kurz und brutal die Möglichkeit, dass sie nicht gescherzt haben könnte. Er wischte sich übers Gesicht und die Bedenken fort. Sie stahlen – okay. Aber sie würden schon niemanden umbringen.

Und die Knarre?, grummelte es in seinem Magen. – *Reine Vorsichtsmaßnahme. Ich fass sie ja nicht an!*

Die Tür wollte quietschen, als er sie aufschob. Er bewegte sie nur millimeterweise. In der Lagerhalle war es dunkler als draußen. Seine Augen brauchten wenige Minuten, um sich an das Licht zu gewöhnen, denn er wollte die Taschenlampe nicht einschalten, wenn es auch ohne ging. Er machte die Schatten einiger gewaltiger Regale aus, die meterweit in die Höhe ragten und deren obere Ablageflächen vermutlich nur mit Gabelstaplern zu erreichen waren. Es sah aus wie bei IKEA im Warenlager, wo man sich die Möbel in Kartons zusammensuchte. Nur, dass die Regale hier leer waren. Ausnahmslos leer. Was sollte das?!

In den Ecken der Halle standen ein paar übrig gebliebene Kartons, zerknüllte Folie und ein Stapel Europaletten – auch alles leer. Es gab hier keine Waren mehr. Nichts.

Er hatte sich fast ins Hemd gemacht vor Sputnik, weil er die

Pistole nicht hatte nehmen wollen, er schlotterte herum vor Angst, erwischt zu werden – und hier war nichts! Alles umsonst? Sputnik hatte das Lager ausgekundschaftet. Sie konnte doch nicht übersehen haben, dass hier nichts mehr war, was sich zu stehlen lohnte.

Er kontrollierte die letzte Ecke der Lagerhalle. Dort standen kleinere Regale und eine Werkbank mit Hammer, Schraubendrehern und kiloweise Ersatzschrauben. Nichts von Wert. Was war das für ein seltsames Lager? Gab es deshalb keine Alarmanlage? Weil es leer stand? Verdammt, was war er für ein Idiot, der sich nicht selbst schlaumachte und in ein leergeräumtes Lager einstieg, weil Sputnik ihm den Befehl gab.

Und dann hörte er die Tür quietschen, durch die er reingekommen war. Er duckte sich blitzschnell neben die Werkbank, aber sie bot keinen Schutz. Der Lichtkegel einer großen Leuchte fraß sich durchs Dunkel – gleißende Helligkeit zuckte von Winkel zu Winkel. Zugleich schrillte eine Sirene los und warf Echos durch die Halle. Louis sah sich erschrocken nach einem Fluchtweg um, aber alle Ausgänge waren mit Rolltoren verschlossen und verriegelt. Das laute Heulen der Sirene trieb seinen Puls so hoch, dass ihm schwindelig wurde. Er saß in der Falle.

In der einzigen Tür, die hinausführte, stand eine breite Gestalt und brüllte: »Polizei! Keine Bewegung!«

Kapitel 39

Louis presste sich gegen die Wand, als könnte er mit ihr eins werden. Der Seesack mit der Waffe lag vor seinen Füßen.

»Kommen Sie mit erhobenen Händen vor!«, rief der Schatten. Die breiten Schultern füllten den ganzen Türrahmen. Louis sah die Umrisse der Polizeimütze auf dem Kopf des Mannes und erkannte so, dass der Polizist sich in der Halle umsah. Er hatte ihn also noch nicht entdeckt.

Fuck, er musste irgendwie an ihm vorbei. Ob noch mehr da waren? Bullen kamen doch nicht allein, oder? Vermutlich standen hinter ihm noch weitere.

Er schob sich seitlich an der Wand entlang, bis er eins der Regale erreicht hatte. Dort ging er in die Knie und legte sich auf den Bauch, um zum Staub unter die Regalböden zu rutschen. Keinen Moment zu spät, denn ein zweiter Polizist stürmte nun in die Halle, gleich hinter ihm ein dritter. Verdammt, gegen die hatte er keine Chance! Selbst unter dem Regal waren die Sirenen noch so laut, dass sie seine Gedanken übertönten. Am liebsten hätte er sich die Ohren zugehalten und die Augen zugepresst. Aber er durfte sich nicht erwischen lassen. Keinesfalls. Durch die Sturmhaube bekam er kaum Luft, er riss sie sich vom Kopf und ließ sie liegen.

Lautlos kroch er voran, Zentimeter für Zentimeter weiter

zur Tür. Der Bulle würde früher oder später dort weggehen, dann kam er vielleicht an ihm vorbei. Die anderen beiden durchsuchten die Halle. Plötzlich brach ein explosives Knallen über den Lärm der Sirene hinweg. Louis wurde einen Moment starr vor Schock. Als er wieder denken konnte, wollte er es nicht glauben: Sie schossen. Sie schossen in die Regale. Er roch den Pistolenrauch, er stank wie Chinaböller. Schneller jetzt, er musste hier raus. Den Gedanken, sich zu stellen, verwarf er, ehe er ausgedacht war. Nur noch wenige Meter trennten ihn vom Ausgang. Wenn er es nach draußen schaffte und es ihm gelang, über die Mauer zu klettern, hatte er eine Chance. Im Wald würden die ihn nie finden.

Der Bulle in der Tür drehte sich um und sah über die Schulter hinaus. Jetzt oder nie!

Louis stemmte sich unter dem Regal hervor, sprang auf die Füße und sprintete los. Hinter ihm knallte ein Schuss. Der Bulle bemerkte ihn zu spät – Louis rammte ihm die Schulter in den Bauch und der Mann fiel nach hinten. Einen Moment dachte er, er hätte es geschafft. Dann erwischte der Bulle seine Beine und zog sie ihm unter dem Körper weg. Er fiel der Länge nach hin. Ein letztes Mal versuchte er, sich freizutreten, aber der Polizist warf sich mit dem Oberkörper auf seine Füße und damit war seine Chance vertan.

Das Nächste, was er hörte, war atemloses, helles Lachen und das Geräusch von klatschenden Händen. War das etwa …

Er verdrehte den Kopf, soweit er konnte, um aufzusehen. »Alina?«

»Meine Güte, Louis!« Sie bog sich vor Lachen. »Was für eine Show! Das hat noch keiner gebracht! Die meisten stellen sich und heulen spätestens, wenn es zum ersten Mal kracht.«

Der vermeintliche Polizist ließ seine Beine los. Erst jetzt, da sie beide draußen waren und das Licht ihn nicht mehr irritierte, erkannte er Frederik, der eine täuschend echt aussehende Polizeilederjacke und eine Mütze trug.

»Habt ihr mich … ihr Wichser.« Die Luft wurde ihm zu knapp für weitere Beschimpfungen.

Sputnik kam aus der Halle stolziert wie ein Model vom Laufsteg. Sie warf einen Silvesterkracher vor ihn, es knallte und er schrak zusammen. »Peng«, sagte Sputnik und grinste. »Sieh mal einer an. Das hast du ja ganz gut hinbekommen, hätte ich nicht gedacht.«

»Was sollte der Scheiß? Seid ihr krank?«

Frederik zog ihn mit einem Ruck auf die Füße. »Kleines Willkommensritual«, sagte er und klopfte ihm auf die Schulter. »Heul nicht rum, hast es doch gepackt.«

Louis bebten die Knie, sein Stolz reichte nicht aus, um sich nicht an der Wand abzustützen. Verdammt, er hätte es wissen müssen. Spätestens bei den vermeintlichen Schüssen hätte es ihm klar werden sollen. Polizisten schossen nicht wild wie die Cowboys in der Gegend herum und Pistolen rochen mit Sicherheit nicht wie Feuerwerk. Doch in der Stresssituation hatte er nicht denken können.

»Das Gebäude gehört unseren Eltern!«, rief Alina gegen den Krach der Sirenen an. Sie kicherte noch immer. »Sie haben es gekauft, um hier einen zweiten Club aufzumachen, aber es gab Probleme mit dem Ausbau der Straße. Wegen dem Naturschutzgebiet. Seitdem nutzen wir es hin und wieder für kleine Späße.«

Die Sirene verstummte und Vince trat breit grinsend nach draußen. Selbst er hatte mitgespielt.

»Und die Waffe?«, fragte Louis.

»Wo ist die überhaupt?« Sputnik sah skeptisch an ihm herab. »Du hast nicht ernsthaft die Pistole verloren, oder?«

»Ist im Seesack. Soll ich einen erschießen, weil ihr das komisch findet, oder was?«

Sie rollte mit den Augen. »Die war doch gar nicht geladen. Ich hab das Magazin rausgenommen.«

»Klar. Ich wollte mich halt nicht bewaffnet erwischen lassen.«

»Nimm es uns nicht übel – es war nur Spaß«, sagte Alina und zupfte ihm etwas aus den Haaren, was im besten Fall Staubflocken und Sägespäne waren. »Es war dein Aufnahme-Ritual, du hast es bestanden. Jetzt lass uns was trinken, Vince hat das Auto voll mit allem, was man für Mai Tai, Sex on the Beach und Zombies braucht. *It's party time,* wir haben Grund zum Feiern!«

Alina irrte sich. Das war ihm klar, als er Sputniks schmales Lächeln sah. Natürlich war es ein irrer Spaß – die anderen hielten sich noch immer die Bäuche vor Lachen. Aber es war auch etwas anderes: eine Warnung. Sein Herz raste und sein Magen war ein kleiner, harter Knoten irgendwo in seinem Bauch. Wir können auch anders als lustig!, hatte ihm Sputnik damit sagen wollen. Die Botschaft war angekommen.

Kapitel 40

Er war gefallen.

Sie hatte sich nicht bewegen können. Ihre Beine waren gelähmt, daher hatte sie ihn nicht erreicht. Nicht rechtzeitig.

Sie wusste, dass sie nur geträumt hatte, sie war bereits wach genug, um zu registrieren, dass sich die Bettdecke um ihre Beine gewickelt hatte. Aber sie fühlte sich kaum besser, dafür war es viel zu verstörend gewesen, ihn fallen zu sehen.

Weiterschlafen kam nicht infrage, auch wenn es erst kurz nach Mitternacht war. Sie war zu aufgewühlt und außerdem komplett durchgeschwitzt. Das Fernsehprogramm bot keine Ablenkung, und der halbherzige Versuch, ein neues Top zu zeichnen, endete mit einem Haufen zerknülltem Papier in wenigen Minuten. Immer noch kratzte und biss die Wut auf Kattas Mutter und Andrea in ihrer Brust. Vermutlich trugen die beiden die Schuld daran, dass der Traum so schlimm geworden war! Andrea hatte versucht, sich zu entschuldigen, aber mehr als zur Kenntnis genommen hatte Liz das nicht.

Schließlich warf sie sich aufs Bett und angelte sich ihr Handy vom Nachttisch.

Noch wach?, tippte sie an Louis' Nummer.

Seine Antwort kam nur Sekunden später. **Ja. Was machst du?**

Ich kann nicht schlafen, schrieb sie zurück. **Es ist zu warm. Und ich vermiss dich, glaube ich.** Das Telefon vibrierte in ihrer Hand.

»Draußen ist es kühler«, sagte Louis statt einer Begrüßung. Seine Stimme klang schwerer als sonst und ein wenig rau. Vielleicht hatte er doch geschlafen? »Ich könnte vorbeikommen.«

»Jetzt? Wir haben gleich ein Uhr.«

»Hast du einen Termin um zwei?«

Sie musste lachen. »Nein, erst um halb drei.«

»Na also. Ich bleib auch nur für ein paar Minuten.«

»Okay, beeil dich. Wir müssen bloß aufpassen, dass meine Tante nichts mitbekommt, die ist heute komisch drauf. Ich warte draußen auf der Straße auf dich.«

Louis hatte eine längere Fahrt auf seinem alten Rad vor sich, das gab ihr zwar genug Zeit für eine Dusche, aber da sie Andrea nicht durch das Rauschen des Wassers auf den Plan rufen wollte, musste eine Katzenwäsche reichen. Sie zog einen langen, munter schwingenden Rock und ein T-Shirt an, das ihre Narben nur knapp verdeckte. Ihre Schuhe trug sie zunächst in der Hand, um keine Geräusche auf der Treppe zu verursachen. Draußen war es nach dem schwülen Tag angenehm frisch. Die Grillen zirpten. Am Himmel standen ein fast voller Mond und Abermillionen von Sternen, als hätte sie jemand verschwenderisch ins Schwarz gestreut. Liz ging ein paar hundert Meter die Straße entlang und hörte über ihr Handy leise Musik. Den neuen Titel von Sia konnte sie gerade in Endlosschleife hören. *Fire meets gasoline.*

Noch lieber hörte sie nur ein Geräusch: das Klappern von Louis' rostigem Schutzblech, das langsam lauter wurde.

Doch als er näher kam, fiel ihre Freude regelrecht in sich zusammen. Etwas stimmte nicht mit ihm. Zunächst dachte sie, er wäre krank, weil seine Haare so verschwitzt, seine Haut so blass und seine Augen glasig waren. Er hatte einen kleinen Riss an der Augenbraue und sein Jochbein war bläulich verfärbt.

»Oh, Gott, was ist denn mit dir passiert?«, rief sie.

»Bin mit dem Scheißfahrrad hingefallen, nix weiter.« Er hielt vor ihr an, lächelte ein seltsam abwesendes Lächeln und versuchte ihr einen Kuss zu geben. Als sie seinen Atem roch, wurde ihr klar, dass er nicht krank war, sondern sturzbetrunken.

»Warst du feiern?«, fragte sie verwundert. Er hatte nichts erzählt.

»So ähnlich.«

»Und da fährst du hackedicht mal eben quer durch die Stadt?«

»Scheinbar schon, bin ja angekommen, oder. Hast du ein Problem damit?«

Sie wollte ihm keine Szene machen – alles, nur nicht das. Es war seine Entscheidung, ob er samstagnachts feierte und ob er trank und auch ob er danach schlafen ging oder betrunken Fahrrad fuhr. Sie hasste es, wenn einer den anderen bevormundete und sich aufführte, wie es schon bei besorgten Eltern oder Tanten lästig war. »Ich hätte bei dir nicht damit gerechnet«, gab sie ehrlich zu. Das war untertrieben. Es verwirrte sie zutiefst, dass er sich betrank. Er sah doch täglich, wohin das führen konnte.

»Ach ja«, meinte er. »Ich bin ja Trinker-Sohn, da bin ich zur Enthaltsamkeit verdammt. Weißt du was, Lizzie? Hab ich heute Abend wohl vergessen. Oder drauf geschissen.«

Erst jetzt, da er zur Seite blickte und das Mondlicht auf sein Gesicht fiel, bemerkte sie, wie fertig er aussah. Das lag sicher nicht bloß an dem blauen Auge und einer Party – wenn er nach dem Feiern müde gewesen wäre, hätte er sich doch ins Bett verzogen, statt durch die Nacht zu fahren, um sie ein paar Minuten lang vor der Tür zu sehen.

»Tut es weh?«, fragte sie und deutete auf sein Auge. »Was machst du eigentlich für Sachen?«

»Blödsinn, das ist nix. War eine Scheißidee, herzukommen. Ich fahr wohl besser wieder. Sorry.«

»Du bleibst hier!« Kurz entschlossen nahm sie seine Hand vom Fahrradlenker und verpasste dem Rad einen kleinen Tritt. Scheppernd krachte es zur Seite. »Was ist denn überhaupt los, Louis? Du hast gar nicht gefeiert, oder?«

»Es gab nicht so viel zu feiern. Nicht für mich.«

»Was ist denn passiert?«

Er rieb sich mit beiden Händen die Stirn. »Ich weiß nicht, wie ich dir das erklären soll.«

»Erzähl einfach, was passiert ist.«

Er wandte sich ab und ging die Straße entlang, bis er beim Waldrand angekommen war. Da stemmte er einen Arm an einen Baumstamm und legte den Kopf auf den Unterarm, als könnte er nicht mehr stehen. Sie begann, sich ernsthaft Sorgen zu machen. Weniger um seinen Kopf – Louis war so ein Dickschädel, der würde einen Kater schon aushalten –, sondern mehr darum, was so schlimm war, dass er sich hatte betrinken müssen. Sie hatte doch recht gehabt: Jemand wie Louis betrank sich nicht einfach so. Nicht freiwillig.

Sie stellte sich hinter ihn und legte ihm eine Hand auf den Rücken. »Einfach so«, flüsterte sie, »so wie ich mein Shirt ausgezogen habe, um dir meine Narbe zu zeigen.«

Sein Rücken zuckte. »Es geht hier nicht um Narben, Lizzie. Die würde ich dir alle zeigen, ich würd mir auch die Haut abziehen und dir das nackte Fleisch und meine Rippen zeigen.«

»Ist es schlimmer?«, fragte sie leise.

»Ja.«

»Darf ich mir jetzt leidtun, weil du mir nicht vertraust?«

Er schüttelte sie ab und war zu schnell, als dass sie es hätte verhindern können. Kurz dachte sie, er würde einfach abhauen; im Wald verschwinden und sie allein stehen lassen. Dann sah sie seinen Schatten zwischen den Bäumen stehen bleiben und sich krümmen.

»Geht es dir gut?«, rief sie.

Ein Würgen antwortete ihr. Offenbar nicht. Sie suchte einen Weg, um zu ihm zu gelangen, ohne mit ihren nackten Beinen in den Dornen zu landen, aber bevor sie einen gefunden hatte, kam er schon zurück und stampfte das Gestrüpp mit seinen Sneakern platt.

»Sorry«, murmelte er. »Hätte echt nicht kommen sollen.«

Doch, hättest du!, dachte sie. »Wie viel hast du getrunken? Und was?«

»Cocktails«, stöhnte er. »Was für ein hinterlistiges Zeug, die süßen. Du merkst erst, wie sehr sie knallen, wenn es längst zu spät ist. Nach dem dritten oder vierten hab ich das erste Mal gereiert. Und dann musste ich dringend etwas gegen den Geschmack im Mund trinken und außer Mojitos war nichts mehr da.«

Liz war froh, dass es dunkel war und er nicht sah, wie sie blass wurde. Sie hatte auf einem Straßenfest im Frühsommer eine Piña Colada getrunken – eine einzige. Danach hatte Katta sie nach Hause begleiten müssen, weil sie sich Sorgen gemacht hatte, ob sie allein den Weg finden würde. Und er radelte auf seinem ohnehin schon lebensgefährlichen Klapperrad nach mindestens fünf Cocktails durch die komplette Stadt, obwohl er kaum noch stehen konnte.

»Du bleibst bei mir!«, entschied sie.

Er sah sie erschrocken an. »So schlimm? Lieg ich im Sterben?«

Ihr war danach, ihm eine Ohrfeige zu verpassen – nur eine ganz leichte, aber irgendwas hielt sie davon ab. »Komm, wir gehen rein. Du brauchst Wasser und eine Kopfschmerztablette. Und dann ein Bett.«

»Aber deine Tante!«, wehrte er sich halbherzig.

»Die schläft. Du musst halt leise sein, damit das auch so bleibt.« Hoffentlich bekamen sie das hin. Aber in seinem Zustand würde Louis nicht mehr sicher bis nach Hause kommen. Und gegen einen Verkehrsunfall war eine Amok laufende Tante Andrea harmlos. Liz überlegte noch, das Fahrrad mitzunehmen, aber Louis schwankte inzwischen stärker und sie musste ihn stützen. Das Rad würde niemand klauen und der Schrotthändler kam die Straße nur auf Anruf runter. Es würde auch morgen noch da sein.

Sie brauchten ganze zehn Minuten bis nach Hause. Ein Roller bretterte an ihnen vorbei, drehte vor der Praxis, weil die Straße dort endete, und fuhr wieder zurück. Sie überlegte, den Fahrer anzuhalten und um Hilfe zu bitten, aber entschied sich dagegen. Besser keine Aufmerksamkeit erregen. Louis begann die eine oder andere Diskussion, ob er nicht auf der Straße schlafen konnte. Die letzten Meter schleifte sie ihn mehr mit sich, als dass er ging.

»Kotz mir bloß nicht auf die Treppen!«, wisperte sie, als sie die Haustür aufgeschlossen hatte. »Und jetzt ganz, ganz leise!«

Louis kicherte müde. »Sonst dreht Tantchen ab, hm?«

»Wie ein Tornado, und das willst du nicht miterleben.«

Sie mussten mehr Glück als Verstand haben, aber sie bekam Louis, der fast lautlos ein ausgesprochen romantisches Lied von »Gestört aber GeiL« vor sich hinsang, ohne Katastrophen in ihr Zimmer, wo er auf ihrem Bett zusammensackte wie ein Haufen Kleider, aus dem man den Körper entfernt hatte. Sie flitzte ins Bad, holte ein Glas Wasser, einen nassen Waschlappen und für alle Fälle einen Eimer und eilte zurück. Ihr Zimmer schloss sie von innen ab – sicher war sicher. Louis zappelte, als sie ihm das nasse Tuch auf die Stirn legte, aber zumindest kam er wieder richtig zu sich und nippte am Wasser.

»Fuck«, stöhnte er. »Wie peinlich.«

»Ja, viel peinlicher kann es jetzt nicht mehr werden«, sagte sie, so ungerührt sie konnte. »Also erzähl mir, was passiert ist, dass du dich betrinken musstest.«

Er schloss die Augen. »Dann wird mir wieder schlecht.«

»Da steht ein Eimer«, erwiderte sie kühl. Leider tat er ihr wesentlich mehr leid, als sie sich eingestehen wollte. Sie schob ihre Hand unter sein T-Shirt und legte sie über den Flaschengeist, als würde es helfen, wenn sie ihn besänftigte. »Ich muss das jetzt wissen«, beharrte sie. Er würde es ihr betrunken erzählen oder nie. Vielleicht war das ein unfairer Schachzug von ihr – aber es war ja immerhin seine Entscheidung gewesen, all diese Cocktails in sich reinzuschütten. »Vorher lass ich dich nicht schlafen. Und glaub mir, schlafen wäre jetzt ausgesprochen schön. Du willst doch schlafen, hm?«

»Ich bin in eine Lagerhalle eingebrochen«, erzählte er tonlos, und nun wurde *ihr* übel und sie bereute, gefragt und gedrängt zu haben. »Das heißt, ich hatte einen Schlüssel. Aber ich dachte, der wäre geklaut. Also schon eingebrochen. Oder? Die Bullen kamen. Also nicht wirklich, aber ich dachte es. Die haben auf mich geschossen. Auch nicht wirklich, aber …«

»Oh, mein Gott. Louis!«

»Es war nur eine Mutprobe.« Er lachte, aber darin war kein

Humor. »Hab ich hinterher erfahren. Ich hatte Panik. Keinen Mut. Aber bestanden hab ich trotzdem. Komisch.«

»Du wolltest irgendwo einbrechen?«

»Wollte ich nich«, sagte er. »Aber gemacht hab ich's, ja. Bloß ... war da nichts zum Klauen.«

»Oh. Schade. Und deshalb habt ihr euch betrunken?«

»Nee. Sie haben mich gefeiert. Ich war gut. Da musste ich wohl mitfeiern.«

Sie brauchte eine Weile, bis sie alles, was er gesagt hatte, in eine logische Reihenfolge gebracht und begriffen hatte. Was das bedeutete, mischte sich tröpfchenweise in ihre Realität, während sie Louis die Stirn abtupfte. Er war also immer noch in der Gang. Mehr noch – er hatte so etwas wie eine perverse Aufnahmeprüfung durchgestanden.

»Das geht also weiter«, sagte sie leise. »Du bist nie ausgestiegen, oder?«

Aber entweder war er eingeschlafen oder er tat sehr überzeugend so, und zum Schauspielen war er eigentlich zu betrunken. Sie war müde und traurig und wusste nicht, wie es weitergehen sollte, aber sie blieb noch eine Weile neben dem Bett sitzen, die rechte Hand weiterhin auf dem Flaschengeist, der keinen ihrer Wünsche erfüllen wollte.

Kapitel 41

Es war ein eigenartiger Morgen.

Louis wich ihren Blicken und Fragen verschämt aus und nutzte die erste Gelegenheit zur Flucht. Vermutlich erinnerte er sich nicht mal an sein Geständnis aus der Nacht. Beneidenswert – Liz erinnerte sich nur allzu gut. Vom zusammengekrümmten Schlafen auf ihrer kleinen Couch tat ihr der Nacken weh.

Als Andrea von ihrer Sonntagsmorgen-Joggingrunde zurückkehrte, folgte Liz ihr in die Küche und fand sich einem Blick ausgesetzt, der ihr die Nackenhaare aufstellte.

»So«, sagte Andrea kühl und sah dabei nur die Kaffeemaschine an. »Dein feiner Freund ist auf und davon, die Schonfrist damit beendet. Auftritt vom *Tantchen, das abdreht wie ein Tornado*!«

Oh, nee. Sie hatte etwas mitbekommen. Und zwar entschieden zu viel. »So war das nicht gemeint. Ich … Wir … Ähm.«

»Alles ganz harmlos, ich sehe schon. Es ist immerhin ganz normal, dass Jungs sturzbetrunken nachts auftauchen und Leute aus dem Bett schmeißen, die früh aufstehen und arbeiten müssen.«

»Das war … so ist er sonst gar nicht. Er hatte Probleme und –«

»Ja, *das* habe ich gesehen!«

»Was hätte ich denn machen sollen? Er hat mich gebraucht!«

»Ich hab ihn auch nicht rausgeworfen, oder? Wobei mir das niemand hätte vorwerfen können, aber ich war auch mal jung.« Andrea schaltete die Kaffeemaschine ein, seufzte, nahm ihre Brille ab und massierte ihre Nasenwurzel. »Du bist so ein liebes Mädchen, Liz. Aber Typen wie der, die nutzen das aus. Und dann bleibt es nicht dabei, mal einen zu viel zu trinken.«

In Liz kam eine solche Wut hoch, dass sie froh war, leere Hände zu haben. Sie hätte ansonsten geworfen, was immer sich werfen ließ. »Das weißt du doch gar nicht!«, schrie sie. »Du kennst ihn nicht! Du glaubst, alle wären wie dein Ex. Aber nicht jeder, der mal Probleme hat, wird gleich ein saufendes, prügelndes Arschloch!«

Sie machte kehrt, knallte die Tür so fest zu, dass sie wieder aufflog, und rannte in ihr Zimmer.

Andrea war eine blöde, blöde Kuh. Denn leider hatte sie ein kleines bisschen recht.

* * *

Alina trug mehr Schminke als sonst. Weitere Anzeichen, dass das gestrige Gelage auch an ihr nicht spurlos vorbeigegangen sein konnte, gab es nicht. Sie saß mit ihrem Tablet in ihrem Lieblingsraum im alten Bauernhaus, schaute eine Raubkopie von *The Fast and the Furious 7* an und warf Louis bloß einen beleidigten Blick zu, als er den Kopf zur Tür reinsteckte.

»Ich hab den Kram mitgebracht, den ich neulich nachts für Sputnik übernommen habe«, sagte er. Es war seine letzte Chance, das Versteck zu finden.

»Keine Ahnung, wovon du sprichst.«

Vermutlich war sie noch sauer. Sie hatte sich gestern größte Mühe gegeben, ihn abzufüllen, bis er kaum noch realisierte, wer oder was an seinem Hals hing. Aber er hatte sie abgewiesen. Vermutlich auf die dümmste, weil demütigendste Weise: Ich mag dich gern, aber ich liebe eine andere.

Es würde Alina freuen, zu hören, dass er diese andere höchstwahrscheinlich für immer verloren hatte. Mit der Wahrheit kam man am weitesten – aber nicht, wenn man Louis Nowiak hieß. Er hatte mit der Wahrheit noch nie einen Menschen halten können; selbst sein Vater hatte ihm im Grunde vorgeworfen, ihm den besseren Sohn nicht wenigstens vorgelogen zu haben. Liz hatte ihm Unterschlupf gewährt und ihn versorgt wie einen abgestürzten Vogel, weil sie hilfsbereit und grundanständig war. Ironischerweise war genau das auch der Grund, warum er sie verloren hatte.

Sie wusste jetzt von seinen Lügen.

Vielleicht, dachte er, *ist es besser so. Einer wie ich, der muss auf sich gestellt bleiben. Anders funktioniert das nicht.* Wenn es ihm nur etwas leichter fallen würde.

»Sputnik hat neulich ein paar Stangen Kippen geklaut und Stress damit bekommen«, sagte er zu Alina. »Sie hat sie mir gegeben und ich wollte sie herbringen. Ich kann sie nicht zu Hause lagern, meine Mutter raucht die alle weg, wenn sie die Tüte findet.«

Alina machte eine wegwerfende Handbewegung. »Schmeiß halt einfach rein.«

»Einfach reinschmeißen?« Was meinte sie?

»Ja, mein Gott, bist du heute schwer von Begriff? Ein paar Stangen Zigaretten werden nicht so viel wiegen, dass sie das andere Zeug zerdeppern, wenn sie drauffallen. Ach, gib die Kippen her, ich brauch neue. Du hast übrigens Farbe in den Haaren.«

»Ich hab was gesprayt.«

»Aha. Und was?«

Sie war die Letzte, die das Motiv verstehen würde. »Was mit Blut und Knochen.« Und Rosen.

»Was auch sonst, Louis.«

Er setzte sich in ihre Nähe und sah zu, wie sie den Film guckte und dabei rauchte. Anschließend nahm sie die Tüte mit den übrigen Zigaretten und trug sie nach draußen. Zuerst wollte er ihr folgen, dann aber blieb er stehen und beobachtete sie durch das blinde Fenster. Sie ging zum Brunnen, warf die Tüte hinein und er hatte schlagartig das zwingende Bedürfnis, seinen Kopf gegen die Scheibe zu hauen.

Verdammt – der Brunnen! Warum war er darauf nicht gekommen? Darin lagerten sie die Beute. Es lag so nahe, dass er überhaupt nicht auf den Gedanken gekommen war.

Sie kehrte zurück, in jeder Tasche ihrer engen, kurzen Hose eine Zigarettenschachtel, die halb herausguckte.

»Warum wolltest du gestern so schnell nach Hause?«, fragte sie. »Du hast mir die ganze Party versaut, weißt du das?«

»Sorry. Aber mir war so gar nicht mehr nach Feiern.«

»Lag es an uns?«

Ja, das konnte man so sagen. »Wie kommst du drauf? Mir war schlecht, Alina, ich stand nach der Aktion total unter Strom und hab die Cocktails nicht vertragen.«

»Wir waren hinterher noch in einer Bar in der Stadt, Nicky und ich. Ich hab dich vorbeifahren sehen und ans Fenster geklopft, aber du hast mich nicht bemerkt. Nicht mal, als ich gewinkt und dir nachgerufen hab. Wo wolltest du denn noch hin, wenn es dir so schlecht ging?« Er blieb ihr die Antwort schuldig und Alina zog ihre eigenen Schlüsse. »Sag nicht, zum Mauerblümchen. Ach, Louis, du bist doch ein Arsch.«

* * *

Das Eis schmolz in den beiden Pappbechern, obwohl sich Liz auf dem Weg von der Eisdiele zu Katta sehr beeilte. Katta schien es kaum zu bemerken, sie rührte bloß mit dem kleinen, pinkfarbenen Plastiklöffelchen darin herum, bis die Erdbeer- und die Pistazieneiskugeln sich zu einer fleischfarbenen Soße verbunden hatten.

»Männer sind einfach Schweine«, murmelte Katta zum zwanzigsten Mal in zehn Minuten und schob das Eis weg. Sie steckte ganz tief in der Wutphase und hatte offenbar beschlossen, sich darin häuslich einzurichten.

Liz seufzte. Ob sie Robin jetzt lange genug die Pest und Pickel an den Hals gewünscht hatten? Sie wollte Kattas Trauer nicht abtun, aber sie brauchte zu dringend ihren Rat, um noch länger Robins Ungerechtigkeiten zu wiederholen.

»Bei mir ist gerade auch etwas Land unter«, warf sie ein.

Katta nahm das sofort dankbar auf. »Warum? Was ist passiert?«

»Ich glaube, Louis hat mich angelogen. Er arbeitet gar nicht auf einem Bauernhof.« Warum hatte sie das eigentlich nicht früher bemerkt? Er war so schlank, dass man fast zart sagen konnte, und vielleicht nicht blass, aber auch nicht braun gebrannt, wie es üblich war für jemanden, der täglich im Freien arbeitete. Erntehelfer sahen ganz anders aus als Louis. »Ich fürchte, dass deine Mutter recht hatte und er … krumme Dinger dreht.«

»Louis?« Katta verzog das Gesicht wie nach einem misslungenen Scherz. »Ach, Quatsch, Lizzie.«

»Leider doch. Ich weiß es. Er hat es mir erzählt. Und zwar im Vertrauen; Katta, du darfst das auf gar keinen Fall weitererzählen, okay? Er darf nicht wissen, dass ich mit dir drüber gesprochen habe, ja?«

Katta biss sich auf die Unterlippe und lehnte sich zurück. »Echt jetzt? Kein Scherz?«

Sie schüttelte den Kopf. »Nein. Ich kann dir nichts Genaues sagen, aber witzig ist es jedenfalls nicht.«

Plötzlich wurde Katta unter ihrem leichten Sonnenbrand blass. »Er hat deine Tasche nach dem Überfall gar nicht zufällig gefunden, oder? Er war dabei! Das ist es doch, oder?«

Liz schwieg vielsagend. Ob es half, wenn sie Katta erzählte, dass er sie auch damals schon vor den anderen beschützt hatte? Aber was änderte es daran, dass er immer noch in dieser Gang verkehrte?

»Was willst du jetzt tun, Lizzie?«

Wenn sie das wüsste! »Hast du einen Tipp?«

Katta blies die Wangen auf und stieß langsam die Luft aus. »Das klingt ein bisschen arg krass. Wenn es nur halb so schlimm ist, wie ich es mir vorstelle, also richtig … kriminell oder so, dann schieß den Typen in den Wind, bevor es zu spät ist. Hey, schöne Wangenknochen und Lächeln … das ist alles nett. Aber wenn der dich in irgendwas mit reinzieht!«

»Das würde er nicht machen!«

»Sagst du jetzt. Weißt du es? Ganz sicher? Ich hätte auch nie geglaubt, dass Robin mich über Nacht abserviert. Du?«

»Nein, unvorstellbar«, musste sie zugeben.

Katta seufzte. »Wenn man verliebt ist, dann sieht man alles in Rosa und Himmelblau mit kleinen, sahnefarbenen Wattewölkchen. Aber am Ende erkennst du, was wirklich Sache ist.« Sie deutete in den geschmolzenen Eismatsch. »Und dann denkst du: Wie konnte ich so blöd sein und das nicht vorher merken?«

Sie hatte nicht ganz unrecht. Vielleicht hätte Liz ihrer Freundin früher dasselbe geraten. Aber da hatte sie Louis auch noch nicht gekannt, noch nie solche Verbundenheit verspürt und dieses Aufatmen, das seine Nähe in ihrem Inneren verursachte. »Ich kann ihn nicht im Stich lassen, Katta. Eher könnte ich unter Wasser leben.«

»Wie rührend.« Katta verdrehte die Augen. »Aber du würdest dich wundern, wenn du wüsstest, was man alles kann, wenn man muss. Ich hoffe nur, dass du auf dich aufpasst!«

»Das mache ich.«

Katta zuckte mit den Schultern. Sie wirkte plötzlich erschreckend weit weg. »Ich stelle es mir nicht so toll vor, den Lover im Knast besuchen zu müssen. Und das Gerede! Wenn das rauskommt, bist du Stadtgespräch und auf ewig als die Freundin vom Knastbruder abgestempelt!«

Liz fuhr getroffen zusammen. So weit hatte sie noch nie gedacht. *Musste* sie sich das vorstellen? War das nicht arg schwarzgemalt? Oder war sie naiv, wenn sie verdrängte, dass Louis womöglich nicht ausstieg, bevor er geschnappt wurde? »Ich muss versuchen, Louis da rauszuholen. Wenn ich das nicht mache – wer dann?«

»Wie bequem für ihn. Warum etwas ändern, wenn das kleine Blödchen doch loyal in jeder Lebenslage zu ihm hält?«

Unweigerlich schob Liz ihren Sessel nach hinten. »Blödchen? Meinst du mich?« Was entscheidender war: Hatte sie recht? – Nein, Katta kannte Louis einfach kaum! »So ist das überhaupt nicht, du siehst das vollkommen falsch! Ich glaube nicht, dass Louis mich so sieht. Er will aussteigen, das weiß ich!«

»Das hat er dir versprochen, nicht wahr?«, ätzte Katta. »Lizzie, Kriminelle nehmen es mit der Wahrheit nicht so genau. Sonst wären sie nicht kriminell. Natürlich steckt bei jedem eine Geschichte dahinter und mit Sicherheit hat Louis seine guten Seiten. Aber solche Geschichten enden immer mit Tränen und Geschrei, wenn jemand denkt: Bei uns ist das alles anders!«

»Aber …« *… bei uns ist es wirklich anders!*, wollte Liz antworten. Doch sie hielt sich zurück. Katta sah heute schwarz, sie würde bloß wieder die Augen verdrehen. »Meine Träume«, sagte sie daher, »wie erklärst du dir die? Ich träume, dass er von dieser Klippe stürzt, wenn ich ihn nicht festhalte. Aus irgendeinem Grund bin ich wohl diejenige, die ihm helfen muss, da rauszukommen.«

Katta zog ein Gesicht, in dem sich ein Lächeln mit Elend vermischte, und umarmte sie plötzlich so fest, dass ihre Rippen knackten. »Lizzie, mach einfach keinen Mist, ja?«, flüsterte sie an ihrer Wange. »Steiger dich da nicht rein! Wir können Waljäger bekriegen, Laborbeagle befreien oder Pelztierfarmen überfallen, wenn du etwas Gutes tun willst. Aber geh nicht zu weit, ja? Menschen ändern zu wollen, ist so eine Sache. Du kannst nicht die ganze Welt retten.«

»Will ich auch gar nicht«, antwortete sie. *Nur meine eigene Welt, nur meine, aber die unbedingt!*

Kapitel 42

Louis hörte den Motorroller von hinten herannahen und wusste sofort, dass es Ärger geben würde. Reflexartig und ohne jede Aussicht auf Erfolg trat er stärker in die Pedale. Dass es Sputnik war, wusste er, bevor sie mörderisch nah an ihm vorbeirauschte, den Roller quer stellte und ihm den Weg abschnitt.

»Hast du eigentlich komplett den Verstand verloren?«, brüllte sie ihn an, während sie den Helm abnahm. Ihr Pixie-Cut war platt gedrückt.

Einen Moment lang glaubte er, dass alles vorbei war. Sie hatte herausgefunden, was er plante. Nur das erklärte ihre plötzliche Wut.

»Guck nicht so, als wüsstest du nicht, worum es geht!« Sie kam auf ihn zu und schlug ihm den Helm vor die Brust. »Wie kommst du auf die Idee, dich mit dieser Ische zu treffen?«

»Was? Sputnik, was willst du von mir? Ich habe überhaupt keine Ahnung –«

»Willst du, dass wir alle auffliegen?«

»Noch mal!« Er musste zurückweichen, da sie mit dem Helm nach seinem Kopf schlug. Sie war komplett außer sich. »Wovon redest du überhaupt?«

»Du triffst das Mädchen aus der Tankstelle!«, schrie Sputnik. Ein Laster raste vorbei. In Louis' Ohren dröhnte es. »Versuch nicht, es abzustreiten. Alina hat mir gerade die Ohren vollgeheult, weil du sie für irgendein Mauerblümchen abserviert hast.«

»Ich will nichts von Alina, verdammt! Und meine Freundin geht sie einen Dreck an!«

Sputnik spuckte ihm vor die Füße. »Alina hat mir von ihr erzählt, von deiner Mauerblümchenfreundin. Und von der auffälligen Tasche, die sie mit sich herumträgt. Diese Tasche kenne ich – du hast die beim Überfall dem Mädchen abgenommen, das sich im Klo eingeschlossen hat. Ich habe sie gesehen.«

»Das kann ich erklären.«

»Willst du mir jetzt erzählen, dass deine Freundin zufällig dieselbe Tasche hat? Lass es lieber – ich erkenne ein Einzelstück, wenn ich es sehe. »

Er fuhr sich durch die Haare und blieb in einer lackverklebten Strähne hängen. »Das hab ich im Griff.« Er hörte selbst, wie lahm das klang. »Es ist dasselbe Mädchen. Ich musste checken, ob sie mich erkannt hat. Dabei ist es halt passiert.«

Sputnik machte eine Geste, als würde sie den Himmel um etwas anflehen. Vielleicht nach Hirn. Für ihn. Was für eine gute Idee – wenn es doch nur nützen würde! Er würde sofort auf die Knie fallen. »Das glaube ich jetzt nicht. Du riskierst unseren Arsch, ist dir das klar?«

»Unsinn. Die Kleine weiß doch von nichts.«

Sputnik lachte hysterisch auf. »Das wäre ja auch noch schöner. Sieh bloß zu, dass das so bleibt. Und hör endlich auf, meine Schwester fertigzumachen. Und vergiss nicht: Ich behalte dich im Auge!« Sie setzte sich den Helm wieder auf.

Fuck, das lief alles komplett schief. Endlich hatte er ihr Versteck gefunden, aber jetzt traute sie ihm nicht mehr über den

Weg. Sie würde sofort die Verbindung zu ihm ziehen, wenn Ramon es ausräumte. Er konnte sich nun aussuchen, mit wem er es sich verderben wollte – mit ihr oder mit Ramon. Wer würde mehr von ihm übrig lassen?

»Fahr immer schön vorsichtig, Louis«, hörte er sie gedämpft durch den Helm sagen. »Auf der Landstraße hier wurde schon der eine oder andere überfahren. Nicht, dass dir was passiert.«

* * *

Ihr Handy spielte gerade ihr Lieblingslied von Sia, als sie in die Unterführung trat und das Einhorn sah. Heute Vormittag war es noch nicht da gewesen. Sie roch die frische Farbe. Ihr wurde schwindelig, und sie hielt sich den Mund zu, um nichts Dummes zu sagen. Dann blickte sie sich um, erkannte, dass niemand in der Nähe war, und flüsterte: »Louis. Bist. Du. Bescheuert?«

Das Graffiti war nicht besonders groß, es ging ihr vielleicht bis zur Schulter. Das Fell des Einhorns schimmerte grau, sein Horn silbern und die Mähne in der Farbe von Bleistiftminen. Es besaß Flügel, riesengroße Flügel mit langen Schwungfedern wie ein Adler. Einen dieser Flügel hatte es sich ausgerissen und hielt ihn im Maul, als würde es ihn fressen. Dort, wo der Flügel aus dem Rücken gerissen war, fehlte ein großer Fetzen Fleisch, sodass die Rippen frei lagen. Aus der Wunde troff Blut auf den Boden. Die großen Raubtierzähne hatte es tief in die eigenen Federn gestoßen; die eiskalten Augen erinnerten an die einer Echse und wirkten ungerührt. Den welligen Schweif hatte das Einhorn angehoben. Darunter lag allerdings kein Haufen Pferdeäpfel, sondern ein Strauß blutroter Rosen.

Es war ein bisschen krank, sehr verstörend und gleichzeitig

wunderschön. Und es war ein Geschenk für sie, so viel stand fest. Außerdem – verdammt! – war es komplett illegal.

Sie rief Louis an. »Warum hast du das gemacht?«, rief sie, kaum dass er sich meldete.

»Das weißt du doch.«

Was sollte das wieder heißen? Wollte er wieder gesehen werden? Hatte ihm das nicht genug Ärger eingehandelt? »Bist du eigentlich noch ganz bei Trost?«

»Weißt du doch.«

»Sag mal, hast du nicht genug Probleme?«

»Hab ich«, erwiderte er ganz leise. »Und darum musste ich was sprayen. Ich krieg nur so den Kopf frei. Gefällt es dir nicht?«

Sie schwieg. Sie würde ihm nicht sagen, wie sehr es sie berührte. Eher wollte sie daran ersticken.

»Es heißt *Unique*«, sagte er ganz sanft. »Können wir uns sehen? Ich erkläre es dir. Kann ich zu dir kommen?«

Ihr Herz verkrampfte, am liebsten wäre sie umgedreht und sofort zu ihm hingefahren. Aber Kattas Warnungen arbeiteten in ihr. »Morgen«, sagte sie schließlich. »Und ich komme zu dir. Meine Tante hat mitgekriegt, dass du letzte Nacht hier warst. Und sie hat gehört, was du über sie gesagt hast. Ich würde dir empfehlen, ein bisschen Gras über die Sache wachsen zu lassen und ihr nächste Woche ein paar Blumen mitzubringen.«

»Blumen krieg ich hin.«

»Ich meine schon echte Blumen, okay? Gesprayte an unserer Hauswand sind bestimmt nicht ihr Geschmack.« Sie hörte ihn leise lachen. »Dann komme ich morgen Nachmittag vorbei, ja?«

Er zögerte zu lange. Dann sagte er: »Okay, kein Problem«, als wäre es doch eins.

»Louis?«, fragte sie. »Wenn ich dir sag, dass ich dich liebe, ist das ein Fehler?«

Wieder dauerte es lange, bis er antwortete. Er schluckte mehrmals, sie konnte es hören. »Ich fürchte schon«, sagte er dann rau. »Aber nicht, wenn du mich fragst.«

Kapitel 43

Louis öffnete ihr und begrüßte sie leise, fast geflüstert. Er schob sie in sein Zimmer und schloss die Tür.

»Es geht meiner Mutter nicht gut«, sagte er. »Ich hab versucht, dich anzurufen, aber …«

Sie hatte vergessen, ihr Handy aufzuladen. »Tut mir leid, ich will nicht stören. Soll ich besser gehen?«

»Nein. Warte einen Moment, ja? Ich kümmere mich kurz um sie, aber ich bin gleich bei dir.«

»Lass dir Zeit.«

Er lächelte erleichtert. »Danke.« Damit ließ er sie allein in seinem Zimmer, das er wieder bis in die letzte Ecke aufgeräumt hatte. Bloß die Aldi-Plastiktüte unter dem Tisch passte nicht recht ins Bild. Sie war halb offen. Liz sah mehr als ein Dutzend unterschiedlicher Sprühdosen darin. Die Farben kamen ihr bekannt vor – mit ihnen hatte er das Einhorn gesprayt. Ihr Einhorn.

Sie setzte sich aufs Bett und wartete. Eigentlich hatte sie eine Erklärung für das Einhorn verlangen wollen – er konnte doch nicht so blöd sein und denselben Fehler schon wieder machen. Er musste das Graffiti am Sonntagnachmittag in die Unterführung gesprayt haben. Am helllichten Tag! Wollte er unbedingt erwischt werden? Aber nachdem Liz gerade gesehen hatte, wie mies es ihm ging, kam es ihr falsch vor, ihm Vorhaltungen zu machen.

Im Nebenraum hörte sie Louis sprechen. Seine Mutter schien zu schweigen. Aber eben, als Liz vor der Tür gestanden hatte, hatte sie die Mutter keifen und schimpfen gehört, so laut, dass sie am liebsten wieder gegangen wäre. Schwer vorstellbar, dass das dieselbe Janine war, die sie beim letzten Mal so freundlich begrüßt hatte. »Alkohol macht erst launisch und dann unberechenbar«, hatte Andrea ihr mal erzählt. Dabei hatten ihre Hände gezittert, obwohl die Scheidung von ihrem Ex seit Jahren durch war und sie ihn ebenso lange nicht mehr gesehen hatte.

Wie mochte es Louis damit gehen, für den das alles Alltag war?

Sein Handy begann eine Musik abzuspielen. Sie suchte danach, fand es auf der Fensterbank und wollte das Klingeln wegdrücken. Etwas sagte ihr, dass Louis jetzt nicht gestört werden sollte. Auf dem Display las sie »Alina«, ohne es zu wollen. Und da drückte sie den Anruf doch nicht weg, sondern nahm ihn an.

»Hallo?«, sagte sie leise.

»Wer ist da?« Das Mädchen am anderen Ende der Leitung war überhaupt nicht leise. Die Stimme passte nicht zu ihrem zarten Äußeren, aber sie war es unverkennbar. »Ich will Louis sprechen.«

»Der kann gerade nicht«, sagte Liz so unbeteiligt sie konnte. Diese Alina sollte ruhig glauben, dass sie ganz selbstverständlich Louis' Anrufe annahm. Vielleicht zog sie dann Leine und ließ ihn in Ruhe.

»Was soll das denn heißen? Das soll er mir mal selber sagen.«

»Er hat gerade Besseres zu tun«, erwiderte Liz. »Und zwar

den ganzen Tag. Tut mir leid.« Sie drückte den Anruf weg und schaltete das Handy aus. Ihr Mund wurde trocken. Mist, sie verhielt sich schon wie die rasend eifersüchtigen Furien, über die sie bisher immer den Kopf geschüttelt hatte. Aber es war nicht die Eifersucht allein. Alina war nicht gut für Louis, und wenn Liz ihm helfen wollte, dann musste sie eben die Initiative ergreifen, auch wenn das mal unbequem werden konnte.

Die Tür ging auf. »Sorry, dass es so lange gedauert hat«, sagte Louis. »Ich wäre heute gern irgendwo mit dir hingegangen, aber ich werd hierbleiben müssen. Sie hat einen miesen Tag.«

»Dafür musst du dich nicht entschuldigen«, erwiderte sie. »Aber für dich tut es mir leid. Das klingt ganz schön heftig. Ist es dir lieber, wenn ich gehe?«

»Ach was, alles okay. Jetzt bin ich bei dir.« Er wurde ein bisschen rot, vielleicht war er verlegen.

Es war ein eigenartiger Nachmittag. So ein richtiger Montag – und das, obwohl Ferien waren. Louis wirkte wie jemand, der etwas verbrochen hatte und jederzeit fluchtbereit bleiben musste. Er versuchte, sich locker zu geben, aber sie merkte, dass er permanent auf Geräusche in der Wohnung lauschte. Wenn er sie küsste, kam ihr das vor wie ein Ablenkungsmanöver.

»Die Rache deiner Tante wäre heimeliger gewesen«, stellte er irgendwann frustriert fest, und wenn sie ehrlich war, konnte sie da nicht widersprechen. Andrea mochte überbesorgt sein, aber im Vergleich zu Louis' Problemen war das gar nichts.

Als er sie später, während seine Mutter schlief, zur Bushaltestelle begleitete, tat er das mit sichtbar schlechtem Gewissen. Vermutlich brauchte er dringend mal etwas frische Luft. Ob der Spaziergang half, bezweifelte Liz. Dafür war es viel zu schwül, und frisch war die Abgasluft ohnehin nicht. Louis' Hand lag in ihrer, aber seine Gedanken schienen ganz weit fort.

Plötzlich wurde sein Griff einen Moment lang ganz fest, und als sie ihm ins Gesicht sah, bemerkte sie in seinen Augen dieselbe Härte. Sie folgte seinem Blick. Es musste der junge Mann sein, der ihnen entgegenkam. Unter seiner Baseballkappe hätte Liz ihn fast nicht erkannt, aber dann fiel ihr ein, dass sie ihn neulich nach dem Kino schon einmal getroffen hatten. Und auch da hatte Louis seltsam reagiert, sie hatte das bloß anders interpretiert und auf sich bezogen. Diesmal wurde ihr schlagartig klar, warum Louis sich so komisch verhielt. Dieser Typ – Ramon hieß er, erinnerte sie sich – war einer von den Gangstern! Fieberhaft glich sie ihre Erinnerungen an den Überfall mit seiner kräftigen Statur ab, aber kam auf keinen gemeinsamen Nenner. Womöglich war er der Große gewesen, der Andrea und die Kassiererin mit der Waffe bedroht hatte? Nein, der war doch eher lang und schlank gewesen und hatte weniger breite Schultern gehabt. Sie konnte bloß raten. Es war alles zu schnell gegangen und sie hatte die anderen ja gar nicht alle gesehen.

»Louis!«, rief dieser Ramon. »Und Liz, wie schön!« Die Freundlichkeit in seiner Stimme war eindeutig aufgesetzt, der Typ gab nicht mal mehr vor, es ehrlich zu meinen. Dass er ihren Namen kannte, bereitete ihr Herzklopfen. Louis an ihrer Seite schien das Atmen einzustellen.

»Ramon, können wir später sprechen?«, fragte er. »Liz muss ihren Bus kriegen. Wir können danach –«

Er wollte allein mit ihm reden? Das kam überhaupt nicht infrage! Doch sie hatte keine Zeit, Einspruch zu erheben.

»Unsinn«, unterbrach ihn Ramon und grinste. »Ich kann Liz ja zum Bus bringen!« Bevor sie zurückweichen konnte, hatte sie seine feuchtgeschwitzte Hand am Oberarm. Mit einem Mal fühlte sie sich wieder genau wie an der Tankstelle. Panik breitete sich in ihrem Bauch aus, quoll ihren Hals hoch, nahm ihr die Luft und machte sie schwindelig. Sie registrierte nur am Rand ihres Bewusstseins, dass Louis etwas erwiderte. Mit aller Kraft riss sie sich von beiden – Ramon und Louis – los. »Fass mich nicht an!«, hörte sie sich wie durch Watte schreien. »Hau bloß ab, lass mich in Ruhe!«

Ramon hob beide Hände. »Warum gleich so zickig? Ist ja gut!« Er schüttelte den Kopf, als hätte sie sich einfach nur lächerlich gemacht, aber hinter dieser Geste lag etwas Brandgefährliches: der Blick, den er Louis zuwarf. Liz kam schlagartig wieder richtig zu sich. Sie hatte einen dummen Fehler gemacht. Ihre reflexartige Überreaktion hatte gezeigt, dass sie etwas wusste. Mehr als gut war.

Sie versuchte zu lächeln. »Sorry. Ich bin manchmal etwas … empfindlich.« Aber Ramon beachtete sie gar nicht mehr, er fixierte Louis, der halb vor ihr stand, sodass sie sein Gesicht nicht mehr sehen konnte, und nichts sagte.

»Wir müssen gehen«, sagte sie und glaubte, ihre Stimme zittern zu hören. Ob dieser Rammbock-Ramon es auch bemerkte? »Louis, mein Bus kommt gleich, wenn ich den verpasse …«

Louis blieb eine quälend lange Zeit unbeweglich stehen. Vielleicht waren es bloß ein oder zwei Sekunden, aber sie fühlten sich wie Minuten an. Dann hörte sie ihn schlucken und er nickte. »Ja, lass uns gehen. Wir sehen uns, Ramon, wir sehen uns sicher später.«

Ramon beugte sich zu ihm, streckte eine Hand aus und fasste Louis an der blau verfärbten Wange an, als würde er dort Farbe mit den Fingerspitzen wegwischen wollen. »Ja, wir sehen uns«, sagte er nur. Dann ließ er sie gehen.

Liz wäre am liebsten gerannt, aber sie passte sich Louis' Tempo an und orientierte sich an seinem Atemrhythmus. Er atmete in langsamen Zügen durch den Mund, als wäre ihm übel. Irgendwann konnte Liz dem Drang, sich über die Schulter umzusehen, nicht mehr widerstehen. Ramon war weg.

»Tut mir leid«, sagten sie dann beide gleichzeitig.

Liz hatte plötzlich einen Schwall Tränen in den Augen. »Tut mir so leid«, wiederholte sie. »Ich hab Panik gekriegt, ich wusste gar nicht mehr, was ich tat.«

»Macht doch nichts«, sagte Louis und legte ihr den Arm um die Schulter. »Mir tut es leid, dass du diesem Arsch über den Weg laufen musstest.«

»Aber jetzt weiß er, dass du mir etwas gesagt hast. Und es hat ihm nicht gefallen, Louis.«

Er schien das abzutun. »Dem gefällt so einiges nicht. Das ist aber nichts Neues und damit komm ich klar.«

»Er war das, oder?« Sie deutete auf sein blaues Auge. »Von wegen mit dem Fahrrad hingefallen. Warum gibst du dich noch mit denen ab? Das sind nicht deine Freunde, Louis, merkst du das eigentlich nicht?«

»Ich weiß«, sagte er bloß.

»Warum dann?« Sie schrie die Worte fast. »Du kannst das mit dem Geld anders lösen. Wir reden mit Herrn Gorden. Er wird uns zuhören, ich kenne ihn. Ich schwöre dir bei allem, was mir heilig ist, dass man mit ihm reden kann.«

»Es geht nicht um das Geld, Lizzie. Nicht mehr. Ramon hat mich in der Hand. Ich hab ihm etwas versprochen und bisher nicht halten können. Ich muss nur diese eine Sache klären, dann lässt er mich in Ruhe.«

»Wer es glaubt!«

»Doch, Lizzie, vertrau mir. Er hat dann keine Verwendung

mehr für mich und keinen Grund, sich noch mit mir abzugeben. Wenn ich das zu Ende gebracht habe, dann schwöre ich dir, dass mit dem ganzen Mist Schluss ist.«

»Was ist das für eine Sache?« Ein weiterer Überfall? Fast wünschte sie sich, er würde lügen, denn wenn er ihr gestand, dass er das noch mal tun würde, dann wusste sie nicht, ob sie damit umgehen konnte. Oder wollte. Liebe hin oder her – aber es gab Grenzen.

»Er will die Beute«, antwortete Louis. Er drückte sie an sich und aus irgendeinem Grund ließ sie es geschehen. »Die Beute vom Tankstellenraub. Ich soll für ihn herausfinden, wo sie ist, damit er sie sich holen kann.«

Sie verstand kein Wort, und als er es ihr erklärte, begriff sie es erst beim zweiten Mal. All die Namen und Erklärungen machten ihre Gedanken ganz zitterig, sodass sie sie kaum logisch zusammenfügen konnte. Zwei Gangs und ein Hehler – und Louis spielte jedem eine andere Rolle vor und damit ein nach allen Seiten gefährliches Spiel.

»Wer bist du eigentlich wirklich?«, fragte sie. »Weiß das irgendwer? Weißt du das noch selbst?«

»Jetzt wieder, ja. Und du weißt das auch.«

Ihr lag die Frage auf den Lippen, wie er auf die Idee kam, dass sie ihm glauben würde. Warum sollte sie ihm, der alle anlog, überhaupt irgendein Wort glauben? Aber dann hatte sie ihren Traum vor Augen, so deutlich und klar, als würde sie jetzt in diesem Moment tief schlafen, und da fragte sie sich nicht mehr, ob sie ihm glauben sollte, sondern tat es einfach. Er wollte aussteigen – wenn irgendetwas nicht gelogen war, dann das. Und sie musste ihm dabei helfen. Sie war diejenige, die ihn halten musste, sonst würde er fallen.

»Ich bin da bald raus«, versprach er. »Ich liefere Ramon,

was er will. Er holt sich den Kram und wir sind quitt. Ich muss dann nur noch eine Weile mit Sputnik und Alina abhängen und mich mit ihnen über die dreisten Kerle aufregen, die das Lager ausgeräumt haben. Sobald die Wogen sich glätten und keiner mehr Verdacht schöpft, lass ich den Kontakt einschlafen.«

»Abhängen klingt so harmlos.« Liz sah ihn an. »Du drehst keine krummen Dinger mehr, okay?«

»Mehr als okay. Ich versprech's dir. Mir reicht es inzwischen an Adrenalin.«

»Ich wünschte, es gäbe einen anderen Weg.«

»Ich auch. Aber ich habe ewig überlegt. Das ist der einzige.«

Sie hätte ihm gern widersprochen, aber dazu hätte sie eine Alternative nennen müssen, und die hatte sie nicht. Für ihn ebenso wenig wie für sie. Nie hätte sie sich vorstellen können, dass ausgerechnet sie sich mit einem Gang-Mitglied einlassen würde. Doch nicht die brave Lizzie, die schon als Kind mit Entrüstung reagierte, wenn jemand ein Adventskalendertörchen vor dem richtigen Datum geöffnet hatte! Plötzlich kannte sie Leute, die Dreck am Stecken hatten, und steckte selbst in echten Schwierigkeiten. Doch ihre größte Sorge galt ihm. *Hoffentlich erwischen die ihn nicht!*

»Und was machen wir jetzt?«, fragte sie, als sie die Bushaltestelle erreicht hatten.

»Wir machen vor allem keine Welle.« Er sah sie entschieden an. »Wir machen einfach weiter und lassen uns nichts anmerken. Du steigst in deinen Bus und ich geh nach Hause.«

»Der Typ wird dir auflauern!«, entfuhr es ihr ungewollt laut. Eine ältere Frau, die mit ihnen auf den Bus wartete, sah sie an.

»Louis, bitte!«, flüsterte sie. »Ich habe ein mieses Gefühl dabei. Der wartet da irgendwo auf dich und dann …« Sie wollte sich nicht vorstellen, was ihm blühen würde. Die Blessuren in seinem Gesicht sprachen eine leicht verständliche Sprache.

Er lächelte, als hätte sie etwas Dummes gesagt. »Ich lass mich schon nicht erwischen. Ich wohn hier schon eine ganze Weile, Lizzie, ich find schon nach Hause, ohne Ramon über den Weg zu laufen.«

»Und du meinst, dass der dann nicht ganz schnell wieder bei dir auftaucht?«

Er schüttelte den Kopf und berührte ihre Wange. »Das hat der morgen wieder vergessen. Ich kenne Ramon. Er braucht mich noch und das weiß er.«

»Mir gefällt das nicht. Ich hab Angst um dich. Können wir das wirklich nicht anders lösen?«

»Wie?«, fragte er, aber in seiner Miene änderte sich etwas. Mit einem Mal wirkte er verschlossen und abweisend. Vielleicht, weil er ihre Antwort schon ahnte.

»Wenn wir zur Polizei gehen«, versuchte sie es, »und du als Zeuge aussagst, dann …«

Er machte einen Schritt zurück, sodass sie seine Hand loslassen musste. »Auf keinen Fall.« In seinen Augen funkte etwas auf, was sie vorhin nicht an ihm wahrgenommen hatte: nackte Angst.

Ich kann das nicht!, sagte etwas in ihr. *Ich kann und ich will das nicht! Das geht alles viel zu weit.*

Aber Louis' Lächeln kehrte zurück, und es war zwar nicht das unbeschwerte Traum-Louis-Lächeln, aber nah dran, und da beschloss sie, dass sie das mit ihm durchstehen würde. Er hatte ihr endlich die ganze Geschichte erzählt. Er hatte ihr seine hässlichsten Narben gezeigt. Wie schwach wäre eine Liebe, die sich davon zerstören ließ?

Die Klippe ist nur wenige Meter hoch, aber wenige Meter reichen. Unten ist das Wasser schwarz und starr und still, als wäre der Fluss eingefroren.

Sie hofft, dass sie träumt. Hofft, dass sie aufwacht. Hofft, dass sie hier wegkann. Aber so sehr sie es auch versucht, sie muss bleiben.

Louis ist dem Abgrund nah, viel zu nah. Sieht er denn nicht, dass die Steine unter seinen Füßen wegzubrechen beginnen? Er scheint so weit weg, dabei müsste sie nur die Hand ausstrecken und sie könnte nach seiner greifen. Sie hat es hundert Mal getan in den letzten Nächten.

Jetzt hält sie etwas zurück.

Kapitel 44

Verschlafen tappte Liz in die Küche. Andrea holte gerade die duftenden Aufbackbrötchen aus dem Ofen, der Tisch war bereits mit Butter, Quark, Käse, unterschiedlichen Marmeladen und einem großen Obstteller gedeckt.

»Hab ich meinen Geburtstag vergessen oder gibt es etwas zu feiern?«, fragte Liz. Der Traum hallte noch in ihr nach, beunruhigte sie, aber sie wollte sich nichts anmerken lassen.

»Nur den Sonntag«, erwiderte Andrea gut gelaunt, setzte sich und nahm einen Schluck Kaffee. »Ach, herrlich.«

Liz schmunzelte in sich hinein. Andrea war die ganze letzte Woche angespannt gewesen. Gestern war Louis dann zu Besuch gekommen und hatte sich von seiner Schokoladenseite gezeigt. Seine Blumen schmückten nun Andreas handbemalte Bauernvase. Liz begriff nicht, wie er es angestellt hatte, aber nach den Blumen, Kaffee und dem Kuchen, den sie zu dritt gebacken und noch warm verputzt hatten, hatte Andrea ihm buchstäblich aus der Hand gefressen. Alle Bedenken schienen sich aufgelöst zu haben wie Zuckerwürfel in ihrem Milchkaffee. Wer hätte das gedacht?

Sie schnitt sich ein Brötchen auf und löffelte Quark und Himbeermarmelade auf das dampfende Innere. Sie selbst hatte sich in der letzten Woche vermutlich die größten Sorgen gemacht. Louis hatte ihr versichert, nicht in Gefahr zu sein – natürlich nicht, er hatte ja immer alles im Griff –, allerdings schien selbst er Zweifel zu hegen, denn er wollte vorerst nicht, dass sie zu ihm nach Hause kam. Getroffen hatten sie sich nur an der Wupper und am Samstag, als sein blaues Auge nicht mehr zu sehen war, schlussendlich bei ihr zu Hause. Er war erst am späten Abend nach Hause geklappert und hatte ihr, kaum dass er dort angekommen war, eine SMS geschrieben, die sie sich am liebsten eingerahmt hätte, so schön war sie. Warum musste jetzt wieder dieser Traum dazwischenfunken?

»Räumst du den Tisch ab?«, fragte Andrea, als sie gegessen hatten.

»Ich wusste, dass es einen Haken gibt.« Liz stand auf und gab ihrer Tante einen Kuss auf die Wange. »War nur Spaß. Klar, mache ich. Gehst du joggen?«

»Ja, ich will meine Sonntagsrunde schaffen, bevor es nachher zu heiß wird, um eine gute Zeit zu laufen.«

»Viel Spaß.« Sie begann schnell abzuräumen. Das war besser, als mitjoggen zu müssen. Andrea hatte sie schon ein paarmal überreden können, sich ihr anzuschließen, aber Liz war jedes Mal nur keuchend hinter ihr hergestolpert. Wie man das freiwillig tun mochte, konnte sie beim besten Willen nicht verstehen. Sie räumte auf, stellte das Geschirr in die Spülmaschine und wischte den Tisch ab. Den Teller mit dem restlichen Obst stellte sie besser in den Kühlschrank, bevor die Obstfliegen –

Andrea schrie im Erdgeschoss auf und Liz glitt der Teller aus der Hand. Mit einem lauten Klirren zerbrach er auf den Fliesen. Sie sprang über die Scherben und rannte die Treppe herab. Andrea stand in der geöffneten Haustür und beugte sich über irgendetwas, das auf der Fußmatte lag. Etwas Buschiges, Pelziges, Schwarz-weißes. Eine Katze.

»Ist sie tot?«, fragte Liz.

»Ja«, erwiderte Andrea mit rauer Stimme. »Sie lag hier einfach vor der Tür. Ich hab einen Mordsschreck bekommen. So eine Sauerei. Wer macht nur so etwas?«

»Kann sie sich selbst hergeschleppt haben?« Was für eine dumme Frage. Woher sollte die Katze wissen, dass eine Tierarztpraxis hinter der Tür lag?

Andrea wiegte den Kopf hin und her. »Sieht nicht so aus. Bitte bring mir mal schnell Handschuhe, ja?«

Liz holte ein Paar aus dem Behandlungszimmer und reichte sie ihr.

Andrea tastete den Katzenkörper ab und nahm das arme Tier schließlich hoch, um es hineinzutragen. »Das dachte ich mir«, murmelte sie wie zu sich selbst. »Die Todesstarre hat bereits nachgelassen. Das geht bei den warmen Temperaturen schneller als bei Kälte, aber ich schätze, sie ist trotzdem schon mindestens seit achtzehn Stunden tot.« Liz folgte ihr ins Behandlungszimmer, wo Andrea die Katze auf dem Tisch ablegte und näher untersuchte. »Kastrierte Kätzin«, sagte sie. »Maine-Coon-Mischling, vermute ich. Und ziemlich alt. Mindestens fünfzehn, eher noch älter. Ich kann keine Spuren von Verletzungen erkennen. Womöglich war sie krank oder ist an Altersschwäche gestorben.«

»Aber wie kommt sie vor unsere Tür?« Liz schauderte. Das tote Tier war nicht der Grund dafür. Natürlich waren ihr lebende Katzen lieber, aber sie hatte keine Berührungsängste mit den toten. Vorsichtig strich sie der Katze über die Stirn. Ihr Fell war seidig und weich, als würde sie bloß schlafen. Doch die Augen starrten blicklos ins Leere.

Andrea wandte sich ab. »Ich hole das Chiplesegerät, vielleicht ist sie registriert. Lizzielein, ich mag das nicht, wenn du solche Tiere ohne Handschuhe anfasst. Man kann nie wissen.«

Liz streichelte ungerührt weiter den Hals der Katze, wo ihr Fell länger war, fast wie die Mähne eines kleinen Löwen. »Sie trägt ja ein Halsband«, stellte sie überrascht fest. In dem langen, dichten Fell war es ihr zunächst nicht aufgefallen. Es sah neu aus, wie kürzlich erst gekauft, und eine kleine Metallkapsel hing daran. Liz schraubte sie ab. »Wenn eine Nummer draufsteht, rufe ich gleich an, damit die Besitzer Bescheid wissen.«

Sie rollte das winzige Papierstückchen auf und starrte auf die Buchstaben.

»Liz?«, rief Andrea erschrocken. »Liz, was hast du? Wird dir schlecht?«

Sie befürchtete eher, in Ohnmacht zu fallen. Ihr war so schwindelig, dass sich die Schrift auf dem Papier zu bewegen schien, wie zwei Schlangen, die aus purer Gehässigkeit Vor- und Zunamen aus ihren Körpern bildeten.

Louis Nowiak

Stand das wirklich auf dem Zettel oder spielten ihre Nerven ihr einen Streich? Vielleicht wurde sie auch verrückt. Sie blinzelte langsam und sah noch einmal hin.

Louis Nowiak

Andrea nahm ihr den Zettel aus der Hand und las den Namen. »Louis?«, fragte sie verwirrt. »Die Katze gehört Louis?«

Liz schüttelte den Kopf. »Nein. Nein, Louis hat keine Katze, ganz sicher nicht. Er hatte vor Jahren einen Hund, aber den musste er zurückgeben, weil er allergisch gegen Hunde ist.« Warum erzählte sie das? Der Zettel hatte sie komplett aus der Fassung gebracht. Diese Schrift … sie sah fast aus wie ihre eigene: eine zu Schnörkelansätzen neigende Mädchenschreibschrift.

»Liz?« Andreas Stimme war plötzlich scharf und viel zu laut. »Warum taucht hier eine tote Katze mit Louis' Namen auf? Was hat das zu bedeuten?«

»Weiß ich nicht«, flüsterte sie. Sie wühlte in ihrem Verstand nach einer Erklärung, aber ihre Gedanken wanden sich wie die Schnörkelbuchstaben und waren nicht zu greifen.

»Ich will wissen, was das zu bedeuten hat!« Andrea zog die Handschuhe aus und knallte sie auf den Tisch. »Willst du mir erzählen, da wäre nichts? Liz, du sagst mir jetzt sofort, was hier vor sich geht.«

»Ich weiß es doch auch nicht!«

»Ich glaube dir aber nicht!«, schrie Andrea. »Die Katze hier, die sieht mir nach einer Drohung aus. Mir reicht's, ich rufe jetzt die Polizei.«

Liz schossen Tränen in die Augen und liefen ihr übers Gesicht. »Mach das nicht! Bitte! Ich finde heraus, wo die Katze herkommt, aber bitte ruf nicht gleich die Polizei.«

Andrea starrte sie an, als sähe sie sie zum ersten Mal in ihrem ganzen Leben. »Findest du das«, sie zeigte auf die tote Katze, »etwa in Ordnung? Liz, das ist eine ernste Sache. Ich will nur, dass das aufgeklärt wird. Die werden ihn schon nicht gleich festnehmen, wenn er sich nichts zuschulden kommen lassen hat. Oder hat er das etwa? Hat er hiermit etwas zu tun? Liz?«

»Nein!«, weinte Liz. »Nein, ganz sicher nicht.«

Andrea reichte ihr eine Küchenrolle. Es fiel ihr sichtbar schwer, sie nicht zu trösten, aber offenbar glaubte sie, nun die konsequente Erziehungsberechtigte mimen zu müssen. »Dann wird er es verstehen.«

Liz schnäuzte sich. »Was hat Kattas Mutter dir erzählt?«, presste sie hervor.

»Wie bitte?«

»Was hat sie dir erzählt? Über Louis und seine Mutter?«

Andrea stemmte eine Hand in die Hüfte. »Was hat das hiermit zu tun?«

»Es hat mit der Polizei zu tun«, erklärte Liz. Sie musste schluchzen und hasste es. Warum konnte sie sich nicht zusammenreißen? »Louis' Mutter, Janine heißt sie, ist psychisch krank. Susanne Lorenz war ihre Ärztin. Louis kümmert sich um sie – ganz allein, weil sonst keiner mehr da ist! Sie ist furchtbar labil. Wenn plötzlich die Polizei kommt und Fragen stellt, dann würde sie zusammenbrechen. Das ist schon einmal passiert und sie hätte sich fast umgebracht.« Sie zog die Nase hoch. »Ruf bei Frau Dr. Lorenz an und frag sie, wenn du mir nicht glaubst!«

»Ach, Lizzielein!«, brach es aus Andrea heraus. Sie kam um den Tisch gelaufen und drückte sie an sich. »Das wusste ich nicht. Ich glaub dir ja, aber das heißt doch nicht, dass man so etwas hier einfach hinnehmen kann.«

»Du sagtest, die Katze sei alt gewesen?«, fragte sie Andrea. »Und daran gestorben? Ich glaube, es war einfach nur ein fieser Streich von Louis' Exfreundin. Vielleicht hat sie die tote Katze gefunden und da –«

»Da dachte sie: Oh, prima, die lege ich meiner Rivalin vor die Tür?«, unterbrach Andrea ihr Gestammel. »Ich hab ja schon viel Dummes gehört, aber das schlägt dem Fass den Boden aus. Das ist doch krank.«

»Darum ist sie ja auch seine Ex«, parierte sie trotzig. »Sie will Louis schaden und ihm eins auswischen. Weil er sie nicht mehr will, sondern mich.«

Andrea drückte sie noch einmal an sich. Dann schob sie sie an den Schultern zurück, um sie anzusehen. »In Ordnung«, sagte sie ernst. »Keine Polizei. Vorerst! Es sei denn, ich finde heraus, dass diese Katze gequält oder getötet wurde, dann muss ich das zur Anzeige bringen.«

Liz atmete durch. »Klar!«

Aber Andrea war noch nicht fertig. »Ich will allerdings nicht, dass du dich weiterhin mit dem Jungen triffst.«

»Was?« Sie musste sich verhört haben. »Aber was kann Louis denn dafür?«

»Diese Kreise sind mir suspekt, Liz. Und das hier ist eine klare Drohung. Ich werde nicht zulassen, dass der oder die Verrückte sie wahr macht und Schlimmeres passiert.«

»Aber du kannst mir doch nicht den Kontakt zu Louis verbieten!« In welchem Land glaubte Andrea zu leben? In Saudi-Arabien oder eher in Absurdistan?

»Das kann ich nicht nur, das muss ich«, erwiderte ihre Tante ungerührt. »Ich will ihn hier nicht mehr sehen und du wirst auch nicht hingehen. Das wird mir einfach zu gefährlich. Der Junge bringt dich nur in Schwierigkeiten. Der ist kein Umgang für dich.«

»Aber gestern –«, versuchte es Liz, doch Andrea ließ sie nicht einmal mehr ausreden.

»Gestern hatte ich keine tote Katze vor der Tür. Es bleibt dabei, was ich gesagt habe, Liz. Darüber werde ich nicht diskutieren.«

Ihre Finger zitterten, als sie Louis anrief – mit ihm zu telefonieren, konnte Andrea ihr schließlich nicht verbieten – und ihm von dem grausigen Fund erzählte. Er wurde erst wortkarg, dann einsilbig und schließlich ganz still. Von dem Streit mit Andrea berichtete sie mit einem dicken Kloß im Hals. Zum Glück konnte er nicht sehen, dass ihr schon wieder Tränen übers Gesicht rannen.

»Was machen wir jetzt?«, fragte sie.

»Wir machen gar nichts. Vielleicht hat deine Tante ja recht«, sagte er. »Liz, ich muss jetzt los. Ich ruf dich später noch mal an, dann reden wir in Ruhe, ja. Behalt die Nerven. Bis dann.«

Bis dann? Das war alles?

Selbst er ließ sie hängen!

Was für ein falscher Film lief hier denn bloß? Sie überlegte, Katta um Rat zu bitten, aber sie musste an das letzte Gespräch mit ihr denken. Vermutlich schlug selbst Katta sich auf Andreas Seite. Darauf konnte sie verzichten, sie fühlte sich auch so schon einsamer als je zuvor.

Sie blieb in ihrem Zimmer und ignorierte alles Rufen und Klopfen, bis Andrea am Nachmittag das Haus verließ. Erst dann ging sie in die Küche, um sich etwas zu essen und zu trinken zu besorgen. Danach würde sie sich wieder einschließen – sie wollte und konnte Andrea heute nicht mehr sehen.

Auf dem Tisch lag ein Brief. Keine Haftnotiz und kein Zettel, sondern ein mit Füller geschriebener Brief auf schönem, dickem, leicht gemustertem Papier.

Meine liebe Liz,

ich bin zum Friedhof gefahren. Schade, dass du nicht mitkommen wolltest. Wir sollten reden, jetzt erst recht.

Ich weiß, dass du wütend bist. Ich verstehe das, aber bitte versuche, auch mich zu verstehen. Ich mache gewiss Fehler, aber doch nur aus Sorge um dich, Liz.

Als ihr damals zur Kirmes gefahren seid, gab es eine Unwetterwarnung für den Abend. Ich hatte ein ungutes Gefühl und wollte nicht, dass ihr fahrt. Aber ich habe dieses Gefühl für mich behalten. Dein Papa hielt meine vielen Sorgen immer für übertrieben, und deine Mama, die das ganze Leben für einen

großen Spaß hielt, hat sich insgeheim sogar darüber lustig gemacht. Es gibt wenig in meinem Leben, was ich so sehr bereue, wie damals nicht auf mein Gefühl gehört zu haben.
Nun habe ich wieder so ein ungutes Gefühl, Liz.
Ich weiß, dass du das nicht hören willst. Dieser Junge, Louis, ist wirklich charmant, das muss ich zugeben. Ich kann verstehen, dass du dich in ihn verliebt hast. Wäre ich in deinem Alter, würde es mir nicht anders gehen. Aber so sehr ich es auch versucht habe, mein Gefühl lässt sich nicht unterdrücken.
Als dein Vater im Sterben lag, habe ich ihm geschworen, dass ich immer auf dich aufpassen werde. Hilf mir dabei und lass dir ein einziges Mal im Leben etwas von mir sagen. Halte dich von diesem Jungen fern.
Ich habe Angst um dich. Gesteh mir das zu, für mich waren die letzten Jahre auch nicht immer leicht.
Ich weiß, dass du jetzt verletzt bist, und das tut mir unglaublich leid. Aber ich bewahre dich bloß vor Schlimmerem und irgendwann wirst du das verstehen.
Ich gebe dir einen Kuss,
Deine Andrea.

Kapitel 45

Ein verschlafener, älterer Mann in Pyjamahosen öffnete Louis die Tür.

»Ich muss zu Alina«, sagte Louis, bemüht, seinen Zorn im Zaum zu halten.

Der Mann, vermutlich der Vater der Schwestern, verdrehte die Augen. »Du weißt, wo es langgeht?«

Louis nickte. Er durchquerte den Korridor und betrat Alinas Zimmer, ohne anzuklopfen. Alina saß in Shorts und Spaghettiträger-Top vor ihrem Computer und sah erstaunt auf. »Was willst du denn hier? Du weißt, dass meine Eltern um die Zeit schlafen und hier keiner aufzukreuzen hat!«

»Erklär mir die Katze!«, fuhr er sie an. Er konnte nicht glauben, was sie getan hatte, vor Ekel war ihm schlecht.

Sie versuchte nicht mal, es abzustreiten, sondern zog eine Schnute. Am liebsten hätte er sie geschüttelt.

»Sag mal, spinnst du, Alina? Die Katze hat dir nichts getan! Und Liz ebenso wenig!«

»Dein Mauerblümchen hat sich zu viel rausgenommen«, gab Alina patzig zurück.

»Und das ist ein Grund, eine Katze umzubringen?«

»Ach, Quatsch!« Sie lachte nur. »Die war doch schon tot. Sie lag hier in der Nähe am Straßenrand und sollte nur ein netter

Tipp für dein Mauerblümchen sein. Dass die sich nicht mit mir anzulegen hat.«

»Hast du sie eigentlich noch alle?«, schrie Louis. Er hatte Ruhe bewahren wollen, aber Alinas sturer Irrsinn machte ihn fertig. »Du bist ja vollkommen krank! Liz' Tante hätte mir um ein Haar die Polizei auf den Hals gehetzt!«

Die Tür flog auf. Sputnik kam herein und stieß Louis gegen die Brust. »Spinnst du, hier so rumzubrüllen? Sollen meine Eltern dich hören? Was ist hier überhaupt los?«

»Deine Schwester hat den Verstand verloren, das ist los! Oder wart ihr das etwa beide?« Sputnik schien ahnungslos und das glaubte er ihr. »Sie hat meiner Freundin letzte Nacht eine tote Katze vor die Tür gelegt. Mit einem Halsband, auf dem mein Name stand.«

Sputnik sah entsetzt zu ihrer Schwester. »Was hast du? Sag, dass das nicht wahr ist.«

»Die Katze war schon tot«, verteidigte sich Alina trotzig. »Ich wollte das Mauerblümchen nur warnen. Als Louis' Freundin lebt es sich halt gefährlich!«

Es nahm Louis die Spucke, wie ernst sie das zu meinen schien. »Woher weißt du überhaupt, wo sie wohnt?«

Alina antwortete erst, als Sputnik mit ihrem Blick wütende Blitze auf ihre Schwester schoss. »Bin Louis letzte Woche nach der Party nachgefahren«, murmelte sie.

Warum war ihm das nicht aufgefallen? War er wirklich so betrunken gewesen?

»Nachgefahren?«, wiederholte Sputnik. »Etwa mit meinem Roller?« Sie machte einen Schritt nach vorne, holte aus und verpasste Alina eine schallende Ohrfeige. »Lass dich noch mal ohne Führerschein mit meinem Roller erwischen und du lernst mich kennen!«

Alina wimmerte auf, hielt sich die Wange und starrte ihre Schwester fassungslos an. »Du hast mich geschlagen! Wie kommst du dazu? Es ist seine Schuld!« Sie zeigte auf Louis. »Nur seine!«

Sputnik ignorierte ihr Gezeter. »Mitkommen!«, befahl sie Louis und ging voraus in ihr eigenes Zimmer. Alina befahl sie mit einem Blick, sitzen zu bleiben, wo sie war.

Nachdem sie die Tür zu ihrem kleinen Apartment geschlossen hatte, zeigte Sputnik zum ersten Mal Nerven. Sie raufte sich die Haare und schüttelte ihren Kopf. Der Moment war nur kurz, dann hatte sie sich wieder gefangen und blickte Louis kühl an. »Hast du dieses Mädchen im Griff?«

Ihm war klar, dass sie Liz meinte. Er nickte. »Sie weiß nicht, wer ihr seid.« Er log inzwischen, ohne rot zu werden. »Sie glaubt, es wäre eine blöde Eifersuchtsaktion von einer Ex.«

»Gut. Sieh zu, dass das so bleibt. Ich kümmere mich um Alina.«

»Sputnik, das geht so nicht weiter«, sagte er. »Das wird auf Dauer nicht gut gehen mit Alina. Vielleicht ist es besser, wenn ich aussteige.«

Sputnik sah ihn ernst an. »Du bekommst kalte Füße, ja? Du, was ich hier aufgezogen habe, das ist kein Tischtennisverein, wo man mal mitspielt und dann wieder geht. Das läuft so nicht, Louis. Zu viel Risiko.«

»Im Moment ist vor allem Alina ein Risiko.«

Sputnik lächelte grimmig. »Sie hat sich wohl in dich verliebt.«

»Ja«, sagte er, »und ich hab wirklich versucht, es ihr auszureden, aber du siehst ja, sie tickt aus, wenn sie mich sieht. Das ist ein Problem.« Oder so etwas wie seine große Chance, unbeschadet auszusteigen.

Sie ließ sich das durch den Kopf gehen, sah ihn eine Weile scharf an, dann zuckte sie mit den Schultern. »Da ist was dran. Ich brauche dich noch für eine kleinere Aktion in den nächsten Tagen, zu der ich dich schon fest eingeplant hatte. Danach kannst du gehen. Ja, vermutlich hast du recht. Du solltest dann gehen.«

»Schauen wir mal. Sprichst du mit Alina? Sie muss Liz in Ruhe lassen.« Sein Nacken kribbelte vor Anspannung. Er kam hier raus – aber dann musste er Ramon irgendwie länger hinhalten. Wenn der Diebstahl der Beute nahezu zeitgleich mit seinem Ausstieg vonstattenging, würde Sputnik wissen, dass er etwas damit zu tun hatte. Sie würde es nicht bei toten Katzen belassen. Ramon allerdings auch nicht.

Er hatte die Wahl zwischen Pest und Cholera.

Später fuhr er eine seiner Touren mit Vince. Er wäre am liebsten noch wochenlang diese Touren gefahren, hätte mit Vince über Gott und die Welt geredet und nie eine neue Tankstelle gefunden, die sich für ihren Zweck eignen würde. Aber ihm gingen die Ausreden aus, und als Vince ihm an einer Tankstelle die Worte »perfekt« und »wie für uns gemacht« in den Mund legte, nickte er es ab.

Sie fuhren zurück und Vince brachte ihn nach Hause. Dass vor dem Haus ein Streifenwagen parkte, registrierte er nur am Rande. Polizei war in dieser Gegend nach Einbruch der Dunkelheit zu normal, um sich jedes Mal Sorgen zu machen.

Das Wohnungstürschloss klemmte. Als es nachgab und die Tür sich öffnete, hörte er eine fremde Männerstimme. Sein Magen verkrampfte sich. Durch den Korridor fiel sein Blick in die enge Küche. Dort standen zwei Polizisten. Ihm brach der Schweiß aus. Ein Reflex flüsterte ihm zu, sich umzudrehen und zu rennen. Er kannte den Block – er konnte sich verstecken. Doch ihm war klar, dass es nur eine Frage der Zeit wäre, bis sie ihn erwischt hätten. Und dann hörte er seine Mutter mit rauer, unsteter Stimme seinen Namen rufen.

Er trat ein und zog die Tür ins Schloss. Als er zur Küche ging, sah er seine Mutter und die ältliche Frau Pauls von nebenan am Küchentisch sitzen. Beide hatten Teetassen vor sich stehen, Frau Pauls zog in rhythmischen Bewegungen den Teebeutel hoch und ließ ihn wieder in die Tasse sinken. Der Tee war schon übergeschwappt und verteilte sich auf der Tischplatte.

»Was ist passiert?«, fragte er, weil die Polizisten ihn nur fragend ansahen und keine Anstalten machten, ihn festzunehmen. Seine Mutter stand auf. Sie musste sich am Stuhl festhalten, dann an der Arbeitsplatte, um zu ihm zu gelangen.

»Endlich bist du da«, nuschelte sie und umarmte ihn.

Er flüsterte: »Du bist blau wie ein Veilchen.« Wo hatte sie schon wieder den Alkohol herbekommen? Ob Frau Pauls sie heimlich versorgte? Die Alte stellte sich immer dumm, wenn er fragte, aber er traute ihr nicht.

»Ach, Blödsinn, bin ich nicht«, antwortete sie ihm. »Da war jemand hier, Louis.«

»Sie sind der Sohn?«, fragte einer der Polizisten, ein Mann mit freundlichen Pausbacken und Wohlstandsplauze, der sicher keinen Gangster kriegen würde, wenn der rannte. »Die Frau Nachbarin hier«, er sah zu Frau Pauls, die alles außer ihrem Teebeutel ignorierte, »hat uns gerufen. Wir haben nicht gleich verstanden, was los war.«

Das wunderte ihn nicht. Frau Pauls sprach außer »Hallo«, »Ruhe« und »Treppeputze, loslos, Treppeputze!« nicht viel Deutsch und seine Mutter redete normalerweise nicht mit der Polizei.

»Aber so wie es aussieht, hatte Ihre Mutter das Gefühl, es wäre jemand in die Wohnung eingedrungen.«

»Da war auch wer!«, rief sie. Sie bemühte sich nicht zu lallen, aber das gelang ihr nur mit Mühe. »Erst hat er immer geklingelt, geklingelt, geklingelt. Aber nichts gesagt an der Sprech… sprech…sprechanlage. Ich dachte, sie wäre wieder kaputt, und hab aufgedrückt und die Tür angelehnt. Dann hab ich mich wieder hingelegt.«

Der zweite Polizist war sehr jung und sehr dünn. Er hatte eine dicke Querfalte auf der Stirn. »Sie wussten nicht, wer da geklingelt hat, aber Sie haben geöffnet und sich wieder hingelegt?«

»Ich dachte, der Louis hätte seinen Schlüssel vergessen. Und dann war jemand im Wohnzimmer. Ich hab ihn gesehen. Von hinten. Er ist in dein Zimmer gegangen, Louis. Und als ich geguckt hab, hatte er eine schwarze Maske auf. Und ein Messer, ich hab ein Messer gesehen!«

Ihm wurde kalt. Er schob seine Mutter erst mal wieder auf den Stuhl zurück.

»Glaub ich zumindest«, sagte seine Mutter. »Ich hab Angst gekriegt, weil er nicht weggegangen ist. Bin rausgelaufen und hab geschrien.«

»Die Nachbarin hat sie dann aufgesammelt«, erklärte der Pausbackenpolizist, »und uns verständigt. Wir haben aber niemanden in der Wohnung gefunden. Es scheint nichts zu fehlen und Einbruchspuren gibt es auch nicht.«

»Natürlich nicht«, sagte seine Mutter. »Ich hab den Mann doch reingelassen.«

»So etwas sollten Sie nicht tun«, sagte der junge Polizist. »Vor allem nicht, wenn Sie getrunken haben.«

Klugscheißer, dachte Louis. Sie hätte das wohl kaum gemacht, wenn sie nicht sternhagelvoll gewesen wäre. Es war seine Schuld. Er hatte sie alleine gelassen. Er hätte zu Hause bleiben müssen.

»Wir können für den Augenblick nichts tun«, sagte der Pausbackenpolizist. Es schien ihm unangenehm zu sein. Er senkte die Stimme. »Es ist nicht gesagt, dass überhaupt jemand hier war. Nehmen Sie mir meine Offenheit nicht übel. Ihre Mutter hat einiges über den Durst getrunken.«

»Ich weiß«, sagte Louis, weil es jetzt kaum mehr eine Möglichkeit gab, nicht mit den Polizisten zu sprechen. »Danke, dass Sie hier waren. Ich komme jetzt klar.«

»Sicher?«

»Ich rufe meinen Vater an«, log er und wandte sich ab, »der ist in fünf Minuten hier.«

»In Ordnung. Sollte noch etwas sein, können Sie jederzeit in der Leitstelle anrufen.« Der junge Polizist gab sich nicht viel Mühe. Ihm stand ins Gesicht geschrieben, dass er nicht an den Mann in der Wohnung glaubte, sondern eher an eine Halluzination durch zu viel Alkohol. War es ihm zu verübeln?

»Sag mal …« Der Pausbackenpolizist wechselte auf dem Weg zur Tür zum Du, »… wir haben in deinem Zimmer eine Tüte mit Sprühfarben gesehen. Du hast damit aber nichts Illegales vor, nicht wahr?«

Louis setzte ein kaltes Grinsen auf. »Und wenn doch? Dann werden Sie jetzt kaum von mir die Wahrheit hören.«

Die Klippe ist nur wenige Meter hoch, aber wenige Meter reichen. Unten ist das Wasser tintenschwarz und voller weißer Schaumkronen. Tosend und tobend schlägt der Fluss gegen die Ufer. Der Sturm heult. Er jagt Wolkenfetzen über den Himmel und reißt an ihren Kleidern.

Ist das ein Traum? Sie ist nicht sicher.

Louis ist dem Abgrund nah, viel zu nah. Sieht er denn nicht, dass die Steine unter seinen Füßen wegzubrechen beginnen?

»Ist das ein Traum?«, brüllt sie. Sie kann ihr eigenes Wort kaum verstehen.

»Ich weiß nicht«, ruft er zurück. Seine Augen sind schwarz und gehetzt. Wie der Fluss.

Unter ihren Füßen bebt die Erde. Das Grollen zittert in ihren Knochen. Ein Riss durchzieht den Stein, auf dem sie stehen, malt eine Linie zwischen ihn und sie. Und dann zerbricht die Klippe, und der Boden, auf dem Louis steht, sackt ab. Er wird fallen.

Sie überlegt nicht und nur darum gehorcht ihr ihr Körper und nur darum ist sie schnell genug und nur darum hält sie plötzlich seine Hand in ihrer. Für eine Sekunde sieht er sie an und alles ist gut.

Ich hab dich, ich halt dich, will sie sagen.

Und dann fällt er doch und reißt sie mit sich.

Kapitel 46

Am Morgen besaß die Gegend nichts von dem bedrohlichen Eindruck, der sich Liz gegen Abend aufgedrängt hatte. Die jüngeren Männer, die hier sonst mit knappen Blicken den Wert von Handtaschen und Turnschuhen checkten, waren bei der Arbeit oder im Bett. Bloß ein paar Rentner schlurften über die Bürgersteige. Hinter einer Scheibe saß eine Katze, und es schien ihr, als wunderte sie sich.

Louis stand am geöffneten Fenster und sah auf die Entfernung winzig aus. Er gestikulierte ihr, nicht zu klingeln. Als sie die Haustür erreichte, begann diese zu summen. Liz nahm die Treppe nach oben.

»Du wirst Probleme mit deiner Tante bekommen«, sagte Louis an der Tür.

»Ist mir doch egal.«

Erst dann küsste er sie und sie gingen in sein Zimmer.

»Andrea muss arbeiten«, erklärte sie. »Sie hat das Wartezimmer voll, da wird sie keine Zeit haben, nach mir zu suchen. Vermutlich merkt sie vor der Mittagspause nicht mal, dass ich weg bin.«

»Vielleicht solltest du bis dahin wieder zu Hause sein«, erwiderte Louis. »Ich will nicht, dass du Stress bekommst. Nicht wegen mir.«

Sie schüttelte bloß den Kopf. Sie hatte ihm ebenso wie Andrea ein Dutzend Mal zu sagen versucht, dass es nicht seine Schuld war, wenn Alina die Sicherungen durchknallten. Louis hatte ihr stur verbieten wollen, zu ihm zu kommen, solange Andrea dagegen war, aber nachdem sie ihm angedroht hatte, vor der Haustür zu warten, bis er sie reinließ, war ihm nichts übrig geblieben als nachzugeben.

»Aber so kann es doch nicht weitergehen.« Sie setzte sich auf sein Bett.

»Nein, vermutlich nicht.« Er sah aus dem offenen Fenster, wie eben, als sie die Straße entlanggekommen war. Es war windig heute, fast stürmisch. Die Böen fuhren ihm durch die Haare. »Und wenn du das nicht länger aushältst, dann mach ich dir keinen Vorwurf. Einer wie ich bleibt besser allein.«

Sie wünschte, er würde sich neben sie setzen, doch darauf brauchte sie nicht zu hoffen. Darum stand sie auf und ging zu ihm.

»Du bist nicht allein. Du solltest es nicht sein. Ich will dir irgendwie helfen, aber du musst mich auch lassen!«

»Und was willst du ausrichten, Liz?« Dass er sanft und leise sprach, nahm den Worten nicht ihre Schärfe. »Ich hab mich da reingeritten, lange bevor ich dich kennengelernt habe. Jetzt muss ich zusehen, dass ich da wieder rauskomme. Du kannst da nichts tun.«

Doch, das konnte sie! Sicher gab es eine Lösung. Wenn er sich nur helfen ließe. »Ich musste gestern noch an Herrn Gorden denken. Weißt du, wie er sich scherzhaft nennt? Einen Streetworker für Tiere. Wir könnten einen für Menschen aufsuchen, vielleicht haben solche Leute einen Rat.«

»Ja«, sagte Louis voller Sarkasmus, »die haben bestimmt viel Verständnis für einen wie mich.«

»Das ist deren Job!«

»Wir hatten mal einen Sozialarbeiter hier. Sein Job war es, meiner Mutter zu helfen. Sie hat ihm vertraut und am Ende hat er sie flachgelegt und dann fallen gelassen.«

»Das tut mir leid.« Sie musste schlucken. »Aber so sind doch nicht alle.«

Louis wandte sich ab. »Du musst es ja wissen. Ich überleg es mir.«

Sie brauchte sein Gesicht nicht zu sehen; sie sah seiner Körperhaltung an, dass er keinen Gedanken an die Idee verschwenden würde. Er vertraute niemandem mehr. Niemandem außer sich selbst und ein bisschen ihr. Und er hatte recht: Sie konnte nicht viel ausrichten.

Sie ging zur Tür und schloss sie ab. »Komm her«, bat sie dann und er gab erstaunlich schnell nach. Sie konnte ihn wenigstens trösten und ablenken, und das mochte nicht viel sein, aber besser als nichts. Sie drückte sich an ihn, schob ihre Hände unter sein T-Shirt und schmiegte ihr Gesicht in seine Halsbeuge. »Denk eine Weile nicht daran«, flüsterte sie. »Denk an mich.«

Er lachte ganz leise, sagte, das wäre leicht, und küsste sie. Der Kuss war anders als bisher. Tiefer, wärmer und vertrauter. Sie schloss die Augen und für den Moment war da nur der Junge aus ihrem Traum, der sie küsste und berührte, als gäbe es außer ihrem Mund und ihrer Haut nichts auf der Welt, was für ihn wichtig wäre. Alles konnte passieren und alles würde passieren und nichts davon bereitete ihr Furcht. Der Stoff ihrer T-Shirts begann sie zu stören. Sie brauchte keinen Mut, um ihm zuerst aus seinem zu helfen und sich dann ihr eigenes über den Kopf zu ziehen, weil sie keine Angst hatte. Sein Bett knarzte, als sie sich darauf fallen ließen, und sie lachten darüber, während sie sich küssten.

Sie hatte immer geglaubt, sich fürchten und gegen ihre Unsicherheiten ankämpfen zu müssen. Sie hatte gedacht, es würde Überwindung kosten, zuzulassen, dass er ihren BH öffnete. Und nun musste sie feststellen, dass es ihr ganz leicht fiel, es selbst zu tun, solange er sie dabei ansah.

»Du ahnst gar nicht, wie schön du bist«, murmelte er, aber da irrte er sich, denn für den Moment fühlte sie sich genau so.

Und dann schnitt ein Geräusch mitten in den Moment, riss ihn in zwei Fetzen und die Realität quoll hervor: Louis' Handy summte.

»Ich muss rangehen«, sagte er, seine Stimme klang noch atemlos.

»Mach das nicht. Nicht jetzt.«

»Ich muss.«

»Nein!« Sie hielt ihn fest. Sie musste ihn nun festhalten. »Nein, du musst überhaupt nichts. Bleib hier. Bitte. Bleib hier und …«

Er sah sie an wie in ihrem Traum. Dann fuhr er sich übers Gesicht. »Ich mach es aus«, sagte er und kurz war sie erleichtert.

Er sprang vom Bett, nahm das Handy und warf einen Blick darauf, bevor er ihr einen gequälten Blick zuwarf. »Tut mir leid«, flüsterte er und nahm den Anruf doch an. Er sagte nicht viel, hörte nur zu. Schließlich murmelte er ein »Okay« und legte wieder auf.

Er kam zum Bett zurück und musste nichts sagen. Sie sah seinem Gesicht an, dass er sie enttäuschen würde.

»Das ist jetzt nicht dein Ernst!«, fuhr sie ihn an und griff nach ihren Kleidern.

»Es geht nicht anders.«

»Es geht schief!«, schrie sie und zog sich an, so schnell sie konnte. Es reichte ihr, sie konnte das alles nicht mehr ertragen. Von einer zur anderen Sekunde wurde die Realität vom Traum zum Albtraum – und sie hatte in der Nacht gesehen, wohin das führen würde.

»Nein, Lizzie, alles wird gut. Hör mir zu, ich –«

»Jetzt hörst du mir zu!«, fuhr sie ihm ins Wort. »Du musst hierbleiben, du musst damit aufhören, für diese Typen zu springen und einer von ihnen zu sein. Du sagst immer, dass du alles im Griff hast, aber das hast du nicht! Du wirst ganz schrecklich abstürzen, ich weiß es!«

Er sah sie verständnislos an. »Du musst keine Angst um mich haben.«

»Doch, das muss ich. Das muss ich wirklich.« Sie atmete durch, versuchte sich unter Kontrolle zu halten. Jetzt bloß nicht heulen! »Louis, ich weiß, dass es verrückt klingt, aber ich habe diese Träume.«

Er lächelte sanft. »Wer hätte bei all dem Mist keine schlimmen Träume.«

»Hör mir doch endlich zu! Ich träume von dir – schon viel länger, als ich dich kenne. Erinnerst du dich an den Überfall? Ich kannte dich, ich kannte sogar den Flaschengeist auf deinem Bauch, richtig?«

Louis wurde blass.

»Ich kannte dich aus meinen Träumen!« Es war raus. Sie hatte nie geglaubt, es ihm je sagen zu können, aber nun war es ihr einfach so herausgerutscht. »Im Traum sind wir an der Klippe. Dort, wo ich einmal mit dir hingehen wollte, weißt du noch? Und diese Träume, Louis, die sagen mir etwas. Dass du abstürzen wirst.«

Und ich mit dir. Aber das sagte sie ihm nicht.

Sie war nicht sicher, was sie erwartet hatte. Vielleicht, dass er sie für komplett gestört hielt, dass er sich über sie lustig machte oder alles mit ein paar coolen Worten abtat. Er reagierte vollkommen anders und nahm sie in den Arm. Seine Schultern zitterten ein bisschen, während er sie hielt und sie erzählen ließ. Vom Fluss, von der Klippe, von der Sonne auf der Haut und den immer bedrohlicheren Veränderungen im Traum. Vom Sturm, den brechenden Steinen und der Angst, er könnte abstürzen.

Er glaubte ihr jedes Wort.

»Du darfst nicht mehr mitmachen«, sagte sie abschließend, und nun konnte sie die Tränen nicht mehr länger aufhalten.

Er nahm ihr Gesicht in beide Hände. »Okay. In Ordnung. Aber du brauchst dir im Moment auch keine Sorgen machen, wirklich nicht. Der Anruf hatte nichts mit den Gangs zu tun.«

Sie zog die Nase hoch. »Nicht?«

»Nein. Es ging um einen Therapieplatz für meine Mutter, Liz. Es hat kurzfristig jemand abgesagt, sie kann heute zum Aufnahmegespräch kommen. Ich muss sie hinbringen, sonst verliert sie nachher den Mut und dreht vor der Tür wieder um.«

Eine Welle der Erleichterung durchflutete sie. Sie musste lachen, als die Sorge von ihr abfiel, und das Lachen ließ ein paar letzte Tränen frei. »Schwörst du es?« In dieser Nacht war der Traum so schlimm gewesen, dass sie in Panik geraten wäre, wenn er jetzt jemanden aus der Gang getroffen hätte.

»Versprochen.« Er sah ihr in die Augen, und sie spürte, dass er es ernst meinte.

»Gut. Dann gehe ich jetzt nach Hause und seh zu, wie ich meine Tante wieder auf ein normales Level an Besorgnis herunterbekomme. Und …« Sie zögerte.

»Was denn? Sag es einfach!«

»Ich würde mich gerne mal informieren, zu wem man gehen kann, wenn man in Situationen wie deiner Hilfe braucht. Ist dir das recht? Ich nehme keinen Kontakt auf, ich würde nur recherchieren, an wen man sich wenden kann.«

Er brauchte einen Moment, um zu überlegen. Dann nickte er. »Okay, Lizzie. Wir schauen uns das später zusammen an, ja?«

Er brachte sie zum Bus und küsste sie an der Haltestelle weich und zart, als wären sie heute beide besonders zerbrechlich. Erst als der Busfahrer hupte und androhte, gleich weiterzufahren, ließ er sie los. Es fiel ihr schwer, ihn gehen zu lassen, und sie setzte sich ganz nach hinten, um ihm von dort noch einmal zu winken. Der Bus fuhr an, und erst als Louis nicht auf ihr Winken reagierte, bemerkte sie, dass er sie durch die aufgeklebte Werbung auf der Heckscheibe von außen nicht sehen konnte. Langsam sah sie ihn auf der Straße kleiner werden. Eine Weile blieb er an der Haltestelle stehen. Dann hielt er sich das Handy ans Ohr und setzte sich in Bewegung.

Nein!, dachte sie. *Nein, tu das nicht. Dreh um, dreh um und geh nach Hause!*

Liz biss sich auf die Lippe, bis sie Blut schmeckte. Was für ein naives Blödchen war sie eigentlich? Er hatte sie schon wieder belogen und sie war darauf reingefallen.

Denn er ging nicht nach Hause, um seine Mutter abzuholen. Er ging in die andere Richtung.

Kapitel 47

»Halten Sie an, bitte!«

Der Busfahrer verdrehte die Augen. »'nen Deubel werd ich. Wir senn ja grad mal losjefahre.«

»Aber es ist wichtig. Bitte! Mir wird schlecht!«

Der Fahrer seufzte mit Grabesstimme. Er sah sie an, als durchschaute er die Notlüge, aber er tat ihr den Gefallen, bremste ab und ließ sie aussteigen. Ihre Zweifel nahmen zu, als der Bus ohne sie weiterfuhr. Aber dieses falsche Spiel konnte nicht weitergehen. Das ganze Glück in Louis' Armen wurde immer wieder zerstört, wenn er sie ständig anlog. Was war das jetzt noch wert, dass sie vorhin so glücklich gewesen war? Nach allem, was er gemacht hatte, war er es ihr schuldig, ehrlich zu ihr zu sein – was war das für eine Beziehung, wenn sie nicht mal das von ihm bekam? Wie sollte sie sich je auf ihn verlassen können?

Sie rannte, um ihn einzuholen, bevor er in irgendeiner Straße verschwand und sie ihn verlor. Doch schon nach zwei Straßenecken sah sie ihn vor sich und rief seinen Namen. Er ging weiter, mit gesenktem Kopf, und sie sah, dass er Kopfhörer in den Ohren hatte, vielleicht hörte er übers Handy Musik. Sie überlegte, zu ihm aufzuschließen, aber dann entschied sie sich anders: Sie musste wissen, wohin er ging. Daher folgte sie ihm mit reichlich Abstand.

Louis war auf dem Weg in das Viertel, in dem Katta wohnte. Erst kannte sie sich noch aus. Doch dann ging er an der Abbiegung nach links geradeaus vorbei und bog an der nächsten Kreuzung rechts ab. Als Liz die Kurve erreichte, war er verschwunden. Irritiert sah sie sich um. Vor ihr lag eine Bushaltestelle mit Häuschen, aber das war leer, und in einen Bus gestiegen war er nicht, den hätte sie sehen müssen. Es gab nur ein Haus, in das er gegangen sein könnte. Es war von einem großen Garten umringt, den eine hohe Hecke von der Straße trennte. Durch das Grün sah sie einen türkisblauen Pool schimmern. Der Garten drumherum schien fast ein Park zu sein. Was machte Louis hier?

Ihr schlechtes Gewissen schlug an. Sie konnte ihm doch nicht nachschnüffeln! Andererseits hatte er ihr ausreichend Grund zum Misstrauen geliefert und es ging hier schließlich nicht um Lappalien. Er hatte sie angelogen! Gerade als sie ihm ganz vertraut hatte. An der Bushaltestelle blieb sie stehen. Ob sie einfach hier warten sollte, bis er wieder rauskam, um ihn dann zur Rede zu stellen? Oder sollte sie ihn auf dem Handy anrufen und eine Erklärung verlangen?

Sie war noch nicht einig mit sich selbst, als sie hinter der Hecke Stimmen hörte; eine davon zweifelsfrei von Louis.

»Wie lange wird das Ganze dauern?«, fragte er.

»Kommt auf dich an«, sagte eine weibliche Stimme, die sie kannte. Sie schien näher zu kommen. »Aber in knapp einer Stunde sind wir wieder …«

Ein Auto fuhr vorbei und schluckte die Stimmen. Liz war unschlüssig, was sie tun sollte. Erwischt werden, wie sie ihm nachspionierte, wenn er mit dieser Alina unterwegs war? Auf gar keinen Fall. Bevor die beiden den Garten verließen, hatte sie sich zwischen der Hecke und der Wellblechwand des Haltestellenhäuschens versteckt. Dort hielt sie die Luft an, denn die Schritte und die Stimmen kamen immer näher, bis die beiden schließlich keinen Meter von ihr entfernt stehen blieben. Hoffentlich hörten sie ihr Herz nicht rasen.

»Freddi holt uns hier ab«, sagte die Mädchenstimme. Verdammt, die wollten hier warten! Liz fasste in ihre Tasche und schaltete ihr Handy aus. Hier erwischt zu werden, war der Gipfel an Peinlichkeit.

»Und mein Job ist was genau?«, fragte Louis. Er sprach leise, flüsterte fast. Es ging zweifellos um etwas Illegales.

»Dein Job ist fast erledigt«, sagte das Mädchen. Liz war nicht mehr sicher, ob es wirklich Alinas Stimme war. War sie nicht doch anders gewesen, jünger und höher? »Du musst nur noch das Geld einsacken und abhauen. Wird ein Kinderspiel, Louis. Und es geht um Bares.«

»Warum ausgerechnet ich?«, wollte Louis wissen. Ja, das wüsste sie auch gern! Aber wieder fuhr ein Wagen heran und hielt an der Haltestelle. Das Mädchen antwortete zwar noch etwas, aber Liz konnte sie nicht verstehen. Türen wurden bei laufendem Motor geöffnet, schlugen wieder zu und das Auto fuhr mit Louis und dem Mädchen davon. Liz blieb im Versteck, bis sie sicher sein konnte, dass es weit weg war.

Nachträglich begannen ihre Knie zu zittern.

Er hatte sie also wirklich belogen. Und es war viel schlimmer, als sie gedacht hatte. Er drehte offenbar direkt das nächste Ding.

* * *

Louis kontrollierte auf seinem Handy die Uhrzeit, dann schaltete er es ab. »Eine Stunde, hast du gesagt, ja?«

Sputnik, die schräg vor ihm auf dem Beifahrersitz saß, zuckte mit den Schultern. »Kommt schon hin.«

»Das muss es!« Er durfte den Termin bei der Suchtberatung auf keinen Fall verpassen. Ohne ihn würde seine Mutter bestimmt nicht hingehen. Und bis wieder ein Therapieplatz frei wurde, vergingen vermutlich Wochen oder Monate.

Er sah aus dem Fenster. Wohin mochten sie fahren? Zu der neuen Tankstelle, die er Sputnik ausgeliefert hatte? Nein, das war zu weit, um in einer Stunde zurück zu sein, außerdem hatten sie den Ort bisher nur bei Dunkelheit gecheckt. Unter normalen Umständen hätte er sich heute keinesfalls auf Sputniks Idee, »spontan etwas zu reißen«, eingelassen. Aber ihr Versprechen lautete, dass sie quitt miteinander waren und nach dieser einen Aktion getrennte Wege gehen würden. Die Chance war zu groß, um sie nicht zu nutzen. Wenn es ihm gelang, Sputniks Gang loszuwerden, indem er sie ein letztes Mal zufriedenstellte, würde ihm das den Mut geben, den es brauchte, um sich gegen Ramon zu stellen. Vielleicht gab es doch einen Weg raus aus der ganzen Scheiße. Vielleicht hatte Liz recht. Vielleicht konnte er es schaffen. Womöglich ließ mit Lizzies Hilfe sogar Herr Gorden mit sich reden.

Frederik hielt auf dem Parkplatz einer Kirche.

»Ihr wartet«, entschied Sputnik und stieg aus. Sie verschwand vom Parkplatz und ging in Richtung der nächsten Häuser. Louis erkannte das Sparkassenlogo.

Frederik kurbelte das Fenster herab, zündete sich eine Zigarette an und spielte mit seinem Handy herum. Dann warf er ihm einen Beutel nach hinten. Louis warf einen Blick hinein und fand eine schwarze Sweatjacke aus dünnem, billigem Polyesterstoff, ein schwarzes Tuch und eine Baseballmütze. »Ah, wir rauben jetzt ’ne Bank aus«, bemerkte er trocken. Es hätte ihn nicht gewundert, wenn Frederik wieder unbeteiligt genickt hätte. Aber er zeigte ihm bloß einen Vogel.

Sputnik kam zurück. »Alles wie immer, er hat sein Geld abgehoben.«

»Wer?«, fragte Louis.

»Dein Mann. Ein Opa, der sehr zuverlässig ist in seinen Gewohnheiten.«

»Was macht ihn zu unserem Mann?«

»Sein Geld«, erklärte Sputnik ungerührt, während Frederik vom Parkplatz fuhr und in eine Seitenstraße einbog. »Und er ist dein Mann. Dein Opa geht jeden Montagmittag zur Sparkasse eine größere Summe Geld abheben. Dann geht er Lotto spielen und sich die BILD kaufen, anschließend trinkt er beim Bäcker gegenüber einen Kaffee und liest seine Zeitung. Und dann spaziert er zwischen den Feldern durch, über die Brücke und durch den Wald zu seinem Fachwerkhäuschen.« Sputnik deutete in eine nicht näher erkennbare Richtung und Louis’ Magen verkrampfte sich.

»Ich soll einen alten Mann ausrauben?«

»Du kannst ihn auch nett fragen, ob er dich finanziell unterstützen möchte. Solange du uns seine Kohle bringst, ist mir das so egal, Louis.«

»Das ist nicht dein Ernst.«

Sputnik wechselte einen genervten Blick mit Frederik und drehte sich dann zu ihm um. »Pass mal auf. Du wolltest bei uns rein – kein Problem. Wenige Wochen später willst du wieder raus – auch kein Problem. Aber vorher kannst du uns doch wohl noch den kleinen Freundschaftsdienst erweisen und deinen letzten Job erledigen.«

Frederik parkte das Auto auf einem freien Platz vor einem

Wohnhaus. Dann stieg er aus und Sputnik rutschte auf den Fahrersitz.

»Du kommst nicht mit?«, fragte Louis sie durch das offene Fenster.

Sputnik legte die Hände aufs Lenkrad. »Ich habe ihn beobachtet und alles gecheckt. Der Rest ist euer Job. *Dein* Job, Louis. Enttäusch mich nicht.«

Damit fuhr sie davon. Louis blieb mit Frederik zurück, der sehr genau zu wissen schien, wohin sie zu gehen hatten. Bald hatten sie die Felder erreicht, die Sputnik erwähnt hatte.

»Hast du deine Sachen?«, fragte Frederik, warf einen Blick auf die Tasche und nickte zufrieden. »Gut. Schmeiß den Kram hinterher weg. Die Kohle behältst du erst mal, bis Sputnik sich bei dir meldet. Aber verarsch sie nicht, sie weiß, wie viel der Alte von der Bank geholt hat. Kommen wir zum Ablauf.« Hatte Frederik jemals so viel gesagt? Louis hatte sich phasenweise gefragt, ob er überhaupt mehr als einzelne Worte sprechen konnte. »Du gehst vor, zwischen den Feldern durch bis in den Wald. Da fängst du ihn ab und nimmst ihm die Kohle ab. Ich stoße rein zufällig dazu, komme deinem Opa zu Hilfe, bin aber zu spät. Ich werd dich jagen, aber dummerweise bist du schneller.«

»Warum die Show?«

»Weil man als Retter in der Not hin und wieder noch eine Belohnung einstreichen kann. Außerdem kann ich dir durch eine Zeugenaussage den Rücken absichern. Ich kann bei deiner Verfolgung zum Beispiel sehen, dass du blond bist. Und schon suchen die einen anderen.«

»Macht ihr so was öfter?« Er hatte das Gefühl, wenn er es hinauszögerte, konnte er die Sache umgehen. Wenn es erst losging, musste er es durchziehen oder verweigern und sich Sputnik entgegenstellen.

»Jeder nur einmal, wenn Polizei im Spiel ist.«

»Würde sonst auffallen.«

»Genau.« Frederik zog ein Päckchen Zigaretten aus der Hosentasche und steckte sich eine weitere an. »Willst du noch einen Stuhlkreis bilden und drüber reden? Wenn du weiter laberst, überholt dich der Opa noch. Na los.«

»Und wenn jemand kommt? Wenn da Leute spazieren gehen?«

»Da geht selten mal jemand lang«, erwiderte Frederik bloß und sah Louis abschätzig an. »Angst?«

Es hatte keinen Sinn zu lügen, er hatte die Wahrheit längst in Form seines Zögerns auf den Tisch gepackt. Er schwieg und machte sich auf den Weg zwischen den Feldern hindurch. Warum dieses Theater mit dem Retter in der Not? Damit Sputnik sicher war, dass alles zu ihrer Zufriedenheit ablief? Ob sie mit Absicht einen so fiesen Job ausgesucht hatte, um es ihm heimzuzahlen?

Im Wald war es frischer, doch er schwitzte immer mehr. Frederik hatte recht behalten. Hier war fast niemand unterwegs, bloß ein Mann mit einem Jagdhund kam ihm entgegen. Louis verbarg sich zwischen den Bäumen, zog die Jacke und die Mütze über und band sich das Tuch um den Hals, um es bei Bedarf schnell über Mund und Nase zu ziehen, und wartete.

Als der alte Mann ahnungslos näher gehumpelt kam, schoss Louis der Gedanke durch den Kopf, wie Sputnik es über sich brachte, einerseits keinen Laden zu überfallen, in dem womöglich ein Hund anwesend sein und zu Schaden kommen könnte, aber andererseits von ihm zu verlangen, dass er einen wehrlosen Opa überfiel. Es war vollkommen absurd.

Zwischen den Bäumen erkannte er schemenhaft Frederik. Ob Frederik sich das Geld holen würde, wenn Louis es nicht fertigbrachte?

Louis ging auf den alten Mann zu. »Sorry«, murmelte er, »haben Sie mal die Uhrzeit für mich?«

Der Mann sah ihn kurz an, nickte und schob umständlich den Ärmel seines Hemdes nach oben, um auf seine Uhr schauen zu können. Sein Portemonnaie zeichnete sich klar in der Brusttasche seiner Weste ab. Es wäre ein Leichtes, es ihm abzunehmen. Vermutlich musste er nur energisch auf der Herausgabe bestehen, der Alte sah nicht aus, als würde er ein Risiko eingehen. Aus der anderen Hemdtasche ragte ein Päckchen Papiertaschentücher.

»Darf ich mir bei Ihnen noch ein Tempo schnorren?«, fragte Louis.

Der Alte schien Lunte zu riechen. Er räusperte sich, dann sagte er: »Ja, aber ja, sicher doch.«

Louis beugte sich ein Stück zu ihm herab. *Geben Sie mir Ihre Brieftasche!* Das würde schon reichen und Sputnik wäre zufrieden und er damit aus dem Schneider. Dass er vergessen hatte, das Tuch überzuziehen – was sollte es. Der Mann hatte Glasbausteine statt Brillengläsern auf der Nase, er würde ihn kaum beschreiben können.

Er blickte dem Mann über die Schulter und sah Frederik; der hatte ganz unauffällig sein Handy in der Hand und schrieb eine SMS oder einen Facebook-Eintrag oder was auch immer.

»Passen Sie besser auf sich auf«, sagte Louis.

Der Mann starrte ihn durch seine dicke Brille an wie ein grauer Maulwurf mit winzigen Augen. »Was?!«

Er konnte es nicht tun. Dass er es nicht tun wollte, war gar keine Frage, aber nun wurde ihm bewusst, dass er es auf keinen Fall durchziehen würde. Er würde keinen wehrlosen alten Mann bedrohen. Er wollte überhaupt nie wieder in die Situation geraten, einen Menschen bedrohen zu müssen.

»Ihr Geld. Jemandem ist aufgefallen, dass Sie montags immer Bargeld mit sich herumtragen. Entschuldigung.« Damit versetzte er dem Opa einen Stoß, riss ihm gleichzeitig das Päckchen mit den Taschentüchern weg und rannte los. In Frederik, der den Diebstahl offenbar für geglückt hielt, kam Aktion: Er rief: »Ein Dieb, ein Dieb! Stopp, stehen bleiben«, aber Louis gelang ein Blick in sein Gesicht: kalt und unbeeindruckt, die Augen auf das Display seines Smartphones gerichtet. Und er erkannte, womit Frederik wirklich beschäftigt war: Er spielte keine Show mit Louis, um ihm den Rücken freizuhalten. Er war nicht einmal Teil eines verballhornten Überfalls. Frederik filmte!

Und mit einem Mal wurde Louis die ganze absurde Situation so klar, dass er sich hätte vor den Kopf schlagen wollen, weil er vorher nicht wahrgenommen hatte, was der eigentliche Sinn und Zweck dieser Aktion war. Es ging nicht um den Opa oder um hundert Euro. Er sollte hier ein Video abliefern, mit dem Sputnik ihn in der Hand hatte; ein Video, durch das er erpressbar wurde.

Louis warf das Päckchen Taschentücher – die einzige Beute, die er gemacht hatte – direkt ins Bild. Er rannte an Frederik vorbei, und es hätte keine Absprache, wer der Schnellere sein würde, gebraucht.

Kapitel 48

Liz' Augen brannten und in ihrem Kopf hatte sich ein dunkler, dumpfer Schmerz eingenistet.

»Kann ich dich wirklich allein lassen?«, fragte Katta, die den ganzen Nachmittag an ihrer Seite geblieben war und sie getröstet hatte. »Ich kann auch bei dir schlafen, wenn du mich brauchst.«

»Ich bin zu müde«, erwiderte sie. Das war nicht ganz richtig. Sie war todmüde, gelogen hatte sie nicht. Aber der Grund, warum sie allein sein wollte, war ein anderer.

Ich muss es beenden. Noch heute.

Sie hatte es schon gewusst, als ihr klar geworden war, dass Louis wieder gelogen hatte. Doch erst Stunden später, nachdem sie gefühlte Millionen Tränen geweint und sich in Kattas Arm ihr Elend von der Seele geredet hatte, konnte sie es akzeptieren und ihre Konsequenzen daraus ziehen. Und dann war seine SMS gekommen.

Meine Mutter bekommt den Therapieplatz. Ich bin total erleichtert.

Wieder eine Lüge. Als wäre er wirklich bei einem Therapeuten gewesen!

Sie hatte nicht glauben können, wie dreist er war, und musste ihr Handy abschalten. Weitere solcher Nachrichten konnte sie nicht ertragen. Sie machten sie zugleich so wütend, dass sie hätte schreien mögen, und so traurig, dass sie sich am liebsten irgendwo verkrochen hätte. Aber der Schmerz würde sie überall finden. Sie musste etwas dagegen tun und es beenden.

Entscheidend war letztlich der Gedanke, dass sie früher oder später wieder einschlafen würde. Der Traum würde zurückkommen. Er würde fallen. Und sie mit ihm.

Nein! Das würde nicht passieren.

Sie glaubte jetzt zu verstehen, was die Träume bedeuteten. Wenn sie sich an ihm festklammerte, riss er sie in den Abgrund. Der Sog war zu stark, sie hatte dem nichts entgegenzusetzen. Louis zu lieben, reichte nicht aus. Es reichte nicht einmal so weit, dass er sie nicht mehr anlog. Er injizierte seine Lügen wie Gift in ihr Herz; nach all den Wahrheiten und all den Geständnissen log er noch immer. Das war kein Fundament für eine Beziehung – zumindest keine von der Art, die sie führen wollte. Vielleicht würde es ihr das Herz brechen, mit ihm Schluss zu machen – ganz sicher würde es das. Aber ein gebrochenes Herz konnte heilen. Ein vergiftetes nicht.

Andrea brüllte ihr hinterher, als sie ihr Fahrrad nahm und losfuhr. »Wo willst du hin?«, rief sie. »Komm sofort zurück, sonst … Lizzielein! Es zieht doch ein Gewitter auf!«

Umso besser. Das passte zu ihrer Stimmung.

»Liz! Du bleibst sofort stehen!«

Sie gehorchte, aber nur, um sich umzudrehen und ihrer Tante eine Antwort zuzurufen. »Ich hab was zu erledigen!«

»Aber nicht jetzt!«

»Doch! Jetzt!« Es war an der Zeit, dass sie selbst entschied, was sie tat oder ließ. Sie hatte sich lang genug alles gefallen lassen und es allen recht machen wollen. Nur das machte aus ihr das Mädchen, das sich in den Abgrund mitzerren ließ. Damit musste jetzt Schluss sein. »Ich muss etwas klarstellen!«, rief sie.

Andrea blickte ihr nach, als verstünde sie die Welt nicht mehr. Liz ließ sie stehen und trat in die Pedale, so schnell sie konnte. An der Unterführung stoppte sie kurz. Hatte sie noch einen Beweis gebraucht, dass Louis log und betrog und ein krummes Ding nach dem anderen drehte? Er hatte ihr versprochen, nichts Illegales mehr zu tun. Hier stand es vor ihr, aufrecht auf den Hinterbeinen: das Einhorn, das sich selbst zerriss und seine Versprechen Lügen strafte.

Es anzusehen, schmerzte. Aber es gab ihr auch Bestätigung. Was sie sich vorgenommen hatte, war eine Nummer zu groß für sie. Es war ein Trugschluss zu glauben, sie allein könnte Louis bloß mit gutem Willen aus dem Sumpf ziehen. Sie war kein Einhorn mit Zauberkräften.

Liz fuhr weiter. Auf dem Weg in die Stadt begann es zu regnen. In der Ferne grollte erster Donner. Unter dem Vordach an Louis' Haustür drängelten sich wie oft ein paar junge Männer, rauchten und zogen Liz mit Blicken aus. Sie hatte Louis nach unten bitten wollen, aber jetzt entschied sie sich um, klingelte und bat, hereingelassen zu werden.

Seine Mutter öffnete ihr. Sie wirkte zehn Jahre älter als bei ihrem ersten Treffen. Ihre Lider waren so rot und verweint, wie Liz' Augen sich anfühlten.

»Ist Louis da?«, fragte sie. Ihre Stimme war ganz heiser. Vielleicht war er nicht da, dann bekam sie noch einmal Bedenkzeit.

Doch Janine Nowiak nickte. »Er ist in seinem Zimmer.«

Liz klopfte an Louis' Tür. Dann atmete sie durch, nahm all ihren Mut zusammen und verbot ihrem Herzen den Mund.

* * *

Sie sah furchtbar aus. Sein erster Eindruck war, dass ihr etwas passiert sein musste. Er wollte zu ihr, sie in den Arm schließen, sie fragen, was los war, und sie trösten. Aber sie wich ein kleines Stück zurück. Und da begriff er, dass ihr nichts geschehen war. Es hatte mit ihm zu tun.

»Was ist da passiert?«, fragte sie nüchtern und deutete auf seinen Kiefer. Er hatte den Kratzer beinah schon wieder vergessen. Frederik hatte ihn nach der boykottierten Aktion gegen eine Hauswand gestoßen – aber er war wesentlich glimpflicher davongekommen, als er angenommen hatte. Allerdings war Sputnik ihm auch noch nicht wieder begegnet …

»Das ist nichts«, erwiderte er. Sein halbes Leben fußte auf Ausreden. Warum fiel ihm ausgerechnet jetzt keine ein, die sie ihm abkaufen würde? »Komm rein«, sagte er mit reichlich Verspätung, da sie immer noch in der Tür stand. »Setz dich.«

Sie trat nur so weit ein, dass sie die Tür schließen konnte. »Ich bleib nicht lange«, sagte sie. Ihre Stimme bebte, was seinen ganzen Körper zittern ließ. »Ich wollte … ich muss es dir persönlich sagen.«

Was?, wollte er fragen, doch dazu kam er gar nicht.

»Es ist vorbei.« Aus dem Ärmel ihrer Windjacke tropfte das Regenwasser auf den Teppich.

Jetzt war es also so weit. Er fühlte sich wie gelähmt, unfähig, etwas zu erwidern. Etwas in ihm sagte laut und deutlich, dass er sich doch hoffentlich nicht wunderte; er hatte von Anfang an geahnt, dass es so kommen würde. Und doch tat es so weh.

»Ich kann das nicht, das geht mir alles zu weit«, sagte sie. Sie sah ihn nicht an, sie sah mehr durch ihn hindurch. Als wäre er nicht da. Ebenso fühlte er sich auch. Hilflos und unsichtbar, wie hinter Panzerglas weggesperrt, sodass er nicht eingreifen konnte. Nur zusehen.

»Du hast gelogen. Schon wieder. Ich kann das so nicht mehr. Das macht mir Angst.«

Sie wusste etwas von der Aktion heute? Aber woher? Und was? In seinem Kopf flogen Gedanken, Fragen und mögliche Antworten in einem rasenden Tohuwabohu durcheinander. Er bekam nichts zu greifen und konnte erst recht nichts in Worte fassen. Er musste ihr widersprechen. Ihr sagen, dass das nicht sein konnte. Er sah ihr doch an, dass sie nicht Schluss machen wollte. Doch irgendetwas hielt ihn zurück.

»Ich hab dir erzählt, was ich träume, aber das war nicht ganz die Wahrheit.« Tränen rollten über ihre Wangen, er war nicht sicher, ob sie es bemerkte. Oder bildete er sich nur ein, dass sie weinte? Ihre Haare waren vom Regen nass. Er wollte ihr die Tropfen aus dem Gesicht streichen, sie fortküssen, einen nach dem anderen. Ein Teil von ihm wollte sie nur in den Arm nehmen, dann würde schon alles wieder gut werden. Der andere hatte bereits begriffen, dass es dazu zu spät war.

»In meinem Traum versuche ich, dich festzuhalten, damit du nicht abstürzt. Aber ich kann dich nicht halten. Und dann fallen wir beide, Louis.«

Sein Magen schmerzte, als hätte er Gift geschluckt. Er würde doch nie …

Aber was wollte er sich eigentlich vormachen? Er hatte sie längst mit reingerissen; tief in die Scheiße, in der er saß. Ramon hatte sie bereits bedroht. Alina ebenfalls. Er selbst hatte sie überfallen, bedroht, verfolgt. Er erinnerte sich so gut an die Panik in ihren Augen. Das war alles seine Schuld.

Ich brauch dich!, wollte er sagen. *Geh nicht, geh nicht, bitte geh nicht, ich schaff das nicht allein.* Aber solange er noch einen

Funken Anstand im Leib hatte, musste er sich diese Worte verkneifen.

Denn sie hatte recht. Sie hatte mit jedem Wort recht.

Er brachte sie in Gefahr, und wer war er denn, wenn er verhinderte, dass sie sich in Sicherheit brachte?

»Hast du mir gar nichts zu sagen?«, fragte sie, ihre Worte waren irgendetwas zwischen einem Schluchzen und dem misslungenen Versuch zu schreien.

Aber was gab es da zu sagen? Vermutlich würde sie ihm glauben, wenn er ihr erzählte, wie es heute wirklich gewesen war. Darum ließ er es. Mit Sicherheit würde es sie berühren, wenn er sich anmerken ließ, wie es ihm wirklich ging; wenn er losließ und echt wurde und weinte und sie anbettelte. Also riss er sich zusammen. Lügen konnte er. Er würde kein Wort und keine Träne herauslassen. Dass sein Magen rebellierte und sein Herz raste, sah sie zum Glück nicht. Sie tat das Richtige. Er war der Falsche für sie, und so sehr er sich wünschte, irgendjemand anders zu sein, so wenig würde es ihm gelingen. Es war nicht fair, es ihr schwerer zu machen, als es ohnehin für sie war.

»Du hast recht«, murmelte er nur. »Es tut mir leid.«

»Und das ist alles? Es tut dir … es TUT DIR LEID?« Dass sie wütend wurde, machte es erträglicher. »Du lügst und lügst, und wenn du mir einmal die Wahrheit verrätst, dann lieferst du gleich die nächste Lüge mit. Und du sagst, du liebst mich? Das ist keine Liebe, das ist krank.«

»Ich weiß.«

Ich weiß und ich hab nichts davon gewollt.

Er musste sich davon abhalten, mehr zu sagen. Zu versprechen, dass jetzt alles anders werden würde. Aber jedes Versprechen wäre wieder gelogen gewesen. Er konnte nichts versprechen, gar nichts. Bitter war, dass er es immer gewusst hatte.

Wie oft hatte er sich daran erinnert, dass einer wie er einfach allein bleiben musste, um niemanden mit reinzuziehen? Es war so leicht gewesen, diese Regel zu vergessen und zu verletzen. Aber alles, was man totschwieg, kam irgendwann wieder an die Oberfläche.

Schließlich nickte sie, als hätte sie genug gehört. Vermutlich stimmte das auch. Sie sah an ihm vorbei aus dem Fenster. Der Regen lief die Scheibe hinab. Es blitzte und nur Augenblicke danach krachte der Donner.

»Ich gehe jetzt besser«, sagte sie und er sagte: »Ja.«

Kapitel 49

Durchnässt bis auf die Knochen kam Liz zu Hause an. Andrea überfiel sie halb verärgert, halb besorgt im Flur, aber als sie ihr Gesicht sah, war sie plötzlich still.

»Bist du jetzt zufrieden?«, blaffte Liz. »Ich hab Schluss gemacht. Das wolltest du doch unbedingt!« Sie kickte sich die Schuhe von den Füßen und ließ sie im Korridor liegen.

»Lizzie, was ist denn passiert?«, rief Andrea ihr nach, aber für gutes Zureden und das unvermeidliche »So ist es bestimmt besser!« hatte sie nun keine Kraft mehr. Sie musste unbedingt an ihrer Wut festhalten, sonst drohte der große emotionale Zusammenbruch.

»Morgen hol ich mir eine Katze aus dem Tierheim!«, rief sie und knallte die Tür zu, damit Andrea gleich merkte, dass jede Diskussion verschwendete Lebenszeit war. »Und dann können mir Jungs gestohlen bleiben.«

In ihrem Zimmer warf sie ihre durchnässte Windjacke in eine Ecke und tigerte aufgebracht zwischen Schreibtisch, Fenster und Staffelei hin und her. Auf dem Papier, das sie auf der Staffelei eingespannt hatte, wartete der halb fertige Entwurf eines Kleides. Es tat unglaublich weh, den Bleistift in die Hand zu nehmen und am Papier anzusetzen, weil jeder Strich sie an Louis denken ließ und daran, was er nun wohl machte. Immerhin half es ihr, nicht völlig zusammenzubrechen. Sie musste hinsehen, wenn sie ein gutes Kleid entwerfen wollte. Tränen, die die Sicht verschleierten, konnte sie nicht gebrauchen. Sie brauchte dieses neue Kleid. Es war nur für sie, ein kleiner Trost für all das, was sie hatte aufgeben müssen. Ein neues Kleid für eine neue Liz, die nun sie selber sein musste, egal was andere über sie dachten.

* * *

Er konnte auf den Teppich starren, bis ihm die Augen aus den Höhlen fielen. Es würde nichts ändern. Sie war weg. Er hatte sie verloren; im Grunde hatte er schon damit begonnen, sie zu verlieren, als er sie zum ersten Mal getroffen hatte. Je länger er sich einzureden versuchte, dass es besser war, desto mehr schmerzte es.

Er hatte sich so lange an seine Unabhängigkeit geklammert und sich eingeredet, niemanden zu dicht an sich heranlassen zu dürfen, erst recht nicht Liz. Erst jetzt, nachdem sie gegangen war, merkte er, wen er wirklich belogen hatte: sich selbst. Und plötzlich fühlte er sich so allein, dass es kaum auszuhalten war.

Als er ins Wohnzimmer trat, saß seine Mutter auf dem Boden vor dem Couchtisch und starrte auf eine Flasche billigen Fusel. Seine Hände ballten sich zu Fäusten. Irgendwann würde er Frau Pauls den Hals umdrehen. Außer ihr konnte niemand das Zeug hergebracht haben. Die Sitzung bei der Therapeutin war keine fünf Stunden her.

Seine Mutter versuchte hastig, den Schnaps zu verstecken, aber er winkte ab. »Ich hab's gesehen«, meinte er und sie sank wieder auf den Boden.

»Ich schaff das nicht«, sagte sie und wirkte dabei überraschend klar. »Verstehst du, Louis? Ich weiß nicht mal, ob ich es will.«

»Erklär mir das.« Er holte ein Glas aus dem Schrank. Es war trüb und fleckig vom Spülen in der Spülmaschine. »Du weißt nicht, ob du aufhören willst? Willst du daran sterben?«

Sie sah ihn an, als wäre er verrückt geworden. »Um Gottes willen, Louis. Nein!«

Er ließ sich neben ihr auf dem Fußboden nieder. »Wirst du aber, wenn du so weitermachst.«

Sie sah ihn an, als wollte sie entschieden widersprechen, tat es aber nicht. »Eine Weile«, sagte sie leise, »scheinen die Probleme, die den ganzen Tag über auf den Schultern lasten, nicht mehr so schwer. Man kommt an einen anderen Ort, wo alles besser ist. An diesem Ort kann man durchatmen und hat das Gefühl, es wäre alles nicht so schlimm.«

Er musste lächeln, es geriet vermutlich müde. Er kannte einen solchen Ort. Sein Ort war bei Liz gewesen. Er war ebenso abhängig wie seine Mutter und wäre ebenso wenig in der Lage gewesen, aus freien Stücken davon abzurücken.

»Ich kann nicht weitermachen«, sagte seine Mutter, »ohne zumindest hin und wieder dorthin zurückzugehen.«

Das verstand er sogar, auch wenn niemand die Risiken und Nebenwirkungen so gut kannte wie er. Auch ihn lockte die Vorstellung, einen Ort zu finden, an dem die Gedanken um Lizzie nicht so vernichtend wehtun würden. Seine Nerven waren wie Fühler, die sich immer wieder nach jeder Erinnerung an sie ausstreckten, an ihnen schmerzhafte Stromschläge bekamen, bis die Haut vor lauter Verbrennungen Blasen warf. Und doch suchten sie sofort nach der nächsten. Wie sollte er das aushalten? Sie war gerade einmal eine Stunde weg, er begann erst langsam zu begreifen, und sie fehlte ihm schon jetzt.

Er nahm die Flasche und drehte den Deckel ab. Dann goss er das Glas voll. Bis zum Rand. So viel wie eben reinpasste. »Wie viel davon brauch ich, um an diesen Ort zu kommen?«, fragte er.

»Louis, Schatz. Stell das weg.«

»Wie viel?«

»Stell es weg!«

Sie griff nach dem Glas, aber er wich schnell genug zurück und stand auf, das Glas in der Hand. »Sag schon. Ich will ihn auch sehen, deinen *anderen Ort*!«

Sie schluchzte auf. »Louis, gib das Glas her! Schütt es weg! Du machst dich kaputt, wenn du erst damit anfängst. Tu das nicht.«

»Warum nicht? Denkst du, du wärst die Einzige, die Probleme hat?«

»Was hast du denn nur?«, rief sie. »Ist es wegen dem Mädchen? Dem Mädchen mit dem verrückten Hut? Warum ist sie denn so schnell wieder gegangen?«

»Ich hab alles vermasselt.« Er starrte in das Glas und nahm dann einen hastigen, großen Schluck. »Weil ich …« Weil er wegen ihr permanent am Limit ging und Fehler machte, wollte er sagen. Aber wenn er ehrlich zu sich war, dann musste er sich eingestehen, dass sie ihn weder dazu gezwungen noch darum gebeten hatte. Er hatte eine Aufgabe an sich gerissen, die zu schwer war. Wie konnte er ihr vorwerfen, dass er ins Schwanken geraten war?

»Weil ich Fehler gemacht hab. Und das nicht zugeben wollte. Ich wollte es hinbiegen, um jeden Preis.«

Der Schnaps schmeckte widerlich und fühlte sich in seinem Magen wie Säure an. Er rannte ins Bad, das Glas in der Hand. Hochprozentigen Alkohol hochzuwürgen war das Widerlichste, was er je getan hatte. Er brannte in der Kehle, in der Nase und selbst in den Augenhöhlen. Langsam sollte er akzeptieren, dass er mit seinem Mimosen-Magen nicht zum Trinken taugte.

Das Glas war noch immer gut gefüllt. Er wollte es in den Abfluss kippen, aber in der Bewegung hielt er inne. Er konnte das Zeug literweise wegschütten. Sie würde nur immer mehr kaufen. Sie soff, so wie er log, und jeder Versuch, es zu verhindern, machte es schlimmer. Vielleicht lag es an dem Elend in seinem Herzen, dass er nur an Liz denken konnte und überall Parallelen sah, aber er bekam nicht mehr aus dem Kopf, was sie zu ihm gesagt hatte: und dann fallen wir beide.

Er trug das Glas wieder ins Wohnzimmer, wo er es vor seiner Mutter auf den Tisch stellte.

»Wenn du nicht aufhören willst«, sagte er, »dann werde ich ab sofort aufhören, es von dir zu verlangen. Ich kann nicht die Entscheidung für uns beide tragen. Meine ist schwer genug. Triff deine eigene.«

Sie starrte auf das Glas. Unter ihren Achseln bildeten sich Schweißflecken. »Und wenn ich das nicht kann?«, fragte sie.

Er stand auf. »Dann musst du es lernen. Muss ich auch.« Er ging in sein Zimmer. Die Tür blieb offen. Eine Stunde lang lag er auf seinem Bett und starrte an die Decke. Dann sah er, wie seine Mutter ins Bad ging, erst das Glas und dann die Flasche in den Abfluss goss und dabei bitterlich heulte.

Er musste hier weg. Er hatte sich so lange eingeredet, dass sie ihn brauchen würde, aber er konnte ihr nicht helfen. Sie musste das selbst schaffen. Er klebte an ihr und versuchte nicht einmal, das Stipendium für die Kunstschule zu bekommen – weil sie ihn brauchte. Sie klebte an ihm und versuchte nicht einmal, einen Platz für eine stationäre Therapie zu bekommen – weil er sie brauchte. Einer von ihnen musste anfangen, alleine klarzukommen, damit sie nicht beide vor die Hunde gingen.

Er stand auf und wühlte sich durch die Zeichnungen auf seinem Schreibtisch; bemüht, die eine, die er von Lizzie gemacht hatte, nicht anzusehen. Was er suchte, lag ganz weit unten im Stapel: die Bewerbungsunterlagen für das Stipendium. Das Einsendedatum fiel ihm sofort ins Auge. Es war letzte Woche gewesen.

* * *

Es war halb fünf am Morgen, als Liz sich entschloss, schlafen zu gehen. Sie konnte schon seit zwei Stunden kaum noch aus den Augen gucken, aber sie hatte auch nicht gewagt, sich hinzulegen und zu sehen, welches Horrorszenario in ihren Träumen als Nächstes kam. Wenn es schlimmer wurde – hatte sie dann noch genug Kraft, die Trennung auch durchzuhalten? Jetzt schon waren die Zweifel wie Nadeln, an denen sie sich bei jeder unbedachten Bewegung stach. Er fehlte ihr, und den Gedanken, ihn nie wieder zu berühren und zu küssen, durfte sie nicht an sich heranlassen.

Stark bleiben!, beschwor sie sich. Er würde sich nicht für sie ändern und so, wie es jetzt war, konnte sie nicht leben. Sie fühlte sich vom Schicksal betrogen – ein weiteres Mal –, diesmal um ihren Traumjungen, der ihr in so vielen Nächten versprochen worden war und sich in Wahrheit als etwas ganz anderes entpuppt hatte.

Ihr neues Kleid half nur geringfügig, aber es war besser als gar nichts und sicher gesünder, als stundenlang zu heulen und Schokolade in sich reinzustopfen. Und irgendetwas Gutes musste sie aus all dem Elend mitnehmen.

Sie war Liz, sie war *unique*. Es war an der Zeit, das nicht mehr hinter Unsichtbarkeit zu verstecken.

Sie hatte zwei Stunden gezeichnet, bis sie zufrieden war. Das Kleid wurde eine Kombination aus ihren Lieblingsschnitten: einem luftigen, leicht asymmetrischen Faltenrock und einem schmal auf Taille geschnittenen Oberteil mit kleinem V-Ausschnitt vorne und größerem am Rücken. Als der Entwurf saß, hatte sie das Schnittmuster entworfen und auf Transparentpapier übertragen. Die Stoffwahl war ihr leichtgefallen. Beim letzten Shoppen hatte sie sich einen wunderschönen, auberginefarben schimmernden Stoff aus merzerisierter Baumwolle gegönnt. Sie hatte ihn schon gewaschen. Die Bahnen fühlten sich wie Seide an, als sie sie durch die Finger gleiten ließ. Mit der Schneiderkreide zeichnete sie das Schnittmuster auf den Stoff. Sie schnitt die Stücke zu und überlegte, für welche Partien sie Futterstoff verwenden würde. Das teilweise Unterfüttern des Rocks hatte sie noch nie ausprobiert, aber sie konnte sich gut vorstellen, wie es die Falten lebendiger schwingen ließ.

Nun lagen sämtliche Teile bereit und waren mit Nadeln zusammengesteckt. Fehlte nur noch der letzte und wichtigste Schritt – das Zusammennähen. Doch das konnte sie Andrea um die Uhrzeit nicht zumuten, ihre Nähmaschine war so laut wie ein kleiner Presslufthammer. Sie warf die Schnittmuster vom Bett auf den Boden – sie brauchte sie nicht mehr, das Kleid sollte ein Unikat werden und bleiben –, ließ sich auf die Matratze fallen und dachte an Louis, während sie einschlief.

Und sie schlief tief und traumlos.

Kapitel 50

Sorry. Es wird wohl nichts. Ich habe es versucht, aber ich schaffe es nicht. Ich bin nicht mehr dabei.

Louis.

Es vergingen keine zehn Sekunden nach seiner SMS, bis Ramon zurückrief. Louis hätte das Handy gern klingeln lassen, aber Ramon zu provozieren, bis der rotsah und ihn windelweich prügeln wollte, war auch keine verlockende Vorstellung.

»Hi, Ramon.«

»Du kleiner Wichser, was soll das heißen, du bist nicht mehr dabei?«, brüllte Ramon durchs Telefon. »Ich entscheide, wann und wo du dabei oder nicht dabei bist.«

»Ich will aussteigen«, sagte Louis. »Komplett. Bei Sputnik bin ich auch schon raus.« Das war nicht ganz richtig, schließlich hatte er den Abschlussjob nicht wirklich erledigt, was sie früher oder später merken würde. Aber besser, er schuf bei Ramon gleich klare Verhältnisse. »Ich komm nicht mehr ran. Sie misstrauen mir total, ich habe es vermasselt. Ich werde das Lager nicht finden.«

»Du jämmerlicher Versager!«, versetzte Ramon. »Mir war klar, dass man von dir nichts erwarten muss. Du versaust den einfachsten Job, den man haben kann. Fuck, das darf doch nicht wahr sein, wie blöd du bist.«

Louis sparte sich eine Antwort.

»Pass mal auf, ich hab da investiert«, setzte Ramon seinen Monolog fort. »Ich hab dem Römer mein Wort gegeben. Mein Ruf steht auf dem Spiel.«

Willkommen im Klub, alter Freund. Aber vermutlich ging es um mehr als bloß Vertrauen oder die Chance auf eine weitere Zusammenarbeit. Vermutlich kuschte und huschte Ramon vor dem Römer ebenso wie er selbst vor Ramon.

»Das bringst du jetzt nicht wirklich«, blaffte Ramon.

»Tut mir leid. Ich kann dir nicht helfen.«

Ramon schwieg eine lange, unangenehme Zeit, in der Louis' Zunge anschwoll und staubtrocken wurde. Dann sagte er: »Wir werden sehen, Louis. Ich glaube, das kannst du doch.«

»Nein. Es ist vorbei. Ich bin raus, komplett raus.« Die Worte kosteten ihn mehr Mut, als er hatte, danach war nichts mehr übrig, bloß noch nackte Angst.

»So«, erwiderte Ramon gedehnt. »Und wenn ich das nicht akzeptiere?«

»Dann wirst du das mit der Polizei aushandeln müssen.« Louis drückte den Anruf weg, bevor er die coole Fassade nicht mehr wahren konnte und die Nerven verlor.

* * *

Liz widersetzte sich jedem von Andreas Versuchen, mit ihr zu reden. Es mochte nicht fair sein, ihren Frust an ihr auszulassen, aber Liz war lange genug mehr als bloß fair gewesen, und solange die Gefahr bestand, dass der obligatorische Satz »Es ist besser so« fallen könnte, war sie auf der Hut. Während sie den Vormittag über in der Praxis half, Meerschweinchen und Wellensittichen die Krallen schnitt, Kaninchenzähne kürzte,

Verbände anlegte, Tische und Böden wischte und beunruhigte Tierbesitzer tröstete, wechselte sie nur die nötigsten Worte mit ihrer Tante. Und kaum, dass sich eine günstige Gelegenheit ergab, machte sie sich auf und davon, um die Nähmaschine anzuschmeißen und ihr Kleid fertigzunähen.

Es ging eigentlich viel zu schnell, die Nähte zu schließen. Das Aufbügeln war eine Sache von Minuten, dann konnte sie es anprobieren. Es passte nicht nur; es saß großartig und schaffte den Spagat zwischen bequem und hübsch mühelos. Doch nun war das Kleid fertig und sie hatte keine Ablenkung mehr.

Bin bei Katta, schrieb sie auf einen Zettel und legte ihn in der Küche auf den Tisch. Dann ging sie los. Ob sie wirklich zu Katta wollte, war ihr noch nicht klar. Vielleicht ging sie erst mal allein spazieren, um den Kopf freizubekommen. Sie spielte mit dem Gedanken, ihre Freundin wenigstens anzurufen oder ihr eine SMS zu schicken, aber dazu hätte sie ihr Handy einschalten müssen und dann wären ihr vielleicht Nachrichten von Louis ins Auge gesprungen. Oder sie hätte feststellen müssen, dass er nicht einmal versucht hatte, mit ihr zu reden. Sie wusste nicht, was schlimmer war. Um sich damit auseinanderzusetzen, war es noch zu früh; das Telefon blieb aus.

Sie trottete zu Fuß zur Bushaltestelle und beobachtete ihren Schatten. Die Luft war warm und feucht von den Gewittern am Vortag, und obwohl die Sonne noch brannte, ballte sich am Himmel bereits die nächste Wolkenfront. Zwei Fahrradfahrer kamen ihr entgegen, sahen sie an, drehten sich sogar nach ihr um. Das machte das Kleid. Sie fiel darin auf.

Eine ältere Frau sprach sie an. »Alles in Ordnung, Fräulein? Geht es Ihnen gut? Sie sehen so traurig aus in Ihrem wunderschönen Kleid.«

»Alles in Ordnung, vielen Dank«, log Liz und ging weiter. In der Stadt würden noch mehr Leute mitleidig starren.

Noch bevor sie die Unterführung erreicht hatte, die ungefähr auf halbem Weg zur Bushaltestelle lag, klebte ihr das Kleid an der Haut und die ersten Schweißtropfen rannen ihre Wirbelsäule hinab. Ein Gefühl sagte ihr, sie solle besser umkehren.

Sie lachte bitter über sich selbst. Nein, sie durfte sich jetzt nicht daheim vergraben und dem Elend hingeben, das in ihr wütete. Wenn sie dem nachgab, würde es ihr noch viel schlechter gehen. Sie brauchte Ablenkung. Und wenn die Leute sie anglotzten, dann sollten sie eben glotzen. Sicher war jeder von ihnen mal am Boden zerstört gewesen, und wenn nicht, sollten sie halt mit dem Finger auf sie zeigen. Es machte keinen Unterschied mehr, was Fremde über sie dachten. Sie hatte Louis verloren und zugleich ihren Traum aufgeben müssen. Wen kümmerte es da, ob irgendwelche Leute über sie tuschelten.

Vor der Unterführung hörte sie Stimmen, die dort unten seltsam hallten. Was, wenn Louis auftauchte? Aber warum sollte er? Er hatte nicht einmal versucht, sie aufzuhalten oder um sie zu kämpfen. *Vermutlich,* dachte sie, *ist er ganz froh, mich los zu sein. Jetzt stört ihn keiner mehr bei seinen Machenschaften und er muss keine Ausreden mehr erfinden. Soll er doch glücklich mit seiner Alina werden – die spielt auf seinem Level.*

Aber wie sollte sie, Liz, glücklich werden? Ein neues Kleid würde nicht reichen und ebenso wenig eine Katze oder …

Ihre Gedanken wurden jäh unterbrochen, als sie einen der drei jungen Männer wenige Meter vor ihr erkannte. Das war Ramon – der Gangboss! Der streifte doch nicht zufällig mit seinen Freunden hier herum! Reflexartig wollte sie umdrehen und weglaufen, aber rechtzeitig kam ihr der Gedanke, wie auffällig das war und dass er sicher schneller war als sie. Er würde ihr auf offener Straße schon nichts tun! Sie durfte sich bloß nicht einschüchtern lassen.

»Hallo, Liz«, sagte er. Er sah seltsam aus. Zu blass, fast grau im Gesicht, und seine Lippen hatten keine Farbe. Sie überlegte noch, wie sie reagieren sollte, aber dann ging alles plötzlich ganz schnell. Einer seiner Kumpane schnappte nach ihr, drehte ihr die Arme schmerzhaft auf den Rücken und stieß sie gegen Ramon. Sie kreischte auf, aber ehe sie sich selbst schreien hören konnte, presste Ramon ihr eine Hand auf den Mund, während ein anderer ihre Unterarme festhielt. Angst schoss ihr durch alle Glieder. *Was hatten sie vor?* Sie trat um sich und versuchte zu beißen – ihr musste nur ein einziger Schrei gelingen: Die Unterführung würde ihn in beide Richtungen hallen lassen und jemand in den nahen Wohnhäusern würde sie hören! Ramon packte mit der freien Hand ihre Kehle. Mit Daumen und Zeigefinger der anderen Hand, die ihren Mund gewaltsam zupresste, drückte er ihr nun auch die Nase zu, sodass sie keine Luft mehr bekam. Ihre Angst schwoll schlagartig zu Panik an. Sie versuchte, ihren Peinigern die Fersen gegen die Schienbeine und Knie zu treten, aber mit ihren dünnen Sandalen konnte sie nichts ausrichten. Sie war hilflos. Sie brauchte Luft! Vor ihren Augen explodierten gleißend helle Lichter abwechselnd mit Schwärze.

»Ganz still!«, zischte Ramon in ihr Ohr. »Wenn du stillhältst, lass ich dir ein bisschen Luft.« Quälend lange Zeit verstrich. Ihre Augäpfel pochten. »Du hältst doch still?«

Sie versuchte zu nicken, soweit es möglich war. Endlich ließ er ihre Nase frei. Gierig atmete sie ein, aber sie hatte noch immer das Gefühl, nicht genug Luft zu bekommen. Sie weinte, ihre Nase lief, Rotz und Tränen erschwerten ihr das Atmen, sie hatte das Gefühl, ohnmächtig zu werden.

»Du wirst jetzt mit uns kommen«, sagte Ramon dicht an ihrem Ohr. Sie spürte seinen Atem auf der Haut, er ging hastig, roch nach Essen, nach Kaugummi und irgendetwas Süßem, Chemischem, das sie an Medizin erinnerte. Ihr wurde schlecht.

Mit aller Kraft versuchte sie, ruhiger zu werden, langsamer zu atmen. Dass man sie wegschleifte, bekam sie nur am Rande mit. Sie starrte auf das Einhorn, an dem ihre Entführer sie vorbeischoben.

Details merken, schoss es ihr durch den Kopf. Für die Zeugenaussage. Aber alles, was sie sah, verlor sich im Chaos. Das Auto war rot, ein Kombi, das Kennzeichen vergaß sie, kaum dass sie es gesehen hatte. Ramon stieß sie auf die Rückbank, ohne ihren Mund freizugeben, und setzte sich neben sie. Die anderen beiden stiegen vorne ein.

»Ich warne dich nur dieses eine Mal«, sagte Ramon, während das Auto losfuhr. »Wenn du schreist oder dich wehrst, dann dresch ich dir die Zähne aus dem Maul.« Endlich ließ er sie los. Sie krallte die Finger ineinander, damit er sie nicht zittern sah, aber es war vergebens: Alles an ihr zitterte, von den Füßen über die Knie bis zu ihren Schultern.

»Anschnallen!«, befahl er. Sie brauchte mehrere Versuche, bis es ihr gelang, den Gurt abzurollen und zu schließen. Danach presste sie sich, soweit sie konnte, an die Autotür. Ihr Blick streifte den Türgriff.

»Die ist verriegelt«, sagte Ramon. »Kindersicherung.« Er lachte und schlug den beiden jungen Männern, die vorn saßen, auf die Schultern. »Wer sagt's denn. War doch easy.«

Die beiden reagierten nicht.

»Wo bringt ihr mich hin?«, flüsterte sie. Draußen gingen Leute über die Straßen, das Auto fuhr einfach an ihnen vorbei. Sie versuchte sie mit Blicken auf sich aufmerksam zu machen, aber niemand beachtete sie. »Was habt ihr vor? Ich hab euch nichts getan.«

»Noch nicht«, meinte der Typ auf dem Beifahrersitz, ohne sich zu ihr umzudrehen.

»Du bekommst einen Vorgeschmack auf das, was Leuten passiert, die sich in Dinge einmischen, die sie nichts angehen«, sagte Ramon. Plötzlich blitzte ein Messer in seiner Hand. »Damit du nicht auf dumme Ideen kommst.«

»Ich sag nichts. Niemandem!«

Ramon grinste kühl. Seine Augen sahen müde aus und fixierten sie gleichzeitig bohrend. »Dann ist doch alles bestens.« Wie selbstverständlich packte er nach dem Saum ihres Kleides. Sie wollte zurückweichen, hatte aber keinen Zentimeter Platz. Ramon zerrte an dem Stoff und versenkte das Messer darin.

Jetzt sticht er mich ab!, schoss es ihr durch den Kopf. Sie presste die Augen zu und erwartete den Schmerz. Stattdessen hörte sie bloß das Ratschen des Stoffs.

»Schade um das hübsche Kleid«, sagte Ramon. Als sie die Augen wieder öffnete, erkannte sie, dass er ihr einen Streifen vom Kleid abgeschnitten hatte, etwa so breit wie eine Hand und so lang wie ein Unterarm. Sie zupfte den verbleibenden Stoff so weit es ging über ihre Oberschenkel.

»Du kannst es auch so tragen. Ist viel schöner so.« Das anzügliche Grinsen verursachte ihr Übelkeit.

Sie versuchte sich daran zu erinnern, was Louis ihr über Ramon erzählt hatte. Vermutlich wusste Ramon gar nicht, wie wenig Louis ihr wirklich gesagt hatte. Sie selbst hatte keine Ahnung, was dieser Typ schon alles getan und wie viel Louis ihr verschwiegen hatte. Der Kerl neben ihr konnte ein Schwerstverbrecher sein – und dachte, sie wüsste über ihn Bescheid!

Noch dazu schien er irgendwas genommen zu haben. Der starre Blick, der Geruch, sein hastiges Atmen – er musste irgendwas eingeschmissen haben!

»Ich hab's verstanden.« Ihre Stimme zitterte. »Ihr könnt mich gehen lassen. Ich kenne euch nicht, weiß von nichts, und du«, sie warf Ramon einen Blick zu, »bist bloß ein Bekannter meines Exfreundes. Ich weiß nicht mal mehr, wie du heißt, und hab schon vergessen, wie du aussiehst.«

Beim Wort Exfreund blickten Fahrer und Beifahrer alarmiert zu Ramon. Der schüttelte zwar bloß minimal den Kopf, schien aber auch irritiert.

»Alles zu seiner Zeit«, sagte er. »Wir lassen dich gehen, wenn es so weit ist.« Er versuchte es zu verbergen, aber Liz hatte genug gesehen. Es ging hier gar nicht um sie oder um das, was sie wusste und verraten konnte – zumindest nicht vorrangig.

Es ging um Louis.

Kapitel 51

»Wir lassen ihn nicht rein!«, entschied Louis.

»Aber …« Seine Mutter war vollkommen durch den Wind. Der Entzug zerrte schon genug an ihren Nerven. Dass Ramon abwechselnd gegen die Wohnungstür trommelte und Sturm klingelte, machte sie beinah hysterisch. »Was ist denn los? Hattet ihr Streit? Ich dachte, Ramon wäre dein Freund.«

»Er ist so sehr mein Freund, wie Jim Beam deiner ist.«

Seine Mutter lief im Wohnzimmer auf und ab. »Sag ihm, er soll verschwinden, Louis. Was sollen die Nachbarn denken? Jemand wird die Polizei rufen, wenn er weiter Lärm schlägt.«

Louis überlegte, ob besser er die Polizei rufen sollte. Ramon schien nicht nachgeben zu wollen. Er stand vor der Tür und beschimpfte ihn. Plötzlich wurde es still.

»Ist er weg?«, fragte seine Mutter leise. »Louis, das geht so nicht, du musst das klä–«

Sie schrie auf, als Ramon krachend die Tür auftrat.

Louis ballte die Fäuste, seine Mutter brüllte, sie würde die Polizei rufen. Ramon spuckte auf den Boden. Seine Augen wirkten glasig, der Typ war total high.

»Ich ruf die Polizei!«, brüllte Louis' Mutter. Sie wussten alle drei, wie lange es dauerte, bis die Polizei in dieses Haus kam – wenn überhaupt.

»Geh zu Frau Pauls!«, wies er seine Mutter an. »Und bleib da. Ich regle das.«

»Da-das Schloss!«, stammelte sie. »Er hat die Tür kaputt gemacht.«

Ramon lachte bloß darüber. »Hättest aufmachen können, blöde Kuh.«

»Ich mach das. Das kann man reparieren. Geh.«

Sie stolperte davon; er konnte nur hoffen, dass sie geistesgegenwärtig genug war, die Polizei zu rufen.

»Du würdest dich nicht hier bei Mutti verbarrikadieren, Louis, wenn du wüsstest, was ich dir mitgebracht habe!«, sagte Ramon atemlos. Sein Gesicht glühte hochrot.

Er warf ihm etwas vor die Füße, Louis erkannte nicht auf den ersten Blick, was es war. Er hob es auf. Dann fuhr ihm der Schreck wie ein Messer in den Rücken. Es war ein Stück Stoff, und obwohl er diesen Stoff noch nie gesehen hatte, wusste er sofort, wem er gehörte.

Liz! Seine Finger krampften sich um den weichen Stoff.

»Ein hübsches Kleidchen, das deine Kleine da anhat«, sagte Ramon. »Ich bring es dir in Fetzen, wenn du dich noch länger stur stellst. Noch hat das Mäuschen was an, aber der Rock ist schon reichlich kurz, wenn du mich fragst.«

Eisige Kälte durchfuhr Louis. »Lass sie in Ruhe. Ich sag dir, was ich weiß, aber lass Liz da raus. Sie hat damit nichts zu tun.«

»Jetzt schon.« Ramon hakte seine Daumen im Hosenbund ein. »Und wenn ich von dir nicht geliefert kriege, was ich dem Römer versprochen habe … wer weiß, womit ich ihn dann zufriedenstelle.«

»Wo ist sie? Sag mir, wo sie ist, dann sag ich dir, wo du die Beute findest.«

»Ach, sieh mal an. Auf einmal weißt du es doch«, erwiderte

Ramon ungerührt. »Du hattest deine Chance, mir zu sagen, wo das Zeug versteckt ist. Du warst es, der die Regeln geändert hat, nicht ich. Ich will, dass du mir den beschissenen Plunder bringst, hast du kapiert?«

»Aber ich …« Wie stellte Ramon sich das vor, er hatte nicht einmal eine Möglichkeit zum Transport.

»Hast du kapiert?«, wiederholte Ramon scharf. »Und komm mir bloß nicht mit der Polizei. Deine kleine Freundin müsste es mir bitter büßen. Du hast keine Ahnung, bei wem sie ist, aber glaub mir: Derjenige bekommt umgehend eine Info, wenn ich oder einer der anderen einen Bullen auch nur von Weitem sehen. Und dann …«

Er ließ die Drohung im Raum stehen. Sie nahm Louis die Luft zum Atmen. Was hatte er bloß getan?

Ramon drehte sich um und ging, als wäre nichts geschehen. Wie gelähmt blieb Louis zurück. Erst als seine Mutter ihn an den Schultern schüttelte, erwachte er aus der Starre des Schocks.

»Was ist denn nur los – was wollte der?«

»Nichts«, gab er tonlos zurück. »Habt ihr die Polizei gerufen?«

»Frau Pauls hat sie gerufen.«

Shit! »Geh runter und fang sie ab. Sag, dass es nur ein Missverständnis war.«

»Aber die Tür, Louis! Das Schloss ist kaputt.«

»Scheiß auf das Schloss, ich tausche es später aus. Bitte tu einfach, was ich sage!« Er schob die Zimmertür zu und lehnte die Stirn an das Holz. Liz war alles, woran er denken konnte.

* * *

Liz starrte an die Holzvertäfelung der Wand. Sie wusste nicht, wo sie war. Während der Autofahrt hatte Ramon ihr irgendwann eine kratzige, nach Hund und Bierresten stinkende Wolldecke über den Kopf gelegt, damit sie nicht sah, wohin man sie brachte. Mit der Decke über dem Kopf hatten sie sie dann ins Haus geführt, einen gefliesten Flur entlang und eine Treppe nach unten. Den Gesprächen ihrer Entführer, deren Gruppe inzwischen auf fünf oder sechs junge Männer angewachsen war, konnte sie entnehmen, dass sie bei irgendeinem der Gangmitglieder zu Hause war und die Eltern noch wochenlang auf Mallorca bleiben würden. Sie hatten sie in einen Hobbykeller gesperrt, der ein Relikt aus den Siebzigern zu sein schien. Muffiger Gestank nach Keller, feuchtem Holz und Hund lag in der Luft. Es gab eine Bar, die bis auf eine PET-Flasche mit abgestandenem Wasser leer war, drei Barhocker, einen Kicker und eine Tischtennisplatte. An der Wand hing eine Dartscheibe ohne einen einzigen Pfeil. Der Raum gab nichts her, was sich irgendwie als Waffe zweckentfremden ließ, solange sie nicht verzweifelt genug war, um mit Gläsern zu werfen. Aber wie groß mochte ihre Chance sein, damit ein halbes Dutzend Verbrecher schachmatt zu setzen, um zu fliehen? Und wie weit würde sie kommen? Direkte Nachbarn schien es nicht zu geben; sie hatte es mit lautem Schreien versucht, aber ihre Entführer hatte das vollkommen kaltgelassen. Offenbar wussten sie, dass sie hier unten niemand hörte. Womöglich war der Partykeller ja schallisoliert? Sie legte das Ohr an die Wand, um es herauszufinden, und hörte Stimmen. Alle verstand sie nicht, nur die lauten, und auch die bloß undeutlich. Aber sie hörte genug, um ihren Verdacht bestätigt zu bekommen: Diese Typen wollten Louis zu irgendetwas zwingen und benutzten sie als Druckmittel.

Sie musste sich setzen und ließ sich mitten im Raum, wo der Teppich nicht allzu sehr klebte, auf den Boden fallen.

Wo sind wir da nur reingeraten, du und ich? Wo hast du mich reingezogen?

Oben tat sich etwas. Sie hörte die Klingel, danach das Klappern der Tür und anschließend Schritte auf der Treppe. Die Tür wurde aufgeschlossen und Ramon trat ein. Er war verschwitzt, offenbar war er unterwegs gewesen. Bei Louis?

»Was willst du von mir?« Sie stand schnell auf und wich vor ihm zurück, als er näher kam. »Du kannst mich hier doch nicht einsperren! Das ist Freiheitsberaubung, dafür kommt man in den Knast!«

»Nur wenn man zu blöd ist und sich erwischen lässt«, erwiderte Ramon lässig. Er hatte ihr Smartphone in der Hand und hielt es ihr hin. »Aber so blöd bin ich nicht, und du bist nicht so blöd, mich zu verraten, nicht wahr? Das wäre nämlich ausgesprochen ungesund, und zwar in erster Linie für dich. Du tust jetzt schön, was ich dir sage: Du nimmst dein Handy und schreibst deinen Eltern eine SMS, dass du bei einer Freundin übernachtest.«

In Liz' Kopf ratterten die Gedanken wie eine Nähmaschine. Wenn sie Andrea in der SMS mit »Mutti« ansprach, würde diese sofort wissen, dass etwas nicht stimmte. Aber womöglich wusste Ramon von Louis, dass ihre Eltern tot waren. Sie durfte keinesfalls den Zorn dieses Irren heraufbeschwören. Gab es noch eine andere Möglichkeit, Andrea ein verschlüsseltes SOS zukommen zu lassen? Ihr fiel nichts ein. Unter Ramons Blicken tippte sie:

Hallo, Andrea. Ich schlafe bei Katharina, wenn du nichts dagegen hast. Grüß mir die Katze. Liz.

Kaum hatte sie die Nachricht abgeschickt, nahm Ramon ihr

das Handy wieder ab. Der Signalton einer eingegangenen SMS folgte wenige Augenblicke später.

»Sei nicht mehr sauer, Lizzielein«, las er vor. »Wir reden morgen über die Katze. Ich bin heute Abend mit meinen Mädels im Frauenkino, das wird spät, nur falls du doch nach Hause kommst. Viel Spaß bei Katta, grüß sie schön.« Er grinste. »Na siehst du. Du fehlst niemandem, brauchst dir keine Sorgen machen. Und wenn dein Lover Louis sich ein bisschen Mühe gibt, kannst du bald wieder nach Hause gehen.«

Und wenn nicht? Ramon ging wieder und ließ sie allein mit der Angst, dass Louis sie im Stich lassen könnte. Sie hatte ihn abserviert. Was, wenn es ihn nicht mehr kümmerte, was mit ihr geschah?

Nein, das war undenkbar. Auch wenn er verletzt war, konnte sie ihm nicht über Nacht egal geworden sein. Wenn er sich nur halb so sehr um sie sorgte wie sie sich um ihn, dann würde er alles tun, um sie zu befreien. Was sie erneut in Verzweiflung stürzte. Was konnten diese Mistkerle von ihm verlangen?

Kapitel 52

Louis' Kopf fühlte sich dumpf an, seine Gedanken unnütz. Ihm war, als wäre sein Schädel mit Watte ausgestopft, was das Denken träge und jede Bewegung langsam machte. Er musste einen Ausweg finden, aber diese Lähmung in seinem Inneren verhinderte, dass er nur in die Nähe einer rettenden Idee gelangte. Es fühlte sich an wie ein Albtraum, in dem er rennen musste, aber seine Beine nicht bewegen konnte.

Was hatte er nur getan? Er hatte Liz in höchste Gefahr gebracht. Aus Egoismus. Weil er nicht auf ihre Liebe verzichten konnte. Nun musste sie den Preis zahlen.

Er hätte es wissen sollen. Selbst wenn er nicht hatte ahnen können, wie weit Ramon gehen würde, hätte ihm klar sein müssen, dass er Lizzie mit in den Abgrund zog, wenn er sich an ihr festhielt. Er war eben ein Niemand, der nichts konnte, außer Probleme zu bereiten. Er hatte sein Leben lang kaum etwas anderes geschafft, als Leute in die Scheiße zu reiten.

Etwas funkte in seinem Kopf auf; kurz nur, aber hell und klar. Ein Impuls, der erste Keim einer Idee. Er musste nachdenken, sich konzentrieren. Für einen Moment gelang es ihm, die Angst um Liz auszublenden und seinen Gedanken durchzuspielen.

Der Plan war ein Wagnis und noch voller Löcher, als er die Wohnung verließ. Aber er konnte gelingen, selbst einem Versager, wie er es war. Er würde einfach das tun, was er am besten konnte: Er würde sie alle in die Scheiße reiten.

* * *

»Das packt der Typ doch nicht«, hörte sie jemanden sagen. »Der Kleine war immer eine Nullnummer.«

»Mir wird das zu heikel, ich steig aus!«

Sie verstand die Entführer nur, wenn sie einzeln sprachen. Manchmal redeten mehrere durcheinander und dann hörte sie nur einen Brei aus Stimmen.

»… wenn die den Mund nicht hält und …«

»Vielleicht … Lösegeld?«

»Bist du bescheuert, das klappt ja nicht mal im Film.«

»Jetzt stellt euch nicht an wie die Pussys, immerhin kennt die Kleine keinen Namen außer meinem. Und heul ich rum? Nein, weil ich alles im Griff habe.«

»Du hast den Verstand verloren, Ramon. Die Aktion hättest du mit uns absprechen müssen, bevor du hier mit ihr aufgetaucht bist.«

»… doch wieder Pillen eingeschmissen …«

»Ich bin dafür, dass wir sie dem Römer geben, Hauptsache, wir haben sie von der Backe.«

Liz hatte genug gehört und löste das Ohr von der Tür. Offenbar waren sie sich nicht einig, was sie weiter mit ihr anstellen sollten. Ramon hatte versprochen, sie wieder freizulassen, aber wie sicher konnte er sein, dass sie nicht sofort zur Polizei ging? Auf Entführung stand Gefängnis. Sicherer für ihn war es, sie verschwinden zu lassen.

Sie musste hier raus!

Hoffentlich konnte Louis sich in Sicherheit bringen, dachte sie. Im gleichen Moment durchfuhr sie der Zorn: All das wäre nie passiert, wenn sie Louis nicht begegnet wäre. Aber das war sie nun mal, und auch wenn ihr Herz vor Panik in ihrer Brust hämmerte, schlug es immer noch auch für ihn. Ihm durfte nichts passieren! Was, wenn er nun aus Angst um sie etwas Schreckliches tat, was immer das auch war?

So oder so gab es nur eine Lösung: Sie musste es schaffen, hier rauszukommen. Sie war nicht stark genug, um einen Kampf zu riskieren. Womöglich waren die Entführer auch bewaffnet; Ramon hatte ein Messer gehabt, die anderen vermutlich auch. Trotzdem konnte sie nicht einfach abwarten und irgendwelche Gangster über ihr Schicksal entscheiden lassen – sie musste wenigstens versuchen, eine Fluchtmöglichkeit zu finden. Ein Fenster gab es nicht. Nach kurzem Überlegen stellte sie sich an die Tür und hämmerte dagegen. »Hallo? Hallo!«, schrie sie. »Ich muss mal aufs Klo!«

Schritte polterten die Treppe hinab und die Tür wurde geöffnet. Zwei Jungs standen ihr gegenüber, der eine bullig und sicher einen Meter neunzig groß, der andere von durchschnittlicher Statur. Die Baseballkappe und die Sonnenbrille waren wohl der lächerliche Versuch, sein aknenarbiges Gesicht zu verbergen. Er gab ihr ein Zeichen, den Raum zu verlassen. Der andere öffnete ihr eine Tür direkt daneben. Mist, die hatten ein Gästeklo im Keller. Sie hatte darauf spekuliert, nach oben gebracht zu werden, wo es ein Fenster gab, durch das sie fliehen konnte. Das kleine, braun gekachelte Toilettenräumchen hatte keines – und so roch es hier auch. Liz atmete einen Moment durch, trank Wasser aus dem Hahn, benetzte ihre vom Weinen geschwollenen Augen und entschied sich dann, aufs Ganze zu gehen. Sie öffnete die Tür. Nur der Akne-Junge stand in ihrer unmittelbaren Nähe, der Bullige lehnte einige Meter entfernt an der Wand und glotzte. Zur Treppe nach oben fehlten ihr nur zwei Meter. Zwei große Schritte.

Es war weniger bewusste Entscheidung als vielmehr nackte Panik, die schlagartig die Oberhand gewann. Es war ihre Chance – vielleicht die einzige. Blitzschnell trat sie dem Akne-Jungen mit aller Kraft zwischen die Beine. Er schrie auf, sackte in die Knie und der Weg zur Treppe war frei. Liz rannte los. Der Junge war vielleicht lang genug mit seinen Schmerzen beschäftigt, dass ihr Vorsprung ausreichte. Einen Moment hatte der Bullige sie nur fassungslos angesehen, aber jetzt kam er ihr nach. Sie spurtete die Treppe hoch und sah bereits die Haustür, doch im gleichen Moment kam aus einem Zimmer nebenan jemand auf sie zugerannt und riss sie herum. Liz sah dem jungen Mann, der während ihrer Entführung das Auto gefahren hatte, in die Augen. »Du musst mich gehen lassen«, versuchte sie es.

»Halt den Mund!«

»Bitte! Ramon ist doch vollkommen irre, wenn er denkt, dass er damit durchkommt! Lass mich gehen, dann –«

Der Typ holte aus und schlug ihr mit dem Handrücken ins Gesicht. Vor Entsetzen knickten Liz die Beine ein. Der Schlag war fest gewesen, ihre Wange brannte, ihr Kiefer pochte und noch mehr brannte und pochte die Angst. Diese Typen hatten keinerlei Skrupel. Langsam wurde ihr klar, wie gefährlich sie wirklich waren. Die würden ernst machen!

Hinter dem Bulligen tauchte nun auch der Akne-Junge auf. Allen stand die Wut über ihren Fluchtversuch ins Gesicht geschrieben. Liz kauerte sich zusammengerollt vor der Tür zusammen und verbarg ihre Tränen hinter ihren Händen.

Bitte, Louis. Was immer da vor sich geht, bitte hol mich hier wieder raus!

Die Gangster blafften sich an, gaben sich gegenseitig die Schuld an ihrem Fluchtversuch und waren sich einig, dass sie großes Glück hatten, dass Ramon gerade nicht da war. Auf Mitgefühl hatte Liz vergeblich gehofft. Sie schleiften sie über die Fliesen und schubsten sie die Treppe hinab. Sie stieß sich an Hüfte und Schulter, knickte sich schmerzhaft das Handgelenk um und konnte sich mit der anderen Hand gerade noch am Geländer festhalten, bevor sie sich überschlug. Sie trieben sie wie ein verängstigtes Tier zurück in den Kellerraum und sperrten von außen ab.

* * *

Louis' Hände zitterten zu sehr, um die Klingel mit einem Finger zu betätigen. Er drückte die ganze Handfläche darauf. Mehrfach. Sekundenlang. Liz' Tante öffnete nicht.

Verdammt. Vor Verzweiflung trat er gegen einen Blumenkübel, der kippte und wie in Zeitlupe umfiel. Erde verteilte sich auf den Eingangsstufen der Tierarztpraxis. Es interessierte niemanden, es war niemand da.

Er setzte sich auf die Treppe, sprang wieder auf und lief die Einfahrt hinunter und wieder hoch. Ob die Tierarzt-Tante zurückkam? Allein konnte er seinen Plan nicht umsetzen; da bestand keine Chance, nicht die geringste. Aber ihm blieb keine Zeit, um lange hier zu warten. Wenn Ramon die Geduld verlor, vergriff er sich an Liz. Allein die Vorstellung ließ Louis' Magen zu einem Stein werden. Ihm stieg Säure in die Kehle und er schluckte mehrfach.

Es hatte keinen Zweck hier zu warten, er musste sich anderswo Hilfe organisieren. Aber wo? Wer half einem, wenn man sich jahrelang bemüht hatte, niemanden an sich heranzulassen? Katta würde alles für Liz tun. Aber sie hatte kein Auto, und er musste nicht hoffen, dass ihre spießige Mutter bei seinem Plan mitmachen würde. Katta konnte ihm nicht helfen. Aber … Er rannte zu seinem Fahrrad, getrieben von einer wahnwitzigen Idee.

Liz hatte gesagt, der Mann sei nett – ein wenig verrückt, aber nett – und man könne mit ihm reden. Er konnte nur hoffen, dass sie recht hatte.

Obwohl der Abend wolkig, windig und kühl war, war er nass geschwitzt vor Anstrengung, als er bei Gordens Haus ankam. Die beiden Schäferhündinnen hörten sein Fahrrad schon von Weitem klappern und kläfften eine unfreundliche Begrüßung. Gorden öffnete die Tür, ehe Louis klingeln konnte. Hinter ihm knurrten und geiferten die Hunde.

»Nanu«, sagte er. »Ist denn schon wieder der Fünfzehnte? Bonnie, Annie, auf euren Platz! Und still!«

»Sie müssen mir helfen!«, platzte Louis heraus, als die Hunde sich trollten. »Sie können mir glauben, dass Sie der letzte Mensch auf der Welt sind, den ich fragen will – aber Sie sind der Einzige, den ich fragen kann. Also –«

»Jetzt kommst du erst mal rein, Junge. Und dann in aller Ruhe. Willst du einen Tee? Ich habe Wildkräutertee gemacht.«

»Wir haben keine Zeit für Tee.« Louis folgte Gorden in dessen Wohnzimmer, wo der ältere Mann sich aufs Sofa setzte. Louis blieb stehen und holte tief Luft. »Ich sag's Ihnen, wie es ist. Ich habe Scheiße gebaut. Große Scheiße.«

»Das weiß ich wohl«, erwiderte Gorden.

»Gar nichts wissen Sie.« Gordens Miene verdüsterte sich, aber Louis durfte sich jetzt nicht aus dem Konzept bringen lassen. Er musste alles auf den Tisch packen, alle Karten, die er hatte. Die ganze Wahrheit. »Ich war in Panik, als Sie das Geld von mir verlangt haben. Vergessen Sie das mit der Vorstrafe, das war gelogen, ich bin nicht vorbestraft. Ich hatte Angst, meine Mutter würde es nicht überleben, wenn mich die Polizei noch mal nach Hause bringt. Klingt blöd, ist aber so. Ich erkläre Ihnen das später.« Gorden blickte ihn an, als sei das bitter nötig. »Ich habe damals keinen Job gefunden, Herr Gorden. Ich war erst fünfzehn, meine Mutter bekommt Hartz IV – ich konnte offiziell gar nicht arbeiten.«

»Das hättest du mir sagen müssen.«

»Ja. Hätte ich. Hab ich aber nicht, weil ich zu feige war. Stattdessen hab ich mir auf anderem Weg einen Job gesucht und bin in einer Gang gelandet. Schauen Sie mich nicht so an – ich weiß, dass das nicht Ihre Schuld ist. Es war meine, ich hab keinen anderen Weg gesehen.«

Gorden schüttelte fassungslos den Kopf. »Junge, Junge. Wenn ich gewusst hätte, wohin das führt! Das hab ich nie gewollt. Ich wollte doch bloß, dass du lernst, welche Folgen solche Schmierereien haben können und was das alles kostet!«

Louis winkte ab. Jetzt war nicht der Moment, den Unterschied zwischen Schmierereien und Kunst zu diskutieren. »Hab ich begriffen«, sagte er.

»Und jetzt«, vermutete Gorden, »kommst du da nicht mehr raus. Aber was möchtest du von mir?«

»Es ist viel schlimmer.« Louis sah, wie sich in der Miene seines Gegenübers etwas änderte und dessen Körper sich anspannte. Glaubte Gorden etwa, er wollte ihn überfallen? »Man hat mich als Maulwurf in eine andere Gang eingeschleust, ich sollte mit denen zusammen eine Tankstelle überfallen und dann die Beute klauen.«

»Wie ein Doppelagent.«

»Ja. Aber ich hab auch das vermasselt und nun sind beide Gangs hinter mir her. Und um mich unter Druck zu setzen, haben sie meine Freundin entführt.« Es auszusprechen – laut und deutlich – machte es erst richtig wahr. Er begann zu zittern. Schnell setzte er sich auf einen Sessel, damit Gorden von seinem Zustand nichts bemerkte, aber sogar seine Zähne klapperten.

Gorden stand auf und schob ihm seine Teetasse hin. »Trink!«, sagte er bestimmt und Louis gehorchte. Der Tee war warm und schmeckte nach nichts anderem als Zucker, aber er half ein wenig.

»Was meinst du mit entführt?«, fragte Gorden mit tiefer, besorgter Stimme. »Soll das heißen, deine Freundin ist in der Gewalt dieser Gang? Gegen ihren Willen?«

»Ja.« Er nickte und zog den Stoffstreifen aus der Hosentasche. »Und sie haben mir gedroht, dass sie ihr etwas antun. Das ist von ihrem Kleid.«

Der ältere Mann starrte ihn an, als wartete er darauf, dass Louis zugab, ihn veralbern zu wollen. Louis senkte den Blick. Die Scham war beinah so schlimm wie die Angst.

»Wir rufen die Polizei!«, rief Gorden und Louis schnellte von seinem Sessel hoch. Die Hunde spitzten die Ohren.

»Nein! Nein, Herr Gorden, warten Sie – tun Sie das nicht.«

Dieser hielt in der Bewegung inne. Ein Hund bellte, leise, tief und drohend.

»Keine Polizei. Ramon – das ist der Gangboss – hält Lizzie irgendwo versteckt. Ich habe keine Ahnung, wo und bei wem. Wenn die Polizei auftaucht, könnten sie ihr etwas antun, bevor sie gefunden wird. Bitte keine Polizei.«

Gorden lief in seinem Wohnzimmer auf und ab und atmete

immer wieder tief durch. »Lizzie, sagst du? Ist das deine Freundin?«

Louis nickte. »Sie kennen sie. Lizzie Buchner, die Nichte der Tierärztin.«

Gorden zog die Brauen zusammen. Es war ihm anzusehen, wie wenig es ihm gefiel, dass Liz sich ausgerechnet mit ihm, mit Louis Nowiak, abgab. *Ich versteh es auch nicht,* hätte Louis am liebsten gesagt.

»Sie müssen mir helfen, Herr Gorden. Ich würde jemand anders fragen, aber es gibt niemanden, und Lizzie sagt, Sie wären einer, mit dem man reden kann.«

Gorden schüttelte den Kopf. »Das ist eine Sache für die Polizei!«

»Dann tun die Typen Lizzie weh!« Louis musste sich beherrschen, nicht laut zu werden. »Bitte, Herr Gorden. Ich brauche nur einen großen Rucksack, ein Auto und jemanden, der mich fährt und im richtigen Augenblick die Polizei ruft. Wir rufen die Polizei, aber erst, wenn Lizzie in Sicherheit ist. Hören Sie sich meinen Plan an. Sie können danach Ja oder Nein sagen.« Er musste Ja sagen, er musste einfach. Nein, er *würde* Ja sagen. Eine andere Möglichkeit gab es nicht und die Zeit drängte.

»Aber, Junge, das sind doch Verbrecher! Was kannst du gegen die ausrichten?«

Ruhig bleiben, beschwor Louis sich. Jetzt hing alles von ihm ab, dieses eine Mal durfte er keinesfalls versagen. Er lächelte kühl. »Ich kenne diese Leute. Ich weiß, wie sie ticken, weil ich genauso ticke. Wer sollte sie schlagen, wenn nicht ich? Ich bin einer von ihnen.«

Kapitel 53

Herr Gorden bremste im Sichtschutz wuchernder Hecken und Louis sprang aus dem Auto und schulterte den leeren Bundeswehrrucksack, den Gorden ihm gegeben hatte. Tief atmete er ein. Seine Nase juckte, und seine Augen brannten von den Hundehaaren im Wagen, aber davon durfte er sich jetzt nicht stören lassen. Er stellte sein Handy lautlos, damit Ramons Drohungen, die im Halbstundentakt schlimmer wurden, ihn nicht noch nervöser machten. Es war noch nicht dunkel, das war ein Risiko. Aber er ertrug es nicht länger, zu warten. Es ging um Liz.

»Diesen Weg entlang«, erklärte Louis, während Gorden Annie und Bonnie aus dem Kofferraum springen ließ und anleinte. »Auf der rechten Seite sehen Sie einen alten Bauernhof. Dort ist es.« Wenn Sputnik sich nicht spontan umentschieden hatte, passte sie heute auf. »Sie müssen den Wachposten dazu kriegen, den Hof zu verlassen. Rufen Sie, dass Ihre Hunde in Gefahr sind, das wird funktionieren. Ich brauche ein paar Minuten.«

»Und wofür genau?«

»Das sage ich Ihnen, wenn es geklappt hat.« Louis sah, wie Gorden zögerte. »Kommen Sie, Sie haben mich doch längst in der Hand.« Er wies auf den Brief, den er während der Fahrt geschrieben und unterzeichnet hatte. Seine Schrift war krakelig, besonders in den letzten Zeilen, weil sie über holprige Feldwege gefahren waren und er den Stift mit seinen unruhigen Händen kaum noch hatte halten können, aber man konnte alles lesen, Wort für Wort. Gorden hatte dieses schriftliche Geständnis, dass Louis am Überfall auf die Tankstelle dabei gewesen war, als Sicherheit verlangt, und Louis hatte nicht überlegt, sondern geschrieben.

»In Ordnung«, sagte Gorden und führte seine Hunde den Waldweg entlang. »Dann treffen wir uns danach wieder hier.«

Louis lief auf direktem Weg zum Hof, hielt sich in der Nähe der Sträucher und verbarg sich hinter Bäumen. Er musste einerseits möglichst nah an das Haupthaus heran, um schnell genug zugreifen zu können, sobald Gordens Ablenkung Erfolg hatte. Andererseits durfte er keinesfalls gesehen werden – dann war sein ganzer Plan in Sekunden gescheitert. Im oberen Stockwerk des Bauernhauses sah er Licht flackern; wer immer dort Wache hielt, sah vielleicht einen Film auf dem Laptop, zockte oder chattete. Er konnte nur hoffen, dass es wirklich Sputnik war.

Er fand ein gutes Versteck an den Überresten des alten Hoftors, das zwischen Resten der ehemaligen Mauern nutzlos auf freier Fläche stand. Dort kauerte er sich zusammen und wartete.

»Na, los, Gorden«, wisperte er. Warum blieb denn alles still? Worauf wartete Gorden? »Komm schon, lass mich nicht hängen.«

Da, jenseits der Bäume erklang ein erstes Bellen. Kurz darauf erhob sich ein Jaulen. Jemand rief um Hilfe, Louis erkannte Gordens Stimme. Das Heulen schwoll an, wurde immer lauter. Am Haus ging ein Fenster auf. Louis ging schnell tiefer in

Deckung, als jemand den Kopf rausstreckte, um besser sehen zu können.

Komm schon, dachte er. *Geh raus, geh mal nachsehen, was da los ist.*

Das Geheul nahm noch mal zu. Dann hörte Louis Herr Gorden rufen: »Hilfe! Hilfe, ist denn hier niemand? Hallo?«

Louis biss die Zähne aufeinander. Am Haupthaus ging die Tür auf und eine schlanke Gestalt erschien. Ein Handydisplay beleuchtete kurzes schwarzes Haar. Sputnik höchstpersönlich!

»Was ist denn los?«, brüllte sie, sie klang genervt. Hoffentlich fiel sie auf den Trick rein.

Hinter den Bäumen gab Gorden eine Antwort, die nur schwer zu verstehen war. Doch die Worte »Hund« und »Fuchsfalle« waren eindeutig.

Sputnik fluchte. Sie zögerte. Gorden rief noch einmal um Hilfe. Sputnik zischte: »Diese asozialen Tierquäler!« und lief los. Hatte er sie doch richtig eingeschätzt.

Louis wartete, bis Sputnik außer Sichtweite war, dann rannte er über den Hof. An keinem Fenster erschien ein Gesicht, Sputnik war offenbar allein. Er erreichte den Brunnen. In der Dämmerung war sein Inneres ein schwarzes Loch. Neben der Brunnenmauer lag eine Strickleiter, deren Ende am Brunnen oben angekettet war. Leise hievte er sie über den Brunnenrand und ließ sie runter. Vorsichtig – die Holzlatten durften keinen Lärm machen, wenn sie gegen das Gemäuer stießen. Er kontrollierte den Halt der Strickleiter, dann stieg er daran hinab in die Dunkelheit. Weit kam er nicht. Nach etwa drei Metern erreichte er den Boden, wo sich Tüten und Taschen mit Beute stapelten. Er musste eine Tasche mit dem Fuß beiseiteschieben, um Platz zum Stehen zu haben. Als er von der Leiter stieg, knirschte unter seinen Füßen Holz. Eine Tüte kippte um, irgendetwas – vielleicht eine kleine Flasche? – rutschte heraus und fiel zwischen den Holzlatten des Bodens hindurch. Tief unter ihm platschte es. Der Brunnen führte also noch Wasser. Louis stand auf einer provisorischen Abdeckung aus Holz. Hoffentlich hielt sie stand. Die Latten wackelten, wenn er das Gewicht verlagerte. Wenn das Ganze einstürzte, war er geliefert – weiter nach unten reichte die Leiter nicht.

Er musste sich beeilen! Gorden konnte Sputnik nicht ewig hinhalten. Er hörte den Hund nicht mehr jaulen, aber vielleicht lag das bloß daran, dass er mehrere Meter unter der Erde war. Eilig packte er Schnapsflaschen und Zigarettenstangen in seinen Rucksack, bis der voll war. Mit der Taschenlampe seines Handys hatte er eine Plastiktüte mit Geldscheinen entdeckt, auch die nahm er mit. Zwei weitere Taschen konnte er zusätzlich tragen – der Rest aber war immer noch so viel, dass man auf den ersten Blick kaum merkte, dass etwas fehlte. So ging sein Plan womöglich nicht auf. Der Kram musste hier weg! Unter seinen Füßen knirschte das Holz bedenklich, mit dem vollgestopften Rucksack wurde er zu schwer, als dass der Zwischenboden ihn tragen konnte. Er kniete sich hin, untersuchte die Latten mit den Fingern. Zwei waren wackelig, aber nicht lose genug, um sie mit bloßen Händen abzureißen. Er musste versuchen, sie einzutreten. Er atmete durch, hielt die beiden Taschen, die er mitnehmen wollte mit der einen und die Strickleiter mit der anderen Hand fest. Dann wippte er auf und ab, erst ganz vorsichtig, dann fester. Schließlich sprang er. Die Latten gaben nach, es krachte lauter, als er gedacht hatte; Louis brach ein. Der Schmerz schoss ihm durch die Schulter, als er plötzlich mit seinem ganzen Gewicht an einem Arm hing. Seine Füße baumelten in der Luft und fanden die verbleibenden Latten nicht. Die schweren Taschen zogen an ihm. Endlich gelang es ihm, den Holzboden zu ertasten und wieder mehr oder weniger festen Boden unter die Füße zu bekommen. Eilig schob er die übrigen Taschen und Tüten zu der Lücke zwischen den Brettern. Es platschte durch den Hall nervenzehrend laut, als die Sachen ins Wasser fielen. Hoffentlich hatte niemand das Krachen gehört. Er griff nach den zerbrochenen Holzlatten und zog sie wieder nach oben. Sie ließen sich einigermaßen zusammenstecken. Perfekt, von oben würde es aussehen wie komplett leer geräumt. Beladen mit Rucksack und zwei schweren Taschen kletterte er die Strickleiter wieder hoch. Nun nichts wie weg hier – die Aktion hatte länger gedauert, als er gedacht hatte. Herr Gorden und seine Hunde waren nicht mehr zu hören, das war kein gutes Zeichen. Ob Sputnik schon auf dem Rückweg war? Er konnte niemanden sehen, alles schien ruhig. Vorsichtshalber schleppte er die Taschen außen um das Haupthaus herum, um Sputnik nicht im letzten Moment damit in die Arme zu laufen. Er atmete erst wieder durch, als er in den Schutz der Bäume eintauchte.

»Wo bleibst du denn?«, rief ihm Gorden leise entgegen, als er zum Auto kam. »Du hast vielleicht Nerven, mich hier warten zu lassen. Ich dachte, es wäre etwas schiefgegangen.« Die Hunde saßen bereits wieder im Kofferraum.

»Das Zeug muss in Ihr Auto!«, sagte Louis, und Gorden fragte nicht, sondern öffnete die Tür zur Rückbank. Louis warf die Taschen hinein und sprang hinterher. »Fahren Sie, los, fahren Sie!«

Herr Gorden zog eine Miene, dass es einem Angst und Bange werden konnte, aber er fuhr. »Wohin?«, fragte er bloß, und Louis nannte ihm den Ort, den er sich ausgedacht hatte: die alte Fabrikruine. Dort würde er die Beute verstecken. Danach musste er nur noch geschickt timen und jeden seiner

Schritte perfekt platzieren. Nur noch – man hätte darüber lachen können, wenn die Lage nicht so ernst gewesen wäre.

»Das haben Sie cool gemacht«, musste er vor Herr Gorden zugeben.

»Meine lieben Mädchen heulen, wenn ich es vormache«, sagte Gorden und warf den Hündinnen im Kofferraum einen stolzen Blick durch den Rückspiegel zu. »Ich konnte der jungen Frau weismachen, dass Bonnie in eine Falle getreten war, ich es nach vielen Versuchen aber doch allein geschafft habe, sie zu befreien, und sie nun dringend zum Tierarzt bringen muss. Ich hab sie um ihr Handy gebeten und bei Frau Doktor Buchner angerufen – da kam um die Zeit natürlich nur die Bandansage. Aber damit konnte ich sie etwas hinhalten.«

»Hat sie sich nicht gewundert, dass Bonnie keine Verletzung hatte?«

»Ich bin ja nicht dösig«, erwiderte Gorden. »Ich habe Bonnie die Pfote zuvor mit meinem Halstuch verbunden.«

»Und die Falle?«

Gorden griff in die Innentasche seines Parkas und zog ein Stück rostigen Draht hervor. »Hier, schau mal. Die haben irgendwelche Rowdys vor ein paar Tagen in der Nähe im Wald aufgestellt. Ganz dilettantisch, damit hätte man nicht mal ein Karnickel fangen können. Aber das wusste die junge Frau ja nicht, und die Verrückten, die sie aufgestellt haben, bestimmt auch nicht. Hab sie noch angeschnauzt, ob sie und ihre Hausbesetzer auf dem alten Hof was damit zu tun haben und ob ich mal die Polizei informieren muss. Da ist sie ganz nervös geworden.«

»Wundert mich nicht«, sagte Louis knapp. Er war Gorden dankbar für seinen Einsatz, aber er konnte sich nicht auf das Gespräch konzentrieren, solange Lizzie in Ramons Gewalt war.

»Du hast mir gar nicht gesagt, dass die Wache ein junges Mädel ist.«

»Ändert es was?«, fragte Louis. Gorden brummte.

Bonnie und Annie ließen ihm immer noch die Augen tränen und die Kehle kratzen, aber Louis begann, sie zu mögen. Ein bisschen.

Er checkte seine Anrufe. Ramon hatte versucht, ihn zu erreichen. Er schickte ihm eine SMS: **Gib mir eine halbe Stunde. Ich bin dran!**

Das will ich dir auch geraten haben!, schrieb Ramon zurück.

Louis biss die Zähne zusammen. Nur noch geschickt timen. Nur noch jeden seiner Schritte perfekt platzieren. Er würde das schaffen.

Kapitel 54

Wenig später war die Beute an einem guten Platz versteckt, und Herr Gorden nahm Louis mit zurück zu sich nach Hause, wo sein Fahrrad stand.

»Sie wissen Bescheid«, sagte Louis zum Abschied. »Ich brauche die Polizei um exakt halb zwölf – keine Minute früher. Sie dürfen erst fünf Minuten früher anrufen, sonst geht alles schief und es wird mordsgefährlich für Lizzie und mich. Ich melde mich bei Ihnen, wenn sich etwas verschiebt.«

»Pass bloß auf, Junge. Mir gefällt das Ganze gar nicht.«

Ihm gefiel es auch nicht, aber hatte er eine Alternative? »Ab jetzt ist alles easy, das Schlimmste haben wir geschafft.«

»Louis, du wirst rot, wenn du lügst, weißt du das?«

Nur, wenn es ihm leidtat. Aber Louis antwortete nicht, sondern hob die Hand zum Gruß und trat in die Pedale. Während der Fahrt rief er Ramon an.

»Ich krieg den Kram nicht auf einmal weg, Ramon«, sagte er. »Das ist so verdammt viel – ein ganzer Raum voll. Ich kann jetzt ein paar Teile mitbringen, aber wenn Sputnik merkt, dass was fehlt, wird sie den Rest sofort in Sicherheit bringen. Dann geht uns der Großteil durch die Lappen.«

Ramon überlegte eine Weile. Dann sagte er mit schwerer Zunge: »Okay. Wir gehen alle zusammen. Alle.« Was war mit ihm los, warum sprach er so langsam? Was immer er genommen hatte, es ließ allmählich nach. Das war nicht gut. Ramon war high gefährlich genug, aber so nervös und fahrig war er unberechenbar. »Dass du mich auch ja nicht verscheißerst, Kleiner! Ich schicke jemanden, der dich abholt.«

»Gut. Ich warte auf euch.« Er drückte das Gespräch weg und rief Sputnik an.

»Was willst du, Louis?«, fuhr sie ihn an. »Du hast Nerven, hier anzurufen!« Inzwischen hatte sie offenbar gemerkt, dass die Aktion mit dem Opa nicht nach Plan gelaufen war.

»Hör mir zu.« Er sprach leise, gerade so laut, wie es sein musste, damit sie ihn trotz seines klappernden Fahrrads verstand, und versuchte, so eindringlich wie nur möglich zu klingen. »Ich hab dich angelogen, Nicky. Ich bin keiner von euch. In Wirklichkeit gehöre ich zu einer anderen Gang. Der Boss heißt Ramon.«

»Nie gehört«, erwiderte sie. Ihre Stimme klang belegt. Sie bekam Schiss!

»Ramon arbeitet für den Hehler mit der großen Nase«, sagte Louis und Sputnik zog scharf die Luft ein und zischte einen derben Fluch. »Die wollen dich ausräumen, Nicky, beide zusammen. Ramon hat mich gezwungen, euer Beuteversteck auszuspionieren und es ihm zu verraten, damit er es dann billig an den Hehler verticken kann.«

»Ich wusste von Anfang an, dass man dir nicht trauen kann. Du miese, kleine Ratte, wenn ich dich in die Finger bekomme –«

»Nicky!«

»Nenn mich nicht so, du Missgeburt!«

»Hör zu, ich hatte keine Wahl, er hat mich erpresst. Ich will dich bloß warnen. Sie kommen heute noch zum Hof, um die Sachen zu holen!«

Er hörte sie auf dem Holzfußboden herumlaufen und ein Fenster öffnen. Er glaubte sogar, den Wind in den Obstbäumen zu hören. Sie durfte auf keinen Fall zu schnell merken, was Sache war. Er brauchte ein bisschen Zeit. Wenn sie erst die Gang zusammentrommelte und dann realisierte, dass der Brunnen bereits leer geräumt war, sollte das ausreichen.

»Er wird mit mehreren Leuten kommen, Sputnik. Und bewaffnet! Geh auf keinen Fall alleine hin und pass auf, dass Alina zu Hause bleibt. Ihr habt eine Chance, ihn zum Teufel zu jagen, er weiß ja nicht, dass ich dich gewarnt habe.«

»Warum machst du das?«, fragte sie. Der Ton hatte sich verändert, sie hatte ihn auf den Lautsprecher gelegt und er hörte das leise Plingen, mit dem sie über WhatsApp Nachrichten sendete und empfing. Sehr gut, sie rief höchstwahrscheinlich ihre Gang zusammen und ging ihm damit voll auf den Leim.

»Wegen …«, er schluckte, »… Alina.« Auf die eine Lüge kam es jetzt nicht an. »Bitte glaub mir, Ramon hat mich gezwungen, euch zu verraten. Es tut mir total leid, ich wollte das nicht. Kennst du die alte Fabrik am Stadtrand hinter dem Industriegebiet? Richtung Autobahn?« Sag Nein, bat er innerlich. Aber warum sollte sie sie kennen? Das Gelände lag vollkommen versteckt.

»Keine Ahnung, was du meinst«, erwiderte sie. »Warum?«

»Weil Ramon dort die Übergabe mit dem Hehler plant. Und zwar noch heute Nacht. Soweit ich weiß, ist er schon auf dem Weg dorthin. Wenn ihr vor dem Römer dort seid, könnt ihr euch die Sachen zurückholen. Aber ihr müsst euch beeilen.« Er bog in seine Straße ein. Ramon und die anderen waren noch nicht da.

»Ich weiß von keiner Fabrik!«

»Die findest du schon!«, sagte er schnell. Noch mal ein paar Minuten Zeit für ihn. »Muss auflegen!« Dann schaltete er sein Handy aus, fuhr zur Haustür und warf es sicherheitshalber in den Briefkasten. Keine Sekunde zu spät – Tobis Auto bog bereits um die Ecke.

* * *

Wie spät mochte es sein? Ob es schon Nacht war oder gar Morgen?

Sie hatte sich in eine Ecke gesetzt, die Beine an den Körper gezogen und die Stirn auf ihre Knie gelegt. So hatte sie gewartet, gehofft, geweint und irgendwann aus verzweifelter Erschöpfung heraus ein wenig gedöst. Ihre Augen waren komplett ausgetrocknet, jedes Blinzeln tat weh. In kleinen Schlucken hatte sie von dem Wasser getrunken, das man ihr hingestellt hatte. Es hinterließ einen schalen Geschmack auf ihrer Zunge und erinnerte sie daran, wie hungrig sie war. Ihr Handgelenk schmerzte; jede Bewegung war wie ein Stich.

Wie lange wollten die sie noch hier unten einsperren?

Irgendwann tat sich etwas. Liz hörte ihre Schritte und Stimmen jetzt lauter. Sie rappelte sich auf und musste sich kurz an der Wand abstützen, weil ihr schwindelig wurde. Dann taumelte sie zur Tür und legte das Ohr an die Wand, um zu lauschen.

»Halt endlich dein Maul!«, brüllte jemand so laut, dass sie es auch in der hintersten Ecke des Raums gehört hätte. War das Ramon? Sie konnte es nur vermuten. »Du sagst mir jetzt sofort – sofort – wo mein Kram ist, sonst …«

»Ich will erst sehen, dass es Liz gut geht!«

Louis! Ihr Herz setzte einen Schlag aus, um dann wie verrückt loszurasen. Das war Louis! Sie konnte sich gerade noch davon abhalten, seinen Namen zu schreien und gegen die Tür zu trommeln.

Mehrere Stimmen antworteten ihm. »Du hast hier gar nichts zu melden«, war das Einzige, was sie verstand. Irgendwer schien Louis aber auch beruhigen zu wollen. »… geht ihr gut …«, glaubte sie zu hören.

»Nein!«, sagte Louis laut und deutlich. »Erst spreche ich mit Liz. Dann bringe ich euch zu dem Ort.«

Einen Moment war es ruhig. Dann hörte sie einen dumpfen Schlag, ein Keuchen und danach mehrere, klatschende Geräusche. Sie drückte sich die Faust vor den Mund vor Entsetzen. Sie schlugen ihn! Die schrecklichen Geräusche hörten gar nicht mehr auf, es schien ein endloses Prügeln zu sein und immer wieder vernahm sie Louis' Keuchen. Panisch schlug und trat Liz gegen die Tür. Louis war allein gegen fünf oder sechs andere – und sie hörte den Aufschlag der Fäuste bis hier herunter!

»Hört auf!«, schrie sie, aber es schien niemanden zu kümmern. Wahrscheinlich hörte sie auch niemand.

Plötzlich vernahm sie lautes Poltern auf der Treppe und dann schlug etwas dumpf gegen die Tür. Liz wusste, was *es* war, aber sie versuchte, es nicht in ihrem Bewusstsein ankommen zu lassen. Eine Weile passierte gar nichts und Stille dehnte sich aus. Sie kniete nieder und legte die Hand an die Tür, genau dorthin, wo sie den Aufschlag gehört hatte.

Steh auf, dachte sie. *Bitte steh auf, bleib da nicht liegen.*

Dann folgten laute Schritte auf der Treppe und die Tür wurde aufgeschlossen. Der Akne-Junge packte sie und zog sie aus dem Raum, zwei andere zerrten Louis auf die Füße. Liz glaubte, ihre Beine würden unter ihr nachgeben. Da war überall Blut. Es verklebte ihm glänzend und dunkel die Haare und verschmierte den Fußboden und die Tür.

»Wollt ihr ihn umbringen?«, schrie Liz. Oder hatten sie das bereits? Sein Kopf hing vornüber. Die Haare bedeckten seine Augen, sodass sie nicht sehen konnte, ob er bei Bewusstsein war. Irgendjemand holte die Wasserflasche und kippte sie ihm über den Kopf. Er kam zu sich, schnappte nach Luft, verschluckte sich und keuchte. Dann sah er sie an. Prüfend.

Bist du okay?

Sie nickte. Und obwohl eins seiner Augen zuzuschwellen begann und ihm das Wasser mit ein bisschen frischem Blut darin hellrot über Stirn und Nase rann, schaffte er es noch, ihr den Anflug eines Lächelns zu schenken, das vermutlich Zuversicht ausdrücken sollte.

»So«, sagte Ramon, den Liz zunächst gar nicht wahrgenommen hatte. »Da hast du's, es geht ihr gut.« Er sah sie scharf an. »Es geht dir doch gut, nicht wahr? Los, sag ihm, dass es dir gut geht.«

Sie nickte.

»Brav.« Ramon setzte sich breitbeinig auf die Treppe. »Dann sag uns, wo wir hinmüssen, Kleiner.«

Louis würgte. Er quetschte ein paar unverständliche Laute hervor, dann schüttelte er den Kopf und versuchte es noch mal. »Die alte Metallfabrik. Richtung A 46.«

»Dann fahren wir mal!«, sagte Ramon.

»Liz nicht!«, rief Louis.

Ramon kniff die Augen zusammen. »Ach. Das entscheidest du? Tut mir leid, Louis, aber da irrst du dich. Warum sollten wir sie hierlassen?«

»Ramon«, mischte sich der Bullige ein. »Sie hat eben versucht abzuhauen. Sie ist natürlich nicht weit gekommen, aber vielleicht lassen wir sie doch besser hier.«

Ramon schmunzelte, als amüsierte er sich über einen nett

gemeinten, aber dummen Vorschlag. »Und auf wen von euch soll ich verzichten, damit er hier den Babysitter machen kann? Und was, wenn unser Kleiner hier wieder aufmuckt, kaum dass sie weggeschlossen ist?«

»Mach ich nicht!«, sagte Louis. Dass man sie mitnehmen wollte, schien ihn mit Panik zu erfüllen. Wenn er einen Plan gehabt hatte, dann lief dieser gerade kolossal schief. Was konnte sie tun?

»Sie kommt mit.« Ramon richtete sich schwerfällig auf und griff an seinen Rücken auf Höhe des Hosenbunds. Als er die Hand wieder nach vorne zog, hielt er ein Butterfly-Messer und ließ es aufschnappen. Ganz nah ging er an Louis heran und streifte ihm mit der Klinge am Bauch entlang. Liz wollte wegsehen, aber sie konnte nicht.

»Die werden sich bestens benehmen, Romeo und Julia«, sagte Ramon leise. »Denn wenn der eine muckt, stech ich den anderen ab!«

Kapitel 55

Ramon verzichtete darauf, ihr etwas über den Kopf zu legen, als sie Liz nach draußen und zum Auto führten. Ob das ein gutes oder ein schlechtes Zeichen war, konnte sie nicht beurteilen. Aber inzwischen war es vor dem Haus stockfinster und sie konnte ohnehin kaum noch etwas sehen. Es war ein anderer Wagen als vorhin, in den sie jetzt steigen musste. Sie schoben Louis zu ihr auf die Rückbank, jemand warf ihr ein zusammengeknülltes, klammes Küchentuch in den Schoß.

»Sieh zu, dass er wach bleibt!«, sagte Ramon zu ihr und setzte sich auf den Beifahrersitz.

Sehe ich aus wie eine verdammte Ärztin?, wollte sie schreien, aber sie traute sich nicht und griff nach dem Tuch. Louis wirkte desorientiert, er sah sie zwar an, aber er schien Schwierigkeiten zu haben, seinen Blick zu fokussieren.

»Tut mir leid«, murmelte er. »Ich wollte nicht, ich …«

Sie tupfte ihm vorsichtig etwas Blut ab. »Nicht jetzt. Ist okay.« Sie wollte nicht mit ihm reden, wenn Ramon zuhörte. Er schien ihr auch nicht in der Verfassung zu sprechen. Seine Nase blutete, seine Lippe ebenso, und unter dem Haaransatz hatte er eine große Platzwunde und eine Schwellung von der Größe eines Hühnereis. Er saß gekrümmt, vermutlich tat ihm der Bauch weh, wenn nicht der ganze Körper. Was sollte sie da ausrichten? Er musste ins Krankenhaus! Stattdessen rappelte er sich auf, soweit er konnte, hielt sich an den Kopfstützen der Vordersitze fest und gab knappe Anweisungen, wohin der Bullige fahren sollte. Zwischendurch blickte er immer wieder auf seine Armbanduhr. Wiederholt geriet er ins Schwanken und kippte gegen den Sitz. Irgendwann konnte sie es nicht mehr mit ansehen. Sie zog ihn an sich. »Bleib so, du brichst sonst gleich zusammen. Du könntest eine Gehirnerschütterung haben. Ist dir schlecht?«

Er stieß Luft aus. »Mir ist ständig schlecht.«

In der nächsten Kurve, die der Bullige zu schnell nahm, kippte Louis seitlich gegen Liz, bis er ihr fast in den Armen lag. Er flüsterte etwas, zuerst dachte sie, er würde das Bewusstsein verlieren und fantasieren, aber dann verstand sie einzelne Worte.

»… ist wie in deinem Traum. Wenn wir fallen … hab keine Angst.«

Was sollte das bedeuten? Ihr stiegen neue Tränen in die Augen vor Angst um ihn. War das alles vielleicht auch ihre Schuld? Wäre es nicht passiert, wenn sie nicht Schluss gemacht hätte?

Louis blickte auf ihr Kleid, seine Mundwinkel zuckten. »Trägst du deine Sachen jetzt doch?«, fragte er leise.

»Woran siehst du, dass es von mir ist?«

»Es ist so sehr … deins. *Unique.*«

»Schnauze!«, blaffte Ramon vorne.

Louis wandte sich mühsam wieder nach vorn und sagte weiter den Weg an. Schließlich ließ er den Fahrer auf einem rissigen, halb überwucherten Zufahrtsweg am Straßenrand anhalten. Ramon stieg zuerst aus und holte eine Taschenlampe aus dem Kofferraum. Sie brauchten sie dringend, als auch der

Fahrer des zweiten Wagens, der hinter ihnen parkte, den Motor abschaltete und die Scheinwerfer erloschen. Weit abseits aller Straßenlaternen und Häuserbeleuchtungen war es stockfinster.

»Sag mir, wie spät es ist«, flüsterte Louis, bevor sie ausstiegen, und hielt ihr seine Armbanduhr hin.

»Warum soll ich –«

»Sag's mir!«

»Viertel nach elf.« Was war mit ihm los? Er hatte eben mehrere Male auf die Uhr gesehen. Konnte er sie nicht mehr richtig erkennen? Bestimmt hatte er eine Gehirnerschütterung. Aber das interessierte hier außer ihr niemanden.

Ramon befahl ihnen, auszusteigen.

»Hier durch«, sagte Louis und deutete zwischen zwei Büsche. Der Bullige – Liz hatte gehört, dass er Tobias hieß – stützte ihn oder passte auf, dass er keinen Fluchtversuch unternahm. Schwer zu sagen, was ihm wichtiger war. Liz wurde von Akne-Gesicht am Handgelenk festgehalten. Seine schweißnassen Hände widerten sie an, aber jede Bemühung, sich von ihm loszureißen, bewirkte bloß, dass er noch fester zupackte und ihr die Blutzufuhr in die Finger abquetschte. Sie schlugen sich durchs Gebüsch. Die beiden Taschenlampen beleuchteten den Weg nur minimal und Liz kratzte sich die Waden im Gestrüpp auf. In ihrem verschwitzten, kurzen Kleid begann sie zu frieren.

Nach einer Weile erreichten sie einen Drahtzaun. Ramon pöbelte los, Louis hätte den Zaun vorher erwähnen müssen, da sie nun kein Werkzeug dabeihatten, aber Louis löste sich von Tobias und trat an eine Stelle, wo die Drähte über fast zwei Meter aufgeschnitten und fast unsichtbar wieder zusammengehakt waren. Er öffnete sie wie eine Knopfleiste; mühsam, Haken für Haken, bis alle hindurchgehen konnten.

Das Gelände lag, soweit Liz es in den unruhig hin und her

zuckenden Lichtkegeln der Lampen erkennen konnte, komplett brach. Die ersten Überreste von Mauern und Ruinen waren von Pflanzen überwuchert, als gehörten sie in die Kulisse eines düsteren Endzeitfilms. Je weiter sie gingen, desto größer wurden die Ruinen, bis zuletzt fast vollständig erhaltene Gebäude auftauchten. Hier sah sie auch die ersten Graffitis, wenn das Licht die Wände streifte. Es mussten Hunderte sein. Ihr erster Gedanke war, dass viele Sprayer herkamen, aber dann erkannte sie, was allen Bildern gemeinsam war: Keins davon hatte ein Tag. Und damit war ihr klar, wo sie sich befand. Die Fabrikruine war Louis' Atelier und seine private Ausstellung.

Louis führte sie schwankend, aber zielstrebig zu einem großen Gebäude, das zentral stand und sich von den anderen dadurch unterschied, dass es hier sogar noch vereinzelte Fensterscheiben und Türen gab. Im oberen Bereich des Torbogens hingen noch die Überreste eines abgerissenen Rolltors wie ein zerrissener Vorhang. Ramon folge Louis und Tobias dichtauf, Akne-Gesicht schob Liz hinterher. Die anderen Gangmitglieder trotteten mit etwas Abstand nach und versuchten zu schleichen und zu flüstern, aber die Mauern, Wände und hohen Decken warfen jedes noch so kleine Geräusch zurück und ließen es hallen.

»Da hoch«, wisperte Louis. Ramon leuchtete in die ihm gezeigte Richtung und eine Treppe schälte sich aus dem Schwarz.

Liz verstand nicht, warum sie so leise sein mussten. War diese andere Gang, der Ramon etwas stehlen wollte, etwa hier? Der Ort bot tausend dunkle Verstecke. Langsam begriff sie, warum Louis sie nicht hatte mitnehmen wollen. Ihr Zittern wurde zu einem Beben, das ihre Zähne klappern ließ.

»Passt auf, wo ihr hintretet«, sagte Louis, bevor Liz den ersten Fuß auf die Treppe setzte. Sie war aus Stein, aber die Platten waren nicht mehr richtig fest und wackelten unter ihren Füßen. Ein falscher Tritt, und man rutschte mitsamt der Stufe wieder runter. Nach einer Etage gab es nicht mal mehr ein Geländer, doch Louis führte sie weiter nach oben. Niemand leuchtete in den finsteren Abgrund, sie konnte nur raten, wie tief es hinunterging, und hielt sich eng zwischen der Wand und Louis, auch wenn das bedeutete, Ramon direkt hinter sich zu wissen.

Auf der zweiten Etage ging Louis in den Flur und begann, wahllos Türen zu öffnen oder Ramon in Räume leuchten zu lassen, die keine Tür mehr hatten.

»Es muss hier irgendwo sein«, murmelte er. Er schwankte wieder stärker und biss die ganze Zeit die Zähne zusammen. Das Treppensteigen musste ihn sehr angestrengt haben. Die Jungs, die ihnen wie Schatten folgten, sahen sich genervt an, irgendwer stöhnte.

»Was soll das heißen – hier irgendwo?« Ramon verlor die Geduld. »Weißt du jetzt, wo das Zeug ist, oder nicht?«

Durch ein eingeschlagenes Fenster hörte Liz ein Geräusch von draußen. Zunächst dachte sie, sie hätte es sich eingebildet, aber Louis sah sich auch um und Tobias leuchtete mit der Lampe in die Richtung. Es war nichts zu erkennen.

»Ungefähr«, sagte Louis.

Ramon trat vor und schubste Louis gegen eine Wand. »Ungefähr? Du willst mich wohl verarschen?«

»Vielleicht war es eine Etage weiter oben«, sagte Louis und fasste sich an die Stirn.

»Wie blöd bist du?«, brüllte Ramon und wollte ihn ein weiteres Mal schubsen, aber diesmal zerrte sich Liz von Akne-Fresse frei und ging dazwischen. »Lass ihn in Ruhe! Er hat mindestens eine Gehirnerschütterung! Da verliert man schon mal die Orientierung, das ist doch nicht seine Schuld!«

Ramon wollte etwas erwidern, aber Louis war schneller. »Moment, ich erinnere mich. Es war wirklich eine Etage höher.«

Das bedeutete, die wackelige Treppe ohne Geländer noch weiter hochzusteigen. Liz hätte am liebsten geheult. Je höher sie kamen, desto unangenehmer pfiff der Wind durch die Ruine. Die Böen waren nicht stark genug, um sie aus dem Gleichgewicht zu bringen, aber es fühlte sich fast so an. Sie blieb ganz dicht neben Louis. Selbst der Wachhund Tobias hatte ihn losgelassen und ging hinter ihm. Offenbar merkte langsam selbst er, dass Louis hier keine Chance hatte, abzuhauen. Diese Treppen hinunterzurennen wäre Selbstmord gewesen, auch ohne Gehirnerschütterung und eine Gang auf den Fersen.

Plötzlich ertönten von unten Geräusche. Zugleich sackte Louis in die Knie. Liz versuchte ihn festzuhalten, aber er war zu schwer und kippte bedenklich in Richtung der offenen Treppenseite. Liz entwich ein Schrei. Tobias packte beherzt zu, aber die abrupte Bewegung des bulligen Kerls ließ eine Treppenstufe brechen, und sie stürzten die letzten Stufen hoch und erreichten die Etage auf den Knien. Tobias' Taschenlampe rollte über den Rand und fiel in die Tiefe.

»Hier war es«, stöhnte Louis. Von unten waren nun klar Schritte und Stimmen zu hören. Ramon brüllte einen derben Fluch. Hinter ihm und Tobias schwankte Louis auf Liz gestützt in einen offen stehenden Raum, den Ramons Lampe allein nur schwach beleuchtete. Im hinteren Bereich gab es eine Tür, davor standen ein riesiger Rucksack und zwei Taschen. Der Rest der Gang schloss auf und blieb dicht hinter ihnen stehen. Ramon schrie: »Das kann nicht alles sein!«, und rannte zu der Hintertür. Louis zog Liz an den Schultern zu sich und sah ihr ins Gesicht. Für eine Sekunde war sein Blick glasklar, und auch wenn ein Auge zugeschwollen war, glitzerte das andere umso mehr. Als wüsste er sehr viel. »Denk dran, keine Angst!«

Er zog sie mit sich, zwei Schritte zur Seite. Und dort gab plötzlich der Boden unter ihnen nach, als wäre er bloß aus Pappe. Sie schrie, doch bevor sie begriffen hatte, dass sie fiel, prallte sie bereits auf etwas Weiches. Louis landete neben ihr, konnte sich aber nicht abrollen, sondern klatschte auf den Boden. Liz brauchte einen Augenblick, um sich zu orientieren. Sie waren tatsächlich durch Pappe gestürzt – zerrissene Kartons waren mit ihnen durch das Loch in der Decke gefallen. Gelandet war sie auf zerfetzten Polstern, vielleicht von alten Bürosesseln. Louis war auf den Boden gefallen, aber er rappelte sich schon wieder auf. Über ihnen schien ein Krieg zu toben, so laut und wütend klangen Gebrüll und Getrampel.

»Komm, wir müssen hier weg!«, flüsterte Louis und zog sie an der Hand mit sich. Wie der Raum über ihnen hatte auch dieser eine Tür nach vorn zum Flur und eine zweite nach hinten. Sie nahmen die hintere, durchquerten ein weiteres Zimmer und liefen zum Fenster.

»Feuertreppe!«, keuchte Louis. Er blinzelte viel zu hastig, und als er nach ihr griff, um sie zum Fenster zu schieben, fasste er zwei Handbreit an ihr vorbei.

»Du kannst so nicht runterklettern!«, wisperte sie. »Du wirst abstürzen, du –«

»Ich schaff das.«

»Nein!« Sie zog ihn vom Fenster weg. Er wehrte sich, aber es war erschreckend, wie wenig er ihr noch entgegenzusetzen hatte.

»Lizzie, wenn die dich finden! Die Polizei braucht noch ein paar Minuten.« Er sah auf seine Uhr, aber es war zu dunkel, um die Ziffern erkennen zu können. »So lange müssen wir durchhalten, Lizzie! Los, die anderen sind gleich da!«

Ein zweites Mal versuchte er, sie zum Fenster zu schieben. Das waren mindestens acht Meter. Wenn er da das Bewusstsein verlor … Liz sah sich hastig um. In dem Raum standen noch ein Schreibtisch und ein offener Bürospind aus Metall. Sie hielt inne und lauschte. Er hatte recht, die Schritte kamen näher. Sie hörte nun auch eine Frauenstimme wütende Befehle und Beschimpfungen brüllen. Wer auch immer da draußen war – keiner von denen war auf ihrer Seite. Schnell zog Liz ihre Schuhe aus und warf sie aus dem Fenster, einer landete auf dem ersten Absatz der Feuerleiter, der andere fiel ins Dunkel.

»Was machst du?«, flüsterte Louis.

»Falsche Spuren legen. Komm!« Sie zog ihn energisch zu diesem Schrank und drückte ihn hinein. »Leise, Louis, ganz still.« Sie musste ihm helfen, die Füße an den Körper zu ziehen. Dann schlüpfte sie in den engen Raum neben ihn. Um beide Schranktüren zuziehen zu können, legte sie ihm einen Arm um die Schultern. Er stöhnte verhalten, vermutlich spürte er seine Verletzungen erst jetzt wieder. Sie kannte das von Tieren, die nach einem Unfall versorgt werden mussten: Erst merkte man ihnen nichts an, sie liefen selbst mit schlimmen Wunden herum, als wäre nichts gewesen. Aber dann, wenn man sie zur Ruhe zwang, ließ das Adrenalin nach und die Schmerzen kamen. Louis krümmte sich und sie konnte nichts tun.

»Ganz still jetzt«, hauchte sie. Es war so eng, dass sein Haar ihre Lippen berührte, wenn sie das Gesicht zu seiner Seite drehte. Sein Kopf lehnte an ihrer Schulter. Sie hatten sich keinen Augenblick zu früh versteckt. Schritte polterten durch den Raum und blieben genau vor dem Schrank stehen. Liz hielt die Luft an. Louis schien es ihr gleichzutun. Obwohl es stockdunkel im Schrank war, schloss sie die Augen. Mehr als hoffen konnte sie jetzt nicht mehr. Aber nach einer gefühlten Ewigkeit ging, wer immer da war, weiter, vermutlich zum Fenster. »Scheiße«, hörte sie eine Männerstimme sagen. Die Schritte hallten erneut am Schrank vorbei. »Die sind aus dem Fenster getürmt!«, rief der Mann. »Los, runter, die greifen wi–« Polizeisirenen setzten in der Ferne ein, rissen ihm das Wort von den Lippen und ersetzten es durch ein Schimpfwort.

Schreie und hektische Schritte waren zu hören, die sich eilig entfernten.

Liz atmete langsam aus und wieder ein. »Gleich«, formte sie mit den Lippen an Louis' Stirn. »Gleich haben wir es geschafft.« Er reagierte nicht. »Louis?«, flüsterte sie. Wenn sie ihre Finger verkrampfte und die Schmerzen im Handgelenk ignorierte, gelang es ihr, beide Spindtüren mit einer Hand festzuhalten und mit der zweiten nach seinem Gesicht zu tasten. Es war eiskalt und klebrig nass, ob von Schweiß oder Blut, konnte sie nicht sagen. Atmete er noch? Sie selbst atmete zu schnell und zu hastig, um es fühlen zu können. Sie suchte nach seinem Puls an der Halsschlagader, aber sie konnte nichts finden. Das musste am Zittern ihrer Hände liegen. Draußen wurde das Sirenenheulen lauter und lauter. Dann hörte sie etwas wie eine Lautsprecherdurchsage; eine dröhnende Stimme, die verkündete, dass das Gebäude umstellt war.

Jetzt schien die Hölle loszubrechen. Sie hörte Stimmen, Rufe, Schritte – alles durcheinander, sodass sie überhaupt keine Vorstellung bekam, was da vor sich ging. War die Polizei schon im Gebäude?

»Komm schon, Louis«, flüsterte sie. »Du ziehst nicht eine solche Aktion durch und machst dann schlapp!« Denn langsam sickerte ihr ins Bewusstsein, dass er alles geplant haben musste. Von der Fahrt hierher über die Umwege auf die zweite Etage, mit denen er Zeit schinden konnte, bis die Polizei kam, bis hin zu dem Loch in der Decke und den Polstern, die darunter lagen. Selbst die Panik, als Ramon darauf bestanden hatte, sie mitzunehmen, musste geschauspielert gewesen sein. Er hatte darauf spekuliert, dass sie zusammen hier sein würden.

Verdammt, warum fand sie keinen Puls? Sie wusste, wie man danach suchte, sie machte es in der Praxis ständig und fand ihn selbst bei den kleinsten Tierchen, wenn diese zappelten und um sich bissen. Warum bebten ihre Hände jetzt so? Sie schüttelte ihn, schlug ihm erst leicht gegen die Wange und dann, weil keine Reaktion kam, etwas fester.

»Verdammt, Louis«, presste sie zwischen den Zähnen hindurch.

Immer wieder hallten Schritte vorbei – womöglich zur Feuerleiter. Sie musste Louis hier rausbringen, aber was, wenn sie die Tür öffnete und plötzlich Ramon mit seinem Messer gegenüberstand?

»Halt durch!«, flüsterte sie, ohne eine Ahnung, ob es dafür nicht schon zu spät war. Dann wiederholte sie es lauter, unter Schluchzen. Wann hatte sie angefangen zu weinen? Es war ihr egal, sie weinte ungehemmt in Louis' Haare, war doch ohnehin alles egal. Ihr Schluchzen wurde lauter, ohne dass sie etwas daran ändern konnte, während draußen der Lärm anhielt.

Plötzlich wurde die Tür aufgerissen. Liz schrie auf. Licht traf sie unvermittelt. Sie sah nichts außer gleißender Helligkeit. Von irgendwoher hörte sie eine Frauenstimme, die sie entfernt an Andrea erinnerte. Aber die Worte waren keine, die Andrea je gesagt hätte: »Polizei! Ich will Ihre Hände sehen!«

Liz' Hände mitsamt ihrer Arme hatten ein Eigenleben. Sie klammerten sich an Louis. Sie konnte selbst nicht sagen, ob sie ihn hielt oder sich an ihm festhalten musste. Die Hände sollte sie zeigen? Das ging nicht, sie konnte es ebenso wenig, wie Louis es konnte. Eine zweite, weit jüngere Stimme sagte leise: »Lass mal, Christine, tu die Lampe runter.« Das Licht wurde erträglicher, doch Liz sah immer noch dunkle Sterne tanzen. Sie spürte eine Hand auf ihrem Unterarm. »Ganz ruhig. Seid ihr die Kids, die uns gerufen haben? Seid ihr verletzt?«

»Ich weiß nicht«, flüsterte Liz. »Louis. Können Sie einen Notarzt für Louis rufen?«

Kapitel 56

Als Liz erwachte, fühlte es sich an, als hätte sie alles nur geträumt. Allein die Tatsache, dass sie traumlos geschlafen hatte, verwirrte sie über alle Maßen. Sie musste ihr bandagiertes Handgelenk bewegen, bis stechende Schmerzen hindurchfuhren, um glauben zu können, dass alles wirklich passiert war.

Die Uhr zeigte halb zehn, aber lange konnte sie nicht geschlafen haben. Sie ließ den Abend noch einmal vor ihrem inneren Auge ablaufen und wunderte sich, wie sie überhaupt hatte einschlafen können. Nachdem die Polizistinnen – eine strenge mit kritischem Blick und eine jüngere, sehr herzliche, die sie getröstet hatte – sie aus dem Schrank geholt hatten, war noch eine gefühlte Ewigkeit vergangen, bis die ersten Sanitäter und der Notarzt eintrafen. Louis war immer noch ohne Bewusstsein gewesen, als sie ihn wortkarg, eilig, aber ohne Hektik auf eine Trage gelegt und in den Rettungswagen geladen hatten. Liz hatte in einem anderen Krankenwagen fahren müssen. In der Notfallambulanz hatten mehrere Leute gewartet, aber Liz war sofort von einer Ärztin versorgt worden. Die nette Polizistin war bei ihr geblieben und hatte danach ihre erste Aussage aufgenommen. Sie waren bereits so gut wie fertig, als Andrea bleich wie ein Gespenst hereingestürmt war. Ihr »Ich hab mir nur die Hand verstaucht, sonst nichts« hatte bei ihrer Tante sämtliche Dämme brechen lassen. Andrea hatte geheult und herumgeschrien, und die Schwestern hatten Bedenken gehabt, als sie Liz mitnehmen wollte. Aber Andrea war da rigoros geblieben und dafür war Liz ihr dankbar – sie hatte nur noch nach Hause gewollt. Im Krankenhaus wollte ihr niemand sagen, wie es Louis ging. Sie sollte morgen noch mal nach ihm fragen, vorerst dürften sie ihr keine Auskunft geben, da sie nicht zur Familie gehörte.

Noch im Auto hatte Liz von Andreas Handy aus die Nummer gewählt, die ihr die nette Polizistin gegeben hatte. Diese brauchte nur einen Anruf, um zu erfahren, dass Louis eine schwere Gehirnerschütterung hatte und noch bewusstlos war.

»Dann wird er wieder gesund?«, hatte Liz gefragt und zugesehen, wie Andreas Miene versteinerte.

»Ganz sicher«, hatte die Polizistin ihr geantwortet. »Und du brauchst dir keine Sorgen machen – alle, die in der Fabrik waren, wurden vorläufig festgenommen, und diejenigen, die an der Entführung beteiligt waren, werden so schnell nicht auf freien Fuß gesetzt.«

»Und Louis?«, hatte sie gefragt. »Er war auch da, aber nicht freiwillig.«

»Der muss erst mal gesund werden, danach wird sich alles andere schon klären.«

»Vielen Dank für alles«, hatte Liz unter dem sorgenschweren Blick ihrer Tante gesagt und aufgelegt.

Danach war sie bloß noch müde gewesen, unfassbar müde.

Jetzt, nach wenigen Stunden Schlaf, fühlte sie sich, als wäre der ganze Horror Wochen oder Monate weit weg. Sie konnte sich kaum noch erinnern, wie sie ins Bett gekommen war.

Als sie in die Küche ging, traf sie auf Andrea, die den Tisch für ein spätes Frühstück gedeckt hatte.

»Schätzchen! Wie geht es dir? Konntest du ein wenig schlafen?« Andrea sah aus, als hätte sie überhaupt nicht geschlafen.

»Ganz gut«, erwiderte Liz. »Warum bist du denn nicht in der Praxis?«

»Ich habe heute zugemacht. Es gibt gerade Wichtigeres.«

Andrea machte ihr einen Kakao mit Sahne, aber Liz bekam ihn nicht richtig runter. Auch an dem Brötchen nagte sie nur halbherzig herum. Eigentlich drängte es sie aus dem Haus, Essen fühlte sich wie Zeitverschwendung an.

»Andrea, sei mir nicht böse, aber ich möchte gleich los.«

»Zur Polizei? Um die Zeugenaussage zu machen? Aber ich wollte dich doch hinfahren.«

Sie schüttelte den Kopf und sah auf ihren Teller. »Ich will ins Krankenhaus. Zu Louis. Ich muss wissen, wie es ihm geht.«

Andrea wich die Farbe aus dem Gesicht. Sie nahm ihre Brille ab, legte sie auf den Tisch und rieb sich die Augen. »Das glaub ich jetzt nicht. Nein, Liz, das kann nicht dein Ernst sein. Nicht nach alldem, was er dir angetan hat.«

Liz stellte ihre Tasse ab und stand auf. »Er hat mich da rausgeholt.«

»Ja, nachdem er dich reingezogen hat! Er allein ist dafür verantwortlich, dass seine feinen Freunde – seine bewaffneten feinen Freunde – dich gekidnappt haben. Und unter welchem Risiko er dich rausgeholt hat, anstatt das einfach der Polizei zu überlassen, davon will ich gar nicht reden.«

Er vertraut der Polizei eben nicht, dachte sie, aber das war etwas, was Andrea nicht verstehen würde.

»Lizzie«, sagte Andrea versöhnlich, drückte sie zurück auf ihren Stuhl und setzte sich neben sie. »Versetz dich bitte mal in meine Lage. Ich muss immer an deine Eltern denken. Dein Vater wäre so enttäuscht von mir, weil ich nicht besser auf dich aufgepasst habe. Und deine Mutter«, sie lächelte leicht, »würde mir mit dem Hintern ins Gesicht springen.«

Liz sah auf die Tischplatte. »Im Krankenhaus wird er mir kaum gefährlich werden. Ich will nur nachsehen, ob er wieder wach ist.«

»Wir können anrufen. Im Krankenhaus oder bei ihm zu Hause.«

»Das ist nicht dasselbe.« Ihr stiegen Tränen in die Augen. Fast schon spannend, fand sie. In der Nacht hatte sie geglaubt, für Wochen nicht mehr weinen zu können, so wund, trocken und leergeweint hatten sich ihre Augen angefühlt. Offenbar ging es doch schon wieder.

»Er tut dir nur weh«, sagte Andrea, und Liz konnte nicht anders, als zu nicken.

»Ja. Tut er. Und ich kann's nicht aushalten. Er fehlt mir so und ich will nicht schon wieder jemanden verlieren.«

Andrea drückte sie fest an sich. »Darf ich dir etwas erzählen?« An ihrer Stimme hörte Liz, dass ihre Tante auch weinte. »Als du noch ganz klein warst und gerade erst laufen konntest, da waren deine Eltern mit dir zu Besuch. Es war Sommer und du hast im Garten auf der Wiese gespielt und wir Erwachsenen haben geredet. Deine Mutter fragte mich, ob ich dich zu mir nehmen würde, wenn ihr was passieren würde. Das war nur eine theoretische Möglichkeit, niemand hätte gedacht, dass es je so weit kommen würde. Ich hab ihr gesagt, dass ich es nicht wüsste, dass ich nachdenken müsste. Meine Scheidung war gerade durch, ich war unsicher. Aber dann kamst du auf mich zugelaufen und hast mir deine winzige Faust vor die Nase gehalten. Und dann öffnete sich diese Faust und präsentierte mir voller Stolz einen fast bis zur Unkenntlichkeit zusammengematschten Klumpen Gänseblümchen und mein Herz platzte vor Glück. Ich hab mir gesagt: Diesem kleinen Wesen wird niemals jemand wehtun, solange ich es irgendwie verhindern kann.« Andrea löste sich von ihr, griff nach einer Serviette und putzte sich die Nase. Dann sah sie Liz ernst an. »Ich habe zu viel nicht verhindert. Damit ist Schluss.«

Liz sah sie irritiert an. »Was soll das heißen?«

»Dass du nicht ins Krankenhaus gehst. Du kannst anrufen. Das ist nicht dasselbe, du hast recht. Es ist sicherer. Damit ist das Thema für mich erledigt.«

Andreas ruhige Entschlossenheit war verwirrend. Sie meinte es ernst, so ernst, wie Liz sie nie zuvor erlebt hatte.

Liz ging in ihr Zimmer. Dort sah sie sich um. Es sah aus wie vor dem Tag, an dem sie mit Louis zusammengekommen war; wie vor dem Abend, als sie ihm das erste Mal begegnet war; sogar wie vor der Nacht, als sie begonnen hatte, von ihm zu träumen. Sie hatte kein Foto von ihm, nicht mal eine Zeichnung – die hatte sie mit der Bewerbung weggeschickt. Und doch war er überall. Auf ihrem Bett, wo sie sich geküsst hatten. In ihren Skizzen von Kleidern, die plötzlich viel selbstbewusster aussahen. Selbst in dem Hut, den er ihr aufgesetzt hatte; in dieser Baskenmütze, die sie nicht verkaufen wollte, weil es zu sehr ihre eigene war.

Mitten in ihrem Zimmer blieb sie stehen, sah zum Mohnblumenfoto ihrer Eltern. Andrea hatte recht. Ihre Eltern wären ganz Andreas Meinung gewesen. Sie würden dasselbe sagen: Geh nicht hin. Er tut dir ja doch nur weh.

Aber der Moment war gekommen, eigene Entscheidungen zu treffen; sich selbst zu fragen, was sie aushalten konnte und wollte.

Liz nahm ihren Hut, setzte ihn auf und ging.

An ihrer Tante war sie vorbeigekommen, indem sie sich Mut vorgespielt hatte, der eigentlich nicht da war. Nun stand sie im Krankenhausflur, wo die Sohlen ihrer Sneakers auf dem Linoleumboden quietschten, und die Fassade war verschwunden. Sie hatte sich aufgelöst, langsam wie Nebel. Das bemerkte sie erst, als nichts mehr davon übrig war.

Hinter der blauen Tür mit der Zahl 335 lag Louis. Ob er inzwischen bei Bewusstsein war?

Sie ging an der Tür vorbei zum Wartebereich am Ende des Gangs. Durch ein Fenster schien die Sonne hinein, sie setzte sich in die warmen Strahlen und dachte nach.

Was wollte sie überhaupt hier? Was trieb sie her?

Sie musste wissen, ob er wieder gesund werden würde. Gestern Nacht, als die Polizistinnen den Schrank aufgerissen hatten, war sie sicher gewesen, dass er tot war. Gestorben in ihren Armen. Das hätte sie nicht verkraftet, nie. Eine große Liebe, *die* große Liebe zu verlieren, war das eine. Aber nicht auf diese Art. Nicht an den Tod, so endgültig.

Doch jetzt stand sie vor der Frage, wie es weitergehen sollte und ob dieses verzweifelte Aneinanderfesthalten in der Nacht echtes Vertrauen oder nur der Angst geschuldet gewesen war.

Sie musste sich nicht fragen, ob sie ihn liebte – was für eine Frage! Aber konnte sie alles, was gewesen war, all das Lügen und die eiskalten Spiele, vergessen und von vorne beginnen?

Wenn sie ehrlich war, liebte sie Louis seit dem ersten Traum. Aber Louis war eben nicht der Louis ihrer Träume.

Sie schlenderte langsam zurück zur Tür. Sollte sie wirklich reingehen? Wenn er da lag, schwer verletzt, erschöpft von der wahnwitzigen Rettungsaktion und wehrlos, dann würde sie ihm verzeihen. Und dann war es nur eine Frage der Zeit, bis er ihr wieder wehtat. Er würde nie der Louis ihrer Träume sein.

Als sie vor der Tür stehen blieb, ging diese auf und ein junger Arzt kam heraus.

»Willst du zu Louis Nowiak?«, fragte er.

Sie zuckte mit den Schultern. »Weiß nicht. Darf ich denn?«

»Klar! Er ist seit heute früh wieder wach. Es geht ihm gut, du kannst ihn gern besuchen. Er freut sich bestimmt!« Damit ging er an ihr vorbei und verschwand im Nebenzimmer.

Liz sah die Tür an. Sie brauchte die Mut-Fassade nicht, stellte sie fest, sie hatte genug Mut. Und sie benötigte auch keinen Gedanken an ihre Eltern oder ihre Tante, denn sie entschied selbst für sich.

Sie entschied, dass er ihr genug wehgetan hatte. Sie drehte sich um und ging.

Kapitel 57

Am selben Tag noch kam eine SMS.

Ich falle wohl für zwei, drei Tage aus. Passt du auf die Käfer auf?

Sie hatte es nicht über sich gebracht, ihm zurückzuschreiben, dass er sie in Ruhe lassen sollte. Katta hatte ihr geraten, die Nachricht zu ignorieren. Das tat sie nicht. Sie las sie immer wieder, jeden Tag. Wenn sie nachts wach wurde, weil es ohne Träume zu dunkel zum Schlafen war, dann las sie diese beiden Zeilen und konnte weiterschlafen. Es kam keine weitere Nachricht, und sie war nicht sicher, ob sie darüber erleichtert oder unglücklich war. Irgendwie traf beides zu, so widersprüchlich das auch klingen mochte.

Eine Woche lang kam nichts, zwei Wochen nicht. Die Schule ging wieder los. Katta kam über Robin weg und lernte einen Jungen kennen, der in der zweiten Bundesliga spielte und es weit bringen würde, wie sie sagte. Liz adoptierte eine Katze, die sieben Jahre im Tierheim gesessen hatte, weil niemand sie richtig wahrgenommen hatte. Sie war für Braun zu grau und für Grau zu braun und schlief vom ersten Tag an zwischen Liz' Stoffen.

Nach fast einem Monat erreichte Liz am Samstagmorgen ein Foto über WhatsApp.

Die Klippe.

Ihr Mund wurde trocken. Sie legte das Handy auf ihren Schreibtisch und ging zum anderen Ende ihres Zimmers, als könnte das Telefon explodieren und sie verletzen, wenn sie zu nah daneben stehen blieb. Ein leises Geräusch vermeldete eine weitere Nachricht. Kurz fühlte sie sich panisch. Andrea machte Hausbesuche, Katta besuchte ein Fußballturnier, wo sie übernachten würde. Sie war komplett allein – die Katze konnte ihr kaum helfen. Nach schier endlosem Zögern wagte sie das Handy aufzuheben und die Nachricht zu lesen.

Bitte komm. Ist wichtig!

Jetzt?, tippte sie zurück, und damit war klar, dass sie verloren hatte und hingehen würde. Allerdings gab es auch nichts zu gewinnen, wenn sie nicht ging. Sie wartete nicht auf sein Ja, nahm ihren Hut und ging ihr Fahrrad aus der Garage holen.

Er saß auf den Steinen, exakt an der Stelle, wo er auch in ihrem Traum gesessen hatte, als hätte er ihn mit ihr geträumt. Als sie näher kam, lächelte er, kurz und irgendwie scheu, wie ganz zu Anfang, als sie sich noch nicht gekannt, sondern nur gefürchtet hatten.

»Ist es der richtige Ort hier?«, fragte er. »Ich konnte nur diese Klippe finden.«

»Es gibt nur die«, sagte Liz und setzte sich mit etwas Abstand zu ihm auf die Fersen. Sie war lange nicht hier gewesen. Es war wie in ihrem Traum, jetzt, da Louis auch da war. Wie in den schönen Träumen und wie in den schrecklichen.

»Interessanter Ort«, sagte Louis. »Die Klippe ragt ein Stück in die Wupper, als wollte sie dem anderen Ufer näher kommen.«

»Doch das beugt sich von ihr weg. Vermutlich hat es Angst. Das andere Ufer ist so sanft und grün. Und die Klippe hier ist scharfkantig und steinig.«

So war es oft, wenn man sich verliebte. Man reckte und streckte sich und erreichte doch nichts.

»Was ist so wichtig, dass ich plötzlich herkommen musste?« Es klang harscher als beabsichtigt.

»Du trägst sie jetzt.«

»Was?«

»Deine Sachen. Du trägst jetzt deine Sachen. Geht es dir besser?«

»Ja.« Sie strich sich die Haare zurück, die der Wind ihr ständig ins Gesicht blies. Louis trug seine etwas kürzer. Die frische Narbe am Haaransatz war dadurch besser zu sehen. »Mir geht es gut. Ich gehe wieder zu meiner Therapeutin, bei der ich als Kind schon war. Und ich hab Katta und meine Tante – Menschen zum Reden, weißt du? Das hilft sehr.« Ob er inzwischen auch jemanden zum Reden hatte? »Ich hab jetzt auch eine Katze. Es geht mir wirklich gut. Und dir?«

»Es hat sich einiges geändert«, sagte er endlich, als ihr das Schweigen bereits unangenehm wurde. »Meine Mom macht einen Entzug in einer Klinik. Ich musste so lange in eine WG ziehen, betreutes Wohnen für … na ja, Leute wie mich. Ist ganz cool da, aber knappe achtzig Kilometer entfernt, ich bin bloß übers Wochenende hier. Vermutlich werde ich eine Weile dort bleiben. Auch, um Ramon und Sputnik nicht mehr über den Weg zu laufen.«

»Die waren schnell wieder auf freiem Fuß.« Sie schauderte. »Das hat mir eine Polizistin erzählt. Ich hab mich schon gefragt, wie die Polizei wohl verhindern will, dass die sich an dir rächen.«

Louis lächelte nur darüber. »Mach dir keine Gedanken. Ich bin ja erst mal weg. Die haben sich gegenseitig verraten und verkauft und am Ende noch den Hehler ausgeliefert, der die Fäden in der Hand hielt. Und der kommt so schnell nicht mehr wieder aus dem Knast. Ich glaube, die beiden sind viel zu sehr mit sich selbst beschäftigt. Sie werden bei der Verhandlung wohl mit Jugendstrafen auf Bewährung davonkommen, meint mein Anwalt.«

»Du hast einen Anwalt?«

»Herr Gorden hat mir den besorgt.« Louis sah zu Boden. »Was ihn betrifft, hattest du recht. Er ist ein bisschen verrückt … aber nett. Nee, er ist voll in Ordnung.«

»Und du?«, fragte sie. »Bekommst du auch eine Jugendstrafe?«

Er lachte. »Worauf du dich verlassen kannst. Mein Anwalt sagte zwar, es würde eine gute Chance bestehen, mich rauszuhandeln, indem wir alles den anderen in die Schuhe schieben, aber ich bin die Spielchen leid. Ich hab alles ausgesagt, was ich weiß, vom ersten Tropfen Farbe an der Wand an. Wir gehen von Sozialstunden aus, darüber kann ich mich nicht beklagen.«

Nein, du siehst aus, als würdest du dich drauf freuen, dachte Liz, und das gefiel ihr.

»Kurioserweise«, sprach Louis weiter und sah sie an, »habe ich Post von dem Kunstinternat bekommen, bei dem ich mich für ein Stipendium bewerben wollte.«

Ihr Herz schlug schneller. »Wirklich? Und?«

»Na ja, ich war ein bisschen irritiert, weil diese Bewerbung immer noch auf meinem Schreibtisch liegt.«

»So was aber auch. Aber was haben sie gesagt?«

»Es war eine Absage«, meinte Louis, und Liz spürte sich enttäuscht zusammensacken. »Sie hatten vier Plätze, ich war

Nummer fünf. Allerdings haben sie mir geschrieben, dass in den ersten Monaten oft noch jemand abspringt oder gehen muss, weil er sich nicht an die Regeln hält, und dann rücke ich nach. Ich bin der Erste auf der Warteliste. Und wenn das nicht klappt, soll ich es im nächsten Jahr noch mal versuchen. Vielleicht, hat der Typ gesagt, mit etwas mehr Material als einem Mini-Comic, einer Zeichnung und einem schlechten Foto.«

Sie zuckte mit den Schultern. Womöglich hatte sie es ihm vermasselt, aber … »Du hättest es nicht mal versucht«, sagte sie trotzig.

»Nein. Und das war dämlich. Ich versuch's jetzt. Immer.«

Sein Blick ruhte auf ihr und Liz wurde zunehmend flauer im Magen. Nach all den Wochen der Ungewissheit und der Sorgen, die sie sich so angestrengt zu verkneifen versucht hatte, tat es unglaublich gut, hier in der Spätsommersonne mit ihm zu sitzen, den Wind zu spüren und seine Stimme zu hören, wie er von sich erzählte.

»Das Einhorn«, sagte sie schließlich, weil es sie jeden Tag an ihn erinnerte, »ist übrigens noch da. Sie haben es nicht entfernt.«

Er sah sie irritiert an. »Nein, warum sollten sie auch?«

»Weil Graffitis nicht erlaubt sind, vielleicht?«

Da musste er lachen. »Doch, das schon. Ich hab bei der Stadt angerufen und vorgeschlagen, dass sie diesen Tunnel zum Sprayen freigeben. Da hat man mir gesagt, dass das ohnehin der langfristige Plan sei. Ich habe ihnen eine Arbeitsprobe von mir gemailt und gefragt, ob ich loslegen dürfte – und die Antwort war Ja. Ich hab das Schwarz auf Weiß, wenn du mir nicht glaubst.«

Ihr schoss das Blut in den Kopf. »Warum hast du mir das nie gesagt?«

»Du hast nicht gefragt. Dachtest du, ich schenke dir ein Einhorn, für das dir die Polizei aufs Dach steigt, wenn sie herausfinden, dass es dir gehört?« Er sah sie mit einem Lächeln an, aber langsam, träge, verlor sich dieses Lächeln. »Oh. Du dachtest das wirklich.«

»Tut mir –«

»Nein! Ist schon in Ordnung. Mir tut's leid.« Er blinzelte angestrengt, rieb sich erst übers Gesicht und dann mit den Fingern über die Augen. Liz konnte so tun, als hätte sie seine Tränen nicht gesehen, aber sich selbst musste sie nichts vormachen. Erst recht nicht, wie sehr es sie berührte. Sie riss Grasbüschel aus, um ihre Hände zu beschäftigen, die zitterten, weil ihr Wunsch, ihm über die Haare zu streichen, so groß wurde. Der Wunsch, ihn an sich zu drücken. Und zu küssen. Aber ihre Hände und ihre Lippen waren nicht allein und ihr Herz hatte neben all der Sehnsucht immer noch Angst.

»Jedenfalls«, sagte Louis und sprang auf, »wollte ich dir etwas zeigen, bevor der Sommer zu Ende geht. Etwas von mir. Ich will dich nicht unter Druck setzen, versteh mich nicht falsch. Ich kann nachvollziehen, wie du dich entschieden hast, und wenn ich ehrlich wäre, müsste ich sagen, dass du mich viel zu spät in den Wind geschossen hast. Aber für so viel Ehrlichkeit war mir unsere Zeit zu wichtig. Und zu schön. Zu … *unique.*« Langsam, aber sicher ging er näher auf die Klippe zu, bis er dicht am Rand stand. So dicht wie in ihrem Traum.

»Komm da weg, Louis.«

»Nein, komm du her.«

Ihr schoss die Panik vom Herz in den Kopf und vom Kopf in den Bauch. Sie musste an Kattas Worte denken.

Ich hab gehört, dass sich hier mal einer runtergestürzt haben soll. Selbstmord aus Liebeskummer. Sprang und war sofort mausetot.

War es das, was der Traum ihr hatte sagen wollen? In ihrem Traum war er gefallen!

Sie sprang auf und näherte sich ihm so vorsichtig, als wäre der Boden porös und könnte brechen. Louis' Blick war undurchschaubar, er sah mal über den Fluss und dann wieder zu ihr hinüber. Er ging noch näher an die Kante, balancierte dort regelrecht. Im Traum fiel er.

Plötzlich streckte er ihr die Hand hin. Im Traum fielen sie beide, und trotzdem zögerte Liz keine Sekunde und ergriff sie, hielt sie, so fest sie konnte.

»Denkst du an deine Träume?«, fragte Louis. »Die sind nicht echt. Das hier ist echt.«

Ja, er hatte recht. Sie hatte es längst erkannt, schon vor Wochen. Louis war gar nicht ihr Traumjunge. Er war Louis, mit Fehlern und Kanten, aber auch mit Gedanken und Stärken und eigenen Entscheidungen, die gut oder schlecht, richtig oder falsch waren.

»Siehst du, was passiert?« Er ging mit ihr zurück, dorthin wo es sicherer war.

Sie sah, dass nichts passierte; nichts, was sie nicht selbst entschieden.

Thanks to

Als ich mich im Sommer 2015 beinah damit abgefunden hatte, eine verworrene Geschichte um Liz und Louis (und wer da noch alles mitspielte) kolossal vor die Wand zu setzen, organisierte mir der cbj-Verlag unter der Leitung von Alexandra Borisch eine Rettungsaktion in Form von zwei arbeitsreichen Tagen mit meiner Lektorin Katrin Künzel und Dramaturgin Lisa Dickreiter. An diese Frauen geht mein erstes Dankeschön. Wir haben in diesen beiden Tagen nicht nur Tränen gelacht, nein, wir haben auch Unkraut im Kopf gejätet, Blutstürze gehabt, Kolumbuseier gelegt wie die Legehennen und am Ende hab ich viel gelernt und hoffentlich zumindest die Hälfte davon umsetzen können.

Vielen Dank, ihr Lieben, ich setze das nächste Projekt gern wieder vor die Wand, wenn wir die Gaudi dann wiederholen!

Ein weiteres Dankeschön geht an Rebekka Pax und Charlie Lyne, mit denen ich mir ein kleines Facebook-Schreibbüro teilte. In den ereignisreichen Sommer-Wochen entstanden dort ein historischer Roman, ein Thriller und dieses Jugendbuch. Tage und Nächte schwärmten wir von Nilpferden, Knoblauchkröten und Ponys und Krebsen (aber das zu erklären, führt jetzt zu weit).

Noch ein Dank an Frau Dechse aus dem Rabenforum, die den schönsten Satz im ganzen Buch geschrieben und mir überlassen hat.

Meiner Familie – den Menschen wie den Tieren – gilt wie immer der größte Dank. Ich bin keine einfache Person, und wenn ich ein Buch schreibe, ist mit mir kaum mehr was anzufangen. Danke, dass ihr es hinnehmt, ohne euch je daran zu gewöhnen.

BRAVO GiRL!
Immer für dich da!
SEXY NEW YEAR
AUF DICH, DU SCHÖNE!
DU BIST MEIN SCHATZ
DIE BESTEN BEAUTY-REZEPTE ZUM SELBERMACHEN
Jedes Heft mit trendy Extra
Heiße Mode-Trends + tolle Beauty-Tricks!
Spannende Jungs-Umfragen und -Storys!
NEU: Fitness-Tipps, DIY, Healthy Food & easy Rezepte!
www.bravogirl.de
BRAVO GIRL
bravogirlmagazin